Kristina Moninger

# Hundert kalte Winter

AF177867

TINTE & FEDER

## Das Buch

Wenige Sekunden sind genug, um einem anderen Menschen Hoffnung zu geben und die eigene für immer zu begraben. Sekunden, nach denen für Sandra und ihre Familie nichts mehr ist, wie es früher war, und sie die schwerste Entscheidung ihres Lebens getroffen hat: Sie muss ihren Sohn Jonah loslassen, damit ein anderes Kind weiterleben darf.

Katharina bangt um ihre jüngste Tochter Mila. Das Kind hat einen schweren Herzfehler und lebt nach mehreren erfolglosen Operationen mit einem externen Kunstherz. Das einzige, was Mila retten kann ist eine Herztransplantation.

Zwei Frauen, die sich vermutlich nie begegnet wären, wenn das Schicksal ihre Wege nicht zusammengeführt hätte. Zwei Familien, deren Lebens- und Liebesglück auf dem Spiel steht. Denn was geschieht, wenn Sandra das Kind kennenlernt, in dem Jonahs Herz schlägt?

## Die Autorin

Kristina Moninger wurde 1985 in Würzburg geboren und hat eine sehr glückliche Kindheit auf dem Land verbracht. Nach einer kaufmännischen Ausbildung hat sie ein Studium zur Übersetzerin absolviert. Sie lebt mit ihrem Mann und ihren vierjährigen Zwillingen mitten im Grünen. Wenn sie nicht schreibt, liest oder mit ihren Kindern unterwegs ist, dann übersetzt sie Romane vom Englischen ins Deutsche.

KRISTINA MONINGER

# Hundert kalte Winter

ROMAN

TINTE & FEDER

Deutsche Erstveröffentlichung bei
Tinte & Feder, Amazon Media EU S.à r.l.
5 Rue Plaetis, L-2338, Luxembourg
September 2018
Copyright © der deutschsprachigen Ausgabe 2018
By Kristina Moninger
All rights reserved.

Umschlaggestaltung: bürosüd° München, www.buerosued.de
Umschlagmotiv: © Sam foster / Shutterstock; © Vintage Tone / Shutterstock; © LilKar / Shutterstock
Lektorat und Korrektorat: Verlag Lutz Garnies, Haar bei München, www.vlg.de
Gedruckt durch:
Amazon Distribution GmbH, Amazonstraße 1, 04347 Leipzig / Canon Deutschland Business Services GmbH, Ferdinand-Jühlke-Str. 7, 99095 Erfurt /
CPI Books GmbH, Birkstraße 10, 25917 Leck

ISBN 978-2-919-80260-9

www.tinte-feder.de

Für Luisa

Der Himmel unterbricht nicht den Winter, weil der Mensch die Kälte hasst. *Xunzi*

# Zwei Jahre zuvor …

# Sandra

»Wie hoch sind die, Mama?« Jonah trat mit den Füßen in stetigem, schneller werdendem Rhythmus gegen die Rückenlehne, fast so, als versuchte er, den plötzlich einsetzenden Prasselregen auf der Windschutzscheibe des Wagens zu imitieren.

»Wer?«, fragte seine Mutter abwesend, während sie mit einer Hand das Lenkrad hielt, den Blick immer wieder auf die Straße richtete und nebenbei mit der anderen Hand versuchte, eine Nummer in ihrem Handy zu finden.

»Die Windräder«, erklärte Jonah. Sandra schaute kurz in den Innenspiegel und sah, wie er mit dem Finger auf die Rotorblätter rechts von der Fahrbahn, am Rand des angrenzenden Waldes zeigte. Sie drückte auf das grüne Hörer-Icon und presste das Handy an ihr rechtes Ohr. »Betti, hier ist Sandra. Stell mich bitte mal zu Wotan durch. Wir müssen dringend wegen des Turniers nächste Woche reden.«

»Klar, einen Moment bitte«, kam es freundlich zurück.

»Danke«, rief sie in den Hörer und ignorierte Jonahs quengelndes: »Wie hoch denn jetzt, Mama?« Sie stellte das Telefon auf Lautsprecher und legte es auf ihrem Oberschenkel ab.

»Mama, hörst du mir überhaupt zu?«, beschwerte sich Jonah lautstark.

»Ja, entschuldige. Die Windräder. Ja, keine Ahnung, ich weiß es nicht.«

»Aber warum nicht? Sind es zweihundert oder dreihundert oder vielleicht fünfhundert Meter. Warum weißt du das nicht, Mama?«

»Ach, Jonah, wirklich!«, gab sie entnervt zurück. In diesem Moment brach der Wagen ein wenig zur Seite aus. Irritiert ging sie langsam auf die Bremse und warf einen Blick auf die piepsende Temperaturanzeige, die Glättegefahr meldete. Die Musik aus dem Handy verstummte fast gleichzeitig und Wotans dunkle Stimme sagte: »Hallo?« Automatisch nahm sie das Handy wieder in die Hand, und in dem Moment sah sie das rote Auto, das direkt auf sie zugefahren kam. Ihr erster Gedanke war nicht »Ausweichen«, sie dachte auch nicht ans Bremsen. Sie konnte es ganz einfach nicht glauben, wie dieser rote Wagen viel zu schnell auf sie zukam. Rote Autos galten doch als besonders sicher, wegen ihrer auffälligen Farbe. Ein wirrer Gedanke, ein so unwichtiger Gedanke, in einem so wichtigen Moment. Sie schrie laut auf.

»Mama, was ist denn los?«, rief Jonah.

»Keine Angst, Jonah, keine Angst«, schrie sie zurück, die Stimme völlig panisch.

Ihre Füße fühlten sich an wie gelähmt, sie wollte bremsen, aber dachte dabei nur an die glatte Fahrbahn. Was, wenn das Auto sich überschlug? Sie durfte jetzt nicht die Nerven verlieren. Sie hupte und versuchte gleichzeitig, vorsichtig die Geschwindigkeit zu drosseln. Der Wagen kam immer näher. Sie hörte sich selbst laut aufkreischen. Zwang sich, etwas zu tun. Hastig riss sie das Lenkrad herum, bremste schließlich doch ruckartig und merkte, wie der Wagen herumschleuderte. Sie verlor vollständig die Kontrolle über den Wagen. Das Auto war nur noch ein Spielball auf der Straße. Jonah schrie. Es quietschte, und dann krachte es laut. Blech an Blech. Die

Windschutzscheibe zerbarst in tausend Stücke, Sandras Kopf schlug hart auf, und sie wurde fest in den Sitz gedrückt. Plötzlich war alles still. Viel zu still. Die Wucht des Aufpralls hatte jegliches weitere Geräusch im Keim erstickt. Nichts. Ganz lange nichts. Einfach gar nichts …

* * *

»Können Sie mich hören?«

Da war so viel rot. Alles erschien ihr rot. Neben ihr, über ihr, an ihren Händen, an der Windschutzscheibe. Im ersten Moment war sie sicher, dass es sich um ein Missverständnis handeln musste. Hatte sie roten Saft gekauft statt Jonahs geliebtem Bananensaft? Wo war Jonah überhaupt?

Es dauerte einen winzigen Moment, bis sie wieder einigermaßen klar denken konnte. Sie nahm ein kreischendes Geräusch wahr, wie von einer Säge. Dann kroch ihr der typisch metallische Geruch von Blut in die Nase, und ihr wurde mit erschreckender Klarheit bewusst, dass etwas Furchtbares geschehen sein musste. Sie konnte sich kaum bewegen. Es war, als wäre ihr ganzer Körper eingekeilt und eingequetscht. Ihr Kopf bekam kein richtiges Gefühl für ihre anderen Gliedmaßen, weil alles in ihr immer wieder verschwamm. Wo war Jonah? Plötzlich klopfte es, und einen Augenblick lang war sie zutiefst erleichtert, weil sie dachte, es seien Jonahs Füße, die gegen ihren Sitz traten. Wie Regentropfen auf Blech. Sie würde ihn beruhigen, und alles wäre gut. Doch sie konnte sich noch immer nicht bewegen, war nicht in der Lage, sich umzudrehen. Sie wollte ihn rufen, aber mehr als ein ersticktes »Jonah« kam nicht über ihre Lippen. Keine Antwort. Die Panik des Moments war unermesslich. Überall Blut. Es lief ihr jetzt in die Augen, direkt aus einer völlig schmerzfreien Wunde, nach der sie nicht tasten konnte. In ihrem linken Arm steckte ein Metallteil. Sie konnte nun erkennen, dass das Ding sich in ihre Haut gebohrt hatte. Aber es tat nicht weh. Dann blickte sie plötzlich in ein Gesicht, jemand beugte sich über sie, und der Schmerz fuhr ihr mit eisiger Brutalität durch den Körper. Ein Mann mit einer Wollmütze auf dem Kopf und einem breiten Mund unter einem dicken Schnurrbart sagte: »Wir haben ihn, machen Sie sich keine Sorgen, wir haben ihn rausgeholt. Ihr Sohn atmet!« Der Satz des Fremden beruhigte sie, auch wenn die Worte nicht richtig in ihrem Kopf ankommen wollten. So als hätte man sie in Watte gepackt und mit Klebeband versiegelt. Sie schwebten in der Luft und waren doch nicht greifbar. Der Mann war ein Sanitäter. Es war Hilfe da. Sofort verspürte sie den Drang, es ihm zu sagen, ihre Schuld einzugestehen. Die Worte schafften es irgendwie, ihren Mund zu verlassen, ohne dass sie selbst es realisierte. Der Mann sprach weiter beruhigend auf sie ein, und sie glaubte ihm.

»Machen Sie sich keine Sorgen. Wir haben Sie bald hier raus. Es dauert nicht mehr lange. Nur noch eine kleine Weile durchhalten. Alles wird gut.«

Kurz darauf verlor sie das Bewusstsein, und als sie es wiedererlangte, war die Welt eine völlig andere geworden.

# Katharina

»Mami, wann kommst du wieder?« Milas kleines, blasses Gesicht hob sich schwach vom Kissen. Ihr dickes dunkles Haar stand in alle Richtungen von ihrem Kopf ab. Katharina griff nach einer Strähne und wickelte sie um ihren Finger und antwortete: »In meiner Pause, mein Schatz. Papa wird bald hier sein, und Nele kommt gleich nach der Schule.«

»Wann kann ich endlich auch in eine richtige Schule?« Mila streckte ihren dünnen kleinen Arm nach ihrer Mutter aus. Dabei rutschte das weite T-Shirt ein wenig nach oben und enthüllte ein Stück des Zugangs.

Katharina war kurz davor »bald« zu sagen, dann aber verkniff sie es sich zu lügen. Ihre kleine Tochter würde nicht bald in eine reguläre Schule außerhalb des Krankenhauses gehen, es war viel wahrscheinlicher, dass sie es nie tun würde.

Katharina wusste, dass es Mila nicht guttat, wenn sie den ganzen Tag hier saß und ihre Hand hielt. Es tat niemandem gut. Das Mädchen wurde bald sieben. Zumindest hofften ihre Eltern das. Für ihre knapp sieben Jahre konnte sie vieles, was andere Mädchen in ihrem Alter nicht konnten. Gut lesen. Fast fehlerfrei schreiben. Herausragend zeichnen und vor allem jede Gefühlsregung anderer Menschen mit einem einzigen Blick erahnen. Dennoch gab es viel mehr Dinge, die sie nicht konnte und die für die meisten Kinder in ihrem Alter selbstverständlich waren. Radfahren. Rennen und Herumtoben. Auf Bäume klettern. Sich die Knie aufschlagen. Gummihüpfen. Sorgenfrei leben. Sich keine Gedanken um das Morgen machen.

»Geh schon, Mama, sonst kommst du noch zu spät zu deiner Schicht.« Mila machte eine schnelle Bewegung mit der linken Hand und blieb dabei an dem Metallkasten neben ihrem Bett hängen. »Autsch!« Sie verzog schmerzerfüllt das Gesicht. »Stell ihn ein wenig weiter weg, das Kabel ist lang genug.«

Seufzend ließ Mila den Kopf wieder auf das Kissen sinken und schloss die Augen. Katharina setzte sich neben sie auf das Bett und küsste ihre Stirn. »Ruh dich ein bisschen aus. Papa ist bald da.« Sanft strich sie ihr das Haar glatt und beobachtete sie noch eine Weile. Sie wusste nicht, ob Mila wirklich schlief oder nur so tat.

Leise schloss sie die Tür hinter sich, lehnte sich von außen dagegen und atmete tief durch. Katharina arbeitete als operationstechnische Assistentin. Jeden Tag hatte sie mit kranken Menschen zu tun, und beinahe wöchentlich sah sie Menschen sterben. Aber das machte es ihr kein Stück leichter, ihrer eigenen Tochter dabei zusehen zu müssen.

* * *

Die Tage glichen inzwischen einem endlosen vorbeirauschenden Fluss, der Katharinas Hoffnungen langsam mit sich trug, ihre Verzweiflung nährte und sie immer gereizter werden ließ. Milas Werte waren nicht gut. Ein Kunstherz hielt sie am Leben, aber die Frage »Wie lange noch?« war allgegenwärtig.

Katharina stand an ihrem Arbeitsplatz im OP-Trakt. Sie nahm gerade das Skalpell nach dem Bauchschnitt bei einer adipösen Vierzigjährigen, der die Gallenblase entfernt werden sollte, entgegen, als das Saaltelefon klingelte. Das war nichts

Ungewöhnliches. Bestimmt wieder mal eine Verschiebung im Dienstplan. Sie seufzte leise.

Sabrina, die zweite OP-Schwester, nahm das Gespräch an. Während des Gesprächs zeigte Sabrinas Gesicht eine Mischung aus Überraschung und unbändiger Freude. Sie schaute zu Katharina herüber und ihr wurde klar, dass etwas anderes geschehen sein musste, etwas Größeres. Sie hielt unwillkürlich die Luft an. Nun kam Sabrina langsam auf sie zu und hielt ihr, ohne etwas zu sagen, den Hörer ans Ohr. Am Apparat meldete sich Margarete, die OP-Koordinatorin, mit den wohl entscheidendsten Worten der Welt: »Katharina, wir haben ein potenzielles Spenderherz für Mila.«

Ohne eine Sekunde zu zögern, trat sie vom Tisch zurück. Die Hand, in der sie das Skalpell hielt, zitterte unkontrolliert. Der OP-Assistentin rief sie zu: »Wasch dich, du musst für mich einspringen, ich muss zu Mila.«

»Willst du Felix anrufen, oder sollen wir das tun?« Sabrinas Hand auf ihrer Schulter holte sie zurück, und das kurze, aber intensive Gefühl von Schuld verwandelte sich in Hoffnung. Ihre Kleine würde leben, sie würde wachsen und springen und irgendwann ihre Mutter begraben. Nicht umgekehrt. So, wie es eben sein musste.

# Heute

# Kapitel 1 – Katharina

»Du könntest echt mal die Tür ölen, das hört sich ja furchtbar an!«

Nele verdrehte die Augen und sah ihre Mutter mit diesem Blick an, der ihr sagen sollte, dass sie ihr peinlich war.

Hinter ihr kam Mila die Treppenstufen herunter, und Katharina fragte sich automatisch, ob sie dieses pubertäre, aufmüpfige Augenverdrehen in fünf Jahren genauso draufhaben würde wie ihre Schwester. Noch war sie klein. Und lieb. Eine Welle der Zärtlichkeit erfasste sie, als sie ihre jüngste Tochter dabei beobachtete, wie ihre schmalen, kleinen Hände sich mit dem Schulterriemen ihrer Büchertasche abmühten.

»Hä?«, zischte Nele, was so viel heißen sollte wie: *Gib mir eine Antwort, Alte.*

Katharina zog unbeeindruckt Milas Ranzen am Henkel nach oben, und das Mädchen flüsterte ihr ein »Danke« zu.

»Sag's deinem Vater, der ist der Handwerker in der Familie«, erwiderte Katharina an Nele gewandt.

»For the record, er wohnt nicht mehr hier!«, gab Nele mit jener übertriebenen Dramatik zurück, die sie an den Tag legte, seit sie vierzehn war.

»For the record: Das heißt nicht, dass ich alles alleine machen muss!«, entgegnete ihre Mutter und schenkte ihr ein breites Lächeln. Neles Frechheiten brachten sie schon eine Weile nicht mehr aus dem Konzept. Vielmehr hatte sie festgestellt, dass es *ihre* Frechheiten waren, die Nele aus der Bahn warfen.

Jetzt setzte Nele ihren Schmollmund auf, und Katharina hätte Wetten darauf abgeschlossen, dass sie ihr gleich verkünden würde, künftig bei ihrem Vater wohnen zu wollen. Sie bemühte sich, nicht laut zu lachen. Wenn Nele gewusst hätte, wie sehr sie sie mit ihrem Theater amüsierte.

»Ich kann ja zu Papa ziehen!«

*Bingo.*

»Bitte, nur zu. Dein Zimmer bekommt Mila.« Katharina zuckte gleichgültig mit den Achseln und konnte sich ein Grinsen nicht verkneifen.

Mila schaute erst zu ihrer Mutter, dann zu Nele und wieder zurück. Sie kämpfte ganz offensichtlich mit der Freude über ein zusätzliches Zimmer für ihre Stofftiersammlung und der Angst, dass Nele Ernst machen könnte. Ähnlich wie bei ihrer Schwester und wie bei Katharina selbst, war jede innerliche Regung an ihrem Gesicht abzulesen.

»Papa holt Friedrich zurück«, rief Nele, kurz davor, für ihr Alter sehr kindisch mit dem Fuß auf den Boden zu stampfen.

Das war der Punkt, an dem Katharina sauer wurde. Nicht, weil Felix das wirklich gemacht hätte, sondern weil Nele wusste, dass sie damit zu weit ging.

Felix und sie waren seit einem Jahr getrennt. Und irgendwie auch nicht. Eigentlich hätte er auch hier wohnen bleiben können, aber irgendwie wurde bei einer Trennung von einem verlangt, dass man sich auch räumlich trennte. Überhaupt wurde einem bei einer Trennung unheimlich viel abverlangt, fand Katharina. Krieg statt Rosen, Schreierei statt vernünftiger Worte, Gezerre um die Kinder statt des Bemühens, weiterhin eine Familie zu sein, wenn man sie am meisten brauchte.

»Die Reinhardts mögen Tiere!«, stichelte Nele weiter.

Als die Einliegerwohnung eben jener Reinhardts gegenüber vor ein paar Monaten frei geworden war, war Felix dort eingezogen. Die Kinder konnten, wenn sie wollten, im Schlafanzug zu ihm rüberlaufen und sich zu ihm ins Bett kuscheln. An Sonntagen frühstückten alle vier gemeinsam. Sie hatten sogar überlegt, im Sommer zusammen nach Italien zu fahren. Was daran gescheitert war, dass Felix sich gerade einen lang gehegten beruflichen Traum erfüllte, der all seine zeitlichen und finanziellen Möglichkeiten auffraß. Er hatte sein eigenes Restaurant eröffnet.

Man konnte sagen, Felix und Katharina hatten das mit der Trennung super hinbekommen. Es hatte wenige Tränen gegeben, nicht wirklich viel Streit, und es war gerade gut so, wie es war.

Katharinas Freundin Elli behauptete, sie traue dem Frieden nicht. Sie habe noch nie eine derart friedliche, ja fast liebevolle Trennung erlebt. Sie glaubte, der große Knall werde folgen, wenn einer von ihnen irgendwann einen neuen Partner habe. Katharina stritt das Elli gegenüber ab und beruhigte sich selbst damit, dass Felix für nichts mehr als ein paar Bettgeschichten Zeit haben dürfte. Sie selbst hatte nicht einmal dafür genug Freiraum und Energie. Eifersucht war sowieso nie ein Thema zwischen ihnen gewesen. Auch nicht, als sie noch viel jünger gewesen waren und noch keine Kinder gehabt hatten. Da war immer dieses große »Wir gehören zusammen«, das nichts anderes zugelassen hatte. Und das hielt noch an.

»Du nennst ihn immer noch deinen Mann, nie deinen Ex«, sagte Elli ständig. So als sei das etwas, was man Katharina vorwerfen müsse. Vielleicht fiel es Felix und ihr so leicht, getrennt zu sein, weil sie viel Schlimmeres hinter sich hatten, als nicht mehr zusammen und miteinander zu schlafen. Felix und sie hatten größere Gräben überwunden als eine schmale, ruhige Sackgassenstraße in einem Neunzigerjahre-Neubaugebiet. Für gewöhnlich versuchte Katharina, nicht so viel darüber nachzudenken. Nicht über überwundene Gräben und auch nicht über die Tatsache, dass sie zwar deren Tiefe gemeistert, sich aber dabei verloren hatten. Natürlich tat es weh. Aber Felix blieb immer Felix, und er war ja noch da. Sie alle waren noch da.

»Wir können Friedrich nicht zurückholen, Nele, und das weißt du. Es tut mir wirklich leid, aber du weißt doch, warum wir ihn abgeben mussten.«

Es hörte sich schärfer und bissiger an, als beabsichtigt, aber nach über zwei Jahren war es an der Zeit, mit dem Thema Friedrich abzuschließen, wie sie fand. Vielleicht sollte sie das Bild im Gang abhängen, überlegte sie. Das Foto, auf dem Friedrich, ihr ehemaliger Hund, nicht nur aussah wie der liebenswerte, treudoofe Riesenschnauzer, der er war, sondern so wirkte, als hätte er ihnen allen etwas mitzuteilen. Das Mitleidige im Blick ließ einen nicht kalt, auch wenn es Unsinn war. Es gab keine Wahl. Friedrich hatte gehen müssen, und das mussten sie alle akzeptieren. Dort, wo er jetzt war, ging es ihm hervorragend.

Katharina öffnete das Garagentor. Könnte auch mal geölt werden, dachte sie.

»Ich vermisse Friedrich«, sagte Mila leise, während sie in der Auffahrt wartete. Katharina hielt inne, lief zu ihr, beugte sich zu ihr hinunter und legte die Hände sanft an ihr Gesicht.

»Wir alle vermissen ihn, Milli, aber es geht ihm gut bei der neuen Familie.«

Mila nickte einsichtig. »Ja, es ist wohl das Beste so«, gab sie altklug zurück.

Katharina küsste sie auf die Stirn.

»Untersteh dich und mach das bei mir!«, zischte Nele und schaute dabei so aus, als wäre es genau das, was sie jetzt brauchte. Sie zeigte mit dem Finger auf Mila und sagte: »*Dein* Hund war er ja nicht. *Ich* habe ihn bekommen. Und wegen *dir* ist er weg.«

Nun reichte es aber! Katharinas Mutter behauptete zwar immer, sie habe zu viel Geduld mit Nele und eine Vierzehnjährige bräuchte eine härtere Hand. Aber Katharina war da anderer Meinung. Sie hatte mit vierzehn eine harte Hand gehabt und war dennoch so völlig anders geworden, als ihre Eltern es sich gewünscht hatten. Meistens versuchte sie, Neles Aufgebrachtheit mit Ruhe zu begegnen. Doch manchmal erwischte es sie eiskalt, und die Unvernunft und der Egoismus ihrer Tochter trieben ihr die Tränen in die Augen. So wie jetzt. Nele kannte die wunden Punkte ihrer Mutter, und inzwischen wusste sie ganz gut, wie sie sie wütend machen konnte.

Katharina packte Nele am Arm, fester, als sie es gewohnt war, und flüsterte ihr ein paar Worte ins Ohr, die dem Mädchen die Röte ins Gesicht trieben.

Murmelnd und leise schimpfend – sie war froh, die Wortwahl ihrer Tochter nicht hören zu können –, lief Nele daraufhin in Richtung Bushaltestelle. Katharina wusste, dass sie das Brot mit der Gesichtswurst und den liebevoll geschnittenen Gemüsestückchen ins Gebüsch werfen würde, sobald sie außer Sichtweite war. Vermutlich kaufte sie sich in der Schule irgendeinen ungesunden Fraß. Ein viel zu helles Brötchen mit Analogkäse ohne Geschmack oder ein Zuckergussgebäck. Sie wusste nicht, warum sie ihr das Brot noch machte, vielleicht, weil es wehgetan hätte, es nicht mehr zu tun. Sie sah ihr noch eine Weile nach, der volle dunkle Zopf hüpfte auf ihrem Rücken und aufgrund ihrer Größe konnte man sie – zumindest von hinten – für deutlich älter halten, als sie war. Neles Taille war schmal, sie war im letzten halben Jahr um einige Zentimeter gewachsen, und die letzten Babypfunde hatten sich ebenfalls in die Länge gestreckt. Die wenigen verbliebenen Rundungen saßen langsam an anderen Stellen.

»Nele, warte!«, rief Mila ihr hinterher. Aber ihre große Schwester ignorierte das Rufen und lief unbeirrt weiter.

»Soll ich dich fahren, Mila?«

»Nein, Mami, danke. Ich sitze heute neben Leni im Bus. Da warte ich schon die ganze Woche drauf. Wir wechseln uns doch ab. Außerdem bin ich früh dran, dann können wir uns den Platz noch aussuchen.«

»Alles klar, Große. Hast du dein Böxchen dabei?«

»Ja, hab ich, Mama, mach dir nicht immer Sorgen um mich. Um halb zehn zwei und um eins eine, stimmt's?«

»Stimmt. Ich bin stolz auf dich, Milli.«

»Ach, Mama, ich doch auch auf dich«, erwiderte sie. Sie warf die dunklen Locken nach hinten und strahlte ihre Mutter mit ihren grün gesprenkelten Augen an. Die Locken hatte sie von ihrem Vater, genauso wie die breite Stirn, die vollen Lippen und das Schelmische im Gesicht, das einen immer einen Schabernack vermuten ließ.

»Mach dir nichts aus Neles Sprüchen, Milli. Sie meint es nicht so.«

»Warum sagt sie dann solche Sachen?«

»Weißt du, in der Pubertät werden die Menschen manchmal richtig doof. Aber das geht vorbei. Und jetzt mach, dass du loskommst, nicht dass du noch den Bus verpasst. Wo du doch heute neben Leni sitzt.«

»Ich werde nicht so blöd, Mami, ich werde nie blöd zu dir sein!«

Wissend, dass sie dieses Versprechen vermutlich nicht würde einhalten können, winkte Katharina ihr nach.

Sie selbst musste dringend los, in weniger als vierzig Minuten begann ihre Schicht im Krankenhaus. Außerdem war da noch irgendwas anderes heute. Während sie zum Auto lief, zog sie an dem kleinen roten Ledereinband, in dem ihr Terminkalender steckte und blätterte zum heutigen Datum. Aber sie fand keinen Eintrag. Was nicht heißen musste, dass tatsächlich kein Termin anstand. Es war eines dieser Dinge, die

Felix an ihr hasste. Sie vergaß Sachen. Unabsichtlich und auch nicht sehr oft. Aber sie merkte sich schlecht Termine, die sie sich nicht sofort aufschrieb. Sie entwischten ihrem Kopf wie ausschwärmende Bienen. Irgendetwas hatte sie für heute Abend zugesagt. Kein angenehmer Termin, es war vielmehr etwas aus Pflichtgefühl oder vielleicht aus Schuldgefühl, möglicherweise auch aus Mitgefühl. Dabei wusste sie schon jetzt, welches Gefühl heute Abend nach Schichtende die Oberhand haben würde: das Gefühl, erschöpft und übermüdet zu sein.

Während der Autofahrt grübelte sie noch weiter, kam aber nicht darauf. Als sie ihren alten Vectra auf dem Personalparkplatz des Krankenhauses abgestellt hatte, dachte sie bereits nicht mehr daran.

Wenn sie Tagdienst hatte, ging sie selten direkt in den OP-Trakt, sondern nahm den Umweg über die Treppe und betrat im zweiten Stock die Kinderstation. Beinahe jeden Tag lief sie zielstrebig in Richtung des großen Fensters, das auf die Besucherterrasse zeigte und blieb dort mit geschlossenen Augen für einige Sekunden stehen, während sich ihr Körper von Kopf bis Fuß mit Dankbarkeit füllte. Sie konnte es spüren, dieses Gefühl tiefster Erleichterung, das nur Menschen empfinden konnten, die dem Tod ganz knapp von der Schippe gesprungen waren. Oder Mütter von Kindern, die das geschafft hatten. Manchmal sah sie eines der Mädchen oder einen der Jungen. Die kahlköpfigen, blassen Kinder von der Krebsstation, die hier herüberkamen, weil das Spielzimmer besser ausgestattet war, oder die sogenannten Tausendfüßler auf Krücken, die an einem Klumpfuß operiert worden waren, sich ein Bein gebrochen hatten oder mit ihren Beinprothesen noch nicht gehen konnten. Die Gänge hier waren die längsten und bestens geeignet für Laufübungen. Und ab und zu sah Katharina den Jungen mit dem neongrünen Fahrrad über den Gang fahren, so als wäre es völlig normal, dass neben ihm das Berlin-Heart rollte – einer jener blau-weißen Kästen, der auch Mila so lange am Leben gehalten hatte, und ohne den der Junge niemals Radfahren gelernt hätte.

An solchen Tagen verließ sie die Kinderstation schneller als sonst. Weil die Erinnerung einfach zu stark wurde und die Vorstellungskraft über die Realität hinausschoss. Dann, wenn ihr richtig bewusst wurde, wie anders alles hätte ausgehen können.

Heute war niemand auf dem Gang. Sie holte tief Luft, legte die Hände kurz an die noch kühle Scheibe und machte sich dann auf den Weg in den OP-Trakt.

Am Nachmittag schaffte sie es gerade so, Felix eine Nachricht zu schreiben, dass er die Mädchen erst gegen sieben rüberschicken sollte, weil es bei ihr später wurde.

Es war zwanzig nach sieben, als sie die Haustürschlüssel in die Porzellanschale auf der zerkratzten weißen Kommode legte. Im Haus war es still. Vermutlich waren Mila und Nele noch bei Felix drüben oder im Restaurant, das eher noch einer Baustelle glich als einer Gaststätte.

Sie wollte gerade zum Kühlschrank laufen, in der Hoffnung, dass noch Orangensaft übrig war, als sie den Zettel auf dem alten Eichenesstisch entdeckte – A4-Druckerrecyclingpapier, aufgestellt wie ein Namensschild in der Grundschule.

»Danke auch! Wenn ich dich einmal um was bitte …«, stand auf dem Zettel.

Und in dem Moment wusste sie wieder sehr genau, welchen Termin sie vergessen hatte.

# Kapitel 2 – Sandra

»Ich könnte mitkommen, wenn du möchtest.« Jan versuchte, es ehrlich klingen zu lassen.

Es blieb dennoch ein halbherziges Angebot. Halbherzig. Auch so ein Wort. Ein Unwort, fand Sandra. Entweder hatte man ein ganzes Herz oder man hatte keines mehr.

»Du hast doch heute Training, oder nicht?«, entgegnete sie.

»Sandra, du weißt, dass ich das dafür sausen lassen könnte … und würde.«

*Wie nobel!*

»Nein, ich möchte alleine hin. Für dich ist es doch sowieso Zeitverschwendung.«

Es klang ruhig. Es klang gleichgültig. Und so war es auch gemeint. Sandra wartete seinen vorwurfsvollen Blick nicht ab. Auch den hilflosen, der meist folgte, mied sie. Stattdessen drehte sie sich um und schaute in den Spiegel. Sie schloss den seitlichen Reißverschluss ihres hellgrauen Kleides, strich den Stoff glatt und fuhr sich dann durch die Haare. Sie konnte Jans Blicke spüren, auch wenn sie im Spiegel nur sah, wie seine Arme hilflos wie Fremdkörper an seinem drahtigen Körper herunterhingen. Anders als sie hatte er nicht mit seinem liebsten Hobby aufgehört. An ihr war nichts mehr drahtig, sie bestand nur noch aus Knochen, die von Haut umgeben waren. Aber sie hätte um nichts auf der Welt so weitermachen können wie zuvor. Das wäre ihr wie ein gnadenloser Verrat vorgekommen. Sie warf es Jan nicht vor, dass er weiter leidenschaftlich gern Tennis spielte, sie verstand es nur nicht.

Früher hatte Jan sie sehr begehrt und sie selbst hatte sich als begehrenswert empfunden. Objektiv betrachtet, war sie noch immer eine schöne Frau. Ihr lag nur nichts mehr daran. Objektiv betrachtet, waren zwei Jahre einfach nur »früher«, subjektiv betrachtet, waren sie dagegen eine ganze Welt. Aus dem Spiegel blickte Sandra eine Mittdreißigerin mit blondem, langem Haar, einem länglichen Gesicht, einer schmalen, wohlgeformten Nase, blauen, traurigen Augen und einem leicht vorgewölbten Kinn an. Sie war eins siebenundsiebzig groß und damit nur fünf Zentimeter kleiner als ihr Mann. Weshalb sie selten Schuhe mit hohen Absätzen trug. Ganz davon abgesehen, dass es keinen Anlass mehr gab und geben konnte, zu dem sie Lust gehabt hätte, welche zu tragen.

»Du musst aufhören, dich zu quälen! Du musst endlich damit abschließen!«

Sie hasste diesen Ausdruck. *Abschließen.* Jan hätte als Journalist bessere Worte finden müssen für all das zwischen ihnen. Für das Große, Traurige, Unaussprechliche. Wenn er nicht die richtigen Worte dafür finden konnte, wer dann?

»Ich quäle mich nicht. *Es* quält mich.«

Jan seufzte, ging einen Schritt auf sie zu, dann noch einen, und umfasste ihre Taille. Berührungen zwischen ihnen waren selten geworden. Jede Liebkosung fühlte sich für Sandra falsch an, jeder – seltene – sexuelle Kontakt zwischen ihnen sorgte bei ihr für ein übelerregendes Schuldgefühl.

»Ich will meine Flotti zurück!«, sagte Jan.

Ihr alter Spitzname ließ sie zusammenzucken, oder vielleicht war es auch die Wortwahl. Es gab sie nicht mehr. Weil es sie nicht mehr geben durfte. So einfach war das.

»Morgen sind es zehn Jahre«, fuhr Jan fort, so als bemerke er gar nicht, wie sie sich versteifte. Er lächelte. »Wir könnten zusammen essen gehen?«

Fast auf den Tag genau vor zehn Jahren waren sie sich zum ersten Mal begegnet. Die Tageszeitung, für die Jan damals arbeitete, hatte eine Lesung im Rahmen einer Kinder-brauchen-Bücher-Aktion veranstaltet. Und weil der Bürgermeister, der die erste Lesung halten sollte, krank geworden war, war Jan eingesprungen. Sie selbst war vom Olympiazentrum, in dem sie erfolgreiche Fechterin war und das die Veranstaltung sponserte, als Vertreterin geschickt worden. Sie sollte symbolisch einen vierstelligen Scheck zugunsten der Kinderbibliothek übergeben. Jan saß allein auf der völlig schmucklosen Bühne der großen Turnhalle auf einem grauen Metallstuhl und füllte mit seiner Stimme den gesamten Raum aus. Die Kinder hingen an seinen Lippen, genau wie Sandra. Sie hatte seine langen, schlanken Beine in den verwaschenen Jeans bemerkt, die muskulösen Schultern unter einem ungebügelten Hemd und das kurze, leicht gräuliche Haar. Doch was sie wirklich faszinierte, war die Klangfarbe seiner Worte. Er las aus Paul Maars Kinderbuch »Lippels Traum«, und sie war bereits nach wenigen Sätzen unsterblich in seine Stimme verliebt. Das Warme darin erhitzte sie von innen und besaß eine solche Anziehungskraft, dass sie beinahe bedauernd geseufzt hätte, als er das Buch zuklappte und mit einer kleinen Verbeugung lächelnd die Bühne verließ. Den Scheck hatte sie darüber völlig vergessen, als sie Jan nachgelaufen war, ohne zu wissen, was sie ihm überhaupt sagen wollte. Aber er war schneller als sie gewesen und hatte bereits die Turnhalle verlassen.

»Was meinst du? Denkst du nicht, wir bräuchten ein paar gute Erinnerungen? An dich und mich?«, versuchte Jan es erneut.

Ein paar Tage nach diesem ersten Zusammentreffen vor zehn Jahren hatte der Zufall ihnen zu einem Wiedersehen verholfen. Sie erkannte ihn sofort, als er die Halle betrat. Es stellte sich heraus, dass Jan über das Fechtzentrum berichten sollte, bei dem sie trainierte. Eigentlich hatte er ein Interview mit ihrem Trainer verabredet, aber dann kurzerhand beschlossen, dass er lieber mit einer der Fechterinnen sprechen wollte. So kam es, dass sie ihm zwei Stunden lang geduldig in kompletter Turnierkleidung – Brustschutz, Unterziehweste und Elektrojacke – schwitzend gegenübersaß und ihm Fragen beantwortete. Danach hatte er sie zum Mittagessen eingeladen und dort weiter befragt. Nur, dass es dann nicht mehr um ihren Sport ging, sondern um ihr gesamtes Leben. Jan war sehr geschickt darin, die richtigen Fragen zu stellen, und sie war ihm schon so verfallen gewesen, dass sie bereitwillig Auskunft gab. Bereits nach einer halben Stunde kannte er ihr bis dato recht ereignisarmes Leben. Sie hingegen hatte noch keine Ahnung, wer er war. Er hatte ihr dann angeboten, sie nach Hause zu fahren und unterwegs völlig überraschend an einer Schule gehalten und seinen Sohn Leo abgeholt. Sandra konnte sich noch gut an ihr Erstaunen erinnern. Ihre Überraschung darüber, wie selbstverständlich er ihr sagte, dass er Vater sei, geschieden und ernsthaft an ihr interessiert. Leos Mutter lebte damals bereits in Berlin und hatte wenig Kontakt zu ihrem Sohn. Und Sandra, die als Einzelkind aufgewachsen war, wurde auf einmal mit einer Familie konfrontiert und dem ultimativen Wunsch, diesem bezaubernden kleinen blonden Jungen eine Mutter zu sein und dafür zu sorgen, dass er Geschwister bekam. Sie kannten sich ein halbes Jahr, als in einer Zeitung ein Artikel über ihre Berufung ins olympische Team erschien, mit dem Titel »Flott mit dem Florett«. Damit hatte sie ihren Spitznamen weg. Olympia 2008 fand ohne sie statt, eine Schulterverletzung hatte ihr einen Strich durch die Rechnung gemacht. Jan jedoch nannte sie weiterhin Flotti. So lange, bis Jonah starb – und mit ihm die Freude und das Lachen.

»Ich brauche … ach, ich weiß auch nicht, was ich brauche«, sagte sie kraftlos. »Ich weiß nur, dass ich da heute gerne hingehen möchte. Das sind Menschen, denen es genauso geht wie mir.«

»Du meinst uns?«, erwiderte Jan stirnrunzelnd.

»Ja, natürlich«, antwortete Sandra, dachte aber das Gegenteil.

»Und was denkst du, was dir das bringt? Einzutauchen in das Leid von anderen hat das eigene noch nie minimiert.«

»Mein Leid lässt sich sowieso nicht minimieren. Das will ich auch gar nicht. Ich will nur …«

Sie wollte sehen, dass andere auch litten. Eigentlich ging es darum. Ihre Bekannten, die wenigen Freunde, zu denen sie noch Kontakt hielt, hatten alle nichts Vergleichbares erlebt. Sie versicherten Sandra und Jan zwar immer wieder, ihren Schmerz zu verstehen – manche gingen sogar so weit, zu behaupten, sie würden ihn teilen. Aber niemand verstand, wie es wirklich war, wenn man selbst am Leben sein musste und der eigene Sohn es nicht mehr durfte.

»Du wirst deswegen nicht leichter fertig damit. Lass es sein! Wir können es nicht mehr ändern«, sagte Jan sanft und versuchte, ihr Kinn anzuheben, ihren auf den Boden gesenkten Blick zu sich zu lenken. Sie hielt dagegen. Er seufzte.

»Nein, können wir nicht. Aber ich will wissen, ob es anderen auch so geht«, beharrte Sandra. »Ob sie es auch bereuen«, fügte sie etwas leiser hinzu.

»Bereuen? Sandra, das ist nicht dein Ernst! Was wäre denn die Alternative gewesen?« Jan wurde lauter. Sandra zuckte ein wenig zusammen.

»Du kennst die Alternative sehr gut. Tu nicht so, als hätte es keine andere Möglichkeit gegeben!«

Sie wollte nicht mit Jan streiten, sie hatte gar nicht die Kraft dazu. Eigentlich wollte sie einfach nur ihre Ruhe haben. Vor ihm und dem Rest der Welt, der so tat, als drehe sie sich einfach weiter, diese beschissene Erdkugel, dieses verdammte Universum, das ihr ihren Sohn geraubt hatte.

»Ich gehe jetzt!«, erklärte sie entschlossen. Jan trottete ihr bis hinaus in den hellen Flur hinterher, in dem Jonahs Schuhe nicht mehr standen, sodass Sandra gerade deshalb das Gefühl hatte, über sie zu stolpern. Jan hatte sie weggepackt, ebenso wie seine Jacken, seine Mützen, seine geliebten Matchboxautos und die große MagLite-Taschenlampe. Jan säuberte das Haus von ihrem Sohn und dachte, er könne sie damit aussperren, die trüben Gedanken. Sie tat das Gegenteil, sie bewahrte sich alles, was sie an ihn erinnerte. Wenn sie allerdings ehrlich war, musste sie zugeben, dass beides nichts brachte. Das Wegwerfen nicht und das Aufheben auch nicht. Das Vergessenwollen nicht, und das Erinnernwollen auch nicht. Jonah war nicht mehr da, und er würde nie wiederkommen.

Langsam schloss sie die Tür hinter sich und ließ Jan stehen wie einen Fremden, der keinen Zutritt hatte zu ihrer Welt.

Es war nicht weit bis zum *Haus der Begegnung*, dem Ort der Stadt, an dem gemeinnützige Veranstaltungen, Basare und Treffen von Selbsthilfegruppen stattfanden. Zu einer dieser Gruppen war sie jetzt unterwegs. Es war nicht das erste Mal, dass sie sich Hilfe suchte und dabei gar nicht wirklich auf der Suche nach Hilfe war. Sie hatte zahlreiche Stunden bei einer Psychologin verbracht, sie hatte einen Traumabewältigungskurs gemacht, ein halbes Dutzend Hypnosesitzungen und eine Rückführung. Nun ging sie eben zu einer Selbsthilfegruppe. Niemand hatte sie je dazu gedrängt. Anfangs war Jan geradezu begeistert gewesen, dass sie sich so offensichtlich Hilfe suchte. Inzwischen hatte er das verstanden, was sie schon lange wusste: Niemand konnte ihr helfen. Aber sie ging trotzdem hin, weil sie das von sich selbst erwartete. Weil nicht hinzugehen bedeutet hätte, dass sie abgeschlossen hatte und zurechtkam. Und sie erwartete von sich selbst, dass sie eben nicht mit dem Tod ihres Sohnes zurechtkam. Es war die einzige Strafe, die sie sich selbst auferlegen konnte. Sie musste das tun, um nicht verrückt zu werden und um zu verhindern, dass ein Leben ohne Jonah normal wurde.

Am Eingang zum *Haus der Begegnung* musste sie sich mit aller Kraft gegen eine massive verglaste Holztür stemmen, um sie aufzubekommen. Ein Schild dahinter wies ihr den Weg zum Raum drei, in dem die Veranstaltung stattfinden sollte.

Eine Frau in einem langen, weiten Rock und mit lockigem grau-braunem Haar stand zögernd vor Zimmer drei. Sie konnte sich anscheinend nicht entschließen, ob sie nun hineingehen sollte oder nicht. Sandra ignorierte sie und betrat einen hellen, großen Raum. Die Stühle waren im Halbkreis um eine Tafel angeordnet, auf der ein Willkommensgruß sowie der Name einer Dame stand, deren medizinische Titel und Berufsbezeichnungen die gesamte untere Hälfte der Tafel einnahmen.

Sie war offensichtlich eine der Ersten. In einem kleinen angrenzenden Zimmer standen auf einem niedrigen Sideboard Erfrischungsgetränke und die freundliche Aufforderung auf einem Zettel an der Wand, gern zuzugreifen und die Spendenbox zu bedienen. Sie warf zwei Euro in den umfunktionierten Schuhkarton und musste dabei daran denken, wie Jonah seine Fundstücke immer in solchen Kartons verstaut hatte. Er hatte oben kleine Löcher hineingeschnitten und durchsichtiges Papier davor geklebt. Darin hatte er Tannenzapfen, alte Nägel, Süßigkeiten, Steine, Zeitungsausschnitte und allerlei Krimskrams aufbewahrt und alles mit seiner krakeligen, ungeduldigen Schrift mit Namen versehen:»Kastahnien«, »Ludscher«, »Plütenpläter«.

Sandra schreckte hoch, als sie merkte, dass jemand über ihre Hand hinweg nach einem Flaschenöffner griff, und wenig später das Ploppen eines Kronkorkens zu hören war.

Neben ihr stand ein dunkelhaariges, schlankes Mädchen, das sie neugierig aus grünen Augen musterte. Sandra sah weg. Das Mädchen reichte seine Colaflasche dann weiter an ein deutlich jüngeres Kind. Die Ältere musste ungefähr vierzehn sein, die Kleine vielleicht sechs oder sieben.

»Nimm schon, ich verrate Mama nichts!«, flüsterte die Ältere der Jüngeren zu.

»Ich möchte nicht hier sein«, sagte die Kleine. Sandra fragte sich, ob die beiden sich im Raum geirrt hatten und eigentlich in die Selbsthilfegruppe für Waisen und Halbwaisen ein Zimmer weiter gehen wollten. Sie verspürte für einen Augenblick Mitleid mit den Mädchen.

»Hallo, ihr beiden!«, sagte sie so freundlich, wie es ihr möglich war.

»Hallo.« Die Kleinere strahlte. »Ich bin Mila, und du?«

»Mila? Das ist aber ein schöner Name. Ich bin Sandra.«

Die beiden waren Schwestern, da war sie sich sicher. Die gleichen außergewöhnlich grünen Augen, dasselbe dichte dunkle Haar. Wenngleich die Gesichtszüge sich unterschieden. Die größere hatte schmale Lippen und ein feines, längliches Gesicht, während das aufgeweckte kleine Mädchen eher gröbere Züge hatte.

»Bleibst du mal kurz hier stehen, Mila. Ich muss auf die Toilette!«, sagte die Große zu der Kleinen und musterte Sandra noch einmal kurz misstrauisch.

»Geh nur, ich passe gerne auf sie auf«, erklärte Sandra.

Das Mädchen, das Sandra auf den zweiten Blick noch dünner vorkam als auf den ersten, blickte sich mehrmals um, als sie den Raum verließ.

Da stand sie nun mit einem kleinen Mädchen und versuchte sich vorzustellen, dass es nicht die fremde Mila war, sondern Jonah. Das tat sie manchmal. Einmal hatte sie im Supermarkt einen fremden Jungen an der Hand genommen. Es war ein Reflex, sie war selbst erschrocken über sich gewesen. Der arme Kerl hatte sofort wie am Spieß geschrien, und Sandra hatte ihren Einkaufswagen stehen lassen und war ohne Einkäufe an der Kasse vorbei aus dem Laden geflüchtet, bevor seine Mutter sie zur Rede stellen konnte.

»Was macht ihr beiden denn hier?«, fragte sie Mila, die hastig ihre Cola trank.

»Ich weiß auch nicht so genau. Nele wollte hierher.«

»Nele?«, fragte Sandra nach.

»Ja, meine Schwester. Die grad aufs Klo ist.« Dann überlegte sie einen Moment, legte den Kopf etwas schief und schaute zu Sandra hoch. »Vielleicht ist es, weil ich zwei Geburtstage habe«, fügte sie schulterzuckend hinzu.

»Du hast zwei Geburtstage? Das ist ja toll!«, erwiderte Sandra.

Die Worte kamen schnell, genauso schnell wie die Tatsache, dass Jonah gar keinen Geburtstag mehr hatte, dafür einen Todestag.

»Ich habe im Juli Geburtstag und dann noch mal im März. Im Juli bin ich aus Mamas Bauch gekommen, und im März vor zwei Jahren habe ich ein neues Herz bekommen«, erzählte die Kleine.

Auf einmal musste Sandra an das Seebeben von 2004 denken, das den verheerenden Tsunami ausgelöst hatte. Elefanten und andere Tiere waren bereits lange vor den ersten Flutwellen ins Landesinnere geflüchtet, die Menschen jedoch noch völlig ahnungslos gewesen. Und Sandras Instinkte waren plötzlich so scharf wie seit über zwei Jahren nicht mehr. Sie hatte es nicht sofort spüren können, dass die Welt ins Wanken geriet. Aber jetzt hatte sie das Bild angehalten, es eingefroren, es konserviert. In diesem sonderbaren Zustand des Stillstands sah sie das Mädchen an. Sie starrte auf den kleinen, abgewetzten und leicht abstehenden braunen Knopf an der Brusttasche des karierten Hemdkleides. So lange, dass sie fast das Gefühl hatte, zu sehen, wie der Knopf sich hob und senkte.

»Wann genau im März?«, wollte Sandra wissen.

»Hä?«, sagte Mila und schaute sie mit großen Augen fragend an.

»An welchem Tag im März ist dein zweiter Geburtstag?«, erklärte Sandra und versuchte, dabei so ruhig zu bleiben wie möglich – mit einem Sturm in ihrem Herzen.

*War es möglich, dass …?*

»Am zwölften«, antwortete die Kleine und nickte wie zur Bestätigung.

*Es war möglich!*

»Kannst du mal meine Tasche halten, bitte?«, sagte das Mädchen. Offenbar sah man Sandra nicht an, dass gerade ein Orkan in ihr tobte. »Mama sagt, ich soll meine Sachen nicht immer auf den Boden stellen, aber ich muss meine Schuhe zubinden!«

Mila hielt ihr ein Umhängetäschchen mit einem Hello-Kitty-Aufdruck entgegen.

Sandra erinnerte sich, dass Jonah im Kindergarten auch so eine Tasche gehabt hatte, mit Klettverschluss. Die Tasche war blau gewesen, mit einem grünen Rand. Sie versuchte, sich in Erinnerung zu rufen, was darauf abgebildet gewesen war. Ein Feuerwehrmann? Ein Traktor? Eine Rakete? Sie bekam das Bild nicht in ihren Kopf.

»Was ist denn jetzt?«, fragte die Kleine und streckte ihr noch immer ihre Tasche hin. Endlich griff sie danach. Automatisch und mechanisch. Mila bückte sich, um ihre Schuhe zuzubinden. Sandra hatte es nicht geplant, es war nicht einmal absichtlich, aber ihr Blick fiel auf einen kleinen eingenähten Zettel, der aus dem Inneren der Tasche nach außen lugte. Mila Lahner – ihr Name und eine Adresse. Keine vierzig Kilometer von ihrem eigenen Wohnort entfernt.

Sie wollte ihr die Tasche wieder in die Hand drücken, aber Mila war noch immer mit ihren Schnürsenkeln beschäftigt. Alles in Sandra drängte weg von diesem Kind. Langsam ließ sie die Tasche auf den Boden sinken und rannte aus dem Raum. Wie damals im Supermarkt. Sie stürzte aus dem Zimmer in den Gang, vorbei an dem Schild mit der Aufschrift »Angehörigentreffen« und hinaus ins Freie. Dort presste sie sich mit dem Rücken an die von der Sonne aufgeheizte Backsteinwand und schrie, ohne dass ein einziger Laut ihren Mund verließ.

# Kapitel 3 – Katharina

»Sind sie bei dir?«

Sie rief es laut in den Hörer. Das Telefon hatte im letzten verregneten Sommer zwei Nächte im Freien verbracht und war seitdem ein bisschen »schwerhörig« geworden. Felix' Stimme kam ebenfalls nur leise durch die Leitung. Katharina hielt sich mit der freien Hand das linke Ohr zu, um ihn besser verstehen zu können.

»Nein, sie sind um sechs gegangen. Mila hat drei Portionen Spaghetti verdrückt. Nele wollte nichts, sie meinte, sie hätte in der Schule etwas gegessen und wäre nicht mehr hungrig. Wir haben dieses neue Pesto …«

»Felix! Es ist mir egal, was für ein Pesto ihr habt, ich will wissen, wo unsere Töchter sind!«

»Ja, ich dachte zu Hause, bei dir.«

»Würde ich dich dann anrufen? Sie sind nicht da.«

Er antwortete nicht gleich. Katharina stellte sich vor, wie er das scharfe Filetiermesser aus der Hand legte, seine großen Hände an der Schürze abwischte und endlich begann nachzudenken. Wenn Felix kochte, dann existierten für ihn nur noch Gerüche, Aromen und Bratzeiten. Die Realität sperrte er aus. Sie liebte das an ihm, dieses Konzentriertsein auf eine Sache. Obwohl sie beide völlig unterschiedliche Berufe gewählt hatten, einte sie eines: Sie gingen beide ganz darin auf und wenn sie etwas taten, dann richtig. Außer verheiratet sein. Das war ihnen nicht sonderlich gut gelungen. Zumindest nicht in den letzten zwei bis drei Jahren.

»Vielleicht ist Nele mit Mila zu Valerie und Janina gegangen.«

»Glaub ich nicht, da war sie schon lange nicht mehr.«

»Was heißt das denn?«

»Das ist doch jetzt egal«, gab Katharina zurück.

Es war nicht egal. Janina und Valerie waren Mädchen aus der Nachbarschaft, die zusammen mit Nele ein unzertrennliches Dreiergespann bildeten. Die letzten Wochen war Katharina aufgefallen, dass Nele seltener mit ihren Freundinnen unterwegs war. Sie musste später mit ihr darüber reden. Darüber und über die Brötchensache.

»Ach Felix, ich blöde Kuh, ich weiß, wo sie sind ... Tschüss, ich ruf dich später noch mal an.«

»Warte doch mal! Was ist denn jetzt mit Mila und ihren Freundinnen, was ist da los, Katharina?«

»Ich muss los, ich melde mich später bei dir.«

Sie legte auf, nahm ihren Schlüssel und lief nach draußen. Der Eingangsbereich ihres Hauses sah immer noch nach Baustelle aus. Felix hatte die gebrochenen Fliesen von der betonierten Treppe geklopft und hatte sie durch Steinplatten ersetzen wollen. Das war jetzt über drei Jahre her. Genauso wie er das alte, von Moos durchsetzte Pflaster des Weges durch den Vorgarten hatte austauschen wollen. Daran hatte sich ebenso wenig getan wie an der geplanten Terrassenüberdachung. Sie behalfen sich an heißen Tagen auf der Südseite des Gartens mit einem Sonnenschirm, der beim leichtesten Wind die Segel strich und Katharina beim Unkrautjäten bereits beinahe erschlagen hätte. Das Haus, in dem sie jetzt mit den Kindern alleine wohnte, hatten sie zwar begonnen zu renovieren, aber waren niemals damit fertig geworden. Sie hatten mit dem gutmütigen Vermieter einen Mietkaufvertrag abgeschlossen. Eigentlich sollte die Miete als eine Anzahlung gesehen werden, bis die Finanzierung stand und sie es dann tatsächlich kauften. Simon Wedel war ein netter, junger Kerl. Er ließ sie hier aus reiner Gutmütigkeit zu einem Spottpreis wohnen. Eigentlich konnte man in dieser Gegend inzwischen das Dreifache verlangen. Wöchentlich bekam Katharina Kaufanfragen für das Haus, die sie in einer Schublade sammelte und niemals an ihren Vermieter weitergeben würde. Meistens behauptete sie, das Haus gehöre ihnen, damit sie nicht fürchten mussten, dass Simon ein Angebot gemacht wurde, das er nicht ausschlagen konnte. Katharina glaubte schon lange nicht mehr daran, das Haus irgendwann kaufen zu können. Nicht alleine. Und Felix steckte alles in das »Drei Welten«, seinen Jugendtraum. Träume sollte man leben dürfen, fand sie, auch wenn das bedeutete, dass sie und die Mädchen für immer zur Miete wohnen würden oder irgendwann aus dem Haus mussten. Sie liebte das Haus, aber es war eben auch nur ein Haus. Das Leben hatte sie gelehrt, dass es viel Wichtigeres gab.

Sie schob die Gedanken an einen möglichen Umzug beiseite, wozu jetzt darüber grübeln, und machte sich auf den Weg.

Unterwegs kam sie am »Tonis«, ihrem ehemaligen Stammrestaurant, vorbei. Wie lange war sie schon nicht mehr hier gewesen? Jahre. Das letzte Mal gemeinsam mit Felix, kurz vor Milas Transplantation. Waren Felix und sie da noch glücklich gewesen? Sie erinnerte sich, das lange schwarze Kleid mit dem raffinierten Seitenschlitz und dem Rückenausschnitt getragen zu haben, um ihr damals bereits im Krankenhausalltag etwas eingeschlafenes Sexleben ein wenig zu beflügeln. Sie lächelte, als sie daran dachte, wie Felix gesagt hatte: »Ich habe den dringenden Verdacht, du trägst keine Unterwäsche.« Doch die Stimmung war so schnell gekippt wie stets zu dieser Zeit.

Katharina lehnte den von Felix vorgeschlagenen Wein ab, weil sie Angst hatte, noch ins Krankenhaus gerufen zu werden, und er reagierte darauf sofort genervt. Und das hatte gereicht, um die Stimmung zu zerstören. Mit einem einzigen Satz von ihr und einem einzigen Seufzer von ihm waren sie wieder nur Eltern gewesen statt ein Liebespaar. Eltern eines sterbenden Kindes. Sie hatten wieder nicht miteinander geschlafen in dieser Nacht, die den Anfang eines langen Endes markierte. Katharina schüttelte die Gedanken ab. Das alles lag lange hinter ihnen, es hatte genauso wenig Sinn, darüber nachzudenken, wie zu grübeln, ob sie irgendwann aus dem Haus ausziehen mussten. Es war Zeit, sich auf die Gegenwart zu konzentrieren.

* * *

»Was um Himmels willen wolltet ihr denn alleine hier?«, wollte Katharina durch das heruntergekurbelte Fenster wissen.

Ihre beiden Mädchen saßen auf einer Bank. Die eine auf der linken Seite, die andere so weit entfernt wie möglich auf der anderen.

»Nele wollte hierherkommen und ich musste mit, weil … Warum musste ich eigentlich mit, Nele?«

»Mama sollte mit mir hierher«, rief Nele und blieb reglos sitzen.

»Entschuldige, Nele. Es tut mir so leid, Mäuschen. Ich habe die Rufbereitschaft übernommen und dabei völlig vergessen …«

»Klar, Milas Termine vergisst du nicht. Meine dagegen sind unwichtig. Ich dachte, wenn es wenigstens indirekt um Mila geht, kommst du!«

»Steigt bitte erst mal ein, Mädels.«

Murrend stand Nele auf und öffnete die Beifahrertür. Sie ließ sich auf den Sitz fallen und warf die Tür mit einem gewaltigen Knall wieder zu.

»Das geht auch leiser!«, beschwerte sich Mila, die auf die Rückbank geklettert war.

Katharina stellte den Motor ab und sah ihrer Ältesten ins wutverzerrte Gesicht.

»Nele, Maus, warum wolltest du unbedingt hierher?«

»Weil ich sehen wollte, ob das bei anderen Familien auch so ist.«

»Was *so ist*?«

Katharina bereute es sofort, das Thema vor Mila angeschnitten zu haben.

»Na ja, ganz einfach: dass die gesunden Kinder den kranken geopfert werden.«

»Was meint sie mit geopfert, Mama?«

Nele drehte sich zu ihrer Schwester um, bevor Katharina etwas sagen konnte: »Damit meine ich, dass nur *du* zählst und ich einen Scheiß wert bin. Du warst krank und du bist Mamas Liebling. Wir haben *Jahre* mit dir im Krankenhaus verbringen müssen, und wir mussten Friedrich hergeben und uns ständig die Hände desinfizieren. Das Leben war echt scheiße mit dir. Und jetzt, wo alles wieder gut sein könnte, ist Papa nicht mehr zu Hause und wir haben kein Geld für coole Klamotten, weil Papa meint, er muss so ein verficktes Restaurant aufmachen. Und das alles nur, weil *du* krank warst.«

Mila begann augenblicklich laut zu schluchzen. Katharina griff mit der linken Hand am Sitz vorbei nach hinten und fasste ihre kleinen Finger. Sie seufzte und rief Felix an, um ihm mitzuteilen, dass sie die Mädchen aufgegabelt hatte. Dann startete sie den Motor und der alte Vectra ratterte mit klappernden Radlagern los.

»Nele, wir lieben dich genauso wie Mila. Keiner von euch kann mein einziger Liebling sein, weil ihr es beide seid. Meine und Felix' Liebe für euch spaltet sich doch nicht auf. Wenn uns einer von euch einmal mehr braucht, heißt das doch nicht, dass der andere weniger geliebt wird. Ihr seid das Größte in meinem Leben, und deswegen macht es mir die größte Angst, wenn es einem von euch nicht gut geht. Mila hat es sich nicht ausgesucht, krank zu sein. Das hättest auch du sein können, dann wären wir für dich genauso da gewesen.«

Nele zeigte keine Regung darauf. Mila schluchzte weiterhin, sagte dann aber unter Tränen: »Also Leute, verfickt sagt man nicht, das heißt verzwickt. Klar, Nele?«

Dann prustete sie lauthals in ihr Taschentuch.

Wenn Katharina ihr rascher Blick nach rechts nicht täuschte, dann war da ein Lächeln, das über Neles Gesicht huschte. Ein ganz kleines, kurzes.

Sie fuhren den Rest des Weges schweigend – mit der schniefenden Mila auf dem Rücksitz und einer mit verschränkten Armen versteinert nach vorn blickenden Nele nach Hause. In der Garage war sie die Erste, die aus dem Wagen sprang und verkündete: »Ich gehe in mein Zimmer.«

Dann trug Katharina die vor Erschöpfung eingeschlafene Mila ins Haus und kam sich dabei wie die schlechteste Mutter auf Erden vor. Ein allzu vertrautes Gefühl.

»Verfickte Familie!« Nele brüllte es so laut die Treppe herunter, dass die schlafende Mila in Katharinas Armen kurz zusammenzuckte und murmelte: »Jetzt hat sie es wieder gesagt.«

Über Milas Kopf hinweg sah Katharina Neles feuerroten Haarschopf über die Galerie lugen. Ihre Augen sprühten Funken, sie fühlte sich ungerecht behandelt. Das war vielleicht auch gar nicht so abwegig. Aber Katharina fand nicht, dass ihr das das Recht gab, so über Mila zu reden. Sie hatte es sich nicht ausgesucht, mit einem letalen Herzfehler geboren zu sein, sie hatte es sich nicht ausgesucht, dem Tod um ein Haar entronnen zu sein, und sie hatte es sich nicht ausgesucht, für immer ein Leben mit Medikamenten und Angst führen zu müssen. »Du verhältst dich total herzlos, Nele!«, gab Katharina zurück und bemühte sich, nicht ebenso laut zu schreien.

»Herzlos war nur Mila!«, entgegnete Nele frech.

»Das reicht, ich will dich nicht mehr sehen. Geh in dein Zimmer, bevor ich mich vergesse. Abendessen und deine Naschereien sind gestrichen. Du hast ja noch ausreichend trockene Brötchen in deinem Zimmer. Offensichtlich denkst du, wir haben genug Geld, um Lebensmittel vergammeln zu lassen.«

Das Blut wich aus Neles Wangen, sie wurde kreidebleich.

Schnurstracks stürmte sie in ihr Zimmer. Katharina trug Mila die Treppe nach oben, legte sie ins Bett und deckte sie mit der Eisköniginnen-Decke zu. Im Gang steckte sie das Nachtlicht in die Steckdose und wäre dabei fast mit Nele zusammengeprallt, die nun mit der Brötchentüte vor ihr stand und tatsächlich vorhatte, die vertrockneten Teile in sich hineinzustopfen.

»Lass das!«, erklärte Katharina wütend. Nele sah sie kurz mit funkelnden Augen an und warf dann die Tüte die Galerie hinunter, wo sie dumpf aufschlug und die Brötchen in tausend Stücke und Brösel zerfielen. Dann rannte sie an ihrer Mutter vorbei ins Bad und schloss sich ein.

Sie ähnelte ihrem Vater, wenn sie so wütend war. Felix war auch aufbrausend. Aber er konnte sich entschuldigen, wenn er etwas falsch gemacht hatte. Felix war uneitel und nicht übermäßig stolz. Er hatte als Jüngster von drei Brüdern und Eltern, die ihre Kinder viel sich selbst überlassen hatten, gelernt, dass man Kompromisse eingehen musste.

Katharina ging nach unten, entschlossen, Nele oben alleine bocken zu lassen und es morgen mit einem vernünftigen Gespräch zu versuchen.

Im Kühlschrank stand eine angebrochene Flasche Rotwein. Sie war kurz davor, danach zu greifen, entschied sich dann aber, es sein zu lassen und stattdessen Felix anzurufen. Es war immer noch seltsam, ihn nicht hier zu haben.

»Ja?«, meldete er sich gleich nach dem ersten Klingeln.

»Felix, warum hast du damals in der Schule behauptet, du würdest dir deine Haare färben?«

Er wusste sofort, was sie meinte. Das war etwas, was sie bei keinem anderen Mann jemals wiederfinden würde. Dieses blinde Verständnis für Dinge, die in ihrer Jugend passiert waren. Nicht weil ein anderer Mann sie nicht hätte verstehen können, sondern einfach, weil Felix und sie die beste Zeit ihres Lebens geteilt hatten.

»Ich wollte, dass du dir das merkst und mich jeden Morgen ganz genau ansiehst.«

»Wirklich?«

»Wirklich.«

»Felix, ich …«

»Was ist, Kate?«

Er sagte es wieder so, wie man es schrieb, nicht englisch. Kate, wie der norddeutsche Begriff für eine Hütte. Und damit löste er so viele Erinnerungen an glücklichere Zeiten aus: Felix und sie in ihrem ersten Urlaub am Timmendorfer Strand. Nackte Füße in den Dünen und das wehende Gras darüber. Felix' starke Arme, die sie in die sechzehn Grad kalte See warfen. Die alte Kate, in der sie drei Wochen lang gehaust hatten, mit den quietschenden Türen und dem kalten Ostwind, der durch alle Ritzen drang.

»Ach nichts …«, seufzte sie. Eigentlich wollte sie fragen, wie es so weit hatte kommen können. Dabei kannte sie die Antwort doch selbst am besten.

»Gut, dann mach ich weiter jetzt. Willst du morgen mal ins Restaurant kommen? Ich würde gerne deine Meinung zu ein paar Sachen hören.«

»Pad Thai und Gluy Tod darfst du nicht von der Karte streichen, sonst esse ich nie wieder was von dir.«

»Ehrlich gesagt, geht es um etwas anderes …«

»Okay«, sagte Katharina und zog das Wort unnötig in die Länge.

»Also dann bis morgen.«

Ein leises Tuten in der Leitung. Felix war weg. Felix war schon lange weg.

* * *

Katharina konnte nicht einschlafen. Ihr Kopf war so wach, dass er ihrem Körper nicht erlaubte, Ruhe zu finden. Als die Kirchenuhr, unweit ihres Hauses, ein Uhr schlug, grübelte sie immer noch über den Tag nach und hatte plötzlich eine Idee.

Auf Zehenspitzen lief sie hinüber zu Neles Zimmer. Sie klopfte leise an – weil Nele neuerdings darauf bestand –, aber von drinnen kam kein Ton. Nach dem dritten Versuch öffnete sie behutsam die Tür. Nele saß im Schein ihrer Nachttischlampe mit dem Rücken zur Wand auf ihrem Bett und kritzelte etwas auf ein Blatt Papier. Als sie ihre Mutter bemerkte, schob sie den Zettel hastig unter ihr Kissen. Katharina musste lächeln.

»He, Nele. Du bist ja auch noch wach. Hör mal, es tut mir leid. Ich …«

Eigentlich hätte sie jetzt schimpfen und Nele daran erinnern sollen, dass morgen Schule war. Aber sie entschied sich dagegen. Sie streckte ihr die rechte Hand entgegen, aber Nele verschränkte ihre trotzig vor der Brust.

»In Ordnung, du möchtest böse auf mich sein. Gut. Aber ich dachte, wir machen etwas zusammen. Nur wir beide. Jetzt.«

»Was soll das sein?«, erwiderte Nele kratzbürstig.

»Die Perseiden. Erinnerst du dich?«

Als Nele im Kindergartenalter gewesen war, war sie völlig verrückt gewesen nach allem, was sich am Himmel abspielte. Sie konnte nicht genug bekommen von Erklärungen über Sternbilder, von Sagen und Mythen und der unglaublichen, nicht fassbaren Vorstellung eines endlosen Weltraums. Felix hatte ihr zum sechsten Geburtstag ein Teleskop gekauft, das nun auf dem Dachboden unter der kleinen, runden Luke verstaubte. Katharina konnte sich nicht einmal mehr erinnern, wann sie das letzte Mal dort oben gewesen waren.

»Die Perseiden kommen im August, Mama! Wir haben Mai!« Nele senkte den Blick wieder auf das Blatt Papier.

Die Perseiden waren von jeher Neles Lieblingsgeschichte. Der Meteorstrom war ein Phänomen, das jährlich in der ersten Augusthälfte auftrat und den Himmel mit Sternschnuppen geradezu überschwemmte. Felix und Katharina hatten sich ein Märchen um die Perseiden ausgedacht, das Nele immer über alles geliebt hatte.

»Ich weiß, aber heute ist das Eta-Aquariden-Maximum. Zehn bis fünfzehn Sternschnuppen pro Stunde.«

»Hast du das gegoogelt?« Nele gähnte.

»Nein, ich kaufe immer noch jedes Jahr den Sternenfliegerkalender, den du als kleines Mädchen so geliebt hast. Also, kommst du, oder kommst du nicht?«

»Ist ja gut, ich komme mit«, sagte sie zur Überraschung und Erleichterung ihrer Mutter.

Dann zogen sie gemeinsam die Klappe der Dachluke nach unten. So leise das nur möglich war, um Mila nicht aufzuwecken.

Am hintersten Ende des Dachbodens stand noch immer die Holzbank mit dem breiten antistatischen Hanfkissen, das Felix von einem Reinigungsmittelvertreter geschenkt bekommen hatte. Katharina öffnete das Fenster, pustete den Staub vom Teleskop und stellte es ein.

Nele schwieg und starrte aus dem Fenster.

Katharina begann nun leise zu erzählen: »Es war einmal ein junger König, der Laurentius genannt wurde. Er hatte seine Eltern sehr früh verloren und fühlte sich furchtbar einsam auf der Welt. Jeden Abend blickte er hinauf in den Himmel und bat die Sterne um Hilfe. Er flehte sie an, ihm jemanden zu schicken, der seine Einsamkeit vertrieb. Und jeden Morgen wurde er enttäuscht, denn er war noch immer allein. Bis er eines Nachts, im August, in einer klaren Nacht, nachdem der Vollmond bereits untergegangen war, noch immer hinaufstarrte und zum ersten Mal nicht nur die Fixsterne erkennen konnte, sondern etwas anderes. Es war wie ein Regen aus Sternen, die sich blitzschnell über den Himmel bewegten. Sie zogen ein Licht hinter sich her, das schöner war als alles, was Laurentius jemals zuvor gesehen hatte. Da sagte er laut vor sich hin: ›Ich wünsche mir eine Gefährtin, eine Frau, die mich begleitet, die mich liebt und die bei mir ist, und wenn es nur bis zum nächsten Sternenregen ist. Das wäre mir egal, ich möchte nur einmal ein Jahr lang nicht alleine sein.‹ Und weil er es in den Sternenregen hinein gesagt hatte und weil so viele Sternschnuppen gefallen waren wie niemals zuvor in der ganzen Himmelsgeschichte, wurde sein Wunsch wahr. Ein Wunsch, so groß wie ein Horizont voller Lichter. Als Laurentius am nächsten Morgen erwachte, saß neben seinem Bett ein lächelndes zartes Mädchen in einem funkelnden Kleid und mit Augen so blau wie der Himmel. Ihr Name war Stella, und sie brachte das Licht der Sterne direkt in das Leben des einsamen Königs. Laurentius lachte, er freute sich und umarmte das Mädchen. Die beiden verliebten sich und verbrachten fortan den ganzen Tag miteinander. Laurentius zeigte dem Mädchen seine Welt – die Wälder und die Tiere, die Seen und die Felder, die Berge und die Täler. Sie waren so glücklich miteinander, dass Laurentius nie mehr in den Himmel blickte, sondern nur noch in die Augen der Freundin an seiner Seite. Als aber das Jahr sich dem Ende neigte und ein neues begann, als der Winter zum Frühling und der Frühling zum Sommer wurde, da wurde das Mädchen immer trauriger und ruhiger.

›Was ist mit dir, meine geliebte Stella?‹

›Ich werde dich bald verlassen müssen, Laurentius. Ich gehöre nicht für immer in diese Welt, meine Welt ist dort oben bei den Sternen. Aber sei nicht traurig, ein jedes Jahr im August, wenn die Perseiden sich zeigen, werde ich bei dir sein. Geh hinaus in die Welt und suche dein Glück anderswo. Finde eine Frau und bekomme Kinder und sei ein gütiger König.‹

Laurentius wollte es nicht glauben, er flehte sie an zu bleiben. Doch es geschah, wie Stella es ihm gesagt hatte. Am zwölften August nahmen die Meteoritenschauer Stella wieder mit zurück in den Himmel. Laurentius weinte so viele Tränen, wie der Himmel Sternschnuppen nach ihm warf, aber er beherzigte Stellas Rat. Er ging hinaus in die Welt und war der beste König, den die Welt je hatte. Er war dankbar für das Gute, das ihm geschah, und glücklich, Stella gekannt zu haben. Jedes Jahr, wenn die Perseiden sich am Firmament zeigen, weint der Himmel Laurentiustränen und schickt uns Sternschnuppen für unsere Wünsche und eine Erinnerung daran, dass wir schätzen, was wir haben, auch wenn es nicht für immer währt.«

Bei Katharinas letzten Worten legte sich Nele mit dem Oberkörper auf den Schoß ihrer Mutter. Ihre Schulterknochen und ihr Ellbogen drückten unangenehm, aber Katharina sagte nichts, weil sie zu froh war über diese Geste der Verbundenheit. Als Mila klein gewesen war, lange bevor ihr Leben in so ernster Gefahr war, hatte sie nicht verstanden, was das Wort *nie* bedeutet. Ihre Eltern hatten es mit mehreren Erklärungen versucht: Nie ist das Gegenteil von immer. Nie ist kein einziges Mal. Nie bedeutet, unter keinen Umständen. Nie ist zehnmal nicht, hatte Nele dann vorgeschlagen. Aber Mila hatte es nicht verstanden. Dann war Felix das umgangssprachliche »hundert kalte Winter« eingefallen und so hatten sie es ihr erklärt. Wenn etwas nie passiert, dann können hundert kalte Winter vergehen und es ist noch immer nicht geschehen. Die damals vierjährige Mila hatte daraufhin genickt und war einverstanden gewesen. Kurz vor der lebensrettenden Transplantation hatte sie dann mehr Angst davor gehabt, vergessen zu werden, als zu sterben. Katharina hatte ihr gesagt, dass das nie geschehen werde. In hundert kalten Wintern nicht. Denn auch zu dieser Zeit waren hundert kalte Winter für Mila ein Symbol der Ewigkeit. Mila hatte ihre Mutter fest an sich gedrückt. Dabei hatte sie ein paar dünne Härchen an Katharinas Nacken erwischt und es hatte schmerzhaft geziept, aber um nichts auf der Welt hätte Katharina diese Umarmung missen wollen. Genauso wie jetzt die Berührung von Neles spitzen Knochen in ihrem Schoß. In hundert kalten Wintern nicht.

# Kapitel 4 – Nele

Nele saß auf der Couch, die Füße auf dem Tisch, was sie nur tat, wenn ihre Mutter nicht zu Hause war. Sie drückte auf den oberen linken Knopf der grauen Fernbedienung und das Bild flackerte kurz. »Mila Lahner, ich darf Sie herzlich zu unserem heutigen Interview begrüßen!«, hörte sie sich selbst auf dem Video sagen. Wie seltsam anders ihre Stimme von Band klang. Gar nicht so, wie sie dachte, dass sie sich anhörte. Das Bild war gestochen scharf, so scharf, dass ihr klar wurde, wie dick ihre Wangen aussahen. Instinktiv fasste sie sich ins Gesicht. Auf dem Bildschirm schüttelte sie gerade ihr dunkelbraunes Haar nach hinten, sodass die Brille ohne Gläser, die sie extra für den Zweck dieses Interviews aufgesetzt hatte, gefährlich zu wackeln begann.

Nele zog eine Grimasse. Sie sah die alten Videos nicht gern an, aber Mila liebte das. Ihre Mutter allerdings wollte nicht an die ganze lange Zeit im Krankenhaus erinnert werden. Also hatte sie sich erbarmt, den Film mit Mila gemeinsam anzusehen, während Katharina einkaufen war.

»Da bin ich«, piepste Mila und deutete aufgeregt auf den Bildschirm. Dort saß sie bleich auf der Kante ihres Krankenhausbettes und prustete ihrer Schwester laut lachend ein *»Du spinnst«* zu.

*»Nehmen Sie die Situation jetzt bitte einmal ernst!«, erwiderte Nele auf dem Video, von einem zur anderen Ohr grinsend.*

Es war ansteckend, Nele spürte, wie sich ihr verspanntes Gesicht beim Anblick ihrer Schwester vor über zwei Jahren unwillkürlich ebenfalls zu einem Lächeln verzog.

»Hör auf, ich kriege Schluckauf«, imitierte Mila nun ihre eigene Stimme auf Band.

»Sei leise und lass es uns wenigstens in Ruhe anschauen, wenn ich das schon gucken muss«, meckerte Nele.

Mila nickte artig und beide sahen wieder auf den Fernseher.

*»Frau Lahner, wie lange sind Sie schon hier?« Nele hielt den Suppenlöffel, der als Mikrofon diente, noch näher an den Mund ihrer Schwester.*

*»Ich bin doch keine Frau!«, empörte sich diese und warf ein Kissen nach Nele. Nun kam Katharina ins Bild: »Was macht ihr da, Mädels?«*

*»Wir machen ein Interview! Für mein Schulreferat!«, antwortete Nele.*

*»Aha, und worüber hältst du ein Referat?«, wollte Katharina wissen und schloss die Tür hinter sich.*

*»Über Mila natürlich!«, erklärte Nele.*

*»Und über den Krapfen!«, verkündete Mila stolz. »Vielleicht werde ich jetzt berühmt, Mama!«*

*»Lieber nicht«, antwortete sie lächelnd. »Am Ende müssen wir hier noch Autogrammstunden für dich organisieren.«*

*»Können wir jetzt bitte weitermachen«, fragte Nele genervt.*

*»Lasst euch von mir nicht stören.« Katharina hob die Hände. »Ich hole einen Kaffee. Wollt ihr auch was?«*

*Beide schüttelten den Kopf.*

*»Also, Fräulein Lahner: Soviel ich weiß, haben Sie das hypoplastische Rechtsherzsyndrom. Heißt das, dass Sie rechts ein Herz haben und links nicht?«, erkundigte sich Nele auf dem Video.*

*»So ein Käse, du bist ja schlecht informiert. Mein Herz ist genau da, wo deins auch ist. Mama sagt immer: genau am rechten Fleck.«*

*Die schlagfertige Antwort entlockte Nele an der immer gleichen Stelle des Films ein kleines, glucksendes Lachen.*

*»Also doch rechts?«, scherzte sie.*

*»Quatsch, du bist der schlechteste Reporter, den ich je gesehen habe«, sagte Mila gespielt ernst. »Das ist eine Krankheit, bei der die rechte Herzkammer zu klein ist. Ich bin schon dreimal operiert worden.«*

*»Das sind aber vier Finger, die Sie da hochhalten«, tadelte Nele.*

*»Ups, der Daumen zählt nicht.«*

*»Gut, dann fahren wir mal fort. Was macht denn der Kasten da neben Ihnen? Haben Sie einen fahrbaren Fernseher oder ist das eine Art Haushaltsroboter?«*

*Im Hintergrund konnte man den Automaten auf dem Gang brummen hören, aus dem sich ihre Mutter einen Milchkaffee holen wollte. Katharina warf ein paar Münzen in den Automaten und drückte auf die Taste für den Milchkaffee.*

*Im Zimmer rief Mila: »Bist du blöd. Das ist doch mein Krapfen!«*

*»Sieht nicht so aus, als wäre das etwas zu essen!«, gab Nele zurück.*

*Mila rief laut: »Haha. Das ist mein Herz. Kinder brauchen so große Kunstherzen, weil man ihnen die kleinen nicht einbauen kann. Weil wir zu schnell wachsen.«*

*»Ah, interessant. Und ohne dieses Ding können Sie also nirgendwohin?«, fragte Nele.*

*Nun kam Katharina zurück ins Zimmer.*

*»Nein! Nicht wirklich. Sonst sterbe ich.« Jetzt lachte Mila nicht mehr.*

Auch jetzt noch, beim Anschauen des Videos, schämte sich Nele ein wenig.

*»Hast du sonst keine Fragen mehr, oder was?«, fragte Mila. Sie knirschte beim Sprechen mit den Zähnen, also hatte sie Schmerzen.*

»Da tut mir gerade etwas weh«, kommentierte Mila.

Nele machte »Psst« und deutete auf den Bildschirm.

*»Doch«, antwortete Nele schnell. »Was ist das Beste am Krankenhaus?«*

*Mila überlegte nur kurz. »Das Montagskino.«*

*»Was? Niemals. Die haben doch total ekliges Popcorn da, aus der Mikrowelle«, widersprach Nele.*

*»Woher denn sonst? Außerdem bist du der Reporter, du sollst Fragen stellen, also musst du aufschreiben, was ich antworte, egal wie doof du das findest.«*

*»Mmmh, da hat Mila recht«, mischte sich Katharina ein. »Was haltet ihr davon, wenn ich euch morgen mal richtiges Kinopopcorn mitbringe?«*

*»Bring lieber Friedrich mit!« Mila klang hoffnungsvoll.*

*»Nee, Milli, das geht nicht. Weißt du doch. Hunde sind auf Station nicht erlaubt.«*

*»Ja, weiß ich doch«, stimmte sie traurig zu.*

*»Alles wird irgendwann gut«, sagte ihre Mutter in die Kamera.*

Nele schnaubte, als sie das hörte. Damals war gar nichts gut gewesen, knapp ein Jahr nach ihrer letzten OP hatte Milas Kinderarzt bei einer Vorsorgeuntersuchung die sofortige Einweisung ins Krankenhaus angeordnet. Die Ärzte hatten kurz darauf festgestellt, dass eine von Milas Herzhälften nicht richtig funktionierte. Ihr Zustand hatte sich rapide verschlechtert, die Medikamente schlugen nicht an. Dann hatte man Mila an das Kunstherz angeschlossen. Und als sie das Video aufnahmen, warteten sie noch darauf, dass ein anderes Kind starb, damit Mila leben durfte.

*»Wirklich?«, fragte Mila mit großen Augen, die jetzt beinahe aus dem Fernseher zu kommen schienen. »Wird wirklich alles gut?«*

In dem Moment klapperte es hinter ihnen, der Schlüssel wurde auf die Kommode gelegt und jemand kam mit raschelnden Tüten herein. Ihre Mutter! Bevor es Nele gelang, den Player abzuschalten, stand sie bereits im Wohnzimmer und starrte auf den Bildschirm.

Nele fuchtelte mit der Fernbedienung herum, aber das Gerät reagierte nicht. Sie befürchtete, dass sie sauer sein oder zumindest gnadenlos den Fernseher ausschalten und sie schimpfen würde, den Film für Mila angemacht zu haben.

Stattdessen stand ihre Mutter da und schaute zu.

Schließlich sagte sie so leise, dass ihre Stimme nur zu hören war, weil auch im Film gerade niemand sprach: »Du hättest draußen sein sollen, um Matschkuchen zu backen, mit dem Schlitten über Maulwurfshügel sausen sollen …« Sie hielt inne und zuckte dann kurz, als riefe sie sich selbst zur Ordnung. Sie ging auf Mila zu, strich ihr übers Haar und fragte dann mit einem erzwungenen Lächeln an Nele gewandt: »Was meint ihr, Chips oder Flips? Damit die alten Zeiten besser zu ertragen sind.«

Mila nickte eifrig. Nele knurrte und beschloss, schnellstmöglich in ihr Zimmer zu verschwinden.

Katharina eilte in die Küche, stellte ihre Einkäufe ab und atmete tief durch. Ihr war schlecht. Schwindelig. Warm. Sie zog unter den Achseln an ihrem T-Shirt und fächelte sich ein wenig Luft zu. Nachdem sie alle Lebensmittel in Kühlschrank und Speisekammer verstaut hatte, lauschte sie dem noch immer leisen, surrenden Ton des Fernsehers und hörte Mila kichern. Und noch bevor sie die Chips in ein Schälchen gab, holte sie unter der Spüle das Putzmittel hervor. Sie kam an alten Gewohnheiten nicht vorbei. Besonders dann nicht, wenn Bild und Ton sie so lebhaft daran erinnerten, wie schief alles hätte gehen können. Noch immer gehen konnte. Auch zwei Jahre nach der Transplantation wuschen sie sich überdurchschnittlich oft die Hände, achteten darauf, dass Mila keine rohen Sachen aß, dass sie ihre Zahnbürste häufig wechselte. Mila schlief noch immer in synthetischem Bettzeug, weil Daunenfederbetten mehr Krankheitserreger enthalten konnten. Alles Vorsichtsmaßnahmen, die eigentlich nicht mehr so strikt nötig waren, aber Katharina konnte nicht anders. Während sie sich mit Grauen daran erinnerte, wie sich Mila vor einem Jahr in der Schule mit der Grippe angesteckt hatte und daraus eine Lymphdrüsenerkrankung wurde, die mit Cortison behandelt werden musste, begann sie fieberhaft, das Spülbecken zu schrubben. Keime siedelten in einem Spülbecken noch lieber als in Sanitäranlagen. Aus dem Wohnzimmer rief Mila und bat um die Chips.

»Bin gleich da«, rief Katharina zurück. »Ich muss noch etwas Dringendes erledigen. Gleich, mein Schatz.« Sie wusste nicht, was dringender war, der Wunsch das Spülbecken zu schrubben, oder zu vermeiden, ihre Tochter wieder krank zu sehen. Und wenn es nur auf dem Bildschirm war.

# Kapitel 5 – Sandra

Es war warm für Ende Mai, sehr warm. Die schwarzen Lederbezüge ihres weißen Audis brannten auf der Haut unter ihrem schlichten knielangen Rock. Sandra hatte sich ein wenig mehr Mühe gegeben mit ihrem Aussehen als sonst. Ein leichtes Tages-Make-up, die Augen betont, glänzendes Lipgloss. Ihre Hände wussten noch, wie das ging mit dem Schminken, während es ihrem Kopf eigentlich egal war. Die Straße, die sie entlangfuhr, endete als Sackgasse in einem Wendehammer und war sehr ruhig. Durch das Gebläse der Klimaanlage nahm sie den Geruch von gegrillten Würstchen und mariniertem Fleisch wahr. Vielleicht sitzen auch Mila und ihre Eltern im Garten, neben einem Kugelgrill, und amüsieren sich, dachte sie.

Langsam näherte sie sich der Hausnummer 35, vorbei an Reihenhäusern, an dem großen weißen Gebäude, das immer so aussah, als wohne dort niemand, und schließlich gelangte sie zu dem Haus, in dem Mila lebte.

Sie war bereits mehrmals hier gewesen. Jeden Tag in den letzten zwei Wochen. Am ersten Tag aus purer Neugier. Sie wollte sehen, wo sie wohnten, sie wollte einen kleinen heimlichen Einblick in das Leben dieses Kindes, das so zufällig schicksalhaft ihren Weg gekreuzt hatte.

Milas Eltern hatten ein hübsches Haus, ein wenig kleinbürgerlich, einfach und renovierungsbedürftig, aber nett. Es steckte Liebe in den großen Blumenkübeln mit den Kräutern, im Vorgarten und dem weiß gestrichenen Gartenzaun. Ein Satteldach mit roten Ziegeln und das österliche Gelb der Fassade standen im krassen Gegensatz zu Sandras und Jans elegantem Flachdacharchitektenhaus mit dem raffinierten Würfelaufsatz als zweitem Geschoss, der geschickt als Überdachung für den Eingangsbereich diente. Ein modernes Haus für eine moderne Patchworkfamilie, das sie ein halbes Jahr vor Jonahs Geburt gekauft hatten.

Am zweiten Tag wollte sie wieder hin, zu den Lahners, weil sie dachte, sie könnte hinter den fehlenden Vorhängen, hinter den mit bunten Basteleien beklebten Fenstern jemanden erkennen.

Am dritten Tag hatte sie sich etwas geschämt und insgeheim gehofft, jemand werde auf sie aufmerksam werden, sie ansprechen, fortschicken, die Polizei rufen, ihr irgendeinen Grund geben, nie mehr dorthin zu fahren. Da niemand gekommen war, war sie ein viertes Mal gefahren, am gleichen Tag noch – abends. Und da hatte sie jemanden den Müll rausbringen sehen. Das ältere Mädchen. Nele. Ab diesem Moment wusste sie, dass sie wiederkommen würde.

Sandra hatte nie zu den Menschen gehört, die andere gern beobachteten. Es hatte für sie nie einen Reiz gehabt, jemand Fremdem beim Leben zuzusehen. Weder im Fernsehen – Realityformate waren ihr ein Graus, während Jan dabei unheimlich entspannen konnte, weil ihn das alles nichts anging – noch in der Wirklichkeit. Sie neigte nicht dazu zu tratschen, sie konnte Geheimnisse bewahren und es war ihr eher peinlich, zufällig private Dinge über andere Menschen zu erfahren. Da war nichts Sensationsheischendes, nichts Voyeuristisches in ihr gewesen. Bisher.

Sie war so in Gedanken versunken, dass sie das Mädchen mit dem Dreirad fast übersehen hätte, das vor ihr die Straße kreuzte. Aus dem Nichts kommend, zwischen zwei parkenden Autos hindurch. Hinter ihm rannte eine Frau, die nun nach der Schiebestange des Rades griff und das Mädchen zurückzog. Erschrocken hielt Sandra an und stieg aus.

»Alles in Ordnung?«, fragte sie und lief auf die beiden zu. Die Mutter musterte sie misstrauisch.

»Ja, entschuldigen Sie. Anna kann neuerdings treten ... Ähm, ich habe Ihren Wagen häufiger hier gesehen die letzten Tage. Wohnen Sie hier?«

»Nein, ich ...«

Kurz davor, zu behaupten, sie besuche jemanden, fiel ihr zum Glück eine bessere Ausrede ein. »Nein, noch nicht. Wir suchen gerade ein Haus, und ich ...«

»Ach, Sie interessieren sich für den weißen Kasten?«

Offenbar gehörte die junge Mutter mit den Schweißflecken unter den Armen und den abgelaufenen Sandalen zu der Sorte Mensch, der anderen gerne die Worte in den Mund legte. *Soll mir recht sein.*

»Ja, genau. Wissen Sie, an wen ich mich da wenden kann? Ich war schon ein paar Mal hier, aber es war leider nie jemand anzutreffen.«

Wenn man erst einmal angefangen hatte zu lügen, ging es ganz einfach.

»Ja, da klingeln Sie am besten drüben bei Katharina.«

»Katharina?«

»Bei den Lahners, dort im gelben Haus. Die haben die Kontaktdaten der Besitzer. Neumann hießen die. Elfriede und Albert. Älteres Ehepaar, wollen hier alles verkaufen und sich in Thailand niederlassen. Total verrückt, wenn Sie mich fragen.«

»Ah, gut, in Ordnung. Vielen Dank.« Sandras rasender Puls war bestimmt an ihrer Halsschlagader zu sehen, aber sie versuchte, so unverbindlich wie möglich zu klingen. So, als wüsste sie nicht, wer die Lahners waren. Katharina hieß die Mutter also.

Sie wandte sich ab, bevor die Frau ihren Redefluss wieder aufnahm, und lief auf das Haus der Lahners zu. Die Fäuste geballt, die Fingernägel in die Handflächen gegraben.

Kinderlachen war zu hören, aber Sandra konnte nicht ausmachen, ob es aus dem Garten hinter dem Haus kam oder aus einem angrenzenden Grundstück. Die Treppe sah so aus, als habe jemand versucht, sie abzureißen. Vorsichtig stieg sie darauf und testete, ob sie sie überhaupt trug.

»Keine Angst, ist nicht baufällig«, sagte eine Frau. Sandra drehte sich um und sah ihr in die Augen. In grüne Augen. Eine Frau, die bestimmt zehn, fünfzehn Zentimeter kleiner war als sie selbst. Sie lächelte, sodass sich ihre Wangen pausbäckig nach oben zogen. Milas Mutter trug ein einfaches rotes T-Shirt, dessen V-Ausschnitt den Blick auf eine recht üppige Oberweite freigab. Sandra schätzte sie auf Anfang bis Mitte dreißig. Sie hatte weibliche Rundungen, kräftige, muskulöse Oberarme, war aber nicht dick. Ihr volles Haar war dunkelbraun.

»Oh, danke, ich komme … wegen des Hauses!«, stammelte Sandra.

»Schon wieder«, seufzte die Frau, lächelte aber weiter. »Wir verkaufen nicht!«

»Nein, Sie verstehen mich falsch, ich bin nicht an Ihrem Haus interessiert, ich hätte gerne die Kontaktdaten der Besitzer der Hausnummer einunddreißig.«

»Ach so.« Die Frau lachte, griff in ihr Haar und zog es mit der linken Hand über die Schulter, während sie die rechte an ihren Shorts abwischte und sie Sandra entgegenstreckte.

»Ich bin Katharina Lahner.«

»Sandra Breitenbach«, antwortete sie und drückte ihr die Hand. Die Haut fühlte sich trocken an und rau wie Schmirgelpapier.

»Kommen Sie doch rein. Ich habe den Zettel mit der Adresse der Neumanns irgendwo liegen, aber ich muss ihn erst suchen. Hat schon lange keiner mehr gefragt. Wissen Sie, die Neumanns wollten kein Zu-verkaufen-Schild an Ihre Haustür hängen, muss ja nicht gleich jeder wissen, dass das Haus unbewohnt ist. Deshalb bin ich sozusagen die Maklerin.« Bei ihren Worten malte sie Gänsefüßchen in die Luft und lachte.

Und mit einem Mal stand Sandra in dem Haus, das sie die letzten Tage heimlich beobachtet hatte. Ein wenig überrascht und überrumpelt. Sie hatte noch nie jemand Fremden so einfach und schnell ins Haus gebeten. Nicht einmal ihren langjährigen Postboten bei Regen und Sturm.

Der Eingangsbereich war ein Sammelsurium an Dingen, aber alles war extrem sauber. Katharina verschwand hinter einer Tür gleich links hinter der Kommode. Ein Wasserhahn rauschte. Als sie zurückkam, lächelte sie Sandra wieder freundlich an, lief an ihr vorbei in ein Zimmer, das – soweit Sandra durch die Glastür erkennen konnte – wohl das Esszimmer war. Etwas fiel klappernd auf den Boden, Katharina sagte laut »Scheiße« und kam kurz darauf mit einem zerknitterten Zettel und einem Schlüssel in der Hand zurück.

»Wenn du willst, schauen wir uns das Haus gleich zusammen an. Ich habe noch eine halbe Stunde, bis die Mädels kommen, und keinen Bock mehr auf das Unkraut da draußen.« Sie zeigte wieder in Richtung Esszimmer und den offensichtlich dahinterliegenden Garten.

Offenbar duzt sie Menschen, die in ihrem Flur stehen oder vor denen sie schon »Scheiße« gesagt hat, dachte Sandra. Oder vielleicht hat sie schlichtweg vergessen, dass sie mich eben noch gesiezt hat.

»Ja, gerne«, sagte Sandra.

»Wo wohnst du denn?«, wollte Katharina wissen, während beide Frauen nun im gleißenden Licht der Abendsonne zu dem weißen Haus liefen.

»Würzburg, Heidingsfeld«, antwortete Sandra.

»Oh, okay. Und da willst du hierher, nach Tauber, in dieses Nest?«

»Ich komme ursprünglich von hier. Also eigentlich meine Großmutter. Wir wollen gerne wieder zurück.«

»Ah, verstehe. Habt ihr, ... hast du Kinder?«

»Mein Mann hat einen Sohn, Leo ist sechzehn. Und wir ... ich habe mein Kind verloren.«

Ein dummer Ausdruck, zu sagen, man habe sein Kind verloren. So als hätte sie Jonah an einer Supermarktkasse stehen lassen oder ihn in einem Freizeitpark nicht wiedergefunden. Sie brachte es aber nicht über die Lippen, dieses unsägliche »Mein Kind ist gestorben«, »Mein Sohn ist tot«.

»Oh, Gott, das tut mir so leid. Entschuldige, dass ich so direkt gefragt habe. Ich wollte dich nicht verletzen. Ich kann das so gut nachvollziehen, den Schmerz. Zwischen meinen Mädels hatte ich auch eine Fehlgeburt, vierzehnte Woche, *Missed Abortion*.«

Sandra stellte das Missverständnis nicht klar. Sie nickte.

»Da kann ich verstehen, dass man einen Tapetenwechsel braucht«, meinte Katharina mitfühlend. »So, hier wären wir. Es ist ein tolles Haus. Viel Platz. Offene Räume. Aber schau einfach selbst.«

Es war wirklich ein schönes Haus. Eine breite Fensterfront offenbarte den Blick in unendliches Grün. Das Haus war nicht nur groß, es stand auch auf einem riesigen Grundstück.

»Der Clou liegt im hinteren Bereich des Gartens, dort hinter dem Kirschlorbeer. Albert Neumann war früher Tennisprofi. Er hat einen eigenen Sandplatz.«

»Was? Ein Tennisplatz im Garten? Mein Mann wird begeistert sein!«, sagte Sandra ohne jeden Enthusiasmus, weil ihr das Verständnis für einen Sport fehlte, bei dem man stupide einen Ball über ein Netz schlug. Am Anfang ihrer Beziehung hatte Jan versucht, ihr das Spielen beizubringen. Aber sie war zu Ballspielen aller Art nicht zu gebrauchen. Im Fechten dagegen war sie ein Naturtalent und Jan eine absolute Niete. Dennoch hatten sie dem jeweils anderen immer sehr gerne bei Wettkämpfen, bei Spielen und bei Turnieren zugesehen und sich angefeuert.

»Spielt dein Mann Tennis?«, fragte Katharina.

»Ja, leidenschaftlich.«

»Ich habe früher auch gespielt und mir ab und an mit Albert ein Match geliefert, bis er eine künstliche Hüfte bekommen hat. Na ja, es wäre toll, wenn hier jemand einzieht, mit dem ich gelegentlich spielen könnte.«

»Sicher!« Sandra versuchte nicht, sich Katharina mit ihrem Mann auf dem Tennisplatz vorzustellen. Was machte sie hier eigentlich? Was versprach sie sich davon?

»Mama? Bist du hier drin?«

Sandra erkannte die Stimme sofort – sie gehörte Mila. Das Mädchen stand auf der anderen Seite der Glasfront im Freien und presste das Gesicht an die Scheibe, sodass ihr Mund sich wie der eines Fisches im Aquarium auf und ab bewegte. Hinter ihr stand ein Mann, möglicherweise ihr Vater, der sie kurz von hinten umarmte, ihnen zuwinkte und dann verschwand.

»Lass das, Mila!«, schrie Katharina und rannte auf die Schiebetür zu. Sie hörte sich in Sandras Ohren übertrieben hysterisch an.

Das Mädchen fuhr erschrocken zusammen, blickte zu seiner Mutter und dann zu Sandra. Inständig hoffte diese, dass Mila sie nicht erkannte. Zählte das schon als Stalking, was sie hier tat? War es noch normal, dass sie die Nähe zu etwas suchte, das sie gleichzeitig schwindelig werden ließ?

Seit ein paar Tagen träumte Sandra wieder. Möglicherweise, weil sie es nicht lassen konnte, immer wieder hierherzufahren. In ihren Träumen sah sie nachts in den Himmel, und der Mond verwandelte sich zu Jonahs blassem Gesicht auf dem Krankenhausbett. Dann wurde aus dem Vollmond eine Sichel und aus der Sichel die abrasierte Seite von Jonahs Schädel, die sich anklagend auf sie richtete. Die großen, groben violettblauen Stiche, die so aussahen, als hätte man ihn notdürftig zusammengeflickt, als zähle es ohnehin nicht mehr, wie seine Haut aussah, weil sie nie wieder das Tageslicht erblicken würde, waren wie Vulkankrater eines fremden Planeten. Sie würden für immer Krater bleiben. Weil die Haut nicht wachsen würde und die Narben verblassen würden. Erst ein paar Wochen nach Jonahs Tod, als Sandra alle Berichte angefordert und sich durch sämtliche Untersuchungsbefunde gearbeitet hatte, erfuhr sie, dass unter seiner Haut nicht nur eine Blutung sein Gehirn zerstört hatte, sondern auch seine Wangenknochen gebrochen waren, sein Kiefer demoliert, sein Arm ausgekugelt und eine Schulter zertrümmert war. Die Ärzte hatten ihr zugemutet, mit dem bevorstehenden Tod ihres Sohnes klarzukommen, aber nicht damit, was an seinem kleinen Körper sonst noch zerstört war. Nun sah sie ihn wieder in ihren Träumen, seinen geschundenen Körper. Die gleichen Träume, die vor einem Jahr aufgehört hatten, nachdem sie begonnen hatte, regelmäßig zu Olivia zu gehen, ihrer Psychologin. Ihrer einzigen »Freundin«. Eine Freundin, die sie fürstlich dafür bezahlte, dass sie ihr zuhörte. Während alle anderen sich irgendwann von ihr abgewandt hatten. Zuletzt Carmen und Tobias. Die beiden hatten es am längsten versucht. Aber wie sollte Sandra es ertragen, in deren Sohn, der so alt war, wie Jonah es jetzt gewesen wäre, all das zu sehen, was ihr Sohn nicht mehr tun konnte und nie mehr sein würde.

Mila hatte aufgehört, den Mund an die Glasscheibe zu pressen, und stand nun im Raum vor ihr. Sandra war so in ihre Gedanken versunken gewesen, dass sie gar nicht mitbekommen hatte, wie Katharina die Tür aufgeschoben und ihre Tochter hereingelassen hatte. Das Kind sah hoch zu ihr, schien sie aber nicht zu erkennen. Sandra blickte wie erstarrt auf die Brust unter dem bunten, ausgewaschenen Sommerkleid eines achtjährigen Mädchens und konnte es hören. Sie bildete sich ein, es hören zu können. Bumm, bumm, bumm. Achtzig Schläge die Minute oder ein paar mehr. Ihr wurde schwindelig, ihr wurde schlecht, der Raum verschwamm hinter weißen und schwarzen Pünktchen, jeglicher Umriss löste sich auf und wurde eine einzige schwarze Masse.

»Geht's dir nicht gut?«

Als sie wieder zu sich kam, lag sie auf irgendetwas Bequemem, neugierige grüne Augen sahen sie an, so neugierig, dass sie fast aus dem Kopf zu springen schienen.

»Mama holt was zu trinken. Keine Sorge, Mama kennt sich aus, die ist medizinisch. Die haben hier kein Wasser mehr in der Leitung, bestimmt haben die ihre Rechnungen nicht bezahlt. Aber weißt du was, du musst keine Angst haben!«

Beruhigend legte Mila Sandra eine kleine Hand mit abblätterndem Glitzernagellack auf den Arm. Sie wollte das nicht. Mila sollte sie nicht anfassen. Sie konnte sich nur mit Mühe davon abhalten, das Mädchen grob wegzustoßen.

»Ich habe keine Angst!«, erklärte sie schnell.

»Ich glaube schon, dass du Angst hast. Das war fürchterbarlich, du bist einfach umgefallen. Schau so.«

Sandra richtete sich ein wenig auf und sah sich um. Offensichtlich hatte Katharina sie auf ein Sofa gelegt, und sie fragte sich, wie sie das alleine geschafft hatte. Sie hatte offenbar nicht nur kräftige Oberarme, sondern auch Kraft.

Mila führte ihr derweil das dritte Mal vor, wie sie umgefallen war.

»Wie ein nasser Sack. Schau noch mal, so …«

Wieder tat sie erschreckend realistisch so, als würde sie rückwärts umkippen, um sich im letzten Moment abzufangen und mit dem Hintern zuerst aufzukommen. Sandra unterdrückte ein Lächeln, das sich nicht so richtig abschütteln lassen wollte und sie selbst überraschte.

»Keine Angst, ich sag's Mama nicht!«

»Was sagst du deiner Mama nicht?«

»Dass wir uns kennen!«

»Aber wir kennen uns doch gar nicht!«, widersprach Sandra.

»Ha!«, sagte die Kleine und zwinkerte ihr verschwörerisch zu.

Sie hatte sie also doch erkannt. Sandra beschloss, gar nichts mehr zu sagen, sich zu bedanken, wenn Katharina zurückkam, abzuhauen und sich nie wieder hier blicken zu lassen.

* * *

»Wir sollten umziehen, Jan!«

Ihr Mann blickte von seiner Zeitschrift auf, die Brille rutschte ihm dabei ein wenig über die Nase nach unten. Er schob sie mit dem Zeigefinger wieder nach oben und sah Sandra eine Weile nachdenklich an.

»Einen Neuanfang wagen!«, sagte sie und schluckte hörbar.

Die Falte zwischen seinen Augen, war die schon immer so tief? So als könnte man einen Finger hineinlegen, einen Kuli dazwischenklemmen, seine Sorgen darin vergraben? Es kam ihr vor, als hätte sie ihn seit Jahren nicht mehr richtig angesehen. Vielleicht stimmte das sogar. Aber etwas in ihr war auf einmal wach geworden, sie hatte jetzt ein Ziel, eine Aufgabe, eine Mission, ein Streben, von dem sie ihrem Mann nichts sagen konnte. Deshalb log sie.

»Ich möchte raus aus diesem Haus mit all seinen Erinnerungen.«

Jan sah sie noch immer stumm an. Er überlegte, ob er ihr glauben konnte, da war sie sich sicher. War es so weit gekommen zwischen ihnen? Sie log und er wusste, dass sie dazu fähig war.

Als junges Paar hatten sie sich einmal geschworen, sich nie anzulügen. Sandra konnte sich daran erinnern, als wäre sie eine andere Person gewesen. Sie war nie der überschäumende, überfröhliche Typ, dem die Herzen zuflogen. Sie war ruhig, zurückhaltend. Manchmal wollte sie sprühen vor Leben, wusste aber, dass sie das nicht konnte. Sie war so, wie sie aussah, kühl und blond. Ihre Beziehungen vor Jan waren oft an dieser Kühle gescheitert. Den meisten Männern fehlte bei ihr der Funken Leidenschaft. Jan dagegen mochte das an ihr. Dass sie ehrlich war, dass sie durchschaubar war, dass sie nicht voller Überraschungen steckte wie seine schillernde Exfrau. Und Jans Sohn Leo mochte, dass man sich auf Sandra verlassen konnte. Dass sie ihn ernst nahm und ihm das Fechten beigebracht hatte. Er hatte damit aufgehört, als sie aufgehört hatte. So als dürfe er einen Sport nicht länger ausüben, wenn auch sie ihn nicht mehr betrieb.

»Ich würde gerne wieder fechten!«, sagte Sandra.

*Die nächste Lüge.*

Jetzt lächelte er. Das war etwas, was er verstehen konnte. Fast schon erwartete sie, dass er aufstand, den Tisch umrundete und sie in die Arme nahm. Aber er blieb sitzen, wenngleich sein Gesicht auf einmal erfreut leuchtete, als befänden sich ein halbes Dutzend LED-Lichter hinter seiner gebräunten Haut. Sandra fühlte sich schlecht dabei, weil sie ihn manipulierte, aber sie konnte nicht anders. Und ein wenig tat es gut, wieder der Grund für ein Lächeln auf seinem Gesicht zu sein. Deshalb fügte sie hinzu: »Und wieder arbeiten.« Erstaunlicherweise fühlten sich diese drei Worte ausnahmsweise richtig an.

»Das freut mich, Sandra, wirklich! An was hast du gedacht?« Er nickte ihr aufmunternd zu.

»Na, ich möchte wieder unterrichten«, antwortete sie und lehnte sich gegen den Tisch, an der ihrem Mann gegenüberliegenden Seite. So viel Distanz zwischen ihnen, dass sie sich noch nicht einmal einfach neben ihn setzen konnte.

»Meinst du denn, dass du das schon schaffst?«, fragte er. Die Falte auf seiner Stirn schien noch ein wenig tiefer zu werden.

»Ja, keine volle Stelle, aber ich dachte an einen Job als Springer oder eine Elternzeitvertretung. Ich habe gestern schon ein paar Anrufe getätigt, und in Tauberbischofsheim ist an der Realschule eine halbe Stelle frei. Nur für Deutsch, aber das würde ja auch erst mal reichen. Und ich könnte dort wieder fechten!« Unruhig drückte sie sich vom Tisch weg und ging einen Schritt auf Jan zu.

»Wo kommt diese Energie auf einmal her, Sandra? Monatelang warst du zu nichts zu bewegen und jetzt willst du auf einmal beides, was du bisher abgelehnt hast – fechten und arbeiten?«

*Alles, was dich früher ausgemacht hat …* Sie wusste, dass er das dachte. Sie war dankbar, dass er es nicht aussprach.

»Warum nicht?«

»Ja, warum nicht. Ich frage mich nur, woher das auf einmal kommt …« Jan faltete die Zeitung sorgfältig und langsam zusammen, schob sie zur Seite, so als wäre er erst jetzt ganz in ihrem Gespräch angekommen.

»Können sich manche Dinge nicht einfach mal ergeben?«, erwiderte Sandra ein wenig bockig.

Sie starrte abwartend auf den Fußboden. Auf den kleinen Makel in der Fliese, direkt neben dem Tischbein, von dem sie bis heute nicht wussten, wie der dort hingekommen war. Von all ihren anderen Makeln wussten sie es nur zu genau.

»Dinge ergeben sich nicht!«, sagte er erwartungsgemäß.

Sie blickte zu ihm auf und sagte verärgert: »Spiel doch nicht ständig den Investigativjournalisten. Es geht mir etwas besser … die Selbsthilfegruppe hat mir sehr geholfen.«

*Bääähm, die nächste Lüge.*

»Ich wusste nicht, dass zurück in die Kleinstadt eine Option für dich ist!«, erwiderte Jan, immer noch misstrauisch.

Sandra hatte das selbst nicht gewusst, bis sie eine Adresse auf einem Hello-Kitty-Täschchen gelesen hatte.

»Vielleicht können wir uns ein bisschen umsehen, nach einem Haus oder einer Wohnung. Nichts überstürzen, nur so langsam Abschied nehmen.«

Jan legte die Hände flach auf den Tisch vor sich, und sie merkte, dass er sich noch ein wenig gegen die in ihm aufkommende Hoffnung wehrte, denn sie hatte ihn schon zu oft enttäuscht. Von jeder Therapie, von jedem Anlauf, mit dem sie versucht hatte, ihren toten Sohn einzufangen, hatte er das Gegenteil erwartet: dass sie sich löste.

»Gut, wenn du meinst. Wenn es dir hilft. Ich habe dir schon so oft gesagt, dass es uns allen – nicht zuletzt auch Leo – guttun würde, hier rauszukommen. Jonah ist hier in jeder Ecke und ist doch nicht da!«

Er hatte so recht, und für einen kleinen Moment konnte sie seine Trauer spüren, so lange, bis sie von ihrer eigenen Sehnsucht nach Jonah wieder überdeckt wurde.

Jonah verdankte seinen außergewöhnlichen Namen Sandras Vorliebe für schnulzige amerikanische Filme und ihrer Neunzigerjahre-Verehrung für eine damals noch natürlich aussehende Meg Ryan. Im Film »Schlaflos in Seattle« gab es einen kleinen Jungen namens Jonah. Nach ihm hatten sie ihren Sohn benannt. Der Unterschied war nur, dass der Junge im Film keine Mutter mehr hatte und sie nun im wahren Leben eine Mutter ohne Sohn war. Wie ironisch das Leben doch sein konnte.

»Ich habe da ein nettes Haus gesehen, im Internet. Wir könnten es uns alle zusammen anschauen. Du, ich und Leo. Er hat ja auch noch ein Wörtchen mitzureden.« Sie setzte sich auf die Tischkante, sodass sie ihren Mann und jede seiner Gesichtsregungen gut beobachten konnte.

Jetzt hatte sie ihn. Mit seinem Sohn. Der nur ihr Stiefsohn war und den sie trotzdem sehr liebte. Eine Liebe unter einer dicken Trauerschicht. Ein warmes Gefühl durchflutete ihren Körper, als sie an Leo dachte. Aber das Gefühl war schnell wieder verschwunden.

»Ja, das ist eine gute Idee!« Er griff nach ihrer Hand und nach der Utopie, dass alles wieder gut werden würde.

* * *

Jan stampfte mit seinen alten Lieblingsturnschuhen kurz auf dem Boden auf, so als könne er die Bausubstanz damit testen. Früher hätte sie gelächelt und ihn mit seinen fehlenden handwerklichen Fähigkeiten aufgezogen.

»Du weißt, dass dieses Haus so ziemlich genau das letzte Klischee ist, das noch gefehlt hat, um uns bei deinen Eltern als Endzeitspießer abzustempeln«, scherzte er und klopfte dabei gegen die hellen Kacheln des massiven Wandkamins.

»Da hast du wohl recht«, gab sie zu.

Sandras Eltern waren Althippies. Sie hatten sich mit sechzig einen lang gehegten Traum erfüllt und sich in einer Gemeinschaft für generationsübergreifendes Wohnen eingekauft. Es war eine alte Burg, in die sie inzwischen mehr Geld gesteckt hatten, als irgendjemand für gut befinden konnte, aber sie schienen sich wohlzufühlen. Die Gemeinschaft zusammengewürfelter Lebensindividualisten lieferte ausreichend Stoff, um nächtelang zu diskutieren und zu streiten und um links gerichtete demokratische und kommunistische Lebensanschauungen zu debattieren. Da brauchte es den Rest der Welt gar nicht mehr, um sich aufzuregen – was Cynthia (die eigentlich Sibille hieß) und Herbert, der sich Herb nannte, wie die Luft zum Atmen brauchten. Sie amüsierten sich über Sandra, die korrekte Lehrerin, über ihre angepasste Art zu leben. Und ein Einfamilienhaus in einer Kleinstadt war genau das, was sie als bemitleidenswertes Kleinbürgertum bezeichneten. Nach Jonahs Tod, der sie beide sehr erschüttert hatte, hatten sie sich in ihrer Trauer den esoterischen Anwandlungen einer ihrer Mitbewohnerinnen angeschlossen und ihre Tochter lange schwer damit belästigt. Im Moment hatte Sandra wenig Kontakt zu ihnen, weil es ihr zu viel war, von der Unsterblichkeit der Seele zu hören, wenn sie doch wusste, dass Menschen sehr schmerzhaft, sehr sterblich sein konnten.

»Ich liebe das Haus«, sagte sie mit Blick auf den Garten, den Rücken zu Jan gewandt und meinte es ehrlich.

Ein einziger Anruf hatte gereicht, um einen Besichtigungstermin am nächsten Tag zu bekommen. Die Neumanns schienen verzweifelt schnell nach Thailand zu wollen.

Nun führte sie Herr Neumann seit einer guten halben Stunde durch das Haus, in dem Sandra bereits in Ohnmacht gefallen war, und erklärte ihnen Dinge, die eigentlich gar nicht erklärungsbedürftig waren. Er war sehr eifrig darin, die Vorzüge des Hauses hervorzuheben. Seine Bemühungen entlockten Sandra ein leicht mitleidiges Grinsen.

Als Herr Neumann sich dann entschuldigte, um die Toilette aufzusuchen, stellte sich Jan lächelnd neben seine Frau.

»Flotti, wir machen das, wir sind einfach total verrückt und kaufen dieses Haus.«

Bevor sie sich dagegen wehren konnte, hatte er sie hochgehoben und wirbelte sie um sich herum. Als er sie wieder absetzte, schüttelte sie sich ärgerlich.

»Lass das, Jan!«

»Du darfst dich auch einmal freuen, Sandra, um Himmels willen, du wolltest das Ganze doch.« Das Lächeln auf seinem Gesicht war ganz schnell wieder verschwunden.

»Findest du nicht, dass wir Jonah damit … verraten?«, gab sie zu bedenken.

»Nein, das finde ich nicht. Wir würden ihn verraten, wenn wir aufhören würden zu leben. Merkst du das eigentlich? Dass du langsam aufhörst, da zu sein?« Jan sah so aus, als wolle er sie schütteln. Aber nichts passierte. Das war nicht Jans Art. Und sie? Sie stand mit hängenden Armen vor ihm und wusste, dass er recht hatte.

Doch noch bevor sie etwas erwidern konnte, kam ihr Leo zu Hilfe.

»Willst du wirklich wieder hierher, Sandra? Ausgerechnet nach Tauber?«, fragte er ernst und wirklich interessiert.

Wann war Leo so groß geworden, dass sie auf Augenhöhe miteinander reden konnten?

Die ganze Besichtigung über war er mehr lustlos als begeistert und sogar leicht genervt durch die Räume geschlendert. Das unrhythmische Dröhnen eines Basses drang durch seine dicken Kopfhörer nach außen.

Jonah und er hatten oft Musik gemeinsam über die Spezialkopfhörer gehört. Leo hatte sie so weit auseinandergezogen, dass einer der Hörer auf seinem rechten Ohr saß und der andere auf Jonahs linkem. So saßen sie dann zusammen auf der Couch und behaupteten, sie würden »jammen«. Sandra erinnerte sich, dass sie sich einmal vor sie gestellt hatte und ihre Haare im imaginären Takt eines dieses endlos gleichen Gedröhns, das sich ihrer Meinung nach nicht Musik nennen durfte, wild herumgewirbelt hatte. Zuerst hatten die beiden sie total entgeistert angesehen – einfach, weil sie so etwas von ihr nicht gewohnt waren, dann hatte Jonah sich den Kopfhörer heruntergerissen und vor Lachen minutenlang auf der Couch gekrümmt. Leo hatte den Arm um sie gelegt und es ihr gleichgetan. Dann waren sie zu dritt headbangend durchs Wohnzimmer gerannt, als wären sie Ozzy Osbourne, Alice Cooper und James Hetfield in einem. Zwei Monate später war Jonah nicht mehr da.

»Ja, ich glaube, das wäre gut für uns alle«, sagte sie und fügte hinzu: »Aber was ist mit dir, Leo? Kannst du dir das vorstellen? Weg von deinen Freunden in Würzburg und hier auf eine neue Schule und in ein ganz neues Umfeld? Wir machen das nur, wenn du das auch willst.«

Einen Moment lang wünschte sie sich, dass er Nein sagte. Dass sie weiter so tun konnten, als wäre Jonah noch da, wenn sie doch bereits dabei waren, die Konturen seines Gesichts nicht mehr nachzeichnen zu können, wenn sie manche Eigenart seiner Stimme, manchen Schwung seiner Bewegungen längst vergessen hatten.

Leo überlegte kurz, was Sandra die Gelegenheit gab, ihn näher zu betrachten. Er war nicht nur unheimlich gewachsen in letzter Zeit, er hatte auch einen ganz anderen Gesichtsausdruck. Sie erkannte noch deutlich das Kleinkind, das er gewesen war, als sie ihn kennenlernte. Die langen Wimpern, einen Hauch dunkler als sein blondes Haar, der dunkle Teint des Vaters und die feinen Gesichtszüge seiner Mutter Isa, das freche Funkeln in seinen blauen Augen. Aber da war mehr, da war eine Reife, die nicht in das Gesicht eines Sechzehnjährigen gehörte. Ein Ausdruck, den man nur durch bittere Lebenserfahrungen bekam und an dem sie nicht ganz unschuldig war. Nein, sie würde ihn nicht gegen seinen Willen hierher zwingen. Es war sowieso eine Schnapsidee, das Haus aufzugeben, in dem sie mit Jonah glücklich gewesen waren, nur um näher an seinem Herzen zu sein.

Leo aber sagte: »Mir gefällt's. Können wir ein paar von Jonahs Sachen mitnehmen?«

»Aber sicher«, erwiderte Jan freudig und legte Leo die Hand auf die Schulter.

Leo nickte langsam. »Ich glaube, für Sandra wäre es gut.«

»Für dich auch, mein Bub. Baden-Württemberg statt Bayern – für deine schulischen Leistungen vielleicht nicht gerade das Schlechteste!« Jan klopfte seinem Sohn aufmunternd auf die Schulter.

Wie immer, wenn es um Leos nachlassende Schulnoten ging, fühlte sich Sandra als Lehrerin mitschuldig. Sie hatte sich noch nicht einmal bemüht, ihm zu helfen. Sie konnte sich nicht erinnern, wann sie das letzte Mal seine Ordner angesehen oder ihn nach Schulaufgaben und Tests gefragt hatte.

»Mmm«, machte Leo. »Kann ich mir den Keller ansehen?«

»Klar, gerne. Ist bestimmt ein Bandprobenraum für dich drin.« Jan zwinkerte ihm zu.

Bereits im Gehen wandte sich Leo noch einmal an Sandra und wiederholte seine Frage: »Tauber, Sandra?«

In der Abkürzung des Städtenamens von Tauberbischofsheim lag mehr als nur die Frage nach einem Ortswechsel. Sandras alte Heimat war nicht umsonst einer von deutschlandweit neunzehn Olympiastützpunkten. Als Leo und sie sich noch ganz fremd gewesen waren, damals, als sie Jan meist nur abends traf, weil sie Leo nicht bereits am Anfang ihrer Beziehung mit ihr konfrontieren wollten, als ihnen selbst noch nicht ganz klar gewesen war, wo das mit ihnen hinführte, hatte sie sich immer gewünscht, irgendeine Gemeinsamkeit mit ihm zu finden. Zunächst hatte sie an einfache Dinge gedacht, ein gemeinsames Eisessen, einen Kinobesuch, Tierpark im Frühling. Dann aber hatte Leo mitbekommen, dass sie focht, und er war sofort Feuer und Flamme gewesen. Für ihn war es eine absolut abenteuerliche Sache, die er mehr mit seinen Ritterfiguren und Wikingerkinderfilmen verband als mit einem ernsthaften Sport. Sandra hatte zunächst noch angenommen, dass sein Interesse schnell wieder abflauen würde, aber da hatte sie sich getäuscht.

Sie würde nie vergessen, wie Leo mit seiner breiten Zahnlücke das erste Mal in der Halle stand, um am Kindertraining teilzunehmen. Er hatte gerade die beiden oberen Frontzähne verloren. In der Schule hatte er seinen Freunden erzählt, er ginge mit seiner Sandra zum Schwertkampf. Er nannte sie nie seine Mutter, nie Mama, sie war immer »seine Sandra«. Das war das Schönste, das er zu ihr sagen konnte.

Mit seinen sieben Jahren war er damals im perfekten Alter, um mit dem Fechten anzufangen. Da er recht groß war, konnte er die achtzig Zentimeter lange Kinderklinge gut halten. Das Wichtigste aber war, dass er keine Angst hatte. Sie hatte bis dahin schon viele, deutlich ältere Kinder in der Halle gesehen, die bei den ersten Versuchen vor der Klinge davongelaufen waren. Leo nicht, er rannte geradewegs mit Feuereifer darauf zu.

Er hatte sich schnell für den Säbel als eine Hieb- und Stichwaffe entschieden, und so kaufte sie ihm nach und nach die gesamte Ausrüstung – die Adidas-Trainingshosen, die Nike-Schuhe, Handschuhe, Unterziehweste, Fechthose, die Elektroweste und die manuelle Fechtjacke, die Maske und natürlich einen Säbel.

Beim Aufwärmtraining war er der Eifrigste. Schnell stellte sich heraus, dass er ein besonderes Geschick hatte. Er war reaktionsschnell und flink und er lernte unheimlich fix.

Jeden Abend übte sie fortan mit ihm vor dem Spiegel die Grundstellungen, und um den Ausfallschritt zu perfektionieren, legte sie ihm Waschlappen auf den rechten Fuß, die er nach oben kicken und mit der rechten Hand wieder fangen musste. Im Schlaf erzählte Leo nun nicht länger von irgendwelchen Krokodilen oder Autos, sondern murmelte nur noch Fechtbegriffe. Jan und Sandra lagen manches Mal kichernd im Bett, wenn Leo wieder einmal laut »Riposte« rief. Sie waren sich durch das Fechten sehr nahegekommen, auch dann, als Jonah auf die Welt kam und Leo sich ein wenig zurückgesetzt fühlte, konnten sie durch den gemeinsamen Sport etwas aufrechterhalten, das sie verband. Sonntags war sie manchmal mit ihm ins Zentrum gefahren und sie hatten am »Holzi«, der Fechtpuppe, Hiebe geübt. Später hatte sie ihn zu den Turnieren begleitet und gerührt beobachtet, wie er seinen Gegnern nach dem Kampf die Hand schüttelte und dabei so erwachsen wirkte. Einmal hatten sie dabei eine frühere Bekannte von Sandra getroffen, die als Obfrau beim Turnier dabei war. Bei der Kontrolle seiner Waffe klopfte sie ihm auf die Schulter und sagte: »Ganz die Mama.« Leo hatte sie nicht korrigiert. Sie hatten sich lächelnd angeschaut und er hatte leise »meine Sandra« gesagt.

Sie merkte, wie ihr bei all diesen Gedanken, die Leos einfaches »Tauber, Sandra?« in ihr auslöste, die Tränen heiß in den Augen brannten. Sie hatte nicht nur einen Sohn verloren, sie hatte einen beerdigt und den anderen vergessen.

»Ja, Tauber, Leo!«, sagte sie. In diesen drei Worten lag ein abwegiges, aber festes Versprechen, von dem sie hoffte, es halten zu können. Leo nickte ihr zu und verschwand dann im Keller. Er hatte früher ein Dutzend Pokale und unzählige Urkunden von gewonnenen Turnieren in seinem Zimmer aufbewahrt. Als sie ihm jedoch dann sagen mussten, dass sein geliebter kleiner Bruder nicht wiederkommen werde, hatte er sie alle in einen blauen Müllsack gesteckt, den er dann auf der Straße abstellte. Wie Sandra hat er sich mit dem Tod von Jonah verboten, fröhlich zu sein. Den Säbel hatte er seither nie wieder angerührt. Der blaue Sack – Jan hatte ihn vor der Müllabfuhr gerettet – stand nun gemeinsam mit ihrem Florett und allem weiteren

Zubehör in einem dunklen Eichenschrank im Keller ihres Hauses. Vielleicht hatten die Motten die Stoffe bereits zerfressen. So wie die Trauer sie zerfressen hatte.

Der Gedanke an Leo mit fehlenden Frontzähnen und aufgeregtem Blick auf einer vierzehn Meter langen Bahn in einer Halle war es, der sie letztendlich Ja zu einem Umzug sagen ließ. Nicht nur das Herz, das wenige Meter entfernt schlug. Nicht nur.

# Kapitel 6 – Nele

»Nele, was machst du? Kommst du bitte zum Essen runter?«

Musste sie immer so schreien?

»Mathe! Ich bin noch nicht fertig, hab bei Papa im Restaurant gegessen und keinen Hunger mehr.«

»Gut, aber mach nicht mehr so lange! Willst du dann runterkommen und mit mir fernsehen? Ich mache uns Gemüsesticks und Käsedip.«

»Nee, ich will noch lesen.«

»Was liest du denn gerade?« Katharina setzte einen Fuß auf die Holztreppe, das konnte Nele gut hören, weil die erste und die letzte Stufe knarrten und jeden verrieten, der nicht schlau genug war, sie zu umgehen.

Nele rollte mit ihrem Drehstuhl ein wenig nach links und schaute in ihr Regal, sie brauchte eine Antwort, falls ihre Mutter doch noch zu ihr ins Zimmer kam. Sie griff nach »Eleanor & Park«, schlug Seite zweiundneunzig auf und warf das Buch auf ihr Bett.

»Mann, Mama, ich konzentriere mich gerade!«, schrie sie dann durch die offene Tür nach unten.

Ihre Mutter setzte ihren Fuß wieder nach unten, das Holz gab nach und knarrte wie zum Beweis, dass Nele nun ihre Ruhe haben würde, noch einmal laut.

»In Ordnung, entschuldige, Mäuschen!«, rief sie zurück.

Nele piepste in Veralberung dieses verhassten Kosenamens die Gleichung leise vor sich hin. $(8+x) * 15 - 7 * (x+22-4) + 60 * x = 878$. Dann rollte sie noch ein Stück mit dem Stuhl in Richtung Tür und kickte sie mit dem rechten Fuß geräuschvoll ins Schloss.

Sie war gut in Mathe, sie liebte Zahlen. Jede Zahl in dieser Gleichung stand für Ereignisse in ihrem Leben.

Die Acht in der Klammer: Nele kannte inzwischen acht Leute, die tot waren.

Zunächst ihr Uropa, der starb, als sie ein Jahr war. Sie konnte sich nicht an ihn erinnern, also zählte er genau genommen auch nicht.

Als Nächstes Tante Edith, die alte Dame aus dem Nachbarhaus, die manchmal auf sie aufgepasst hatte. Und Rudolph Hammer aus dem blauen Haus unten an der Bushaltestelle, der immer so nett gegrüßt hatte, ehe er morgens um sieben auf der Bank seinen Underberg hinunterstürzte.

Die ersten beiden waren alte Leute gewesen, das war okay, befand Nele. Die mussten sterben. Der Dritte hatte sich eben zu Tode getrunken, das war in ihren Augen auch irgendwie fair. Schließlich war er selbst schuld.

Die anderen fünf Toten, die sie gekannt hatte, waren unter fünfzehn gewesen. Zuerst Karoline, die immer ihre Schokolade mit ihr geteilt hatte und ihr den Inhalt ihres Nachttisches vermacht hatte. Sie hatte einen gelben Zettel mit der Aufschrift: »Im Falle meines Todes bekommt Nele Lahner meine Schokolade, weil sie die Einzige ist, die versteht, dass man deswegen auch nicht leichter stirbt«, daran geklebt. Daraufhin hatte Nele sich so viele Tafeln Schokolade wie möglich in den Mund gestopft und sich danach im Krankenhausklo zum ersten Mal den Finger in den Hals gesteckt. Sie hatte geglaubt, das ganze süße Zeug könnte ihr die Traurigkeit nehmen, dass das Süße das Bittere irgendwie überdecken und verschwinden lassen konnte. Sie hatte sich geirrt.

Nach Karoline kam Henry. Henry hatte ALS, und er starb, als Mila noch im Krankenhaus war. Als Nächstes starb Murat, obwohl er eigentlich hinter Felicitas auf der Soon-to-die-Liste stand. Felicitas war ein halbes Jahr später tot. Sie hatte niemanden, der für sie gestorben war und ihr eine Lunge geschenkt hatte, damit sie atmen konnte.

Nele erinnerte sich nur zu gut an Felicitas' Beerdigung. Felicitas hatte alles geplant gehabt und ihre Eltern hatten es dann einfach ganz anders gemacht, als sie es sich gewünscht hatte. Keine Musik von Taylor Swift, sondern Robbie Williams. Ein Sarg zum Verrotten, statt sie zu verbrennen, hatte Nele gedacht, als sie auf den weißen Holzkasten mit den roséfarbenen Blumen darauf gestarrt hatte.

Den fünften Toten hatte Nele nicht gekannt, sie hatte nur sein Herz gefühlt. In der Brust ihrer Schwester und sich gefragt, ob das fair war, dass sie ein Herz bekam und Felicitas keine Lunge, dass es Murat nicht geholfen hätte, wenn sie ihm die gesamten Organe eines toten Menschen geschenkt hätten, und dass man ebenso schnell sterben konnte, wenn man nicht auf einer Soon-to-die-Liste stand, als wenn man jahrelang die Pole-Position innehatte.

Nele wandte den Blick von ihrer Gleichung ab und sah zum Fenster hinaus. Viermal waren die neuen Nachbarn jetzt schon rein- und wieder rausgelaufen. Zum Glück war die Nummer 33 ein Flachdachbungalow. So konnte sie von ihrem Zimmer aus wunderbar rüber zur 31 schauen. Sie trugen gekaufte Umzugskisten von Obi, mit dem Biber drauf. Ein paar davon sahen so aus, als würden sie es nicht am Stück bis ins Haus schaffen. Nele stellte sich vor, wie der Bauch des Bibers platzte und lauter peinliche Dinge aus den Kisten fielen – Unterwäsche, Porno-DVDs, vielleicht auch löcherige Socken oder Romane mit »Millionär« im Titel, wie Valeries Mutter sie las. Der Junge schleppte die größten Kartons. Er war hübsch, auch wenn er blond war.

Das riesige Haus der Neumanns hatte lange leer gestanden. Und jetzt hatte es endlich jemand gekauft. Nele beugte sich ein wenig näher ans Fenster, um den Jungen besser sehen zu können. In dem Moment blickte er von seinem Karton auf und schaute direkt zu ihr hoch. *Fuck!* Sie ließ sich so ruckartig auf ihren Stuhl zurückfallen, dass sie beinahe nach hinten gekippt wäre.

Sie wartete eine Weile, aber die Neugierde siegte über ihre Liebe zur Algebra. Statt sich wieder auf die Gleichung zu konzentrieren, drückte sie die Nase fest gegen die Scheibe. Der Junge war groß und schlaksig, auf eine Art dünn wie nur Jungs es sein konnten. So, dass man dachte, sie bestünden nur aus Armen und Beinen. Nele mochte das und stellte sich vor, dass auf seiner Nase Sommersprossen wie kleine Marienkäfer tanzten. Vielleicht waren es auch nur Pickel. Er stellte gerade einen Karton ab, sagte irgendetwas zu der großen blonden Frau, die genauso dürr war wie er und lief dann geradewegs auf ihr Haus zu.

Nele schloss die Augen und zählte bis sechzig. Aber als sie die Augen wieder öffnete, war er immer noch da, und zwar ziemlich nahe. Sie hätte einfach weg vom Fenster gekonnt und sich unter ihrem Bett verstecken können, bis er wieder abhaute. Das Problem war nur, dass sie ihn gerne ansah.

Er stand jetzt direkt unter ihrem Haus und winkte ihr. Sie winkte langsam zurück.

Dann machte er alberne Bewegungen mit den Armen. Jetzt konnte sie erkennen, dass er wirklich Sommersprossen hatte. Und seine Haare länger waren, als sie gedacht hatte. Er strich sie mit den Fingern aus dem Gesicht hinter die Ohren, aber sie fielen ihm geradewegs wieder ins Gesicht. Er hampelte herum, und erst nach einer Weile begriff sie, dass er ihr etwas mitzuteilen versuchte. An den Fenstergriff kam sie nicht heran, ohne auf den Schreibtisch zu klettern, und das war ihr dann doch zu peinlich. Er deutete mit dem Zeigefinger auf sie und dann auf den Boden neben sich. *Mein rechter, rechter Platz ist leer …*

$(8+x) * 15 - 7 * (x+22-4) + 60 * x =878$

Nele schrieb $x = 13$ hinter die Gleichung, schmiss den Bleistift, auf dem sie herumgekaut hatte, auf den Tisch und lief nach unten. Ohne selbst zu wissen, woher sie den Mut dazu auf einmal nahm.

»Bist du ein Spanner oder so?«, fragte er, als sie schüchtern aus dem Haus trat. Sie spürte, wie ihre Wangen heiß wurden.

»Nee, ich hab Mathe gemacht!«, antwortete sie. Das war ähnlich dumm, wie zu sagen: Ich habe eine Wassermelone getragen. Sie wollte im Erdboden versinken.

»Ich bin Leo und du?« Er verbeugte sich leicht vor ihr. *Albern.*

»Nele, hi!«

»Hi.« Er grinste. Sie grinste zurück.

»Oh, *shit*, du bist ja komplett verdrahtet«, erklärte er überrascht.

Nele verstand nicht sofort, was er meinte.

Dann öffnete er seinen Mund so weit, dass sie ihm beinahe hätte sagen können, was er zu Mittag gegessen hatte, und sagte frech: »Nur gut, dass ich meinen Mundzaun letzte Woche losgeworden bin! Kommt besser bei den Ladys an, so oben ohne.«

»Kommt nächste Woche auch raus!« Nele deutete mit dem Zeigefinger auf ihre Schneidezähne, die von einer Zahnspange zusammengezwängt wurden.

»Na dann steht unserem ersten Kuss ja nichts im Wege!«, verkündete er fröhlich, hob lässig die Hand und sagte: »Bis bald, Hermine!«

»Ich heiße Nele!«, korrigierte sie ihn irritiert.

»Ich weiß«, antwortete er und verbeugte sich wieder.

»Wir sehen uns jetzt sicher öfter. Also mach's gut, Hermine!«

»Wieso denn Hermine?«, rief sie ihm hinterher.

Bereits im Gehen drehte er sich noch mal um und antwortete ihr gut gelaunt: »Starke Frauenfiguren in der Weltliteratur mit Zahnspange – zumindest zeitweise!«

»Harry Potter? Weltliteratur?«

»Was denn sonst?«, gab er zurück und verschwand hinter einem Stapel mit Kartons, die sein Vater inzwischen aus dem Transporter geladen hatte.

Mit der Zunge betastete Nele vorsichtig die scharfen Ränder ihrer Brackets.

# Kapitel 7 – Katharina

»Es ging nicht früher, Felix. Tut mir leid«, sagte Katharina, noch während sie die Tür zur Restaurantküche hinter sich schloss.

»Sechs Wochen, Katharina, du hast es in sechs Wochen kein einziges Mal geschafft, zu mir ins Restaurant zu kommen. Ich hab dir doch gesagt, dass ich was mit dir besprechen muss.«

Sie hätte es schon geschafft, aber sie konnte nicht. Natürlich waren da ihre vielen Schichten und der Ärger mit Neles Schule. Nele hatte sich geweigert, beim Projekttag an der Kochgruppe teilzunehmen, und hatte sich stattdessen zwei Schulstunden lang in der Toilette eingeschlossen und sich übergeben. Zu Hause hatte sie behauptet, es sei ihr so übel gewesen, dass sie den Kochgeruch nicht vertragen habe. Außerdem waren da noch die hohe Nachzahlung für Strom, die Sommergrippe der beiden Kinder und Milas langwierige Nachuntersuchungen. Es war alles so viel gewesen, das sie alleine hatte stemmen müssen. Der eigentliche Grund aber, dass sie sich mehr denn je von Felix fernhielt, war die Tatsache, dass sie ihm keine Szene hatte machen wollen. Sie war die letzten Wochen so überfordert gewesen, dass sie sich noch nicht einmal bei den neuen Nachbarn hatte blicken lassen. Der Gedanke an Felix' glückliches Gesicht in seiner glänzenden neuen Profiküche hätte sie nur dazu bewegt, ihn ordentlich zusammenzustauchen. Und das wäre nicht fair gewesen. Er tat, was er konnte, und eine motzende, mäkelnde Ehefrau hatte sie nie sein wollen. Komisch nur, dass sie den gleichen Anspruch an sich als Exfrau hatte.

»Was ist denn so wichtig, Felix?« Sie lehnte sich an den großen Edelstahlkühlschrank, strich eine Haarsträhne aus der verschwitzten Stirn und wartete darauf, dass Felix ihr ein Glas Wasser anbot. Sie war am Verdursten. Stattdessen aber schob er sie wieder zur Tür hinaus, an den neugierigen Blicken seiner Sous-Chefin vorbei in den Restaurantbereich.

»Setz dich bitte!«, sagte er und deutete auf einen der Stühle.

Sie betrachtete ihn eingehend und erschrak ein wenig, als sie feststellte, dass die Anziehungskraft, die Felix auf sie ausübte, nach wie vor ungebrochen war. Er war breit gebaut und hatte an den Hüften das eine oder andere Kilo zu viel. Mit knapp eins achtzig war er kein Riese, aber alles an ihm war für Katharina purer Sexappeal, mit Charme, Witz und einer immensen Ausstrahlung, der sie sich schon zu Teenagerzeiten nicht hatte entziehen können. Sie kniff die Augen zusammen und erklärte: »Danke, ich stehe gerne!«

»Sei doch nicht so stur!«, erwiderte er, versuchte aber zumindest nicht, sie auf den Stuhl zu drücken. Auch wenn er aussah, als hätte er das gerne getan.

»Wird mich deine Neuigkeit so umhauen?«, fragte sie und setzte sich dann doch.

Er atmete hörbar auf und ließ sich auf den Stuhl neben ihr fallen.

In dem Moment wusste sie, dass Felix verlegen war. Mit seinem rechten Zeigefinger fuhr er sich immer wieder über die Lippen. Er sah ein wenig müde aus, aber sein Blick war wach und interessiert.

Dieser Blick erinnerte sie an die Zeit, als sie beide noch in der Ausbildung gewesen waren. Wenn er nach Hause kam, war sie meist bereits auf dem Sprung zur Nachtschicht gewesen.

Und sie hatten sich manchmal nur für ein paar Minuten gesehen. Dann hatten sie sich stets im Flur ihrer ersten gemeinsamen Wohnung auf den Boden gesetzt. Felix hatte ihr die vom Desinfektionsmittel rissigen Hände mit Fettsalbe eingecremt, während er ihr von seinem Tag erzählt hatte. Manchmal hatten sie auch sehr schnellen, sehr heißen Sex auf diesem Flur gehabt, zwischen Tür und Angel, zwischen ihren Schichten. Auf diesem Flur hatte Katharina ihm auch gesagt, dass sie schwanger war. Damals hatte er genauso verlegen geschaut und war sich mit den Fingern über die Lippen gefahren. Erst nach zehn Minuten Stille hatte er sie angesehen, gelächelt und gesagt: »Wir kriegen das Kind, wir bekommen das hin!«

Jetzt brauchte er keine zehn Minuten und er lächelte auch nicht, als er sagte: »Ich ziehe bei den Reinhardts aus. Wir ziehen oben ein, hier über dem Restaurant!«

»Felix, wir haben ein Haus! Wir können nicht so einfach bei dir einziehen!«, gab Katharina sanft zurück und verkniff es sich, ihm zu zeigen, wie sehr sie dieses Angebot rührte. Felix blickte zu Boden, klopfte mit seinem Fuß unter dem Stuhl an das Holz der Sitzfläche. Stille. Einen Moment lang herrschte peinliche Stille.

»Du hast mich falsch verstanden!«, erklärte er schließlich, den Blick noch immer gesenkt.

»Ich …«

Als er sie wieder ansah, mit diesem schuldbewussten Blick, den sie ebenfalls kannte – weil sie in seinem Gesicht lesen konnte wie in einem Buch –, war ihr klar, wie sehr sie ihn falsch verstanden hatte.

»Oh«, brachte sie hervor. »Du willst nicht mit *uns* hier einziehen, sondern …«

Es war wirklich gut, dass sie saß. Die Erkenntnis und die Vorahnung dessen, was jetzt kam, zog ihr ohnehin schon den Boden unter den Füßen weg.

»Schau mal, Kate … wir sind jetzt schon eine Weile getrennt und Sonja und ich …«, stotterte er vor sich hin.

»Nenn mich nicht Kate …« Sie fuchtelte mit dem Zeigefinger vor seiner Nase herum und war auf einmal genau das, was sie nie hatte sein wollen: das erboste, eifersüchtige Ex-Eheweib.

»Katharina, Sonja und ich …«

Sonja war seine Sous-Chefin. Die Art, wie er ihren Namen sagte, reichte Katharina, um zu verstehen. Reichte, um ein Gefühl in ihr hochkochen zu lassen, das sie zwischen ihnen gar nicht kannte. Ein kleiner Keim leidenschaftlicher, schmerzhafter Eifersucht, der zu etwas Großem werden konnte, wenn sie nicht sofort ging und sich der Situation entzog.

Sie stand hastig auf und hätte gerne als Geste ihrer Wut den Stuhl dabei umgeworfen. Das kam ihr aber dann doch etwas zu kindisch vor.

»Ich habe schon verstanden, Felix. Ist in Ordnung! Komm bitte demnächst vorbei, damit wir endlich klären können, was wir mit dem Haus machen.«

»Nein, Katharina, so gehst du mir jetzt nicht. Bitte, setz dich wieder.«

Unschlüssig blieb sie vor ihm stehen und hatte Angst zu weinen. Warum eigentlich? Sie wusste selbst nicht, was sie erwartet hatte. Dass Felix und sie wieder zusammenkamen? Dass sie diese so glatte Trennung ohne Probleme wie richtige Erwachsene hinter sich lassen und sich für die neuen Beziehungen des anderen freuen konnten? Was hatte sie sich bloß eingebildet? Es war genau so, wie Elli es ihr prophezeit hatte: Wenn einer von ihnen einen neuen Partner hatte, dann brach dieses kleine Kartenhaus aus Verständnis und freundschaftlichem Zusammenhalt zusammen und übrig blieben runde Bierdeckel, die vom Tisch rollten.

»Ich kann nicht.«

Er nickte. Als hätte er verstanden, was sie ihm damit sagen wollte. Sie konnte sich nicht hinsetzen, weil sie damit etwas ausgedrückt hätte, was nicht der Wahrheit entsprach. Nämlich, dass sie mit der Situation einverstanden war. Sie konnte sich nicht hinsetzen, weil sie sich nicht bewegen durfte. Wenn sie sich jetzt wieder auf ihn zubewegte, dann würde sie ihm um den Hals fallen, weil sie in diesem Moment das Gefühl hatte, nicht ohne ihn sein zu können. Das war natürlich völliger Unsinn, es war die letzten Monate auch gut ohne ihn gegangen. Aber etwas war dabei anders gewesen, als es sich jetzt darstellte. Er war noch nicht ganz weg gewesen ... Da war – bisher –niemand anderes gewesen.

»Kate, es wird sich für uns nichts ändern. Als Familie, meine ich. Ich bin immer für die Kinder da und für dich auch.«

»Red doch keinen Unsinn«, fauchte sie und krallte die Hände fest in den Stoff ihres dunklen Rockes, damit sie nicht auch noch wie eine Furie mit dem Finger vor seinem Gesicht rumfuchtelte. »Alles ändert sich. Wir sind kein Wir mehr. Keine Familie mehr.«

»Natürlich sind wir das«, widersprach er mit einem flehenden Ausdruck in den Augen und fügte dann einschränkend hinzu: »Allein schon für die Kinder.«

Für die Kinder. Ha! Für die Kinder. Felix und sie hatten sich einmal geschworen, dass sie niemals nur wegen der Kinder zusammenbleiben würden. Weil sie gedacht hatten, dass das gar nicht nötig wäre. Weil sie sich liebten. Und die Kinder. Ohne, dass das eine das andere gebraucht hätte. Und nun? Nun liebten sie ihre Kinder, aber sich nicht mehr? War es das? War das hier das Ende?

»Felix, ich weiß nicht, was ich sagen soll.«

Dabei wusste sie sehr viel. Sie wollte ihn fragen, wie es mit der anderen war. Wie es dazu gekommen war. Warum und wieso sie und er sich verloren hatten.

»Ich auch nicht, Kate.« Er hob die Hand, weil er ihren vorwurfsvollen Blick erkannte. »Katharina, du bist immer …« Dann hielt er inne.

»Was bin ich immer?«, hakte sie nach. Was wollte sie denn hören? Die Liebe seines Lebens? Etwas Offensichtlicheres wie »die Mutter meiner Kinder«?

Felix entschied sich für die möglichst abgedroschene Variante: »Du wirst immer ein wichtiger Mensch in meinem Leben bleiben«, sagte er mit Nachdruck.

»Na, danke«, antwortete sie biestig. »Liebst du sie?« Den Namen brachte sie nicht über die Lippen und die Antwort auf ihre Frage wollte sie eigentlich gar nicht hören.

»Was soll das?«, gab Felix gereizt zurück.

»Vergiss es einfach.« Sie seufzte und hätte sich am liebsten geohrfeigt. Er hatte ja recht, sie waren seit geraumer Zeit getrennt. Seit seinem Auszug war nie die Rede davon gewesen, dass er zurückkommen würde. Es war nichts mehr zwischen ihnen. Obwohl da Blicke waren, die ihr gesagt hatten, dass da noch etwas war, und ihre Beziehung noch nicht Geschichte. Irgendwann waren sie und Felix an einer Gabelung in verschiedene Richtungen abgebogen und hatten es noch nicht einmal gemerkt, dass sie sich aus den Augen verloren. Und erst jetzt schien sie zu begreifen, dass sie vermisste, was sie verloren hatte. Dass dieser Verlust endgültig zu sein schien.

Sie sahen sich eine Weile schweigend an. Beide mit so vielen unausgesprochenen Worten, die den anderen nicht erreichen würden. Offensichtlich waren sie beide zum richtigen Zeitpunkt zu stolz dazu gewesen, umzudrehen und den Weg des anderen zu gehen. Jetzt schien es zu spät. Fast schon sah Felix so aus, als täte es ihm auch leid.

»Ich gehe jetzt«, kündigte sie an und stand dennoch immer noch reglos vor ihm.

»Ist gut«, sagte er, machte aber keine Anstalten in die Küche zu gehen.

»Also …«

»Also.«

Sie sah ihm noch einmal kurz in die Augen, so als könne sie ihr bisher gemeinsam gelebtes Leben noch einmal heraufbeschwören …

Katharina war bereits kurz nach Beendigung ihrer Ausbildung zur Krankenschwester mit Nele schwanger geworden. Felix und sie hatten sich damals auf das Kind gefreut, auch wenn die Schwangerschaft alles andere als geplant gewesen war. Doch Nele war als Baby eine Katastrophe. Sie war ein Schreikind, Katharina war völlig überfordert und ihre Mutter hatte es nicht eingesehen, sich ihrer und des Babys anzunehmen. Zu Felix' Eltern hatten sie wenig Kontakt, sie wohnten bereits damals wieder in ihrer niedersächsischen Heimat. Also hatten sie beide sich abgewechselt und ihre Schichten so gelegt, dass immer einer auf Nele aufpassen konnte. Sie hatten sich geschworen, niemals ein zweites Kind zu bekommen, und sie hatten sich geschworen, zusammenzubleiben. Von beidem war genau das Gegenteil eingetreten. Fünf Jahre nach Neles Geburt war das Schreien zwar nicht vergessen gewesen, aber auch nicht mehr im Ohr. Es konnte nicht schlimmer werden, hatten sie sich gesagt. Dann kam Mila. Und sie war ein Sonnenschein. Mit einem schweren Herzfehler. Katharina wollte ihm gerne all die Momente zeigen, die ihre Liebe ausgemacht hatten. Die frühen Tage in ihrem Haus, als sie sooft es ging draußen saßen und den Himmel beobachtet hatten. Die Tage mit den Kindern am Meer, an denen sie dachten, sie seien ewig. Aber es ging nicht. Sie konnte ihre Erinnerungen und die Gefühle, die sie hervorriefen, nicht auf ihn projizieren. Es war einfach nicht möglich. So wenig, wie man aus Himmelswolken Zuckerwatte machen konnte, so sehr man es auch wollte.

Sie drehte sich um, endlich aus ihrer Starre erwacht, und begriff, dass dies hier ihre eigentliche Trennung war. Nicht die vor vielen Monaten, als er ausgezogen war. Nicht die, die sie immer empfand, wenn er die Kinder ablieferte und wieder ging. Das hier war das Ende. Auf einmal wollte sie nur noch weg. Sie spürte noch, wie Felix ihre Hand streifte, aber sie sah nicht hin. Schnell lief sie über den glatten Linoleumboden, riss die Tür auf und stürmte nach draußen.

Viel zu schnell fuhr sie nach Hause. Unangenehme Gefühle hatten sie schon immer zum Rasen verleitet. Die Bilder in ihrem Kopf waren einfach nicht aufzuhalten. Was hätte sie gesagt, wenn jemand ihr vor fünfzehn Jahren gesagt hätte, wie ihre und Felix' Geschichte enden würde? Sie hätte es nicht für möglich gehalten. In seiner Hochzeitsrede hatte er behauptet, Katharina sei ihm sofort aufgefallen. Sie dagegen unterstellte ihm, dass er es zuerst auf ein anderes Mädchen abgesehen hatte, bevor er sie bemerkte. Irgendwann begann er ihr Zettelchen zu schreiben. Es war kindisch, aber auf eine kindische Art sehr romantisch. Sie bewahrte die zwei Schuhkartons voll mit den auf kleine Fetzen Papier gekritzelten Briefen, die sie sich im Unterricht geschrieben hatten, noch immer auf. Nach der Abschlussprüfung trennten sie sich, weil sie der Meinung waren, das sei irgendwie sinnvoll, jetzt, wo etwas Neues begann. Katharina hatte ein paar unwichtige kurze Beziehungen und Felix hatte die Hälfte der Diskobesucherinnen flachgelegt. Vermutlich hatten sie das auch gebraucht, denn irgendwann standen sie sich wieder gegenüber und wussten, dass sie sich noch immer wollten. Es war immer unkompliziert gewesen zwischen ihnen. Katharina war niemals eifersüchtig, weil etwas viel Größeres sie beide von dem Augenblick an verband, in dem er behauptet hatte, seine Haare seien eigentlich blond und er würde sie sich nur dunkel färben. Manchmal war es wichtig, Erinnerungen einfach als das zu bewahren, was sie waren: Fragmente der Wahrheit. Sie zu zerreden würde vielleicht bedeuten, sie zu verändern oder gar zu zerstören, obgleich es sich gerade so anfühlte, als wäre endgültig alles zwischen ihnen zerstört.

Als sie in ihre Straße einbog, sah sie bereits von Weitem den Wagen ihrer Mutter vor der Garage stehen.

Sie wusste sofort, was los war. *Auch das noch!*

Im Garten saß Elvira Seibert unter dem wackeligen Sonnenschirm neben einer gequält aussehenden Mila, die immer wieder »Ja, Oma.«, »Ist doch nicht so schlimm, Oma« und »Ich weiß, Oma« sagte. Es war also mal wieder so weit. Elvira trug Schwarz und vor ihr auf dem Gartentisch lag eines von ihren dicken, in Leder gebundenen Fotoalben. Von Katharina als Kind gab es von jedem Lebensjahr vielleicht fünf oder sechs Bilder, die lieblos in billige, hässliche Plastik-Alben gesteckt waren. In den Lederalben dagegen befanden sich die wahren Schätze ihrer Mutter. Unzählige Autogrammkarten, Zeitungsausschnitte und Fotos der gesamten europäischen Prominenz.

»Wer ist es diesmal?« Katharina seufzte, als sie unter den Sonnenschirm trat.

Elvira fuhr herum, so als hätte ihre Tochter sie soeben zutiefst beleidigt, blickte sie mit tränenverschleiertem, mascaraverschmiertem Gesicht an und strafte sie mit ihrem traurigsten Augenaufschlag.

»Heinz Ludwig, Herzog von Großbaurach.«

»Das tut mir aufrichtig leid, Mutter!«, erklärte Katharina sehr unaufrichtig und griff nach Milas Wasserglas auf dem Tisch, nickte ihrer kleinen Tochter dabei zu und bedeutete ihr, reinzugehen. Mila musste sich den Quatsch nicht auch noch antun, es reichte, wenn sie sich damit seit Kindestagen hatte rumärgern müssen.

»Ach, Katharina, er war mir so nah. Wir haben uns damals bei dieser Charity bei Thurn und Taxis kennengelernt.«

»Sind das die, die nicht zugeben wollen, dass sie sich ihre Lippen aufgespritzt haben?«

»Nein, Unsinn, Kind, das sind die Ohovens. Heinz war ein vollendeter Gentleman und nun ... Krebs, die Prostata. Und das bei einem so gestandenen Mann. Ich bin untröstlich, ich weiß nicht, wie ich das jemals überwinden werde.«

Es war immer die gleiche Leier. Der zweite Fall in diesem Monat. Dass die deutschen Adelshäuser aber auch so dahinsiechen mussten.

»Soll ich dir einen Kaffee machen, Mama?«, bot sie ihrer Mutter an, die sich unablässig dicke schwarze Tränen von der Wange tupfte.

»Gerne. Wo ist denn Nele?«

*Vermutlich geflüchtet.*

»Macht Hausaufgaben«, behauptete Katharina.

»Braves Kind! Setzt du dich ein wenig zu mir, ich bin schon die ganze Zeit auf der Suche nach diesem einen Bild von Heinz Ludwig und mir. Du weißt schon, das von 1993.«

»Mama, es gibt kein Bild von dir und Heinz Ludwig von und zu. Du hast ihn nie getroffen.«

»Aber sicher hab ich das!«

Kopfschüttelnd ging Katharina nach drinnen, machte ihrer Mutter einen Kaffee mit dem alten Vollautomaten und musste dreimal auf das Gehäuse schlagen, bis sich schwarze Brühe in eine Tasse mit König-Ludwig-Konterfei ergoss.

»Ich muss schnell rüber zu den Nachbarn, bin gleich wieder da«, sagte sie, entschlossen, Elvira mit ihren Krokodilstränen und ihrem lächerlichen Trauerflor eine Weile allein zu lassen. Genauso entschlossen, die Tränen zurückzuhalten.

»Mach nur.« Elvira winkte gönnerhaft mit der linken Hand. »Ich will noch die *Gala* von gestern zu Ende lesen und in einer halben Stunde kommt die Wiederholung von *Samt und Seide*.«

Halb amüsiert, halb genervt verdrehte Katharina die Augen und lief durch den Garten auf die Straße. Die neuen Nachbarn waren vor etwa einer Woche eingezogen. Katharina hatte nicht daran geglaubt, dass diese etwas kühle, distanzierte Frau das Haus wirklich kaufen würde, in dem sie in Ohnmacht gefallen war. Aber offenbar hatte es der ganzen Familie so gut gefallen, dass der Kaufvertrag mit den Neumanns in kürzester Zeit geschlossen worden war. Seither hatte Katharina sie einige Male hier vorbeigehen sehen und sich vorgenommen – wie es unter guten Nachbarn üblich war –, eine Kleinigkeit vorbeizubringen und sich dem Rest der Familie vorzustellen. Bevor sie also mit ihrer Mutter um fremde Adelsfritzen trauerte, konnte sie das genauso gut jetzt machen.

Ein dunkelbrauner Blumentopf mit Margeriten stand bereits vor der weißen Haustür mit den Edelstahlintarsien. Sie musste nur ein einziges Mal klingeln, bis sich die Tür öffnete.

Erstaunt blickte sie in ein Gesicht mit Dreitagebart, einem offenen Lächeln und dunkelblauen Augen. Die braunen Haare waren mit ersten, leichten grauen Strähnen durchzogen.

»Hallo, ich bin Katharina, von nebenan, also genauer genommen, von neben nebenan …«

Sie lachte, zu überrascht, ihn und nicht Sandra hier zu sehen.

»Hallo, ich bin Jan. Von hier. Aus dem weißen Haus, wie ihr sagt!«

»Dann bist du der Tennisspieler?«

»Genau und du meine neue Übungspartnerin?«

»Wenn du so willst, gerne. Eigentlich bin ich gekommen, um euch ein kleines Willkommensgeschenk vorbeizubringen. Das halten wir hier in der Straße so …«

»In Würzburg auch, zumindest dort, wo es nette Leute gibt. Komm doch rein, Katharina …«

»Lahner, Katharina Lahner.«

»Jan Breitenbach. Meine Frau ist nicht da, sie hat einen Termin in der Schule.«

»Oh, Sandra ist Lehrerin? Am Matthias-Grünewald?«

»Nein, sie unterrichtet Englisch und Deutsch an der Realschule.«

»Tee, Kaffee, Wasser, ein Wein?«, bot er freundlich an und öffnete einladend die Tür etwas weiter.

Sie wollte ablehnen, weil sie eigentlich nur das Willkommensgeschenk – ein Glas selbst gekochte Marmelade, eine Kräutermischung aus ihrem Garten und ein Brot vom besten Bäcker der Stadt – vorbeibringen wollte. Dann aber dachte sie an Felix und Sonja und ihre Mutter mit ihrer erfundenen Trauer und Neles Zickenterror, und auf einmal war die Vorstellung, mit einem netten neuen Nachbarn einen Wein zu trinken, einfach zu verlockend.

Jan Breitenbach hatte freundliche, aufmerksame Augen, die fragend auf ihr ruhten. Sein Gesicht erhellte sich, als sie sagte: »Danke, Wein wäre super!«

Das Haus war erstaunlicherweise noch in einem ähnlichen Zustand wie bei der Besichtigung. Das Sofa war zwar gegen eine gigantische Sitzlandschaft aus hellem Leder getauscht worden, und offensichtlich standen die Gläser bereits in einem Schrank. Auch Umzugskartons sah sie keine, aber dennoch wirkte hier alles noch sehr unbewohnt.

Jan bemerkte ihren Blick, bat sie, auf einem der eleganten Schwingstühle am Esstisch Platz zu nehmen, und setzte sich ihr gegenüber, nachdem er eine Flasche Weißwein aus dem Kühlschrank geholt und Weingläser klirrend auf den Tisch gestellt hatte.

Er schenkte ein und lächelte sie dabei an.

»Prost, auf gute Nachbarschaft«, sagte er und sie stießen an. Ein wenig linkisch kam sie sich vor und seltsam, am helllichten Tag mit einem Glas Wein und einem fremden Mann ihr gegenüber.

»Ihr habt euch schnell entschieden, hierherzuziehen«, sprach sie direkt aus, was sie dachte.

»Ja«, bestätigte er und rückte seine Brille zurecht. »Wir mussten einfach raus …«

»Ja, Sandra hat mir von eurem Verlust erzählt.« Sie vermied das Wort Fehlgeburt, weil es einfach ein schreckliches Wort für das frühe Ende einer Schwangerschaft und das Ende von Hoffnungen und freudigen Erwartungen war.

Als sie selbst das Baby zwischen Nele und Mila verloren hatte, trösteten sie und Felix sich damit, dass es sicherlich irgendeinen Grund für die Natur gegeben hatte, das Kind vorzeitig gehen zu lassen. Möglicherweise ein schwerer Gendefekt, ein Herzfehler … Felix und sie schafften es, die Zeit der Trauer um ihr Baby durchzustehen, und dann kam Mila. Mit einem Herzfehler.

Katharina war froh, dass Jan nur nickte und nicht weiter auf das Thema einging.

»Unser Leo hat schon Bekanntschaft mit eurer Nele gemacht!« Er schmunzelte.

»Ach wirklich? Eigentlich verkriecht sich Nele gerne hinter ihren Büchern, es wäre schön, wenn die beiden sich anfreunden.«

»Ihr habt noch eine Tochter, oder?«

»Ja, Mila. Sie ist acht.«

Jetzt war der richtige Zeitpunkt, irgendetwas über Mila zu erzählen. Über die Vorsicht, die sie immer noch hegten, die Angst, die jeden Abend mit ihr schlafen ging und am Morgen vor ihr aufwachte, über ein Viertelleben im Krankenhaus und über das Schlimmste, was einem im Leben passieren konnte: sein Kind zu verlieren. Über die Tatsache, dass zu dem großen Glück, dem schönsten Gefühl der Welt, ein Kind zu haben, gleichzeitig von der ersten Minute an das Schrecklichste dazugehörte: die Furcht, das Schönste im Leben zu verlieren. Aber irgendetwas hielt sie davon ab. Es ging immer um Mila, in jedem Gespräch seit Jahren. Es war auf eine befremdliche Art angenehm, jemanden vor sich zu wissen, der nichts von all den Strapazen der letzten Jahre wusste. Vielleicht konnten Sandra, Jan und ihr Sohn unvoreingenommener auf Mila zugehen, wenn sie nicht wussten, dass Mila mit einem geschenkten Herzen lebte.

»Dein Mann, was macht der beruflich?«, fragte Jan, nachdem sie eine Weile geschwiegen hatten und die Stille unangenehm zu werden drohte.

»Mein Mann und ich sind getrennt«, sagte Katharina, als wäre das die Antwort auf seine Frage, und fügte schnell hinzu: »Er macht gerade sein erstes eigenes Restaurant auf.«

»Oh, das tut mir leid«, entschuldigte sich Jan. Dann lächelte er und erklärte: »Also das mit der Trennung, meine ich.«

Katharina nahm einen großen Schluck Wein. »Nein, ist schon in Ordnung. Ich wollte nur, dass ihr das wisst, nicht, dass es zu Missverständnissen kommt.«

»Warum habt ihr euch getrennt?« Jan beugte sich ein wenig zu ihr vor und sah ihr direkt in die Augen. Das war keine Frage, die man mit einem einzigen Satz beantworten konnte. Die Antwort war etwas komplizierter. Katharina erinnerte sich daran, wie Mila nach mehreren Wochen auf der Intensivstation und einer Reha in Norddeutschland, die Katharina mit den Mädchen alleine gemacht hatte, weil Felix wieder arbeiten musste, endlich nach Hause kam. Da ging es los. Der Anfang vom Ende. Alles hatte sich jahrelang um Mila gedreht, und eine Zeit lang war das auch nach der Transplantation noch so. Es gab sehr genaue Verhaltensregeln, und wichtige Hygienevorschriften bestimmten ihren Alltag weiter, besonders die ersten sechs Monate. Dann hatte Mila es geschafft, aber nicht sie und Felix. Das war ein schleichender Prozess gewesen. Sie hatten sich nichts mehr zu erzählen, wussten nichts mehr mit ihrer Zeit anzufangen. Sie hatten aufgehört, ein Paar zu sein, um Eltern zu sein. Daran war keiner von ihnen beiden schuld, sie hätten nichts anderes tun können. Sie hatten ganz einfach in zwei Jahren verloren, was sie all die Jahre davor ausgemacht hatte. Das große Ganze war ihnen abhandengekommen, wie eine verlegte Lesebrille oder vom Wind davongetragene Schildkappen. So überraschend wie eine Eisnacht im Mai, die Frühlingsblüten erfrieren ließ und so allmählich wie durch Glas rieselnder Sand …

»Das hat viele Gründe – wir waren einfach nur noch Eltern und nicht mehr Felix und Katharina.« Sie sah etwas verlegen an die weiße, schmucklose Wand hinter Jan.

»Das kenne ich.« Jan nickte und lächelte sie warmherzig an. Sie lächelte zurück und fand, dass sie für völlig Fremde in wenigen Minuten irgendwie zu viele private Details geteilt hatten. Das war ja kein Small Talk. Und sie wusste weder, wie alt er war, noch was er beruflich machte, noch sonst irgendetwas. Allerdings wusste sie, dass er offenbar ebenfalls nicht uneingeschränkt glücklich war. Ihn jetzt plötzlich nach belanglosen Dingen zu fragen, erschien ihr abwegig, und weiter darauf einzugehen, warum er das Gefühl kannte, das Felix und sie auseinandergebracht hatte, ging schon gar nicht. Also schlug sie das Unverfänglichste vor, das ihr in diesem Moment in den Sinn kam.

»Was hältst du denn von einem kleinen Match?«

Er klopfte leicht mit seiner rechten Hand auf den Tisch und sagte: »Klar! Super Idee! Morgen Nachmittag auf meinem ganz eigenen Court? Ganz ehrlich – damit hat Sandra mich überzeugt, ein eigener Tennisplatz ist nicht zu schlagen, oder?«

»Sehen wir mal, ob ich dich schlagen kann!«, sagte sie scherzhaft. »Morgen um fünf?«

»Abgemacht.«

Jan fragte sie noch unverfängliche Dinge, erkundigte sich nach der Nachbarschaft und wo Katharina das Tennisspielen gelernt hatte und seit wann sie hier lebte. Zwanzig Minuten später, nachdem sie ihren Wein ausgetrunken hatte, ging sie. Er verabschiedete sie herzlich und sagte ihr, dass er sich auf das Match freue.

Als sie wieder zu ihrem eigenen Haus rüberlief, konnte sie Nele sehen, die von ihrem Zimmer runter auf die Straße blickte, so als suche sie jemanden. Dann lächelte sie, nein sie lachte mit offenem Mund. Und es wirkte aber nicht so, als gelte das Lachen ihrer Mutter. Moment mal, das war doch ... Katharina beschleunigte ihre Schritte und rannte fast zur Haustür. Das Auto ihrer Mutter war verschwunden. Milas Tasche im Hausflur ebenso. Elli hatte sie also abgeholt.

»Nele?«, rief sie atemlos die Treppe hinauf. »Nele? *Neeeele*?«

Wie immer reagierte sie erst beim dritten Mal.

*Und da beschwert sie sich darüber, dass ich immer so schreie!*

»*Waaas*?«, kam es von oben zurück.

»Komm mal bitte runter!«

»Was ist denn?«

»Komm runter!«

Langsam kam Nele aus ihrem Zimmer getrottet und stapfte dann betont gelangweilt die Treppe herunter. Die personifizierte Provokation.

»*Was?«,* quetschte sie zwischen zusammengepressten Lippen hervor. Trotzig stand sie vor ihrer Mutter, die Arme vor einem viel zu großen, weiten T-Shirt verschränkt.

»Mach mal deinen Mund auf!«, befahl Katharina.

Nele bewegte sich keinen Zentimeter, was ihren Verdacht bestärkte.

»Mach ihn auf, sonst tu ich's!«

»Bäääăh!«, machte Nele und streckte wie ein Kleinkind die Zunge heraus.

»Nele, *wo* ist deine Zahnspange?« Katharina starrte noch immer in ihren Mund, obwohl klar war, dass dort keine Spange war.

»In Einzelteilen im Müll bei Dr. Thalemann, vermute ich«, platzte Nele heraus.

»Nele, die Behandlung ist noch nicht zu Ende, du hattest heute überhaupt keinen Termin!«

»Ach, kennst du neuerdings meine Termine?«

»Sei nicht so frech. Du sagst mir sofort, was hier los ist, sonst rufe ich bei Dr. Thalemann an.«

»Der hat schon geschlossen!«

»*Nele!*«

»Ich hab sie mir rausmachen lassen!«

»Das sehe ich! Du kannst dir die nicht einfach rausnehmen lassen! Das geht nicht, und überhaupt frage ich mich, wie um Himmels willen du den Thalemann dazu gebracht hast!«

»Das ist *mein* Körper, mit dem mache ich, was *ich* will!«, schrie Nele.

Katharina hielt sie am Arm fest. Sie war grob, das wusste sie, aber das hier schlug dem Fass den Boden aus. Neles kieferorthopädische Behandlung war noch für mindestens ein halbes Jahr mit einer festen Zahnspange geplant, danach mit einer Nachtschiene. Erst dann, so der Behandlungsplan, konnte davon ausgegangen werden, dass ihr leichter Überbiss und die Fehlstellungen im Oberkiefer behoben waren.

»Willst du irgendwann mit krummen Zähnen durchs Leben gehen? Weißt du, was das alles bisher gekostet hat?«

»Das ist mir scheißegal. Ich will *jetzt* nicht mit so einer hässlichen Spange durchs Leben rennen. Lass mich los! Sofort!«

Sie riss sich los, rannte die Treppe nach oben, Katharina ihr hinterher. Als Nele drei Jahre alt gewesen war, wollte sie sich die Zähne nicht putzen lassen. Jeden Morgen und jeden Abend war Katharina ihr mit einer Micky-Maus-Zahnbürste hinterhergerannt. Genauso kam sie sich jetzt auch vor. Am Treppenabsatz im ersten Stock bekam sie Neles Handgelenk wieder zu fassen und hielt sie fest.

Hasserfüllt blickte ihre Tochter sie an, und augenblicklich ließ Katharina los. So als hätte sie sich an dem Ausdruck in ihrem Gesicht verbrannt.

Die Zeit, in der sie und Felix sich so intensiv um Mila kümmern mussten, hatte sich für Katharina so angefühlt, als säße sie irgendwo mitten im Pazifik fest. Es war, als befände sie sich auf einem kenternden Boot und könne nur eines ihrer Kinder retten, indem sie es an Land zog. Dem zweiten Kind konnte sie nur aufmunternde Worte zurufen, aber sie konnte es nicht auch am Arm nehmen. Für welches entschied man sich in so einer Situation? Genau, man ließ das los, von dem man wusste, dass es bereits schwimmen konnte. Katharina hätte nicht für möglich gehalten, dass Nele gerade jetzt dabei war zu ertrinken, wo sie endlich alle sicher an Land waren.

Nele stürmte in ihr Zimmer, und Katharina ließ es zu. Als sie selbst ein Teenager gewesen war, wollte sie so oft in Ruhe gelassen werden und ihr Vater hatte es ihr nicht zugestanden. Deswegen machte sie es anders und wusste dennoch nicht, ob es richtig war.

Nachdem Katharina sich umgezogen hatte, schrieb sie einen Zettel und schob ihn unter Neles Tür hindurch: »Beruhige dich wieder, wir reden nachher. Wenn du mich suchst, ich bin im Garten. Ich hab dich lieb, auch wenn du manchmal ätzend bist.«

Sie musste an den kleinen Brief denken, den die damals neunjährige Nele ihr geschrieben hatte, zwei Tage nach Weihnachten in einem anderen Leben: »Mami, ich hab dich so lieb. Soooo lieb. Nicht nur, weil du mir Friedrich geschenkt hast, aber auch deshalb.« Ihrem Vater hatte sie die gleiche Nachricht geschrieben.

Felix und sie hatten beide gewusst, dass man Tiere nicht zu Weihnachten verschenkte wie Spielzeug, aber sie konnten nicht widerstehen. Es war schon lange beschlossene Sache gewesen, dass Nele einen Hund bekommen sollte. Sie hatte Verantwortungsbewusstsein bewiesen, Verständnis für die ständigen Arztbesuche ihrer Schwester und die Zeit, die ihnen oftmals für sie fehlte. Und so hatten sie ihr ihren größten Wunsch erfüllt. Katharina würde nie vergessen, wie sie da auf dem Boden gesessen und mit leuchtenden Augen ihre Geschenke geöffnet hatte. Dann hatten sie ihr das Hundelexikon in den Schoß gelegt, über das sie sich sehr freute und in dem sie sofort zu blättern begonnen hatte.

»Wir haben da noch eine Frage an dich, Nele! Mila konnte uns da nicht weiterhelfen, schau mal bitte, was denkst du denn, was das für eine Rasse ist?« Felix grinste von einem Ohr zum anderen.

Nele schaute hoch, und in diesem Moment legte Felix ihr Friedrich in den Schoß. Ein schwarzes Knäuel von einem zehn Wochen alten Welpen, der sie treudoof anblickte und ihre Hand abzuschlecken begann.

Nele hyperventilierte beinahe.

Sie sah dabei aus, als würde sie jeden Moment ohnmächtig vor Glück umfallen.

»Ist das ... ist das wirklich ... Darf ich ... Oooh, das ist ...« Sie bekam keinen einzigen vernünftigen Satz zustande. Sie hielt den Riesenschnauzerwelpen so vorsichtig wie zerbrechliches Glas, dann begann sie zu weinen.

»Daaaanke, ich, o Gott, Mami, Papi, ... ich glaube, ich hab ihn jetzt schon so lieb.«

In der Zwischenzeit hatte Mila verzweifelt zu schluchzen begonnen. Sie konnte mit ihren vier Jahren überhaupt nicht nachvollziehen, was da gerade vor sich ging. Felix und Katharina lagen sich in den Armen und heulten ebenfalls vor Freude über die unbändige Freude ihrer Tochter, dazwischen fiepste der Hund und nagte an Neles Pullover, und Katharinas Mutter versuchte die inzwischen hysterisch schreiende Mila zu beruhigen. Felix und sie hielten sich an den Händen und schauten auf ihre euphorisch glückliche Tochter, die breit grinsend und mit großen Kullertränen einen wolligen pechschwarzen Welpen auf dem Schoß hielt. Unablässig hatte sie Friedrich gestreichelt, der zu diesem Zeitpunkt noch namenlos war, und immer wieder gemurmelt: »Du bist mein bester Freund … Danke, tausendmal danke!«

Katharina hatte sich diesen Moment als einen Augenblick absoluten Glücks im Herzen bewahrt und sich noch oft danach gefragt, wann Felix und sie ihre große Tochter jemals wieder so angesehen hatten wie an diesem Tag. Und wann sie jemals wieder so glücklich gewesen war. Man verschenkte eigentlich keine Tiere zu Weihnachten, weil sie viel zu oft wieder abgegeben wurden. Sie hatten damals nicht ahnen können, dass ihrem Friedrich das gleiche Schicksal bevorstand.

Katharina biss sich auf die Lippe, um die Nostalgie ein wenig einzudämmen und sich zu verbieten, sich Felix mit Sonja vorzustellen. Dann ging sie nach draußen und atmete frische, warme Juniluft. Vom Gartentor der Neumanns, das jetzt das Gartentor der Breitenbachs war, winkte ihr Jan zu. Sie winkte zurück.

# Kapitel 8 – Sandra

»Sag mal, habt ihr zufällig noch Batterien? Die mittelkleinen, keine Ahnung, wie man die nennt. Du weißt schon, ungefähr so …« Katharina hielt Zeigefinger und Daumen etwa fünf Zentimeter voneinander entfernt in die Höhe und deutete die Größe an. »'tschuldige, dass ich dich störe, aber die Batterien an unserer Waage sind schon wieder leer. Letzte Woche habe ich erst die von der Küchenwaage reingemacht, und jetzt kann ich meinen Teig nicht mehr abwiegen. Ich bring euch dann auch ein Stückchen Kuchen vorbei.«

Sandra und Jan wohnten jetzt seit über drei Wochen hier, und manchmal hatte Sandra das Gefühl, Katharina sei ihnen nachgezogen und nicht umgekehrt. Sie sahen sich häufig, für Sandras Empfinden ging Katharina bei ihnen beinahe ein und aus. Jan und sie hatten schon zweimal miteinander Tennis gespielt. Sie brachte ihnen Reste vom Abendessen, bot Leo an, sein Schulpraktikum in dem Krankenhaus zu machen, in dem sie arbeitete. Und sie hatte Sandras Mülltonne rausgebracht, als sie selbst es letzte Woche vergessen hatte, und jetzt fragte sie nach Batterien. Sandra wusste nicht, was sie davon halten sollte.

»Äh ja, ich sehe mal nach. Warte kurz.«

Katharina putzte sich ordentlich die Schuhe ab, streifte sie von den Füßen und lief ihr nach. In ihrer Speisekammer hatte

Sandra einen kleinen Korb, der mit »Batterien, Akkus« beschriftet war. Sie zog ihn aus dem Regal und hielt ihn Katharina hin. Sandra versuchte, freundlich und zuvorkommend zu sein. Sie versuchte es ständig, aber neben dieser völlig unkomplizierten Frohnatur kam sie sich selbst immer wie ein Roboter vor.

Katharina pfiff anerkennend und lächelte, sodass sich ihre Wangen wieder nach oben schoben und ihre Augen sich zu kleinen Schlitzen verengten. Was zugegebenermaßen sehr attraktiv aussah, wie Sandra fand.

»Du hast eine Box extra für Batterien und du findest sie in ...«, sie sah auf ihre Uhr, »weniger als zwanzig Sekunden! Du bist ein Phänomen.«

Katharina griff in die Schachtel und nahm zwei Batterien heraus.

»Danke!«

»Gern geschehen«, antwortete Sandra steif.

»Ich muss wieder rüber«, erklärte Katharina entschuldigend und bedauernd, so als hätte Sandra sie gerade zum Kaffee eingeladen, obwohl ihr nichts ferner lag. »Sonst schlagen die Mädels mir meine Sahne noch zu Butter!«

Wo hatte sie das her? Dieses Natürliche und Nette? Sandra wollte Katharina hassen, aber man konnte sie nicht hassen. Eigentlich beneidete sie sie, nicht nur, weil sie ihr Kind noch hatte, sondern weil sie die geborene Mutter war.

Eine natürliche Mutter, während sie selbst sich immer hatte anstrengen müssen, um Mutter zu sein. Staunend hatte sie letzte Woche beobachtet, wie Katharina aus alten Zeitungen, ein paar Klorollen und Wassermalfarbe den Nachmittag der Kinder in ein Piratenabenteuer verwandelt hatte. Sogar Leo war rübergegangen, um mitzumachen.

Sandra gestand sich ehrlich ein, dass sie schlecht darin gewesen war, sich selbst für ihr Kind zurückzustellen. Das hatte an der Liebe nichts geändert, es war ganz einfach so, dass sie mit

Kindern bis zu einem gewissen Alter wenig anfangen konnte. Als Jonah ein Kleinkind gewesen war, glaubte sie, als Mutter kläglich zu scheitern, und war jeden Tag aufs Neue verwundert gewesen, dass ihr Scheitern offenbar nur von ihr selbst bemerkt wurde. Jonah liebte sie. Und sie hätte den ganzen Tag damit verbringen können, seine kleinen Arme um ihre Schultern zu spüren. Doch wenn Jonah sie bat, mit ihm zu spielen, langweilte sie sich nach spätestens zehn Minuten, sah die schmutzigen Fenster, die sich stapelnde Wäsche und wollte nur irgendetwas tun, statt auf dem Boden zu sitzen und Autos vor- und zurückzufahren. Trotz all der Liebe, die sie für ihr Kind empfand.

Katharina war anders. Sie lachte ständig. Unter anderem mit Jan. Sie warf dann den Kopf in den Nacken und ihr Lachen erreichte ihre Augen schneller, als Sandra das glucksende Geräusch, dass sie dabei machte, wahrnehmen konnte.

»Mila hat nächste Woche Geburtstag! Wollt ihr nicht alle rüberkommen?«

Sandra sah auf den Boden, weil das irgendwie immer einfacher war als in Katharinas Gesicht, in dem sie stets das sah, was sie selbst nicht war.

Katharina trug fast immer die gleichen abgeschnittenen Jeans. Quer über dem linken Knie hatte sie einen circa zehn Zentimeter langen Kratzer. Genau so einen Kratzer, wie Jonah ihn sich einmal beim Radfahren zugezogen hatte. Die Zeit wirbelte in ihrem Kopf wie ein Sandsturm aus flirrenden Staubpartikeln. Es war so real, dass sie sich vorstellte, nach ihrem toten Sohn greifen zu können …

»Jonah, nicht so schnell! Mach doch langsam, bitte!« Sie sah Jonah mit dem Fahrrad an sich vorbeirasen, als blickte sie auf seine kleinen, dünnen Waden und nicht drei Jahre später auf die muskulösen Beine einer Frau, die sie hassen musste und nicht konnte.

»Kommst du mir nicht hinterher, Mami! Laaahme Schnecke!«

»Jonah, ich meine es ernst, du wirst …«

»Auuuuaaaaa, mein Knie, Mama, mein Knie!«

»Warte, ich komme, bleib liegen, ich schaue es mir an!«

»Es bluuuuuutet!«

Jonah hatte panische Angst vor Blut, genau wie sie. Schürf- und Fleischwunden sowie das Blut darüber ließen Sandra schwindelig werden.

»Warte, hier, wir tupfen das Blut ab, dann machen wir ein Spray drauf und dann wird es besser!«

Sie hatte das Fahrrad von seinem kleinen Körper genommen und ihn in die Arme gezogen. Sie wollte ihr Kind halten und es trösten, wann immer es das brauchte. Ein Leben lang. Niemals hätte sie sich vorstellen können, dass dies bedeuten würde, *sein* Leben lang, nicht *ihr* Leben lang …

»Sandra? Sandra?«

Katharina rüttelte sie am Arm, so heftig, dass ihre Brüste im V-Ausschnitt hin und her wogten wie ein kenterndes Schiff. Kein Wunder, dass Jan gerne mit ihr Tennis spielte.

»Sandra, sag mal, weinst du?«

»Was?«

Sie fuhr sich verwirrt über die Wangen. Sie waren feucht. Es war ihr unsagbar peinlich, aber diese noch unsagbarer aufdringliche Person griff nun nach ihren nassen Händen und sagte: »Es tut mir leid. Ich hätte das mit dem Geburtstag gar nicht sagen dürfen. Du leidest sicher noch immer sehr unter dem Verlust deines Babys, nicht wahr.«

»Ja«, antwortete Sandra knapp, weil es die Wahrheit war. In Katharinas Augen lag nichts als Mitgefühl.

Von dem Augenblick an, in dem Sandra erfahren hatte, dass Milas zweiter Geburtstag Jonahs Todestag war, war ihr klar gewesen, dass es niemals aufhören würde. Die Schuld würde so lange an ihr nagen, bis sie selbst tot war. Oder irgendetwas gefunden hatte, was ihr Trost gab. Ein Zeichen von Jonah, eine Botschaft oder ganz einfach die Gewissheit, dass er auf irgendeine Art und Weise noch bei ihr war. Deswegen war sie hier. Nur deswegen rang sie sich ein Lächeln ab und brachte es fertig, Katharina in die Augen zu sehen.

»Scheiß auf die Batterien und den Kuchen. Komm mit, ich weiß, was du jetzt brauchst …«, sagte sie.

Bevor Sandra protestieren konnte, hatte es Katharina fertiggebracht, dass sie beide Schuhe trugen, Sandra ihre Haustür abschloss und ihr widerstandslos folgte.

* * *

»So, weiter kommen wir mit dem Auto nicht. Aussteigen bitte!«

Sandra ließ den Griff an der Beifahrertür erleichtert los, Katharinas Fahrstil wäre auch in einem gepanzerten Wagen mit allem möglichen Sicherheitsschnickschnack halsbrecherisch gewesen. In diesem alten Vectra war er schlicht lebensgefährlich.

Sie stiegen nach zehnminütiger Fahrt irgendwo im Nirgendwo aus und Katharina marschierte vorneweg. Zunächst liefen sie über eine Wiese, dann scheuchte Katharina sie einen Berg hinauf. Sie war ihr immer einen Schritt, eher zwei voraus. Ihre kräftigen Waden, an denen sich die Sehnen spannten, immer im Blick, folgte Sandra ihr keuchend. Es war ein felsiger, mit kleinen Steinen übersäter, karger Trockenhang. Als sie schon nicht mehr daran glaubte, erreichten sie einen Absatz, auf dem ein Wanderweg sich auf halber Höhe des Berges über den Hang wand. Auf Betonklötzen erhöht, thronte eine verwitterte Holzbank, an der ein Metallschild mit der Aufschrift »gestiftet von den Wanderfreunden – 2006« angebracht war. Sandra ließ sich auf die Bank fallen. Katharina lachte.

Aus der Ferne war konstantes Brummen zu hören, fast so, als befände sich dort eine viel befahrene Straße. Dabei waren es offenbar die laut durch den Wind schneidenden Rotorblätter mehrerer Windräder, deren Spitzen hinter den sanft über die Hänge abfallenden Feldern am Horizont hervorlugten.

Sandra stockte das Herz. Wie immer, wenn sie Windräder sah. Einen Moment lang kam Panik auf und sie begann zu schwitzen.

Katharina erklärte ungerührt: »So einen Ausblick muss man sich mit Schweiß verdienen!« Dann zeigte sie grinsend auf einen einfachen Wanderweg, der von einer gut sichtbaren, einspurigen Teerstraße nach oben führte. Sandra warf ihr einen vorwurfsvollen Blick zu.

»Was machen wir hier?«

»Ach«, antwortete Katharina, »es gab schwere Zeiten in meinem Leben, und dieser Ort hat mir immer geholfen. Man wird hier klein und die Natur groß, und das muss manchmal einfach so sein. Du brauchst mir nichts zu erzählen, erzähl es dem Berg, dem kleinen Dorf dort unten, der Spitze des Kirchturms, den Hügeln … such dir was aus.«

Einen Scheiß würde sie tun. Gar nichts würde sie ihr erzählen.

»Ich bin in dem Dorf da unten aufgewachsen. Als ich etwa zehn war, ist in dem Getreidelager …« Katharina deutete nach unten auf irgendeinen Fleck inmitten der Häuser und Scheunen. Erkennen konnte Sandra nichts. »… ein Feuer ausgebrochen. Die Häuser außenherum wurden evakuiert. Ich hatte so eine schreckliche Angst vor dem ganzen Rauch und dem Feuer und den schrecklichen Gerüchten, dass einer der Arbeiter noch drinnen sei. Also habe ich mich auf mein Rad gesetzt und bin so weit gefahren, wie ich nur konnte. Und so bin ich hier gelandet und immer wieder hergekommen, wenn ich Angst oder Kummer hatte.«

Sandra nickte und starrte vor sich hin.

»Als mein Vater gestorben ist, war ich hier«, sagte Katharina.

»Oh, das tut mir leid«, bedauerte Sandra.

»Ach was.« Katharina winkte leichtfertig ab. »Er war Soldat, seine Kaserne hat dichtgemacht. Ich hatte unehelich ein Kind zur Welt gebracht und er wusste zu Hause nichts mit sich anzufangen. Zwei Wochen nach seiner Frühpensionierung lag er tot auf den Stufen der Haustür.«

»Oh!« Mehr brachte Sandra nicht heraus. Das war leider immer so, wenn andere ihr von ihrem Verlust erzählten. Da ihr dann ihr eigener immer größer erschien. Ein alter Mann gegen ein kleines Kind. Ein Vater gegen einen Sohn. Nichts wog für sie den Verlust des eigenen Kindes auf.

»Und meine Mutter hat keine einzige Träne geweint, entgegen ihren üblichen Gewohnheiten«, sagte Katharina kaum hörbar. »Ach entschuldige.« Sie schüttelte den Kopf und lächelte Sandra an. »Was erzähle ich da! Tut mir leid, ich werde hier immer so gefühlsduselig. Der Ort hat einfach etwas Magisches. Er bringt alles aus mir raus, was ich sonst so gerne in mir verstecke.«

»Was versteckst du denn?«, wollte Sandra, nun etwas aufmerksamer geworden, wissen.

Katharina zuckte mit den Schultern. »Immer mal wieder meine Gefühle, meine Sorgen. Seit Felix weg ist, ist das alles … Egal. Ich komme ganz gut zurecht. Möchtest du mir nicht etwas von dir erzählen? Es bleibt auch hier«, meinte sie und machte eine ausladende Geste um sie beide, den Berg und die Bank herum. »Ich wollte dich vorhin nicht verletzen. Ich weiß am besten, wie es ist, wenn ein Kind stirbt.«

Katharina legte einen Arm vertraut um Sandras Schultern und zog sie an sich. Warum tat sie das? Sie kannten sich doch kaum. Sandra wollte schreien: *Nein, das weißt du eben nicht.* Und musste doch stumm bleiben. Sie wollte Katharinas Berührung abschütteln und merkte dabei, dass sie nicht lästig war. Nicht einmal unangenehm. Nein, es fühlte sich zu gut an, um sich zu wehren, auch wenn sie sich unwillkürlich in der Umarmung versteifte.

»Glaubst du, sie sind irgendwo? Um uns herum, wenn sie gehen?«, flüsterte Katharina.

Ganz nahe vielleicht, dachte Sandra und schluckte schwer. Sie wollte sich aus Katharinas Arm befreien, aber die Erinnerung hielt sie fest. Und dann platzte es aus ihr heraus. »Da war überall dieses Blut.« Sie schüttelte Katharinas Hand endlich ab und rutschte ein wenig zur Seite.

»Da war so viel Blut«, wiederholte sie und schluckte all die anderen Sätze hinunter. Sie konnte es ihr nicht sagen. Nicht jetzt. Niemals.

»Tut mir so leid«, erwiderte Katharina. Sie drückte Sandra noch einmal fest an sich, bevor sie wieder losließ. Fast schon bedauerte Sandra es. »Wie kommt dein Mann damit zurecht?«

Das war eine gute Frage, die sie nicht beantworten konnte. Warum eigentlich nicht? Das schlechte Gewissen machte sich bemerkbar, aber sie verdrängte es.

»Nun, er hat ja noch seinen Sohn!«, platzte es aus ihr heraus.

Darauf erwiderte Katharina nichts. Sie gehörte ganz offensichtlich nicht zu den Menschen, die andere für ihre Worte verurteilten.

»Wie ist dein Mann so?«, wollte Sandra wissen, weil ihr gerade nichts Besseres einfiel und sie dieser Ort gerade mehr gefangen nahm, als ihr lieb war. Es hatte etwas Heilendes, hier zu sein, und etwas, das Wunden aufreißen konnte. Vielleicht war das eine ohne das andere gar nicht möglich.

»Mein Mann?« Katharina lachte, und ihre Augen funkelten ein wenig, so wie bei Menschen, die frisch verliebt waren, nicht frisch getrennt.

Sandra hatte Felix erst zweimal gesehen. Einmal kurz bei der ersten Hausbesichtigung und dann, als er die Mädchen nach Hause gebracht und sich mit Katharina am Gartentor unterhalten hatte, während Sandra draußen lustlos Leos unerschöpfliche Sammlung an schwarzen T-Shirts mit Totenköpfen und englischen Songtextzitaten auf die Wäscheleine gehängt hatte.

»Felix ist ein wunderbarer Vater und der chaotischste Mensch, den man sich vorstellen kann. Manchmal ist das ein Widerspruch in sich. Er hat über einem neuen Menü, das er zu Hause in unserer Küche zubereitet hat, mehrmals vergessen, Nele vom Kindergarten abzuholen. Einmal kam ich nach Hause und die Kinder saßen bereits seit zwei Stunden vor dem Fernseher mit allerlei Knabberkram, den sie sich selbst besorgt hatten. Das Sofa klebte vor Schokolade und Honig, eine Kombination, die Mila sich ausgedacht hatte: Bienenkaba nannte sie das. Felix hatte das noch nicht mal bemerkt. Es kam auch schon vor, dass er mit ihnen die gesamte Wohnung in eine Bärenhöhle verwandelt hat, einfach weil die Mädchen sich das gewünscht haben. Dann waren über alle unsere Möbel Decken gespannt und er hat ihnen morgens um sieben Steaks gebraten, die sie, auf dem Boden sitzend, mit den Händen verspeist haben.«

Sandra lachte kurz auf. »Das Gegenteil von Jan. Er hätte nie vergessen, Jonah irgendwo abzuholen!«

Jonah hatte es geliebt, von seinem Vater abgeholt zu werden. Er erzählte bereits im Kindergarten ständig, wo sein Vater schon überall gewesen war, um Geschichten zu schreiben und Fotos zu machen: bei den Tigern in Afrika, bei den Pinguinen am Südpol, auf der Chinesischen Mauer und sogar schon in einem richtigen Krieg mit Soldaten und Waffen und viel Gefahr.

Sandra sah ihn vor sich, ihren kleinen Schatz. Die Augen weit aufgerissen vor Stolz, wild mit den Armen gestikulierend. Wo ging sie hin, die ganze Lebensfreude, die Begeisterungsfähigkeit, das, was man liebte, wenn man starb?

»Wer ist Jonah?«, erkundigte sich Katharina, und erst in diesem Moment wurde Sandra ihr Fehler bewusst.

Lügen wollte gelernt sein, zu ihrem Glück war sie in den letzten Wochen eine fleißige Schülerin gewesen.

»Der Lieblingsneffe seiner Exfrau, auf die er nicht gerne angesprochen wird!«

Katharina nickte kurz und blickte dann wieder in die Ferne, bevor sie fragte: »Sag mal, Sandra, dürfte ich dich um etwas bitten?«

*Dein Kind läuft mit dem Herzen meines Kindes herum, du hast mich um gar nichts zu bitten.*

»Aber sicher, was denn?«, antwortete Sandra.

»Mila könnte ein bisschen Hilfe in Deutsch gebrauchen. Meinst du, du könntest vielleicht mal mit ihr Hausaufgaben machen. Du bist ja Lehrerin, und auf mich will sie einfach nicht hören, wenn ich ihr etwas erkläre.«

Es war keine große Bitte, und Sandra wusste bereits, während Katharina noch sprach, dass sie zustimmen würde. Denn es zwang sie endlich, dem Kind, vor dem sie am liebsten Reißaus nehmen wollte, endlich näherzukommen. Sie musste sich dem stellen, wenn sie Antworten haben wollte.

»Sehr gerne! Gleich morgen, wenn du möchtest.«

»Super!«, freute sich Katharina, lehnte sich zurück und streckte die Beine aus.

»Sieh mal, dort, das hier ist ein unglaublich magischer Ort. Hier wächst der Diptam. Das ist eine Pflanze, die schon im Mittelalter vom Aussterben bedroht war. Wenn es im Sommer sehr heiß ist, dann gibt der Diptam ätherische Öle ab, die du schon von Weitem riechen kannst. Die Staude wird auch Brennender Busch genannt, weil die Dämpfe entzündbar sind. Wenn es im Sommer dämmert und es windstill ist, leuchten blaue Flämmchen auf.«

»Wusstest du, dass sie einhundertdreiundfünfzig Meter hoch sind?«, fragte Sandra und deutete auf die Windräder. Eine Zahl, die sie nie wieder vergessen würde.

»Nein, das wusste ich nicht.« Katharina lächelte etwas verblüfft über den plötzlichen Themenwechsel.

Sandra starrte gerade auf den Hang und versuchte sich brennende Büsche vorzustellen, als Katharinas Hand ihre ergriff. Sie erwiderte den Druck, und für einen Moment waren sie nur das, was sie hätten sein können, wenn sie sich unter anderen Umständen kennengelernt hätten: zwei Frauen, die dabei waren, Freundinnen zu werden. Als der Moment vorüber war und sie ihre Hand langsam aus Katharinas zog, wusste sie, dass das nicht möglich war. Aus tausend Gründen, die sich alle in einem vereinten: Man begann eine Freundschaft nicht mit einer Lüge.

* * *

»Das ist ein Adverb, Mila. Ein Adverb beschreibt eine Zeit oder einen Umstand. Ein Adjektiv dagegen ist ein Eigenschaftswort, das ein Substantiv beschreibt. Also wenn du zum Beispiel sagst ›das schöne Einhorn‹, dann ist ›schön‹ das Adjektiv und ›Einhorn‹ das Substantiv. Wenn du aber sagst ›Heute ist Mittwoch‹, dann ist ›heute‹ das Adverb.«

»Verstehe ich nicht«, sagte die Kleine und spielte am Band ihrer Hose herum. Sie bewegte sich unablässig. Kein bisschen Stillstand herrschte in diesem Kind, und Sandra konnte sich sehr schwer vorstellen, dass es einmal mehrere Wochen oder vielleicht sogar Monate wegen einer Herzkrankheit ans Bett gefesselt gewesen sein sollte. Vielleicht war das alles eine Verwechslung?

»Also, noch mal: Du kannst nicht sagen, ›das vielleichte Geschenk‹, aber ›Ich gebe dir vielleicht das Geschenk‹.«

»Hä, welches Geschenk? Hast du Geburtstag?« Mila sah Sandra mit großen Augen unschuldig an.

»Nein, hab ich nicht. Das war nur ein Beispiel, Mila!«

Mila kratzte sich am Schlüsselbein. Sie trug heute nur ein Oberteil mit Spaghettiträgern. Dennoch war nicht einmal der Ansatz einer Narbe zu sehen, unter der Jonahs Herz schlug. Bumm, bumm, bumm. Siebzig-, achtzigmal die Minute. Vielleicht hatte sie das alles erfunden? Was, wenn das doch nicht Jonahs Herz war? Wenn sie zwar am Herzen operiert worden war, aber …

»Okay, dann kann ich auch nicht sagen ›Ich habe ein vielleicht anderes Herz‹«, sagte Mila jetzt.

»Nein«, schrie Sandra, »nein, nein, nein« und sprang auf. Unbeherrscht, unkontrolliert. Sie warf das Schulbuch so vehement in die Ecke, dass es neben einer Vase mit Trockenblumen mit einem Knall zu Boden fiel. In diesem ganzen verdammten Haus gab es nur Trockenblumen und Orchideen.

»Nein, das kannst du auf keinen Fall sagen!« Sandra schrie noch immer. Bumm, bumm, bumm, machte Jonahs Herz.

Mila zuckte zusammen, ihre großen Augen füllten sich mit Tränen. Aber sie blieb sitzen. Einfach sitzen. Sie rief nicht nach ihrer Mutter, sie lief nicht davon. Sie blieb sitzen wie ein Kind, das es gewohnt war, die Aussagen von Erwachsenen hinzunehmen, ohne selbst hysterisch zu werden.

*Sie hat das gelernt.*

In diesem Augenblick wurde Sandra bewusst, dass Mila alt genug gewesen sein musste, um zu begreifen, dass sie hätte sterben können. Augenblicklich fühlte sie sich furchtbar schlecht.

»Es tut mir leid, es tut mir so leid, ich wollte dich nicht anschreien, ich …«

»Manchmal bin ich langsamer im Kopf als andere Kinder«, erklärte Mila und wischte sich mit dem Handrücken die Tränen ab.

Sandra wollte sie gerne in den Arm nehmen, aber es ging nicht.

»Nein, das bist du sicher nicht.« Sie beugte sich zu ihr hinunter, nur wenige Zentimeter davon entfernt, ihr beruhigend über das Haar zu streichen.

»Doch, weil ich ganz lange im Krankenhaus war. Fast zwei Jahre. Und ich kann immer noch nicht richtig Fahrrad fahren.«

»Das kannst du doch lernen«, sagte Sandra und setzte sich wieder neben sie. Sie fühlte sich plötzlich so erschöpft, als wäre sie mehrere Kilometer weit gerannt.

»Ich habe ja nicht mal eins für meine Größe! Aber weißt du, das ist alles nicht so schlimm. Mama sagt immer: *Du bist ja noch da*. Das ist wichtig, weißt du, weil, wenn ich nicht da wäre, ich gar nichts mehr machen könnte. Dann wäre ich tot, wie das andere Kind.«

»Welches andere Kind?«, kam es automatisch aus Sandras Mund.

»Na ja, das Kind, von dem ich mein neues Herz habe. Wenn man ein neues Herz kriegt, nicht eins wie den Krapfen, sondern ein richtiges, dann muss erst jemand sterben. Ich weiß, dass das andere Kind auch noch klein war. Weil die Herzen von Erwachsenen nicht in Kinder reinoperiert werden können.«

»Das stimmt.« Sandra nickte.

»Ich habe was für das andere Kind gemacht. Willst du's sehen?«

»Ja«, antwortete Sandra zögerlich.

»Komm mit, ist in meinem Zimmer.«

»Ich weiß nicht …«

»Keine Angst.« Mila strahlte sie an. »Ist aufgeräumt, und danach kannst du mir auch wieder das mit den Ad-Dingern erklären, okay?«

»Okay!«

Die erste Treppenstufe der Holztreppe knarrte so laut, dass Sandra Angst hatte, sie könnte durchbrechen. Mila zog sie förmlich hinter sich her.

Jonah war so eine Treppe mal hinuntergestürzt. Er hatte in Jans Arbeitszimmer einen Globus gefunden und ihn für einen besonders kreativ bemalten Fußball gehalten. Er löste ihn aus der Verankerung und kickte ihn im Flur so lange hin und her, bis das Ding die Treppe hinunterkullerte. Jan kam in diesem Moment herein, sah den Globus und schrie auf. Jonah sprang hinterher auf die Treppe, wollte den Globus retten. Dabei rutschte er auf dem glatten Holz aus und fiel vier Stufen weit nach unten. Sein Hintern war blitzblau, so blau wie die Ozeane auf dem Globus, den Jan ihm daraufhin als Trost schenkte. Sie hatten Lachen in ihrem Haus gehabt und witzige Einfälle und falsche Grammatik und echte Liebe. Jetzt hatten sie nichts mehr davon. Jan vergrub sich in Artikeln und Studien, Leo in seinem Bandkeller und sie, sie spionierte die Nachbarn aus.

»Das ist mein Zimmer«, erklärte Mila stolz und deutete in den kleinen Raum hinein, den Sandra nun zum ersten Mal sah. Die Wände waren hell, über die Schräge spannte sich ein rosafarbenes Tuch, unter dem zahlreiche Kissen in typischen Mädchenfarben mit bunten Aufdrucken und Disneyfiguren aufgetürmt waren. Das Gleiche fand sich auf Milas Bett wieder. Der Kleiderschrank war mit Aufklebern zugekleistert und hatte eine andere Holzfarbe als das Bett und der Schreibtisch. Alles war wie zusammengewürfelt, wirkte aber unheimlich liebevoll. Wie der Rest des Hauses trug auch dieses Zimmer Katharinas Handschrift.

Mila lief zu ihrem Schreibtisch, nahm einen Schlüssel aus einer kleinen, mit Muscheln beklebten Box auf der Ablage und schloss damit das unterste Fach des Rollcontainers auf.

»Setz dich mal in meine Kuschelecke«, befahl sie geschäftig und Sandra gehorchte.

Dann legte sie ihr ein Buch in den Schoß. Es war ein einfaches Din-A4-Album mit selbstklebenden Seiten.

Bevor Sandra das Album öffnen konnte, legte Mila ihre kleine Hand darauf und erklärte ernst: »Das ist mein allergrößtes Geheimnis. Das habe ich noch nie jemandem gezeigt.«

»Bist du dir dann sicher, dass du es mir zeigen willst?«, wollte Sandra wissen. Sie war irgendwie unangenehm berührt.

»Ja, wir haben ja schon ein anderes Geheimnis. Das ist okay.« Mila nahm die Hand von dem Album und schlug es auf.

Als Sandra die erste Seite sah, zog sie ihre Hand zurück, als hätte sie sich verbrannt.

Mila hatte in Großbuchstaben darüber geschrieben: MEINE SPENDERINN. Darunter klebte ein gebastelter Mensch mit Haaren aus langen gelben Wollfäden, das Gesicht eines Mädchens, das sie offenbar aus einer Zeitschrift ausgeschnitten hatte und ein mit Wachsmalstiften gezeichneter Körper. Unter das Bild hatte sie geschrieben: *Du bist eine Superheldinn und ich finde dich toll. Danke für mein Herz.*

Sandra schluckte. Sehr schwer.

»Vielleicht hat sie so ausgesehen. Blätter mal weiter, da kommt noch mehr.«

»Könnte es nicht sein, dass dein Herz auch von einem Jungen gekommen ist?«

»Nein, natürlich nicht. Ich habe doch ein Mädchenherz«, empörte sich Mila.

Auf der nächsten Seite klebten Aufnahmen aus dem Krankenhaus: Mila lächelnd in einem Bett, Schläuche in der Nase, die mit Herzaufklebern an ihren Wangen befestigt waren. Dann ihr Vater und ihre Mutter und eine viel jüngere, pausbäckigere Nele auf dem Bett neben ihr. Alle formten mit ihren beiden Händen aus Zeigefingern und Daumen ein Herz. Ein weiteres Bild zeigte Mila neben einem großen Kasten.

»Das ist der Krapfen, den habe ich gebraucht, bis das richtige Herz gekommen ist«, erklärte sie und deutete mit ihren kleinen Fingern auf das Bild.

Dann blätterte sie weiter. Die nächsten Seiten zeigten Fingerabdrücke, Zeichnungen, ein kurzes Gedicht, ein Krankenhausarmband, ein Foto der Stationsschwestern und immer wieder das Wort *Danke*.

Sandra war sprachlos. Gerührt, irgendwie, und auch total erschlagen von dieser Flut an Dankbarkeit und ihrer eigenen Verzweiflung.

Mila schlug das Buch fröhlich zu und sagte: »So, jetzt sind wir quitt. Du kennst mein Geheimnis und ich deins! Machen wir jetzt wieder weiter mit den Ad-Dingern?«

Sandra strich ihr über die Wange. Auf einmal war ihr das mühelos möglich. »Nein, Liebes, heute nicht. Ich muss nach Hause. Aber morgen vielleicht.«

»Okay.« Mila zuckte mit den Schultern und kramte unter einem der Kissen einen Fußball hervor. »Dann gehe ich jetzt Fußball spielen. Meinst du, Leo will mitmachen?«

»Ich weiß nicht, du kannst ihn ja fragen«, erwiderte Sandra matt.

Die Haustür war schon lange ins Schloss gefallen, als sie noch immer in Milas Kuschelecke saß und weinte, bis sie keine Tränen mehr hatte. Dann stand sie träge auf und lief hinaus. Im Augenwinkel nahm sie Leo wahr, der Nele dabei zusah, wie sie irgendetwas in den Müll stopfte. Aber sie war viel zu müde, um beiden auch nur einen Hauch von Aufmerksamkeit zu schenken.

In ihrem Haus legte sie sich ins Bett. Obwohl es erst später Nachmittag war, schlief sie sofort und ganz ohne Hilfsmittel ein.

Sie träumte von Jonah und Leo, die im Hof Fußball spielten – hier in einer Stadt, in der Jonah nie gelebt hatte und nie leben würde. Und zumindest für die wenigen Sekunden und Minuten ihres Schlafes war die Welt so, wie sie hätte sein sollen. Um mit dem Erwachen die brutale Realität in ihren Kopf hämmern zu können.

* * *

Die restliche Woche kroch langsam, ohne besondere Vorkommnisse, dahin. Das Erwähnenswerteste war der Streit mit dem Telefonanbieter, der nicht in der Lage war, ihren Anschluss auf die neue Adresse umzustellen und zu schalten. Für Jan war das eine Katastrophe. Ohne Internet und Telefon war er nur ein halber Mensch und gar kein Journalist, wie er selbst sagte. So kämpfte Sandra sich für ihn durch sämtliche Hotlines und Serviceansprechpartner und schaffte es schließlich, dass sie am Donnerstag Internet hatten, auch wenn das Festnetz noch immer nicht funktionieren wollte. Jan verbrachte die Tage in der Redaktion. Leo richtete seinen Bandkeller ein und fand an der neuen Schule schneller Anschluss, als ihrer hier funktionierte. Sandra räumte aus, saß da und starrte die Wände an.

Am Freitagmorgen sah sie sich die Homepage des Fechtzentrums an und stellte fest, dass sie die meisten Namen und Gesichter noch kannte – auch wenn es so wirkte, als wäre ihr Leben als Fechterin aus einer anderen Zeit gefallen und unsanft auf dem Boden gelandet.

Und dann überwand sie sich doch und stand vor der Trainingshalle des Olympiastützpunktes und konnte sich im letzten Moment weder dazu durchringen reinzugehen, noch wieder nach Hause zu laufen. Zahlreiche junge Leute auf dem Weg zum Training liefen an ihr vorbei und sahen sie neugierig an – die Fremde, die doch einmal sehr dazugehört hatte. Sandra bezweifelte, dass irgendjemand ihr schmales, trauriges Gesicht erkannte und ihre verbitterte Miene mit dem strahlenden Siegerlächeln auf den Fotos in der Halle in Verbindung bringen konnte. Nein, sie lief keine Gefahr, angesprochen zu werden. Also setzte sie sich auf die Steinbank unweit des Eingangs und saß so lange dort, bis ein Blick auf die Uhr ihr sagte, dass sie bereits über drei Stunden hier verbracht hatte. Langsam lief sie nach Hause und brauchte dazu noch einmal über eine Stunde. Sie verschwendete Zeit, aber sie schadete niemandem damit außer sich selbst, und das hatte sie schließlich zu ihrem neuen Hobby gemacht.

Gedankenverloren betrat sie das Haus. Und wie immer im Leben, wenn man nichts Böses erwartete, traf es sie mit voller Wucht direkt in die Magengrube. Im Flur wunderte sie sich noch über die durcheinandergeworfenen Schuhe, aber spätestens im Wohnzimmer traf sie der Schlag. Mit so etwas hatte sie absolut nicht gerechnet, am helllichten Tag. Ihr bot sich ein Bild absoluter Verwüstung. Der gläserne Couchtisch lag auf der Seite, die dicke Platte darauf war in hundert Einzelteile zersprungen, die Füße ragten anklagend in die Höhe. Das Sideboard gegenüber war leer, denn der Fernseher lag auf dem Boden. Das Kabel war mitsamt der Dose aus der Wand gezogen worden und damit auch ein Teil des weißen Putzes von der Wand gebröckelt. Zeitschriften waren quer über der Couch verteilt und teilweise zerrissen. Einer der großen Vorhänge an der Fensterfront, die sie erst gestern aufgehängt hatte, hing nur noch in Fetzen herab. Blumentöpfe waren zerbrochen und die Erde daraus schien nicht nur auf den Fliesen, sondern sogar an den Wänden verteilt worden zu sein. Das gesamte Wohnzimmer war ein einziges Durcheinander. Jemand war hier eingebrochen und hatte dramatisch alles verwüstet. Und offenbar war der Täter gestört worden, sonst hätte er ja den Fernseher mitgenommen, wenn er ihn schon heruntergerissen hatte. Diese Erkenntnis reichte Sandra, um sich aus ihrer Schockstarre zu lösen und zum Telefon zu eilen. Erst als sie es in der Hand hielt, fiel ihr ein, dass es nicht funktionierte. Sie schrie kurz auf und rannte mit klopfendem Herzen in Richtung Haustür, die sie einfach offen stehen ließ. Ihr Handy war nicht geladen, es lag leblos irgendwo auf der Küchenablage.

»Katharina! Katharina!«, schrie sie und hastete an dem Flachdachbungalow vorbei, das ihr Zuhause von dem der Lahners trennte. Katharina stand zu ihrem Glück direkt vorm Haus und holte gerade die Post aus diesem runden Teil auf wackeligen Stützen, das sie Briefkasten nannte. Sandra fand, dass es eher einer Zewarolle auf Streichholzbeinen ähnelte.

»Was ist los?«, fragte Katharina und sah sie lächelnd an, bis ihr Lächeln erstarb, weil sie Sandras aufgeregten Gesichtsausdruck bemerkte, der offenbar ein ziemlicher Schock für sie war.

»Ein Einbrecher … wir haben Einbrecher, also da war … bei uns ist eingebrochen worden! Mitten am Tag. Heute Morgen war noch nichts und jetzt, alles ist ein einziges Chaos.«

Katharina legte die Briefe vor der Haustür ab. »Jetzt gerade? Aber ich war doch die ganze Zeit hier. Das kann nicht sein, da hätte ich doch was bemerkt.« Ihre Augen funkelten, als stünde ein großes Abenteuer bevor.

»Ja, wenn ich es dir sage, alles ist durchwühlt. Wir müssen die Polizei rufen, mein Telefon funktioniert noch nicht, kann ich bitte bei dir schnell …«

»Ähm, ja … klar. Aber … weißt du was, ich schaue mir das erst mal an.« Voller Tatendrang straffte sie die Schultern und sah hinüber zum Haus.

»Du willst dir was anschauen?«

»Den Einbruch. Los, komm.«

Sie fasste Sandra an der Hand und zog sie trotz Protest hinter sich her.

»Ich gehe da nicht wieder rein, bevor nicht die Polizei da war!«, erklärte Sandra verängstigt.

»Ach was, ich habe da so einen Verdacht. Wir gucken erst mal. Dann kannst du die Polizei immer noch rufen.«

»Was für einen Verdacht denn? Weißt du etwa, wer das war?«, rief Sandra und versuchte, ihre Hand zu befreien, aber Katharina war stärker und gab auch nicht nach. Furchtlos betrat sie Sandras Haus, lief geradewegs ins Wohnzimmer und begutachtete die Sauerei. Dann – als wäre sie Privatdetektivin oder von der KTU – inspizierte sie die Fensterscheiben und die beschmierte Wand. Lachte laut auf. Sandra wusste nicht, was daran auch nur im Entferntesten witzig sein sollte. »Kann ich mal auf euren Dachboden?«, fragte sie dann.

»Was?«, erwiderte Sandra fassungslos.

»Dachboden. Bitte, dann erkläre ich dir alles.«

»Ja, von mir aus. Geh nur.«

Katharina ging die Treppe hoch und Sandra beobachtete ungläubig von unten, wie sie mit dem langen Holzhaken die Luke zum Dachboden öffnete und wenig später die Stiege erklomm. »Ha, dachte ich mir doch!«, hörte Sandra sie kurz darauf gedämpft herunterrufen. Sie verstand kein Wort.

»Hast du dich gar nicht gefragt, wie deine Einbrecher reingekommen sind?«, wollte Katharina wissen, die wieder zu ihr herunterkam und sich dabei ein paar Spinnweben von der Stirn wischte. Sie grinste bis über beide Ohren.

Sandra wurde langsam wütend. »Über den Dachboden wohl kaum«, erwiderte sie biestig.

»Eben doch. Schau mal da hoch, die haben dir die ganze Dämmung aus den Sparren gerissen!«

»Wer, die Einbrecher?«, fragte Sandra verwirrt. Sie hatte keinen blassen Schimmer, wovon Katharina sprach.

»Deine Einbrecher sind etwa so groß wie eine Katze, so hinterlistig wie ein Fuchs und räuberischer als eine diebische Elster, wenn sie der Bärenhunger überfällt.«

Wieder grinste sie Sandra an und lief zur glücklicherweise noch intakten Glasvitrine, nahm zwei Schnapsgläser heraus und sagte: »Du bist käseweiß, du brauchst einen Kurzen.«

»Kühlschrank, links in der Tür«, erklärte Sandra, als Katharina sie fragend ansah.

Sie nickte zufrieden, ging in die Küche, holte Jans Heidelbeerschnaps und schenkte ihnen beiden großzügig ein. Dann nahm sie Sandra bei den Schultern, was irgendwie seltsam war, aufgrund der Tatsache, dass sie einen Kopf kleiner war als sie, und schob sie an den Glasscheiben vorbei zum Sofa, auf das sie Sandra sanft drückte.

»Sandra, deine Einbrecher sind kleine, possierliche Tierchen namens Waschbären. Meine Mutter hatte das Problem letztes Jahr auch. Da an der Scheibe sind Pfotenabdrücke, hinter dem Vorhang ist Kot und na ja, wie der Dachboden aussieht, das willst du gar nicht wissen … Entschuldige bitte, dass ich lachen musste. Meine Mutter hat ihr Exemplar auf frischer Tat ertappt, wie es sich über ihre geliebten Klatschzeitschriften hergemacht hatte, und das bringt mich immer noch zum Lachen.«

Sie gluckste jetzt leise und versuchte sehr mühsam, das Lachen mitfühlend wirken zu lassen. Aber es klappte nicht, sie prustete laut heraus. »Zuerst war meine Mutter so schockiert und hinüber, dass sie eine ganze Flasche Schnaps gebraucht hat, um sich zu beruhigen. Aber am nächsten Tag …« Katharina hatte jetzt Lachtränen in den Augen, und Sandra spürte, wie sich ihr Lachen langsam auf sie übertrug. »… hat sie doch tatsächlich behauptet, der Waschbär sei der Geist von Kaiser Franz-Joseph dem Ersten gewesen.«

»Dem Sissi-Kaiser?«, fragte Sandra und merkte, wie auch sie lachen musste.

»Leibhaftig. Die Zeitschrift, die bei ihr am schlimmsten zugerichtet war, hatte einen Sonderteil mit …« Sie kicherte, und es dauerte eine Weile, bis sie den Rest des Satzes zustande brachte. »… mit Sissi-Poster! Und meine Frau Mama glaubt seither, dahingeschiedene Royalitäten würden in Waschbären wiedergeboren.«

»Ah, verstehe, Adel verpflichtet!« Sandra kicherte leise. Es hörte sich aus ihrem Mund komisch an.

»Ja, genau.« Katharina hüstelte. »O Gott!« Sie wischte sich mit dem Handrücken die Lachtränen aus den Augen, hob das Schnapsglas und rief: »Auf Sissi!«

»Auf Franz-Joseph«, antwortete Sandra und leerte das Glas mit einem Schluck.

Katharina füllte sofort nach und sie wiederholten das Ganze noch zweimal.

»Was mache ich denn jetzt hier?«, fragte Sandra seufzend, als das Lachen nachließ und das volle Ausmaß des Chaos wieder in den Vordergrund trat.

»Na, jetzt machen wir das gemeinsam sauber!«, verkündete Katharina freudig, so, als hätte ihr Sandra vorgeschlagen, mit ihr in ein Wellnesswochenende zu fahren. »Wir brauchen Handschuhe, ein paar Eimer für die Scherben, antibakterielles Putzmittel und Müllsäcke.«

»Du musst mir nicht helfen!«, erwiderte sie. Katharina hatte mit Sicherheit Besseres zu tun, als mit ihr die Bude nach diesem Waschbärenüberfall zu säubern. Sie hingegen hatte heute Morgen mehr als drei Stunden damit verschwendet, vor einer Fechthalle zu sitzen.

»Natürlich helfe ich dir, das wäre ja noch schöner. Wir sind doch Freunde!«

*Sind wir das?*

Sie schluckte die Rührung hinunter und versuchte, sich Katharina gegenüber gleichgültiger zu fühlen, aber irgendwie gelang es ihr nicht. Katharina berührte etwas an ihr, gegen das sie sich nicht mehr richtig wehren konnte und auch fast schon nicht mehr wusste, warum sie das überhaupt tat.

Wenig später hoben sie den Fernseher gemeinsam hoch, steckten das Kabel notdürftig in die Buchse und schraubten sie wieder an, so gut es ging. Katharina sammelte gut gelaunt die Glasscherben auf. Sandra nahm die Vorhänge ab und Katharina erzählte ihr einen Tierwitz nach dem anderen, die alle irgendetwas mit Waschbären zu tun hatten. Bald waren beide ganz schlapp vom Lachen. Sie hatte völlig vergessen, wie anstrengend Lachanfälle sein konnten.

Als die Wohnung wieder aufgeräumt war und nur noch die nackten Beine des Glastisches davon zeugten, was hier passiert war, kniete sich Katharina auf den Boden, schenkte Schnaps nach und sagte: »Einen habe ich noch: *Was habe ich mit einem Waschbären gemeinsam*?« Beiden Frauen rann der Schweiß von der Stirn und ihre T-Shirts klebten ihnen am Körper. Katharina hingen Strähnen ihres dunklen Haars in die Augen. Sie versuchte vergeblich, sie aus dem Gesicht zu pusten.

»Puh, keine Ahnung. Dickes Fell, niedliches Aussehen, besonders reinlich?«, schlug Sandra erschöpft vor und ließ sich neben sie auf den Fußboden sinken.

»Nein.« Sie lachte. »Ich bin nachtaktiv, habe große Augenränder, stopfe eine Menge Müll in mich rein und außerdem bin ich etwas zu fett.«

»Pffff«, war das Einzige, was Sandra herausbekam, bevor der nächste Lachkrampf sie schüttelte.

»Was ist denn hier, los?«, fragte Jan, der mit seinem sauberen Hemd, der Aktentasche unter dem Arm und seinem ruhigen Gesichtsausdruck irgendwie fehl am Platz wirkte. Er stand plötzlich im Zimmer und schaute fassungslos auf die beiden Frauen zu seinen Füßen.

»Hier steppt der Bär«, antworteten Katharina und Sandra wie aus einem Mund und brachen erneut in schallendes Gelächter aus.

# Kapitel 9 – Nele

$S = \sqrt{S^2}$

Stochastik war neuerdings Neles absolutes Lieblingsthema. Wahrscheinlichkeiten zu berechnen erschien ihr wie eine Art Hellsehen, die ultimative Waffe gegen den Irrsinn des Lebens, das überhaupt keiner einzigen Regel gehorchte. Außerdem konnte man sich damit wunderbar praktische Dinge ausrechnen. Die Standardabweichung vom Durchschnittswert ihrer heutigen Kalorienzufuhr zum Beispiel.

Sie kritzelte Zahlen auf das Blatt. Ihre Rechnung ergab einen Durchschnitt von 7,8 – also 780 Kalorien. Sehr ausbaufähig, wie sie fand.

Die Rechnung war einfach, das Ergebnis hatte sie schnell. »Hundertsechsundsiebzig Kalorien Abweichung!«, murmelte sie vor sich hin und feuerte den Kuli gegen die Wand, sodass sich das Gehäuse löste und die Feder darin mit einem leisen Pling auf dem Boden landete. Mila kickte draußen im Hof Bälle gegen die Wand. Nele überlegte sich, einmal auszurechnen, wie hoch die Wahrscheinlichkeit war, dass ihre Schwester das mit Kreide an die Garage gekritzelte Tor überhaupt traf. *Wahrscheinlichkeit gleich null.*

Nele machte sich im Stillen ständig Sorgen um Mila. Sie hatte immer Angst gehabt, dass Mila sich eines der Kabel im

Krankenhaus aus Versehen herausziehen könnte. Wenn Mila sich anstrengte, befürchtete Nele noch immer, dass ihr Herz einfach stehen bleiben konnte. Manchmal träumte sie davon. Davon, dass Milas Herz merkte, dass es gar nicht in ihren Körper gehörte und deswegen streikte. In ihren Traumbildern sah es dann so aus, als würde es sich aus Milas Brust herausdrücken und aus ihrem Mund ein Strom an Tabletten herauskommen, der nie wieder versiegte. Das ganze Haus, die Garage, der Garten und der Hof versanken in weißen Pillen und gelben Kapseln. Nele hasste diese Träume.

Sie hatte ihre kleine Schwester sehr lieb. Aber sie beneidete sie auch. Ständig sorgten sich alle um Mila, ständig waren alle nett zu ihr, ständig hatte sie diesen Herztransplantationsbonus. Mila sah dabei immer so aus, als wüsste sie, wo sie hingehörte. Nele dagegen hatte keine Ahnung, wo das hätte sein können.

Sie bückte sich nach der Kulifeder, die direkt zum bodentiefen Fenster gerollt war, und sah in Leos Sommersprossengesicht. Hätte sie das Fenster geöffnet, dann hätte vielleicht ein knapper Meter gefehlt und sie hätten sich die Hand reichen können, wenn Leo seine so weit wie möglich nach oben streckte und sie ihre so weit wie möglich nach unten.

Allerdings: Wie groß war schon die Wahrscheinlichkeit, dass jemand wie Leo ausgerechnet ihre Hand nehmen wollte? Richtig: Wahrscheinlichkeit ebenfalls gleich null.

Er schaute gar nicht zu ihr nach oben, sondern kickte Mila den Ball zu, gab ihr Anweisungen. Sie lachte, er lachte.

Nele beschloss, nach unten zu gehen und so zu tun, als sehe sie nach Mila.

Manchmal, wenn sie ihrer Schwester beim Fußballspielen zusah, bekam sie Panik, weil sie dachte, deren Gesicht könnte einfach wieder blau anlaufen. Als sie allerdings unten im Hof in Milas Gesicht blickte, war es rot vor Anstrengung. Und sie atmete erleichtert auf.

»Ah, Katniss Everdeen. Schön, dich zu sehen!«

Leo stand neben Mila und machte wieder diese alberne Verbeugung. Seine Haare flogen dabei in die Luft und das ließ ihn noch schöner aussehen. Er trug ein schwarzes T-Shirt, auf dem ein Skelettmännchen Gitarre spielte, dahinter stand in großen weißen Buchstaben »METAL IS FOREVER«. Eigentlich fand Nele so etwas schrecklich albern, bei ihm jedoch war es irgendwie cool.

»Erde an Katniss Everdeen? Sind Sie noch hier oder schon in Distrikt zwölf?«

Mila starrte ihn an, als spräche er Chinesisch.

»Starke Frauenfigur in der Weltliteratur?«, fragte Nele leise und wagte kaum, ihm in die tiefblauen Augen zu sehen.

»Genau, du lernst dazu. Starke Frauenfigur mit kriegerischem Blick!«, gab er grinsend zurück und kickte den Ball lässig gegen die Wand. Mitten ins Kreidetor.

»Stimmt doch gar nicht!«, protestierte Nele, die spürte, wie ihr die Röte wieder in die Wangen kroch.

»Doch, du siehst gerade so aus, als wolltest du deine Schwester lynchen«, behauptete er und musterte sie frech.

»Quatsch«, erklärte Nele. Und wie zur Bestätigung legte sie den Arm um Mila.

»Wo ist Mama?«, wollte Mila wissen, schirmte ihre Augen mit dem Handrücken gegen die gleißende Sonne ab, um zu ihrer Schwester hochzuschauen.

»Keine Ahnung«, brummte Nele.

»Vermutlich spielt eure Mutter wieder Tennis mit meinem Vater!«, erklärte Leo, und es hörte sich auch ziemlich kriegerisch an.

Vorsichtig sah Nele ihn an. Das Lächeln war verschwunden. Er sah auf einmal ganz schön traurig aus. Sie starrten sich eine Weile lang schweigend an. Mila trippelte mit dem Ball um sie herum. Da war etwas in seinen Augen, das Nele auch schon in ihren eigenen gesehen hatte – im Spiegel. Sie glaubte, man nannte es Sehnsucht.

»Du bist sehr dünn. Isst du ab und an auch was?« Der Moment war vorbei und Leo schaute wieder verschmitzt drein.

»Was ist das für eine blöde Frage? Natürlich«, antwortete Nele, etwas zu laut, wie sie selbst fand. Dabei dachte sie: Standardabweichung 176 Kalorien. Varianz 296. »Wieso?«, hakte sie nach.

»Also, Leute, ich geh mal zu Mama!«, unterbrach sie Mila, die überhaupt gerne *Also, Leute* sagte, seit sie Fußball spielte oder besser gesagt, es versuchte. Eigentlich nutzte sie jede Gelegenheit, um das zu sagen.

Leo wartete, bis sie weg war, dann nahm er den Fußball und setzte sich darauf. Seine langen Beine streckte er geradewegs in Neles Richtung aus. Er trug weiße Sneakers ohne Socken.

Verlegen fuhr Nele mit dem rechten Turnschuh auf dem Pflaster vor und zurück.

»Wenn du auffallen willst, warum machst du dann nicht einen auf Gothic? Oder Punk? Von mir aus auch irgendwie so ein Manga-Ding, oder? Alles besser, als sich sinnlos runterzuhungern!«

»Wovon redest du eigentlich?«

Er beugte sich nach vorn und zupfte an ihrem weiten hellen Oberteil. »Davon, Katniss! Oder nimmst du die Hungerspiele so ernst?«

»Du spinnst ja total!« Sie trat einen Schritt zurück und verschränkte die Arme vor dem Bauch. Aber er hörte nicht auf, sie anzustarren, sodass sie zu Boden schaute, auf die feinen Spuren im Staub, die sie dort mit ihrem Schuh hinterlassen hatte.

»Nö, du spinnst. Du schmeißt Lebensmittel weg und dein Leben nebenbei auch!« Leo wippte auf dem Fußball ein wenig vor und zurück und sah sie dabei weiterhin unverwandt an.

»Was soll die Scheiße?«, widersprach sie ärgerlich und blickte wieder zu ihm auf.

»Hab ich gesehen. Mehrmals«, behauptete er und fragte dann: »Kotzt du manchmal?«

Erschrocken zuckte sie zusammen. »Jetzt wird's mir echt zu blöd.« Sie wollte gehen, aber er war schneller. Er sprang auf und hielt sie einfach am Oberarm fest. Die Berührung war ihr unangenehm, sie hatte Angst, er könnte merken, dass ihre Arme sehr wohl schwabbelig waren.

Er aber hielt sie weiter fest und sagte ruhig: »Glaub mir, ich hab 'ne Ahnung von Essstörungen. Ich lebe mit einer Frau zusammen, die mal so was wie 'ne Mutter für mich war und jetzt gar nichts mehr wahrnimmt. Willst du so aussehen wie Sandra?«

Nele fand Sandra wunderschön, sie hätte alles dafür gegeben, so wie sie auszusehen.

»Was ist denn passiert?«, lenkte sie ab.

Leo ließ ihren Arm langsam los. Nele fühlte Erleichterung und gleichzeitig bedauerte sie es, dass seine Haut nicht mehr auf ihrer lag. Dass die Verbindung unterbrochen war.

»Wir haben meinen Bruder verloren!«, erwiderte er, und da wusste Nele, woher das traurige Dunkle in seinem Blick kam.

Sie überlegte kurz, ihm zu erzählen, dass sie Mila auch fast verloren hätten und sie wusste, wie dunkle Punkte in die Augen kamen. Aber sie entschied sich dagegen. Mila wäre wieder die Interessante gewesen und sie für ihn völlig uninteressant. Gegen ein Mädchen mit einem geschenkten Herzen kam man einfach nicht an.

»Willst du … drüber reden? Über deinen Bruder?«

»Nein«, antwortete er entschieden. Damit war vollkommen klar, dass er auch Nein meinte.

»Okay, dann gehe ich wieder rein.«

»Das heißt nicht, dass wir nicht über was anderes reden könnten.«

»Über was denn?«

»Keine Ahnung, was interessiert dich denn?«

Sie zuckte verlegen mit den Schultern. »Bücher, Mathe …«

Er lachte, und sie kam sich sehr dumm vor.

»Mathe?«

Sie holte tief Luft und erklärte dann etwas verschämt: »Ja, mit Mathe kannst du dir das Leben so machen, wie du es gerne hättest.«

»Das hört sich gut an, und wie funktioniert das?« Leo nahm den Ball hoch, dribbelte ein wenig damit und schaute sie interessiert an.

»Na ja, Mathe folgt einem Schema, Regeln, Formeln und so was eben. An die kann man sich anlehnen und fällt niemals um.«

»An mich kann man sich auch anlehnen!« Wieder dieses freche Grinsen, das bis hoch zu seinen strahlenden Augen kroch.

»Du spinnst ja!«, gab sie zurück, weil ihr nichts anderes einfiel.

»Soll ich dir zeigen, was ich gerne mag?«, meinte er und deutete vage auf das Haus, in dem er wohnte.

»Ist das ein Trick? So wie mit dem kleinen Hasen und dem Mädchen, das mitkommen soll?«, platzte Nele heraus.

Er schaute sie eine Weile verwirrt an, dann begriff er und lachte.

»Dafür bist du zu alt und ich zu jung.«

»Stimmt auch wieder«, bestätigte sie. Und plötzlich wusste sie nicht mehr, wohin mit ihren Händen. Gerade hatte sie sie noch verschränkt, jetzt schlenkerten sie an ihren Seiten herum, und sie konnte sich schlecht vor Verlegenheit die ganze Zeit an der Nase kratzen.

»Wenn du mir versprichst, nachher mit mir einen Burger zu essen, dann nehme ich dich mit zur Bandprobe«, schlug er vor.

*Ich kann den Burger ja wieder ins Klo spucken.*

Er fixierte sie mit zusammengekniffenen Augen: »Und der Burger bleibt drinnen, bis er von ganz alleine wieder rauskommt!«

»Okay!«, kapitulierte sie scheinbar schwach. Sie hatte nicht vor, in seiner Gegenwart zu essen. Ganz sicher nicht. Aber die Erfahrung hatte sie gelehrt, dass es besser war, manchmal so zu tun als ob. Man konnte von einem Teller rein gar nichts essen und es dennoch so aussehen lassen, als hätte man es getan. Ein wenig mit der Gabel zerdrücken, das Essen an den Rand schieben. Allerdings funktionierte das mit einem Burger nicht. Außer sie zerlegte ihn …

»Kannst du Gitarre spielen oder irgendein anderes Instrument?«, erkundigte sich Leo und unterbrach Neles Gedanken.

»Nein, aber ich kann singen. Also, ein wenig«, antwortete sie, ohne groß nachzudenken.

»Super!« Seine Augen leuchteten erfreut auf.

Warum hatte sie das gesagt? Sie bereute ihre Worte sofort. Sie wollte schließlich auf keinen Fall vor Leo singen. Insgeheim wünschte sie sich, dass Leo ihre Hand nahm oder sie irgendwie wieder berührte, aber er lief ihr einfach nur voraus.

Am Haus der Breitenbachs führte eine Außentreppe direkt hinunter in den Keller. Es roch nach eingelegter Roter Bete und nassem Hund. Es erinnerte sie irgendwie an Friedrich. Sie seufzte laut.

Leo drehte sich um. »Alles klar?«

»Ja, ich musste nur grade an unseren Hund denken.«

»Was ist mit dem?«

»Mussten wir weggeben, lebt jetzt bei einer anderen Familie!«

»Wir können ihn ja mal zusammen besuchen«, meinte er locker.

»Ja, klar«, antwortete sie spöttisch.

Leo drehte sich ohne ein weiteres Wort wieder um. Am Treppenabsatz öffnete er eine Feuerschutztür.

Ein Junge in einem schwarzen T-Shirt mit dem Aufdruck »This is the colour of my soul« und einer langen, lockigen Mähne, die ihm halb über der rechten Schulter hing, stand mitten im Raum und zupfte an einem Bass herum. Ein anderer mit kurzen schwarzen Haaren tackerte mit einem roten Gerät Eierkartons an die Wand.

»Hi, *guys*, das ist Nele!«

»Hi, Nele«, rief der Junge mit dem Tacker und schwenkte das rote Ding zum Gruß kurz in der Luft, bevor er weiter tackerte. Der Raum sah aus wie eine alte Sauna. Es war ziemlich dunkel, weil es nur ein schmales Oberlicht gab und an der Decke eine einzelne Glühbirne baumelte.

»Nele, das ist Fabs, unser Bassist«, der Typ am Bass hob kurz die Hand, »und der andere ist Kenny, unser Schlagzeuger. Elvis, unser Leadsänger, hat es mit dem Magen, der ist heute nicht da.«

Nele kam sich etwas verloren vor, eingeschüchtert von so vielen Kerlen. Und sie hatte schon wieder ein Problem mit ihren Händen. Wohin, wenn man keine Hosentaschen hatte, und was tun, wenn es nichts zu tun gab.

»Und zusammen sind wir …«

»W.O.L.F. H.A.M.«, riefen die drei wie aus einem Mund in ohrenbetäubender Lautstärke, sodass sie kurz zusammenzuckte. Alle lachten, und sie war froh über die matte Beleuchtung, weil sie sicher schon wieder rot geworden war.

»Was bedeutet das? Wolfham?«

»Das steht für We only live for Hardrock and Metal.«

»Aha«, sagte Nele. »Cool.«

»He, Katniss, setzt dich mal hier rüber, ich hole dir das Mikro, dann können wir loslegen.«

»Was? Nein, das geht nicht … ich kann …«

»Ach, natürlich kannst du. Schlechter als Elvis kannst du nicht sein!«, rief der Kerl namens Kenny.

»Ich begleite dich, okay?«

Leo holte sich eine weiße Elektrogitarre von der Wand und ein tragbares Mikro. Dann stellte er sich neben Nele. Sie setzte sich auf den Barhocker, den er ihr mehr oder weniger unter den Hintern schob, und schämte sich in Grund und Boden.

»Kennst du ›Heaven Nor Hell‹ von Volbeat?«

»Ja«, gab sie leise zurück. Jetzt spielten sie auch noch das Lied, das sie so gut kannte wie kaum ein anderes. Sie kannte die Band von Valeries Bruder. Er hörte den ganzen Tag nichts anderes, und sie verbarg gerne, dass die Sachen von Volbeat ihr viel besser gefielen als Valerie und Janinas Chartmucke.

Er überlegte kurz. »Okay, dann spiel ich's dir auf dem Handy noch mal vor. Den Text mit Noten habe ich hier irgendwo sogar ausgedruckt rumliegen. Wir versuchen's mal.«

Er spielte das Lied zweimal direkt von YouTube ab, und dann gingen auch die anderen an ihre Instrumente. Nele zitterte vor Angst. Als dann aber die ersten Klänge live ertönten und sie die Musik in dem engen Raum so fühlen konnte, als würde sie sie ausfüllen, als wären sie und die Klänge eine Einheit, da war die Nervosität mit einem Mal wie weggeblasen.

Die ersten Töne waren ein wenig zaghaft, dann aber wurde ihre Stimme auf einmal lauter. Noten waren irgendwie wie Zahlen. Sie sah sie vor sich, ohne sie lesen zu müssen, und sie konnte sie mit ihrer Stimme fühlen. Es war ein tolles Gefühl. Als die letzten Akkorde des Liedes erklangen, nickten die anderen ihr aufmunternd zu, und sie spielten das Lied noch einmal von vorne. Dann noch einmal und noch einmal.

»Mit einer Frauenstimme klingt es irgendwie noch besser!«, stellte Leo anerkennend fest.

Niemand hatte sie jemals eine Frau genannt. Sie fühlte sich beschwingt, fröhlich, geradezu beschwipst von der Musik und dem Lob.

»Sie hat Elvis abgesägt!«, tönte Fabs.

»Das war wirklich … abgefahren. Danke …«

»Wir haben zu danken, willkommen in der Band, wenn du magst.«

»Ich weiß nicht …«, erwiderte sie zögernd.

»Jetzt musst du erst mal dein Versprechen einlösen, komm.« Leo nahm sie am Arm, nicht an der Hand.

Kurz darauf saßen sie vor der Gartenlaube in der Sonne, und die Welt war wieder eine völlig andere.

»Wie kannst du eine Band haben, wenn du erst wenige Wochen hier wohnst?«, wollte Nele wissen.

»Ach, die Band hatte ich schon vorher. Kenny hat schon einen Führerschein, Elvis kommt auch aus Würzburg. Nur Fabs ist neu, der wohnt unten in der Fußgängerzone.«

»Ach so.« Mehr fiel ihr auf die Schnelle nicht ein. Sie war nicht gut darin, etwas zu sagen, ohne etwas zu sagen zu haben. Und das aufgekratzte Gefühl in ihrem Bauch, das Hüpfen der Glückshormone schwand zunehmend bei dem Gedanken an Essen.

»Wartest du einen Moment hier? Ich komme gleich wieder.« Leo sah sie kurz abwartend an.

Sie nickte.

Von hier aus konnte man den Tennisplatz nicht sehen, aber man konnte die dumpfen Aufschläge des Tennisballs, rutschende Schuhe auf dem roten Sand und das Gekicher ihrer Mutter hören. Es war ihr unendlich peinlich. Als ungefähr fünf

Minuten vergangen waren, hielt sie es nicht mehr aus. Sie ging nach drinnen und suchte nach Leo. Überrascht fand sie ihn in der Küche mit einer Pfanne vor sich auf dem Herd, in der in triefendem Bratfett dicke Fleischscheiben brutzelten. Ihr Magen wollte sich umstülpen. Vor Hunger und Ekel gleichermaßen.

»Du hast mir nicht verraten, dass du den Burger selbst machst!«

»Du hast nicht gefragt! Hast du sie gehört?«

»Deinen Vater und meine Mutter? Ja! Furchtbar peinlich.«

»Verstehen sich ja ziemlich gut«, sagte Leo grimmig.

»Frauen und Männer können nicht befreundet sein, da kommt ihnen immer der Sex dazwischen«, rutschte es Nele heraus.

»Aha, kennst du dich damit aus, Katniss?«

»Äh, nein, ich meine nur …«, stammelte sie und wollte am liebsten vor Scham im Erdboden versinken.

Leo lächelte und sagte zum Glück nichts weiter. Dann legte er den Fleischklops zwischen die beiden Hälften eines überdimensional großen Sesambrötchens, gab Ketchup, Käse, Salat und Tomaten darauf und drückte ihr den Burger mit einer Serviette umwickelt in die Hand. Sie schluckte schwer und griff instinktiv nach einem kleinen Teller, der auf der Küchenablage stand.

»Das schaffe ich nicht!« Sie stöhnte auf.

»Doch, das war Bedingung!«, beharrte Leo.

Draußen, am Tisch vor der Gartenlaube, kämpften Neles Geschmacksnerven mit dem Varianzrechner in ihrem Kopf. Leo gewann. Sie schluckte einen Brocken Fleisch mit Brötchen. Nach etwa einem Drittel legte sie den Burger erschöpft auf den Teller zurück. Sie widerte sich selbst an. Leo nickte ihr zufrieden zu und schob den Teller beiseite. Erleichtert seufzte sie, als sie feststellte, dass er damit zufrieden war und nicht darauf herumhackte, dass das meiste noch übrig war.

»War sehr lecker. Danke«, sagte sie mit einiger Mühe und hielt den Blick gesenkt.

»Machen wir das jetzt häufiger? Du und ich.«

Allein dieses »Du und ich« ließ ihr Herz fast aus der Brust springen. Ruckartig sah sie hoch.

»Burger essen?«

»Auch. Singen, zusammen abhängen. Ich verspreche dir auch, dass uns kein Sex dazwischenkommt.«

Sie wollte ihn fragen, warum denn nicht, aber dazu fehlte ihr der Mut. Die Chance, dass ein Junge mit ihr Sex haben wollte, war eben auch von der Wahrscheinlichkeit null. Nicht, dass sie selbst es gewollt hätte, darum ging es gar nicht.

»Gerne!«, sagte sie und versuchte zu lächeln.

Er grinste zurück.

Nele konnte sich gut an den Tag erinnern, an dem klar wurde, dass trotz der vielen Operationen Milas Herz nicht gesund geworden war. Sie sah das Gesicht ihres Vaters vor sich, als er sie von der Schule abholte. Die ganze Heimfahrt über weinte er. Sie saß hinten auf dem keilförmigen Kindersitz und wusste nicht, was sie sagen sollte. Zu Hause hielt er vor der Garage und legte den Kopf auf das Lenkrad. Sie kletterte nach vorn und setzte sich auf seinen Schoß. Da sagte er ihr, dass eine von Milas Herzhälften nicht richtig funktionierte und die Medikamente ihr nicht helfen konnten. Was hatte sie in diesem Moment Milas Herz verflucht. Genauso wie sie ihres jetzt verfluchte. Milas Herz hatte nicht richtig geschlagen und ihres überschlug sich gerade. Und sie wusste, dass sowohl das eine als auch das andere kein gutes Zeichen war. Herzen konnten Menschen ganz schön enttäuschen.

# Kapitel 10 – Katharina

»Vorteil und … Spiel! Der erste Satz geht an mich!« Katharina holte den letzten Ball, der ihre weißen Shorts noch ausbeulte, heraus und schlug ihn mit einem kräftigen Hieb übers Netz. Triumphierend sah sie Jan an.

»Pause!«, keuchte er und legte seinen Schläger auf die Bank.

»Bettelst du schon darum?« Sie kicherte.

»Natürlich! Ich verdurste!«

»Was sagt Sandra eigentlich dazu, dass du so viel Zeit mit mir verbringst? Ist das okay für sie?« Katharina stellte das linke Bein zurück und beugte sich leicht in die Knie.

Jan blinzelte gegen die Sonne. »Machst du dir immer so viele Gedanken um andere?«, fragte er.

»Na ja, nicht dass deine Frau das irgendwie blöd findet«, erwiderte sie vorsichtig und begann, das andere Bein zu dehnen.

»Nein, Sandra ist da nicht so. Nicht wie meine Exfrau.«

»Du warst schon mal verheiratet?«, hakte sie interessiert nach und setzte sich neben ihn auf die Bank.

Jan streckte die Beine über den roten Sand und sie zog ihre nach oben und winkelte sie an. Sie betrachtete ihn ein wenig verstohlen von der Seite. Seine leicht ergrauten Schläfen schimmerten im Licht, und sie musste erneut feststellen, was für ein schöner Mann ihr neuer Nachbar war. Anders schön als Felix.

Jan hatte feinere Züge, ohne weiblich zu wirken. Überhaupt war er anders als ihr Noch-Ehemann. Ruhiger, besonnener, in sich gekehrter. Jan konnte unglaublich viele Geschichten von unfassbar vielen Orten der Welt erzählen. Und sie hörte ihm sehr gerne zu.

»Ja«, antwortete er. »Mit Leos Mutter. Wir haben eine Weile gemeinsam in Berlin gewohnt, bis ich nach der Scheidung zurück nach Würzburg gezogen bin. Als ich Isa kennengelernt habe, war ich für verschiedene Magazine im Ausland unterwegs. Isa ist Ärztin und war damals immer ein paar Monate lang für Ärzte ohne Grenzen tätig. Ich habe sie in einem ghanaischen Dorf getroffen, wo ich eine Reportage über die Zustände in dem Krankenhaus dort gemacht habe. Ich habe meine beiden Frauen über die Arbeit kennengelernt. Sandras und meine Geschichte kennst du ja sicher von ihr.«

Sie nickte langsam, weil ihr nicht klar war, dass Jan nicht wusste, dass Sandra trotz ihrer Bemühungen nicht gerade auf eine Freundschaft mit ihr aus zu sein schien. Es war komisch, aber sie hatte das Gefühl, sich aus irgendeinem Grund um Sandra kümmern zu müssen, während diese sich aus irgendeinem Grund, der sich Katharina nicht erschloss, von ihr abzuwenden schien. Katharina kam nicht richtig an Sandra heran und wusste selbst gar nicht, warum sie das so störte. Sich anderen aufzudrängen lag ihr fern, und eigentlich verspürte sie auch keinen Drang, neue Freundschaften zu schließen. Dennoch regte sich ein Gefühl in ihr, wenn sie Sandras trauriges Gesicht sah.

»Du meinst also, Sandra stört das nicht? Ich will ihr ja nicht eure gemeinsame Zeit klauen«, sagte sie nochmals vorsichtig zu Jan.

Er lachte kurz auf, es klang bitter.

»Ach, Unsinn.« Er winkte ab. »Sandra hat nichts übrig für Tennis. Ich hoffe, dass sie hier wieder in den Fechtklub eintritt.

Vielleicht hilft ihr das, langsam zurück ins Leben zu finden. Es war schrecklich, ihn zu verlieren … auch für mich.«

Katharina hatte nicht gewusst, dass Sandras Schwangerschaft bei dem Verlust des Babys so fortgeschritten gewesen war, dass das Geschlecht des Kindes bereits bekannt war. Sie schwieg betroffen, unschlüssig, ob sie dazu etwas sagen sollte. Jan blickte auf den Boden, drehte den Schläger am Griff, sodass der Rahmen Kreise auf den roten Sand malte. »Aber das Leben muss irgendwie weitergehen, nicht wahr, auch wenn es nie wieder das gleiche sein wird. Weißt du, sie denkt, ich mache weiter wie bisher und ich trauere nicht mehr um Jonah. Aber …«

Gerade als Katharina sich fragte, ob Sandra den Namen schon einmal erwähnt hatte und ob nicht Jans Neffe genauso hieß, nahm sie im Augenwinkel Nele wahr. Auf der Brüstung des Balkons der Breitenbachs. Ihre langen Haare wehten im leichten Wind, während sie schnell vom einen Ende des Balkons zum anderen lief.

»Nele, was machst du da?«, schrie sie ängstlich und sprang auf.

Jan folgte ihrem Blick, und auch er sah wenige Sekunden später Neles schmalen Körper auf dem gemauerten Geländer im Obergeschoss des weißen Hauses balancieren.

Er ließ den Schläger fallen, sprang ebenfalls auf und legte Katharina beruhigend die Hand auf die Schulter.

»Bleib ruhig, schrei sie nicht an. Sie versucht nur, dich zu provozieren.«

Katharina schüttelte Jans Hand brüsk ab und lief eilig auf den Balkon zu, breitete die Arme aus, so als könnte sie Nele auffangen.

»Hast du etwa Angst um mich?«, rief Nele herunter, streckte die Hände vom Körper und hob ihr linkes Bein an. Sie trug ein überweites weißes Männerhemd, unter dem ihre Beine wie Streichhölzer hervorlugten, und sah aus wie ein Burggespenst auf nächtlicher Wanderschaft, wie sie dort oben – fünf, sechs Meter über dem Boden – auf und ab stolzierte.

Katharina kreischte panisch.

»Lass den Scheiß, Ronja!«, sagte plötzlich eine dunkle Jungenstimme neben ihr laut, aber ziemlich gelassen.

Sie hatte überhaupt nicht bemerkt, dass Leo im Garten war. Er kam hinter ihr aus einem der dichten Büsche gekrochen, die den Garten optisch vom Tennisplatz abtrennten und zog Gräser und Kletten aus seinem hellblonden Haar.

Nele zuckte mit den Schultern, nahm die Arme herunter und kniete sich langsam hin, um sich dann auf das Geländer zu setzen. Katharina verstand zwar nicht, warum Jans Sohn ihre Tochter Ronja nannte, aber offenbar hörte sie auf ihn. Was in der momentanen Lage wohl das Wichtigste war.

»Was soll das, Nele? Willst du die Nächste sein, die im Krankenhaus landet?« Nach der Erleichterung, sie zumindest sitzen zu sehen, folgte bei Katharina die Wut über das leichtsinnige Handeln ihrer Tochter.

»Wir suchen doch nur Milas Ball!«

»Sie hat ihn irgendwo hier in die Büsche geschossen, und ich dachte, es wäre eine gute Idee, von oben nachzusehen«, fügte Leo hinzu.

»Ja, aber doch nicht vom Geländer aus!«

»Na ja, das habe ich auch nicht so gemeint, aber Ron… also Nele fand das eben …«

»Passt mal auf, Nele kommt hier runter, wir suchen gemeinsam Milas Ball und dann hole ich beim Eistoni unten für alle eine Riesenwaffel. Was haltet ihr davon?«

»Nichts«, rief Leo überraschend, »ich gehe mit Nele in den Keller. Bandprobe. Da unten kann sie sich auch nirgendwo runterstürzen und ihr seid ungestört.«

»Ich find's gut«, rief Mila, die um die Ecke kam und ihren Ball offenbar auf der Straße gesucht hatte.

»Was meint er damit, dass wir ungestört sind?«, fragte Katharina an Jan gewandt.

»Keine Ahnung.« Jan zuckte leicht mit den Schultern. »Teenager eben. Mila, welche Sorte willst du?«

»Karamell und Haselnuss und auf jeden Fall Raffaello, vielleicht auch Kokosmandel.«

»Puh, wo sind die Zeiten hin, in denen die Kinder sich zwischen Erdbeere, Schokolade und Vanille entscheiden mussten?« Jan seufzte und lachte dann.

»Puh, wo sind die Zeiten hin, wo sich die Erwachsenen nicht ständig über ihre Kinder beschwert haben«, sagte Mila und imitierte seinen Ton fast perfekt.

»Freche Göre.« Katharina lachte und strich ihr übers Haar.

»Also Leute, holt ihr jetzt Eis oder was?«, drängte Mila.

Jan lachte und schwang sich auf sein Fahrrad, das er stets lässig an die Garage lehnte, als wäre es ein klappriges altes Damenrad und kein Hightechteil, das sicherlich eine vierstellige Summe gekostet hatte.

»Ich glaube Nele ist verknallt, Mama!«, erklärte Mila ernst, als Jan außer Hörweite war.

»Was?«

»Na, in den Leeeeoooo!«

Katharina musste grinsen und dachte an die Zahnspangenaktion.

»Schon möglich, aber wir sollten sie nicht damit aufziehen, okay?«

»Glaubst du, der Leo will auch was von der Nele?«, wollte Mila wissen.

»Er wäre schön blöd, wenn nicht, oder?«

»Na ja, vielleicht sollte er lieber mich nehmen, ich bin nicht so zickig!«, gab sie überzeugt zurück.

»Milli, du hast aber auch noch ein paar Jahre Zeit, dich zu verlieben, meinst du nicht?«

»Mami, du kannst gar nicht wissen, wie viel Zeit ich noch habe. Ich glaube, ich muss alles schneller machen als andere Kinder.«

»Warum denn?«, fragte Katharina, während ihr Herzschlag sich rasant beschleunigte.

»Hast du das vergessen?«, erwiderte Mila und legte die Hand auf ihre Brust.

»Schätzchen, hundert kalte Winter, denk immer dran. Du hast noch hundert kalte Winter vor dir und mindestens hundert warme Sommer mit hundert Kugeln kaltem Eis!« Katharina knuffte sie in die Seite und spürte dabei den unbändigen Schmerz, der sie immer überkam, wenn ihr klar wurde, wie viel Mila verstand und wie sie selbst nie verstehen würde, warum ausgerechnet dieses liebevolle, schlaue und mitfühlende Kind mit einer solch schweren Bürde geboren werden musste. Dass ausgerechnet die herzensgute Mila einen Herzfehler hatte.

* * *

Katharina hatte sich gerade mit einem Buch auf die Couch setzen wollen, als es an der Haustür klingelte. Nele war noch drüben bei den Breitenbachs und sollte spätestens um halb zehn wieder zu Hause sein. Jetzt war es neun und Mila schlief bereits seit kurz nach sieben.

Sie öffnete die Tür und stand in ihrem übergroßen alten und verblassten Levis-T-Shirt vor Felix. Er trug dunkle Shorts, die sie ihm irgendwann einmal zum Geburtstag geschenkt hatte und die fast so alt sein mussten wie ihr T-Shirt. Seine Haare waren ein wenig zerzaust, in der Hand hielt er eine Weinflasche. Bevor sie sich's versah, war er schon mit einem Bein im Flur. Sie fuhr sich mit den Händen durch die Haare, so als könnte sie seine damit ebenfalls in Form bringen, ohne ihn anzufassen.

»Felix? Was machst du denn hier?«

»Ich dachte, ich feiere mit dir in den Geburtstag unserer Tochter. Sie wird neun, ist das zu glauben?«

»Ja, Felix, es gibt viel, was ich nicht glauben kann«, erwiderte sie spitz und dachte dabei an Sonjas blonde Mähne.

»Komm schon, lass mich rein, ich habe dir einen Spätburgunder mitgebracht. Schlafen die Mädchen schon?« Er hielt ihr die Flasche entgegen, als hätte sie sie nicht schon längst bemerkt, und ging voraus ins Wohnzimmer.

»Mila ja, Nele ist bei den neuen Nachbarn«, antwortete Katharina, lief ihm nach und stellte sich vor ihn.

»Ah, die scheinen es ja allen Damen hier im Haus angetan zu haben«, sagte Felix fast so spitz wie sie zuvor, schob sie sanft zur Seite und setzte sich im Wohnzimmer auf den Fernsehsessel. Er öffnete die Weinflasche, stand noch einmal auf und holte zwei Gläser aus dem Schrank. Dann ließ er sich wieder in den Sessel plumpsen und legte die Füße auf den Tisch.

»Bist du deswegen hier? Wegen der neuen Nachbarn? Oder ist es schon wieder aus mit Sonja?« Fassungslos beobachtete sie, wie er sich häuslich niederließ. Und das nach ihrem letzten Zusammentreffen im Restaurant!

»Ich mache mir Sorgen um dich! Du verliebst dich in einen verheirateten Mann und …«, sagte er mit völlig selbstverständlicher Miene, so als wäre das eine Tatsache, so als hätte sie ihm erklärt, jemand Neuen zu haben und nicht umgekehrt.

»Moment mal, ich mache, was?« Wütend schob sie seine Beine vom Tisch.

»Mila hat mir erzählt, dass du mehr drüben im alten Neumannbunker bist als zu Hause!«

War er darüber etwa verärgert? Seine Augen waren verengt und irgendetwas darin funkelte verräterisch zornig.

»Felix, *du* bist derjenige, der mir vor Kurzem verkündet hat, dass er eine andere hat! Ich spiele Tennis mit Jan, Herrgott noch mal!« Er legte die Beine demonstrativ wieder auf den Tisch. Langsam wurde sie sauer.

»Jan, also!«, zischte er.

»Felix, hast du getrunken?«, fragte sie kopfschüttelnd.

»Zwei Bier!«

»Was ist los?« Sie seufzte und setzte sich auf den Rand der Couch schräg gegenüber dem Fernsehsessel, schlang die Arme um ihre Beine und musterte Felix eingehend.

Er antwortete ihr nicht direkt. Stattdessen starrte er auf das rote X an der Wand zwischen Küche und Esszimmer.

Sie hatten den Termin von Milas Herztransplantation, die in der Fachsprache auch HTX genannt wird, im Kalender des damaligen Jahres mit einem X markiert. Lange hatte der Kalender dort gehangen. Als sie ihn aber irgendwann durch einen aktuellen ersetzen mussten, hatten sie mit roter Farbe ein großes X an die Stelle gemalt, an der der alte Kalender befestigt gewesen war.

»Kannst du dich an den Tag erinnern, an dem Nele einen Tobsuchtsanfall im Supermarkt bekam, weil sie keine Butterbrezeln mehr hatten?«, fragte Felix plötzlich in die Stille hinein.

»Ja, kann ich. Ich habe mich einfach danebengelegt und mitgeschrien!«, sagte sie und musste lächeln.

»Und weißt du auch noch, wie sie beim Schlittenfahren in dieses gigantische Loch gefahren ist?«, fuhr Felix fort, beugte sich nach vorn und füllte beide Gläser randvoll mit Rotwein.

»Die Falle der blonden Zwillinge?« Katharina griff nach ihrem Glas.

»Ja, und wir haben erst einfach nur gelacht, bis wir sie rausgeholt haben. Während Mila in der Zwischenzeit Schnee gegessen hat.«

»Das war nicht lustig, sie hat gelben Schnee gegessen!«

»Doch, es war lustig damals, da haben wir uns noch keine Gedanken über jeden einzelnen verschissenen Keim gemacht.«

»Sag nicht immer verschissen, Felix!«

Er sah sie lange an. Der Mann, von dem sie immer gedacht hatte, dass sie ihr gesamtes Leben miteinander teilen würden. Sie starrte zurück. Da war so viel Vertrautes zwischen ihnen und so viel Angst, so viel Sehnsucht und so viel Trauer.

»Weißt du noch, wie wir mit Nele bei diesem Kinderbuchautor waren, den du immer so toll fandest?«

»Hör auf, Felix! Bitte.« Sie wippte vor und zurück, nicht in der Lage, sich entspannt zurückzulehnen. Sie konnte es nicht ertragen, dieses Erinnern an Zeiten, in denen sie nichts hatte trennen können.

»Wie hieß er noch?«, hakte Felix nach.

»Babi Buschmann«, antwortete sie leise.

»Genau, verschissener Name, Babi Buschmann. Er hat diese herzzerreißend langwierige Geschichte über Zugvögel erzählt. Als er damit fertig war, ist Nele aufgestanden und hat für alle hörbar gesagt: *Können wir jetzt heim, Mami, das war so langweilig*. Du wolltest im Boden versinken und ich konnte nicht aufhören zu lachen. Und weil dir das so leidgetan hat, bist du noch mal zurückgelaufen, nachdem wir Nele ins Auto verfrachtet hatten, und hast zwei signierte Exemplare gekauft und ihm versichert, dass er eine wunderbare Geschichte geschrieben hat.«

»Babi Buschmann ist ein Idiot.« Katharina lachte wider Willen.

»Und ich bin noch ein viel größerer«, gab Felix zurück und fuhr sich mit den Händen durch seine wuscheligen langen Locken. Nicht nur sein Bart war inzwischen weit über das Dreitagesverfallsdatum hinaus gewachsen, auch seine Haare hätten einen Schnitt vertragen können. Früher hatte Katharina das getan, weil sie der Meinung war, wer im OP die Schere halten konnte, konnte es auch zu Hause. Meistens war es ihr gut gelungen. Felix' dichtes Haar konnte den ein oder anderen Fehler verkraften. Ihre Ehe jedoch nicht.

Sie saßen sich lange gegenüber, ohne etwas zu sagen, starrten sich einfach immer weiter an.

»Ich gehe jetzt«, sagte er dann plötzlich. »Hab's ja nicht weit.«

Das war der entscheidende Nachteil, wenn der eigene Mann gegenüber wohnte. Sie konnte ihn noch nicht einmal davon abhalten, indem sie ihm sagte, dass er zu viel getrunken habe, um nach Hause zu gehen.

Nachdem er gegangen war, stieg sie die Treppe nach oben, legte sich neben Mila ins Bett und lauschte ihren regelmäßigen Atemzügen und dem zuverlässigen Klopfen eines fremden Herzens.

Irgendwann in dieser Nacht vor Milas neuntem Geburtstag erwachte sie schweißgebadet. Sie nahm das feuchte Kissen und schlich sich in ihr eigenes Bett. Diese Mischung aus Dankbarkeit, Angst und Verzweiflung würde sie immer in sich tragen. So lange, bis ihr Herz nicht mehr schlug oder Milas. Es war bereits hell, als sie endlich wieder einschlafen konnte. Es war Milas neunter Geburtstag und der dritte geschenkte Geburtstag mit einem geschenkten Herzen.

* * *

Jan war der Erste, der am Mittag rüberkam. Noch bevor die Mädchen aus der Schule zurück waren. Katharina hatte sich freigenommen, um den Garten zu dekorieren. Sie versuchte gerade, die Schnüre durch die Haken der bunten Ballons zu fädeln.

Neben ihr pickte ein Grünspecht am Boden, auf der Suche nach Nahrung. Der rote Kopf schoss immer wieder – einem lautlosen Takt folgend – nach oben, um sogleich wieder in der Erde zu verschwinden.

Die gesamte Wiese war mit Maulwurfshügeln übersät. Eine Kraterlandschaft im Kleinen. Unregelmäßig angeordnete Haufen, verbunden durch unterirdische Gänge. Sie erschienen ihr heute wie das perfekte Ebenbild zu ihren Gedanken. Den kruden Irrungen und Wirrungen in ihrem Kopf konnte sie genauso wenig folgen wie den Wegen eines blinden, mausartigen Tierchens, das Gartenbesitzern so viel Ärger machen konnte. Felix' Besuch am Abend zuvor hatte sie völlig durcheinandergebracht.

»Schön, nicht?«, sagte sie zu Jan, der sich mit einer dampfenden Kaffeetasse auf einen der Plastikstühle setzte. Katharina deutete auf die braunen Erdhaufen.

Sein Blick sagte ihr, dass das nicht der Begriff gewesen wäre, den er dafür gewählt hätte.

»Ich finde es irgendwie erhaben, sie machen ganz einfach, was sie wollen«, erklärte sie.

»Es gibt Ultraschallgeräte, die sie vertreiben. Oder du steckst eine Flasche ohne Boden in jedes Loch. Wenn der Wind darüberstreicht, verteilt er für den Maulwurf unangenehme Geräusche im Gang des Wühlers«, erklärte er.

»Warum sollte ich das tun?«, fragte sie verblüfft.

»Ja«, lachte er, »warum solltest du das tun?«

Sie lächelte ihn an.

»Katharina? Sind die Mädchen schon da?«, rief Sandra mit außergewöhnlich fröhlicher Stimme zu ihnen herüber.

»Nein, wieso?«

Jan zog den Kopf ein, wie ein Maulwurf, der zu vorwitzig aus der Erde herausgelugt hatte.

Erwischt, dachte Katharina und wusste noch nicht einmal wobei.

»Ich habe eine Überraschung, für Mila!«, fügte Sandra hinzu.

Kurz darauf stand sie vor Jan und Katharina, mit dem mädchenhaftesten Fahrrad, das die Welt je gesehen hatte. Pinkfarbene Speichen, rosafarbene Bänder am linken Lenker, ein Rahmen in Lila und weiße Räder. Auf dem Gepäckträger klemmte ein Fußball in knalligem Pink, und vorne war ein kleiner Korb mit bunten Blüten befestigt. Katharina stöhnte unwillkürlich auf, bei so viel geschlechterspezifischer Farbgebung und wusste doch sofort, dass Mila es lieben würde.

Jan sah seine Frau skeptisch an. Das Misstrauen in seinem Blick blieb auch Katharina nicht verborgen. Was war das zwischen den beiden, das, was sie offenbar trennte und sie dennoch aneinander hängen ließ?

Sandra ignorierte ihn.

»Das geht nicht, Sandra, das ist zu viel!«, protestierte Katharina.

»Nein, das ist schon in Ordnung! Ich habe da … was gut zu machen!«

»Was könntest du denn gut zu machen haben bei Mila?«

»Ach, das ist eine Sache zwischen uns, nichts Tragisches!«

Jan verstärkte seinen Blick und zog dann seine Frau zur Seite. Katharina entfernte sich diskret. Es ging sie nichts an, was zwischen ihnen vorging, auch wenn sie ihrer Tochter ein teures Geschenk machte.

Als sie im Haus die letzten Verzierungen der Minitörtchen anbrachte, konnte sie durch die Glastür Wortfetzen der beiden hören: »nicht angemessen«, »nicht wieder so einen Vorfall« und »mit Olivia geredet«.

Katharina hatte gar keine Zeit, weiter darüber nachzudenken, denn wenige Minuten später klingelte es an der Tür. Es war ihre Freundin Elli mit zwei ihrer vier Kinder im Schlepptau. Alle drei trugen bunte Geschenkpäckchen wie Legotürme aufgestapelt vor sich her. Dazwischen leuchteten Ellis rotes Haar und ein neongrünes Kleid. Marcel und Pauline ließen die Geschenke im Gang erleichtert fallen. Hinter Elli schob sich ihr Mann Frank durch die Tür. Auf einmal war das Haus mit so vielen Stimmen gefüllt, dass sie gar nicht mehr an Jan und Sandra dachte.

»Wo ist denn Mila?«, erkundigte sich Frank und drückte Katharina einen feuchten Kuss auf die Wange.

»Felix holt sie von der Schule ab.«

»Du lässt sie an ihrem Geburtstag in die Schule gehen?«

»Natürlich!«, antwortete sie.

»Meine Kinder dürfen da immer zu Hause bleiben. Aus rein egoistischen Gründen, irgendjemand muss mir ja beim Backen, Putzen und Dekorieren helfen.«

»Ist klar, Elli!«

»Ich habe Mila diese Glubschis gekauft. Du weißt schon, diese hässlichen Stofftiere, auf die sie so steht.«

»Habe ich dir doch verboten! Und was heißt überhaupt *Glubschis*?«

»Konnte mich nicht entscheiden, kennst mich ja!«

»Es wundert mich immer wieder, dass sie sich für mich entscheiden konnte!«, rief Frank.

»Liegt an deiner Haarfarbe. Ich dachte, wenn ich mir einen Dunkelhaarigen aussuche, bleibt meinen Kindern das rote Haar erspart!«, scherzte Elli und duckte sich, als hätte sie Angst, von ihrem Mann mit Plüschtiergeschenkpaketen erschlagen zu werden.

Es klingelte erneut, und Katharinas Kollegin und Freundin Sam stand vor der Tür.

»Sam! Schön, dass du da bist! Wo ist Ruth?«, erkundigte sie sich nach Sams Lebensgefährtin.

»Ruth, wer ist Ruth?«, erwiderte sie.

»Schon wieder Stress?«, fragte Katharina.

»I don't care, ich suche mir jetzt einen Mann!«

»Um Himmels willen, das ist nicht dein Ernst! Glaubst du, die sind besser?« Elli lachte.

Sam marschierte geradewegs auf den Kühlschrank zu und nahm sich ein kaltes Bier aus dem Eisfach.

»Ich bin dann draußen, schau mal nach den Psychos!«

»Wovon redet sie?« Elli legte die Stirn in Falten.

»Von den neuen Nachbarn!«

»Ach so, ich dachte schon, sie meint deine Mutter.«

»Das ist auch gar nicht so abwegig!« Katharina kicherte. »Aber die kommt heute erst später. Sie ist auf einer Beerdigung. Irgendein Würzburger Politiker ist diese Woche gestorben, dem sie unbedingt die letzte Ehre erweisen muss.«

»Können die Nachbarn schlimmer sein?«, erwiderte Elli.

»Nein.« Katharina seufzte. »Die sind sehr nett, ich weiß gar nicht, was Sam hat.«

»Den siebten Sinn«, rief Sam durch die Glastür aus dem Garten zu ihnen herein. »Mit denen stimmt was nicht!«

Elli lachte. »Und deine Schwester?«

Katharinas Schwester Franziska hatte zur Freude ihrer Eltern ein Einser-Abitur hingelegt und Jura studiert. Sie war Staatsanwältin in Karlsruhe und hatte einen Richter geheiratet. Die Schwestern sahen sich nur selten. Sie telefonierten unregelmäßig und machten einmal im Jahr zusammen Urlaub in den Bergen, den Franziska ihrer Schwester großzügig spendierte.

»Zu beschäftigt, wie immer. Aber hey, ganz ehrlich, dass ihr da seid ist mir viel wichtiger.«

»Selbstverständlich. Soll ich dir mal was sagen: Dass wir Milas neunten Geburtstag feiern, ist für mich so was wie ein Sechser im Lotto. Ich kann dir gar nicht sagen …«

»Heul bitte nicht, Elli, sonst fange ich auch noch an. Außerdem sagst du das jedes Jahr!«

»Stimmt, und ich sage es auch noch die nächsten dreißig Jahre, du wirst sehen.«

Wenig später versammelten sie sich alle im Garten um Mila, die mit Felix und Nele von der Schule nach Hause gekommen war.

Katharina hatte alte Sofakissen mit abwaschbaren Bezügen im Garten als Sitzgelegenheiten auf dem Boden verteilt. Mila packte entzückt ihre Geschenke aus, während sie selig neben dem Fahrrad von Sandra stand.

»Bringst du mir das Radfahren auch bei?«, fragte sie, und Katharina wollte ihr schon freudig antworten, als sie bemerkte, dass Milas Frage an Sandra gerichtet war. Sie versuchte zu lächeln, hätte sich eigentlich darüber freuen sollen, dass Mila die neue Nachbarin so gerne hatte. Aber irgendein Gefühl in ihr regte sich, das Unbehagen hervorrief. Sams Geschwätz begann schon auf sie abzufärben.

Sandra nickte der sie anstrahlenden Mila vorsichtig zu. Jan, Nele und Leo waren nirgendwo zu sehen. Den Streit zwischen Sandra und Jan hatte Katharina schon fast wieder vergessen, als sie bemerkte, dass Sandras Augen gerötet waren und sie sehr traurig wirkte. Sie sah meistens traurig aus, aber heute besonders. Vielleicht dachte sie an ihr Kind, das niemals Geburtstag haben würde. Katharinas Unbehagen Sandra gegenüber verwandelte sich sofort in tiefes Mitleid und Sympathie. Sie ging zu ihr und bot ihr etwas zu trinken an, aber Sandra lehnte dankend ab.

Elli durchbohrte währenddessen Felix mit bösen Blicken Sie hatte es sich zur Aufgabe gemacht, Katharinas Noch-Ehemann zu hassen. Dabei hatte es keine Affären gegeben, keine Lügen, keinen Rosenkrieg. Elli dachte trotzdem, es sei ihre Pflicht als gute Freundin, sich auf Katharinas Seite zu schlagen.

Als Katharina das Essen von drinnen holen wollte, folgte ihr Felix. »Elli macht mich wahnsinnig! Kannst du mir mal sagen, was ich ihr getan habe?« Er seufzte und setzte sich auf die Arbeitsplatte. Dann langte er mit einem Löffel in den Nudelsalat, kostete und meinte: »Mehr Salz, ein bisschen Curry noch.«

»Elli hasst dich«, antwortete Katharina.

»Warum?«, fragte er verblüfft und hob den Löffel anklagend in die Höhe.

»Und sie weiß noch nicht mal was von Sonja!«, fügte sie hinzu, weil sie es sich einfach nicht verkneifen konnte.

»Was soll das, Kate. Wir haben uns getrennt. Du wolltest das.« Ärgerlich verzog er den Mund.

»Ich?«

»Ja!«

»Du nicht?«

»Keine Ahnung«, brummte er und blickte zu Boden.

»Felix!«

»Katharina?«

Seine Blicke durchbohrten sie förmlich. Er konnte all seine Gefühle in seine Augen legen und sie damit umhauen. Es hätte gestern gewesen sein können, dass sie zusammen die Schulbank gedrückt und in den Gängen zwischen dem Unterricht heiße Küsse ausgetauscht hatten. Aber es war nicht gestern, es war in einem anderen Leben gewesen.

»Ich muss die Salate nach draußen bringen«, sagte sie hastig, bevor er sie einfangen konnte mit Gefühlen, die gar nicht mehr vorhanden waren.

»Katharina, ich …!«, fing er da plötzlich an, und sie erkannte bereits am Tonfall die Worte, die er nicht fertig aussprach. Die Schüssel mit dem grünen Salat fiel ihr aus den Händen und krachte auf den Boden. Die Soße verteilte sich wie in Zeitlupe über den gesprungenen Küchenfliesen, und ein Rinnsal aus öligem Essig mit Kräuterschnipseln bahnte sich seinen Weg in Richtung Kühlschrank.

»Scheiße!«

Felix nahm sie sanft am Arm. »Katharina ich vermisse dich. Wir beide, das …« Was auch immer er noch sagen wollte, was auch immer sie dachte, dass er hatte sagen wollen, verhallte ohne Klang, er blieb stumm.

»Fällt dir das jetzt ein? Jetzt, wo du bald mit Sonja zusammenziehst?«

»Vergiss doch mal Sonja!« Er trommelte nervös mit dem Löffel auf der Ablage herum.

»Vergiss du sie besser, Felix!«, antwortete sie verärgert.

»Seit wann bist du so eifersüchtig?« Jetzt lachte er. Das gab ihr den Rest.

»Lass mich Felix, es ist zu spät!«

»Wofür?«

»Für uns!«

»Warum?«

»Das kannst du dir selbst beantworten!«, zischte sie. Sie wusste es selbst nicht. Sie wusste nur, dass sie sich nicht wiederholen konnten, was ihnen das Schicksal genommen hatte.

»Was ist denn hier los?« Elli stürmte in die Küche.

»Kleiner Unfall!«

»Felix, du bist doch Koch, wie wäre es, wenn du mal den Grill anschmeißt, wir haben Hunger!«, verlangte Elli mit eisiger Stimme.

Katharina musste wider Willen lachen.

Elli kniete sich auf den Boden und beseitigte die Scherben und die Salatsauerei. Felix ging ohne ein weiteres Wort nach draußen, und sie versuchte, es zu verdrängen, dieses verdammte Kribbeln, das sich auf einmal in ihrem Bauch ausbreitete wie eine Ameisenplage.

»Komm mit, mein General, wir sehen mal nach den Kindern!«, sagte sie an Elli gewandt, als sie fertig waren.

Im Garten hatte Mila sich auf den Kissen einen Altar mit den Geschenken gebaut und hüpfte nun munter mit Ellis Kindern auf dem Trampolin herum. Nele und Leo hatten die Köpfe über Notenblättern zusammengesteckt, währenddessen Leo sie andauernd Elizabeth Bennet nannte.

Sam hatte sich neben Sandra auf die Gartenbank gesetzt. Und wie Katharina sie kannte, fühlte sie ihr jetzt ordentlich auf den Zahn.

Felix und Frank standen am Grill. Der Einzige, der keinen Gesprächspartner hatte, war Jan. Sie ging zu ihm und drückte ihm ein kaltes Radler in die Hand.

»Danke«, sagte er lächelnd. Seine durchtrainierten Beine steckten in lässigen kurzen Jeans, darüber trug er ein Poloshirt. Auch ohne großen Aufwand wirkte er dadurch genau richtig gekleidet.

»Alles gut bei euch?«, erkundigte sich Katharina und spielte damit indirekt auf das Aufeinanderrumpeln der beiden nach der Geschenkübergabe an.

»Ja, schon okay. Wir … na ja, wir haben schon länger eine etwas harte Zeit. Aber Sandra ist auf einem guten Weg, denke ich.« Er sah an ihr vorbei in Sandras Richtung, hinüber zur Gartenbank.

»Und du?«, fragte sie sanft.

Er sah sie eine Weile schweigend an. »Keine Ahnung, sag du's mir?«

»Kann ich nicht«, gab sie zu. Aus Verlegenheit nahm sie einen großen Schluck aus ihrer Bierflasche.

»Kate?« Felix stand auf einmal neben ihr und starrte Jan an. »Denkst du nicht, wir sollten Mila ihr Geschenk geben?«

»Jetzt?«, fragte sie. »Sie spielt doch gerade so schön mit Marcel und Pauline.«

»Gegen ein Fahrrad kommen wir natürlich nicht an!«, meinte Felix.

Katharina merkte sehr wohl, wie angestrengt er den bissigen Unterton in seiner Stimme zu unterdrücken versuchte.

Jan hob lächelnd die Hände, er schien sich von Felix nicht einschüchtern zu lassen. »Entschuldigt, bitte, ich habe meiner Frau auch gesagt, sie hätte das mit euch absprechen müssen. So gut kennen wir uns ja auch noch nicht und …«

»Kommst du, Katharina«, unterbrach Felix Jan und zog sie am Arm.

»Felix, ich unterhalte mich gerade. Gleich!« Verärgert schüttelte sie seine Hand ab.

Doch Jan warf ihr einen, wie sie fand, etwas mitleidigen Blick zu, und berührte demonstrativ ihre linke Hand, als er Felix und sie stehen ließ und zu den Kindern hinüberlief.

»Was will der von dir?« Felix sah ihm mit gerunzelter Stirn nach.

»Nichts, Felix.«

»Sieht nicht nach nichts aus«, brummte er.

»Lass mich bitte in Ruhe!« Genervt drehte sich Katharina auf dem Absatz um.

Der Rest des Nachmittags verlief einigermaßen friedlich, weil sich Katharina sowohl von Felix als auch von Jan fernhielt. Sie spielten Spiele mit den Kindern, aßen, tranken und lachten. Mila schien sich rundum wohlzufühlen. Nachdem Sam endlich von ihr gelassen hatte, erklärte sich Sandra bereit, mit Mila im Hof ein wenig mit dem Rad zu üben. Nele und Leo hockten im Gras und schienen sowieso irgendwie völlig der Welt entrückt zu sein. Leo fütterte sie mit Kuchen und nannte sie *schönste Lizzy*, während sie verschämt kicherte.

»Irgendwas stimmt mit der nicht.« Sam setzte sich neben Katharina und lenkte ihren Blick von den beiden Teenagern ab.

»Mit Sandra? Ach, Sam, fang nicht schon wieder an. Was soll denn mit ihr nicht stimmen.«

»Sie verheimlicht etwas.« Sam nickte, so als müsste sie ihre eigenen Worte dadurch bekräftigen.

»Warum sollte sie das?«

»Das weiß ich nicht, aber ich finde es raus.«

»Miss Marple, sparen Sie sich die Mühe! Sie ist einfach eine traurige Frau, eine trauernde Mutter. Sie hat ihr Kind verloren. Späte Fehlgeburt. Es wäre ein Junge geworden.«

»Hat sie dir das erzählt?«

»Ja«, antwortete Katharina und überlegte kurz, ob Sandra ihr das wirklich so deutlich gesagt oder sie es sich selbst zusammengereimt hatte.

»Pass auf, Baby, pass auf. Ich habe kein gutes Feeling!«

Katharina sah zu Sandra hinüber, die Milas neues Rad am Gepäckträger hielt, während Mila versuchte, die Balance zu halten, und dachte, dass das Unsinn war. Vielleicht hatten sie gerade Leute wie Sandra und Jan gebraucht, um wieder ein wenig ins Gleichgewicht zu kommen. Fremde, bei denen sie vergessen konnten, dass es Zeiten gegeben hatte, in denen nichts unbeschwert gewesen war. Leute, bei denen sie wieder lernen konnten, Geburtstage als selbstverständlich anzusehen und nicht ständig in Angst zu leben. Sie hatte ein gutes Gefühl.

# Kapitel 11 – Sandra

*»Liebe unbekannte Herzensfamilie,*
*wie beginnt man so einen Brief. Ich habe lange darüber nachgedacht und viele Zeilen verworfen, weil sie meiner Dankbarkeit Ihnen gegenüber einfach nicht gerecht werden.*

*Man beginnt so einen Brief mit: Danke. Tausendmal danke! Für eine Entscheidung, die furchtbar gewesen sein muss für Sie! Die aber unserer Tochter das Leben gerettet hat.*

*Wir kennen uns nicht, und wir dürfen uns nie kennenlernen, aber das Herz, das nun in der Brust unserer Tochter schlägt und ihr ermöglicht, zu Hause zu sein, im Garten zu spielen, zur Schule zu gehen und ein normales Mädchen sein zu können, das ist auch immer das Herz Ihres Kindes. Wir wissen das und wir werden es nie vergessen. Ich möchte nicht sagen, dass Ihr Kind in unserem weiterlebt, aber ich möchte Ihnen sagen, dass die Unausweichlichkeit des Todes ein anderes Leben erst ermöglicht hat. Das ist unfair, das ist gemein und es wird Sie nicht trösten. Das würde es mich an Ihrer Stelle auch nicht. Aber bitte, lassen Sie unsere Dankbarkeit in Ihr Herz und seien Sie sicher, dass Ihre Entscheidung ein unglaublicher Akt der Nächstenliebe war, den wir sehr, sehr zu schätzen wissen.*

*Ich möchte Sie nicht mit Details aus dem Leben unseres Kindes belästigen, wenn Sie Ihres nicht mehr bei sich haben dürfen. Ich möchte Ihnen nur sagen, dass ich mit Ihnen fühle, in jeder Sekunde, mit jedem Herzschlag, der eigentlich Ihrem Kind gehört hätte und meinem geschenkt wurde.*

*Danke, tausendmal danke,*
*die Familie mit dem geschenkten Leben«*

Heute Morgen war dieser Brief mit einem Umschlag der DSO, über die der Briefkontakt lief, in der Post gewesen. Jan musste einen Anruf erhalten haben, denn man musste zustimmen, ob man diese Briefe überhaupt zugestellt bekommen wollte. Sandra saß seit zwei Stunden in der Hollywoodschaukel im Garten und wippte hin und her und las den Brief immer wieder. Zwischendurch sah sie rüber zu den Lahners und konnte es gar nicht begreifen. Diesen Brief hier hatte Katharina auf ihrem kleinen, alten Laptop, auf dem die Tasten für F9 und F12 fehlten, getippt, mit ihrem Discounter-Drucker ausgedruckt, der Koordinatorin der Deutschen Organspendeorganisation geschickt und diese hatte ihn, in zwei Umschläge verpackt, an sie weitergeleitet. Zwei Umschläge, damit man den Brief öffnen konnte, wenn man dazu bereit war, und einem die Zeilen nicht gleich beim Öffnen des ersten Umschlages entgegensprangen. Offensichtlich hatte sich Katharina an alle Regeln gehalten, die diese Dankbarkeitsbezeugungen vom Organspendeempfänger oder dessen Familie verlangten: kein Hinweis auf die Identität. Daher keine Schwärzungen, keine Zensur durch die DSO-Koordinatorin. Was für eine Ironie, dass sie dennoch genau wusste, wer diesen Brief geschrieben hatte, und was für eine Ironie, dass Katharina ihr gegenüber bisher kein einziges Wort über Milas Krankheit oder die Transplantation hatte fallen lassen. Trotz aller Vertraulichkeiten.

»Was machst du da?«

Jan berührte sie an der Schulter, und sie fuhr erschrocken hoch.

»Das ist ein Brief. Von der DSO. Hast du dem zugestimmt?«

»Ja, habe ich dir das nicht gesagt?«

Sie wusste, dass dieser Brief ihn glücklich stimmen würde, und das machte sie krank. Er würde Jan darin bestätigen, richtig gehandelt zu haben, während sie nicht den Mut gehabt hatte, sich in einer entscheidenden Situation gegen ihren Mann zu stellen.

Wenn Menschen einen Organspendeausweis unterschrieben, stand darauf als erster Satz: »Für den Fall, dass nach meinem Tod eine Spende von Organen/Geweben zur Transplantation infrage kommt …«

Für Sandra war das eine einzige große Lüge. Ihrer Ansicht nach hätte dort »nach meinem Hirntod« stehen müssen. Denn wenn ein Mensch zur Explantation seiner Organe in den OP geschoben wurde, dann atmete er, dann schlug sein Herz, dann war er nicht das, was man für gewöhnlich tot nennen würde. Nur das Hirn war tot. Für die Angehörigen bedeutete das, dass man einen geliebten Menschen nicht bis zum letzten Atemzug begleiten konnte. Für Sandra hatte das bedeutet, dass sie neben Jan gesessen hatte, ohne ihn zu berühren, während ihr Sohn in einem OP-Saal einsam seine letzten Atemzüge machte. Dieses Wissen machte jeden Moment ihres Lebens zur Hölle.

Sie konnte sich nur zu gut an die Worte des Arztes erinnern. Damals im Krankenhaus, als Jonahs Herz noch in seiner Brust geschlagen hatte und er den Ärzten zufolge dennoch bereits tot war. Sie sah in ihrer Erinnerung die Lamellen des kleinen Zimmers, die den verglasten Wänden Intimität geben sollten und auf die sie wie hypnotisiert gestarrt hatte, während von all den Methoden die Rede war, mit denen Jonahs Hirntod nachgewiesen werden sollte. EEGs und Nulllinien, Reaktionen der Pupillen auf Lichteinfall, die Tests zur Fähigkeit des selbstständigen Atmens. Sandra erinnerte sich nur zu gut, wie sie gedacht hatte, jegliche Kontrolle über sich und damit ihren Sohn an einen Arzt abgeben zu müssen, der nicht wusste, wie Jonah lachte, wie tief seine Grübchen sich dabei in seine Wangen legten, der keine Ahnung davon hatte, wie viel Freude es Jonah machte, Spaghetti durch seine Zahnlücke zu schlürfen. Dieser Arzt hatte Jonah nur als jemanden gekannt, der kein richtiger Mensch mehr war, während Sandra nur hatte schreien wollen, dass er doch noch da sei. Am Ende dieses Gesprächs, all der Informationen, die ihr wie Belehrungen vorgekommen waren, hatte Sandra gefragt, was passierte, wenn er hirntot war. Damit hatte sie dem erleichterten Arzt eine Vorlage geliefert, mit der sie seither kämpfte.

Dennoch musste sie zugeben, was ihre Entscheidung bewirkt hatte. Für Mila. Jetzt jedoch, in diesem Moment, waren die Wut und die tiefe Verzweiflung so greifbar, dass sie sich nur mit Mühe davon zurückhalten konnte, Jan zu schlagen. Sie wollte ihn ohrfeigen dafür, dass er das Gute an Jonahs Tod sehen konnte und sie nicht. Sie wollte ihm seinen Seelenfrieden herausprügeln, weil sie ihren eigenen für immer verloren glaubte.

Jan nahm ihr den Brief sanft aus den Händen, faltete ihn ungelesen zusammen und legte ihn beiseite. »Ich weiß, dass es nichts ändert, Flotti, ich würde sterben, um ihn wiederzuholen. Ich vermisse ihn mehr, als du denkst. Ich habe ihn genauso geliebt. Wann fängst du an, mir zu glauben, dass ich unseren Sohn nicht gerne dort auf dem OP-Tisch gesehen habe, sondern genauso darunter gelitten habe wie du. Aber, Sandra, er wäre gestorben. So oder so.«

»Aber nicht alleine.«

»Er war doch schon fort, Sandra. Er war doch schon längst gegangen. Konntest du das nicht fühlen?«

»Nein«, sagte sie.

»Konntest du das nicht sehen?«, fragte er, Tränen in den Augen.

Sie antwortete nicht, stattdessen log sie: »Ich kann heute nicht mit dir ins Kino, ich erwarte noch einen wichtigen Anruf. Aber frag doch Katharina!«, fügte sie einer spontanen Idee folgend hinzu. »Sie hat mir erzählt, dass sie den Film auch sehen wollte. Ich kann dann auf die Kinder aufpassen.«

Jan war irritiert, sah sie fragend an und erklärte dann: »Ich würde lieber mit dir gehen. Willst du wirklich nicht mitkommen?«

»Nein, es geht nicht, der Rektor der Realschule hat heute Abend einen Telefontermin mit mir vereinbart. Ich möchte ungern absagen, wenn sie mir die Chance geben, dort einzusteigen.«

»Gut, dann gehe ich auch nicht.«

»Ach, was. Geh doch mit Katharina.«

Sie versuchte, nicht zu sehr zu drängen, nicht so, dass ihr Mann, der hinter jeder Geschichte eine zweite witterte, ihre Absichten durchschaute oder an der Ehrlichkeit ihrer Worte zweifelte.

* * *

»Sag mal, willst du nicht lieber mit deinem Mann … ehrlich, Sandra, das ist mir irgendwie unangenehm.« Katharina stand in einer einfachen schwarzen Bluse und einer hellen Leinenhose vor Sandra und druckste herum, sichtlich unentschlossen, ihr Angebot zu babysitten, während sie mit Sandras Mann ins Kino ging, anzunehmen oder abzulehnen.

Sie drehte die Handtasche von links nach rechts und schaute Sandra aus ihren Rehaugen zweifelnd an.

»Ach was, ich habe dieses Telefonat nachher. Macht ihr euch doch 'nen schönen Abend. Jan muss auch mal wieder raus.« Sandra winkte ab.

*Verschwindet endlich!*

»Na gut. Danke dir.« Katharina drückte ihr ohne Vorwarnung einen Kuss auf die Wange und umarmte sie. Sandra merkte, wie ihr ganzer Körper steif wurde und sie die Umarmung trotzdem am liebsten erwidert hätte.

Sie sah ihnen eine Weile durch Katharinas Küchenfenster nach draußen nach, getarnt hinter Schnittlauch, Basilikum und Petersilie in bunten Übertöpfen, und wartete auf einen Funken Eifersucht, doch sie verspürte nur Erleichterung. So weit war es mit ihr gekommen.

»Liest du mir was vor?«, fragte Mila, die, ohne dass Sandra es bemerkt hatte, neben ihr aufgetaucht war und ihre Hand in Sandras schob. Sie ist ein wenig zu alt für so eine Geste, dachte Sandra. Und ich selbst ein wenig zu kalt, um einen so warmen Händedruck zu erwidern.

»Aber du kannst doch schon selbst lesen!«, widersprach sie, aber brachte es nicht übers Herz, Mila ihre Hand zu entziehen.

Mila trug einen geblümten, ärmellosen Schlafanzug mit knielangen bunten Hosenbeinen und blaue Socken, die sie sich bis knapp unter die Hosenbeine nach oben gezogen hatte, sodass nicht mehr viel Haut herausschaute. Ihre Haare waren mit einer großen braunen Spange, die Sandra schon bei Katharina gesehen hatte, oben auf ihrem Kopf festgezwirbelt. Mit ihren breiten Kieferknochen und den stechend grünen Augen war sie so bezaubernd und außergewöhnlich, dass sie glatt aus einer der Fantasiegeschichten hätte stammen können, die zu Dutzenden in dem Regal über ihrem Bett standen.

»Aber es ist schöner, wenn es jemand laut liest, der schon lange lesen kann, und nicht so anstrengend. Bitte!«

»Okay, mache ich.« Ihre Hand wurde in Milas auf einmal ganz warm. Sie konnte einen Puls spüren, ihren Puls, Milas Puls, Jonahs Puls …

»Du kannst ja schon mal ein Buch aussuchen. Ich gehe ins Bad, muss noch meine Tabletten nehmen«, sagte Mila und nahm das warme Gefühl mit sich, als sie munter, zwei Stufen auf einmal nehmend, die Treppe nach oben sprang.

Sandra sah auf ihre Hand und presste dann ihre linke Handfläche gegen die rechte, um zu testen, ob das den gleichen Effekt hatte. Aber sie spürte nichts. Von oben konnte sie die Toilettenspülung hören, dann war es still.

In Milas Zimmer zog sie ein Buch von David Almond aus dem Regal. Das Kind hatte erstaunlich viele gute Kinderbücher. Von Klassikern wie Kästner und Preußler über neuere Sachen wie Harry Potter und einfache Leseanfängerbücher bis zu Cornelia Funke und einigen Detektivgeschichten. Ihre Mutter oder sie schienen außerdem ein David-Almond-Fan zu sein, denn von dem britischen Schriftsteller besaß sie offenbar jedes Buch. Als Lehrerin von Schülern im Alter von zehn Jahren und älter kannte Sandra die meisten Romane hier und war wirklich überrascht, da ihr Mila nicht wie ein lesebegeistertes Kind vorkam, sondern eher wie ein Mädchen, das am liebsten draußen spielte und herumtobte. Dann aber fiel ihr wieder ein, dass Mila sicherlich sehr viel Zeit im Krankenhaus verbracht hatte. Das war schließlich eine Erklärung für beides: viele Bücher *und* den Drang, jetzt so viel Zeit wie möglich im Freien zu verbringen.

»Das da gehört eigentlich Nele, aber sie hat es mir geschenkt«, sagte Mila, die mit zahnpastaverschmiertem Kinn ins Zimmer kam, und zeigte auf das Taschenbuch in Sandras Hand.

»Weil Michael, der Junge in dem Buch, eine Schwester hat, die ständig ins Krankenhaus muss«, fügte sie hinzu und rubbelte an ihrem Kinn herum, bis der weiße Fleck verschwunden war.

»Warst du denn oft im Krankenhaus?«, wollte Sandra wissen.

»Ja, bestimmt drölfmal öfter als Michaels Schwester. Aber Nele hat trotzdem kein Skellig gefunden.«

»Drölfmal?«

»Das sagt man, wenn es nicht zwölfmal war und auch nicht vierzehnmal, weil man es nicht genau weiß. Das hab ich von Nele, die kennt sich aus mit so was. Die hat es ein wenig mit den Zahlen. Aber glaube bloß nicht, dass sie deswegen besonders schlau ist. Ist sie nämlich nicht.«

»Aha!« Sandra musste schon wieder lächeln. Einen Augenblick lang war sie versucht, Mila zärtlich übers Gesicht zu streichen, wagte es aber nicht.

»Liest du jetzt was vor?« Mila warf sich rückwärts auf ihr Bett. Ihre großen Augen schauten Sandra fordernd an.

»Ja, gut, von vorne?«, fragte sie und wusste nicht, wohin mit sich selbst. Sollte sie sich auf einen Stuhl setzen? Sie sah sich suchend um, aber dann erschien es ihr irgendwie abwegig, Milas Schreibtischstuhl heranzuziehen.

»Seit wann fängt man denn Bücher von hinten an, ich dachte, du bist Lehrerin?« Mila schüttelte den Kopf und klopfte bei diesen Worten vertrauensvoll auf ihre Matratze.

»Mmmh, hast du eine Ahnung. Du hast wohl noch nichts von den Rückwärtslesern gehört, was?«, erwiderte Sandra, während sie sich vorsichtig auf die Bettkante setzte.

»Nein, was sind die Rückwärtsleser?«

»Das sind ganz besondere Kinder, die Bücher von hinten lesen und dabei geheime Geheimnisse entdecken und fremde Orte bereisen«, erklärte sie.

»Echt? Wo reisen die hin?«

Sandra überlegte und sagte dann: »In den Orient zum Beispiel.«

»Aha, so mit langen Gewändern und Kopftüchern in bunten Farben?« Mila kuschelte sich mit dem Kopf auf ein Elsa-&-Anna-Kissen.

»Genau«, bestätigte Sandra.

»Das versuche ich morgen auch, aber können wir das Skellig-Buch trotzdem von vorne lesen?«

»Klar.« Sandra lächelte und rutschte ein wenig auf dem Bett nach hinten.

Die Rückwärtsleser hatte sie für Leo und Jonah erfunden. Eigentlich war Jan immer der Geschichtenerzähler gewesen. Er konnte hervorragend vorlesen und wunderbare Stories schreiben. Es hatte Sonntage gegeben, an denen sie sich zu viert im Wohnzimmer auf die breite Couch gekuschelt hatten und Jan ihnen seine Reportagen aus fremden Ländern vorgelesen hatte. Kindgerecht abgewandelt und mit Special Effects, wie Wasserspritzer aus der Blumenpistole (wie Jonah die Blumenspritze nannte), wenn Jan von den sintflutartigen Regenfällen in Südamerika erzählte, oder mit plötzlich herankribbelnden Fingern unter der dicken braunen Decke aus dem Jagdbedarfsladen, wenn die Rede von Spinnen in Australien war. Aber die Rückwärtsleser, eine krude Idee, die damit begonnen hatte, dass Jonah als Kleinkind stets alles zuerst rückwärts tat – krabbeln, Autos fahren lassen, Bücher anschauen – waren für beide Kinder der absolute Hit. Sandra hatte sich irgendwann einmal vorgenommen, sie mit Jan gemeinsam aufzuschreiben, aber sie waren nie dazu gekommen. Es kam ihnen das Leben dazwischen. Und der Tod.

»Ich fand ihn an einem …«, begann sie zu lesen und ließ sich von der Geschichte tragen. Milas Augenlider flatterten müde, aber sie hielt tapfer eine Weile durch.

»Mein Herz dröhnte und donnerte«, las Sandra, aber da war Mila bereits seit vier Sätzen tief eingeschlafen. Sie hatte ihren kleinen Körper auf die Seite gedreht und dabei ihr rechtes Bein über die Decke gelegt, zwischen ihren beiden Händen hielt sie ein undefinierbares Stofftier mit einem Auge und krausem Fell, das entfernt an einen Dackel erinnerte – ohne Ohren und mit drei statt vier Pfoten. Sandra versuchte, ihr das Bein wieder unter die Decke zu schieben, aber selbst im Schlaf war Mila ein sehr bestimmtes kleines Mädchen. Sie drückte dagegen und um sie nicht aufzuwecken, ließ Sandra es dabei bewenden.

Langsam stand sie auf und schlich sich aus dem Zimmer. Das Licht im Flur ließ sie an, ohne zu wissen, ob Mila es beim Schlafen hell brauchte. Die Treppe knarrte ein wenig. Unten im Wohnzimmer öffnete sie die breite Schiebetür, und mit der angenehm kalten Luft drang auch das schwache Klopfen eines Elektrobasses herein. Dort drüben war Nele und probte gemeinsam mit Leo. Es wunderte Sandra, dass sich bisher kein einziger Nachbar über Leos lautstarke Band beschwert hatte. Unschlüssig stand sie im Raum und betrachtete Katharinas Zuhause. Überall lag irgendetwas herum, aber seltsamerweise machte gerade das unterschwellige Chaos ihr Haus zu dem, was ihres nicht war: ein Heim. Leider erleichterte die Unordnung nicht Sandras Vorhaben. Sie wollte schließlich etwas finden und es sich nicht gemütlich machen. Vielleicht rechtfertigte die Tatsache, dass es durchaus seltsam war, dass Katharina mit ihrem Mann ins Kino ging und sie ihre Kinder hütete, ihr Vorhaben. Sie musste zugeben, dass sie sich dennoch schämte.

Zwischen Wohn- und Esszimmer stand an einer halbhohen Trennwand eine riesige weiße Kommode. Sandra öffnete entschlossen die oberste Schublade, an der sie heftig ziehen musste, bevor sie sie aufbekam. Es quollen Taschentücher, verschiedenfarbige Mottoservietten und Schneidbretter heraus, ein paar dünne Tischdecken und dahinter ein kleiner Karton mit Reißzwecken. Sie stopfte alles wieder zurück und öffnete die Schublade darunter. Hier lagen kreuz und quer die verschiedensten Ladegeräte, ein alter Fotoapparat, eine Plastikbox mit hüllenlosen Kinderhörspielen und ein Walkman. Selbst als sie weiter nach hinten kramte, fand sie nichts anderes.

In der dritten Schublade schien sie fündig geworden zu sein, gerade als sie sich ernsthaft zu fragen begann, ob selbst ein unordentlicher Mensch wie Katharina wichtige Unterlagen einfach in eine Schublade steckte. Neben alten Medizinfachzeitschriften lagen die Impfpässe von Nele Amanda und Mila Martha Lahner. Gedankenverloren starrte sie auf die Pässe. Jonah hatte nur einen Vornamen gehabt. Sandra schreckte auf, als sie ein knackendes Geräusch hörte, und versuchte, die Schublade wieder zuzuschieben. Dabei stach etwas Spitzes ihr schmerzhaft in den Finger.

*Was zum Teufel …?*

Wer um Himmels willen legte ein Rasiermesser neben U-Hefte, Impfausweise und einen Mutterpass? Das Geräusch war erneut zu hören, und Sandra stellte erleichtert fest, dass es nur die Terrassentür war, die vom aufkommenden Wind ins Schloss gedrückt wurde.

Mit heftig klopfendem Herzen öffnete sie Katharinas Mutterpass. Sie schlug die Seiten ihrer ersten Schwangerschaft mit Nele hastig um, bis sie zu den Einträgen kam, die zu Mila gehörten. Nach den Antikörpersuchtestaufklebern und der Anamneseseite, auf der die Risikokennziffern von *Familiäre Belastung* bis *Andere Besonderheiten* allesamt mit Nein angekreuzt waren, blätterte sie weiter zu dem vom Arzt handschriftlich ergänzten Blatt, in dem die Untersuchungen eingetragen waren. Aber sie fand nichts Auffälliges. Auch nicht bei den wenigen Anmerkungen zur Geburt und zum Wochenbett. Nichts! Dann endlich, auf Seite 31, der vorletzten Seite des kleinen Din-A5-Heftes wurde sie fündig. Dort stand bei *Kind wurde verlegt am …* das Datum von Milas Geburt. Also musste direkt nach ihrer Geburt klar gewesen sein, dass etwas nicht stimmte, denn sie war offenbar in ein anderes Krankenhaus oder auf eine andere Station verlegt worden. Schnell legte Sandra den Mutterpass wieder in die Schublade und zog an dem gelben Heft, das die U-Untersuchungen von Kindern bis ins Teenageralter dokumentiert. Aber das war nur ein Heft, auf dem Nele Amanda stand. Mila Martha fehlte. Sie wühlte weiter, aber fand nichts mit Milas Namen, außer einem leicht zerknüllten Zettel mit vielen Zahlen und medizinischem Fachchinesisch, der sie nicht weiterbrachte.

»Verdammt!«, rutschte es ihr heraus. In den zwei weiteren Schubladen darunter wurde sie auch nicht fündig.

In dem Schrank neben dem Fernseher standen Ordner, die mit »Steuer 2010 – 2016«, »Rechnungen«, »Versicherungen und Vorsorge« und »Wasser, Strom, Heizung« beschriftet waren. Also auch hier nichts.

Katharinas Haus hatte keinen Keller, und die Grundfläche war zu klein für ein Büro. Sandra wusste nicht, wo sie noch suchen sollte. Dann fiel ihr Blick auf das Bücherregal. Es war in die Schräge unter der Holztreppe eingebaut und mit Büchern vollgestopft. Seichtere Literatur, als sie selbst las. Viele Frauenromane, wenngleich auch kein moderner Groschenromanmist dabei war, drei, vier Dutzend Kochbücher und im obersten Fach Fotoalben und drei unbeschriftete Ordner. Das musste es sein. Sie würde einen Hocker brauchen, besser noch eine Leiter, um da ranzukommen. Vielleicht reichte es auch, wenn sie sich auf den zweiten Regalboden von unten stellte und sich nach oben streckte. Nein, das war zu gefährlich. Wenn der Boden dabei durchbrach, würde das zu einem großen Erklärungsbedarf führen. Neben Katharinas Küche befand sich, abgetrennt durch eine Schiebetür, eine kleine Speisekammer. Hausleitern bewahrte man gewöhnlich in der Speisekammer auf, oder? Sandra öffnete die Tür so leise wie möglich und tastete mit der Hand nach dem Lichtschalter.

»Eins, zwei, Polizei …«

Sie stolperte erschrocken vorwärts und stieß mit einem heftigen Knall gegen eben jene Stehleiter, die sie gesucht hatte. Der kleine Zeh ihres linken Fußes fühlte sich augenblicklich so an, als wäre er ohne Betäubung amputiert worden, und als wäre das nicht genug, stieß sie sich durch den Schreck auch noch den Kopf an einem Regal.

»Aua!«, entfuhr es ihr, lauter als gewollt, noch bevor sie bemerkte, wer sie soeben fast zu Tode erschreckt hatte.

Hinter ihr stand Nele, die Sandra mit ihren grünen Augen skeptisch fixierte. Ihre Augenbrauen waren nach oben gezogen und die Stirn gerunzelt.

»Kann ich dir helfen?«, fragte sie misstrauisch.

»Ich suche ein Taschentuch«, presste Sandra hervor und ging langsam und vorsichtig zurück. Ihr Zeh brannte und pochte. Sie fühlte sich seelisch und körperlich wie der letzte Dreck. Was machte sie hier eigentlich?

»Du blutest«, stellte Nele kurz fest und deutete auf ihre Hand.

»Oh …«, sagte sie.

»Warte, die Taschentücher sind hier drüben, in der Schublade.«

Sie lief aus der Küche in Richtung Wohnzimmer, und Sandra beobachtete sie dabei, wie sie gezielt die oberste Schublade der vollgestopften Kommode öffnete, in die sie selbst gerade noch ihre Nase gesteckt hatte. Nele drehte sich langsam zu ihr um und fuhr dabei über den Griff der Schublade.

»Und was hast du hier gesucht?«, fragte sie ironisch.

Sandra wurde so rot. Sie hatte überhaupt nicht mitbekommen, dass Blut über ihren Arm heruntergelaufen war.

»Taschentücher«, wiederholte sie und versuchte, sich zu fassen.

»Aha!« Nele nahm eine Packung aus dem Fach, drückte die Schublade wieder zu und warf Sandra das blaue Päckchen zu. Es landete einen Meter vor ihr auf dem Fußboden.

»Na dann, brauchst du sonst noch was?«

Ihrem Tonfall war nicht zu entnehmen, ob sie es ironisch meinte oder ob es ihr schlichtweg egal war, dass Sandra hier herumgeschnüffelt hatte.

»Nein, danke«, antwortete diese, während sie langsam, aber sicher ihre Fassung wiedererlangte. Es war nichts passiert. Nele hatte nur gesehen, wie sie die Speisekammer betreten hatte. Und so wie Sandra Katharina kennengelernt hatte, würde sie das sicherlich überhaupt nicht stören.

»Wann kommt Mama wieder?«

»Ich weiß nicht«, antwortete sie und warf einen Blick auf die Wanduhr. Neun Uhr. Sie durchsuchte das Haus bereits seit über einer halben Stunde. »Ich denke nicht vor zehn oder halb elf. Der Film hat um halb acht begonnen.«

»Gut, dann gehe ich noch mal rüber«, erklärte Nele, und Sandra war mit einem Mal klar, dass sie sehr wohl zu Ironie fähig war.

»Ist gut«, stimmte sie zu. Dann hob sie die Taschentücher auf, zog eines demonstrativ heraus und putzte ihre völlig trockene, schnupfenfreie Nase, bevor sie das Blut auf ihrem Arm abwischte.

Nele ging ebenso lautlos, wie sie gekommen war, und Sandra setzte sich auf die Couch und starrte auf den schwarzen Bildschirm des Fernsehers.

Sie starrte so lange darauf, bis sie etwas sehen konnte, ohne dass das Gerät überhaupt angeschaltet war. Aus dem Schwarz des Fernsehers wurde irgendwann ein Umriss, ein Schatten, der sich bewegen konnte. Der Schatten wurde farbig, und plötzlich war da Jonah und mit ihm all die Bilder, die Sandra so gerne für immer festgehalten hätte. Die ihr langsam jedoch entglitten und die Kontur verloren. Sie sah sich und ihn in einer Zeit, in der sie plötzlich sehr viel mit ihm hatte anfangen können. Sie hatte unermüdlich Bücher mit ihm gelesen, war mit ihm im Wald spazieren gegangen, um Dinge für seine

Schuhkartons zu sammeln, und sie waren Boot fahren. Jonah hatte einen Narren gefressen an Booten, Schiffen und allem, was damit zusammenhing. Mindestens einmal die Woche hatte sie mit ihm eine kleine Rentnerkreuzfahrt gemacht, wie Jan die Ausflüge stets lachend genannt hatte. Von April bis Oktober, den Main hinunter bis Veitshöchheim. Im Sommer waren sie einmal mit dem Schlauchboot an die Tauber gefahren und an der einzigen strömenden Stelle mitsamt dem Proviantkorb gekentert. Sandra lächelte ins Dunkel des Bildschirms, so als könnte sie ihrer Vergangenheit zuwinken. Vielleicht hätte sie all die Geschichten, die jetzt darauf nur für sie spielten, längst vergessen, wenn es nicht genau diese kleinen Dinge gewesen wären, die das Leben zu dem machten, was es war: vergänglich. Jetzt aber konnte sie so lange starren, wie sie wollte. Jonahs kleiner, wirbelnder, temperamentvoller Körper würde nicht wiederkommen, die Stromschnellen der Tauber waren wieder zu Schatten auf dem Bildschirm geworden und sie war wieder eine Mutter ohne Kind.

Während Katharina zwei hatte und eins davon sich gerade an ihr vorbei in sein Zimmer schlich.

# Kapitel 12 – Katharina

»Was für ein Zufall, dass du den Film auch unbedingt sehen willst!«

Katharina zog an ihrer hellen Hose, die sich immer wieder in ihre Poritze schob. *Dein großer, runder Apfelpopo macht mich so froh*, das hatte Felix immer gesagt, wenn sie diese Hose trug. Warum hatte sie nicht einfach etwas anderes angezogen? Jeans oder vielleicht einen Rock, dann hätte sie die Probleme jetzt nicht gehabt. Das, an Felix zu denken, und das, an ihrem Hintern herumzupfen zu müssen.

»Will ich eigentlich gar nicht. Ich hatte mit Sandra darüber gesprochen und gehofft, dass sie mitgeht«, erwiderte sie leise und verzog dabei die Mundwinkel etwas verschämt.

»Na ja, ich auch.«

»Wie, du auch?«

»Ich wollte mit Sandra ausgehen, und sie wollte den Film sehen. Ehrlich gesagt, hasse ich französische Filme.«

»Ich auch«, gab Katharina zu. »Meistens sind sie mir zu pseudo-intellektuell.«

»Genau«, stimmte Jan zu. »Und das Ende ist in den allermeisten Fällen auch richtig schlecht.«

Sie standen jetzt vor dem Kino und Jan zog sie am Arm sanft zur Seite, um ein paar stürmische Jugendliche durchzulassen.

»Heißt das jetzt, wir gehen beide in einen Film, den wir gar nicht sehen wollen, und Sandra bleibt zu Hause und hütet die Kinder?«

»Scheint so!« Er lachte. »Weißt du was, ich lade dich zum Essen ein. Ich habe sowieso meine Wettschuld noch nicht beglichen!«

»Stimmt nicht, du hast mich gewinnen lassen!«, widersprach sie.

»Hast du das etwa gemerkt?«

»Ich merke alles.«

Er sah sie aufmerksam an. Sie musste den Kopf leicht in den Nacken legen, um ihm ins Gesicht sehen zu können. Das war ungewohnt, denn Felix war nur acht Zentimeter größer als sie. Sie hatten das einmal nachgemessen, nackt, mit dem Zollstock … in einer anderen Zeit.

»Katharina, was war das an deinem Geburtstag mit Felix?«, fragte Jan plötzlich.

»Keine Ahnung, er … er weiß einfach nicht, was er will!«

»Und du?«

»Frieden, gesunde Kinder, mal wieder für mich selbst glücklich sein.«

»Bist du das nicht?«

»Gerade schon, doch«, antwortete sie überzeugt.

Er nickte und sah an ihr vorbei. Sie schaute offenbar interessiert auf die Kinoplakate an der Tür. Es war eine seltsame Situation.

»Ist es nicht dämlich, die Frau eines Kochs zum Essen auszuführen?«, fragte Jan schließlich.

Katharina war erleichtert, dass das Schelmische in seinem Gesicht die Ernsthaftigkeit schnell wieder vertrieben hatte.

»Nein, ich glaube nicht«, antwortete sie lachend. »Solange wir nicht zu Felix ins Restaurant fahren.«

»Das hatte ich nicht vor, ich fürchte, er kann mich nicht besonders leiden.«

»Ach was, das stimmt nicht«, widersprach sie und fand sich selbst dabei nicht besonders überzeugend.

Eine halbe Stunde später hatten sie noch immer kein Restaurant gefunden, in dem es zwei freie Plätze gab.

»Pass auf, wir gehen rüber in die Dönerbude. Du kommst heute günstig weg«, schlug sie gut gelaunt vor.

»Dein Ernst?«

»Natürlich. Ich habe Hunger, und da gibt es wenigstens anständige Portionen.«

Und es fühlte sich weniger wie ein verbotenes Date an, mit ihrem Nachbarn in der Dönerbude zu sitzen statt beim angesagten Italiener. Jan verzog kein bisschen die Nase, sondern zwängte sich gut gelaunt an den Plastiktischen vorbei durch den Fliegenvorhang aus ehemals weißen Wollkordeln. Er grinste leicht, als sie sich an den hintersten Tisch im Raum setzten, vor ihnen weiße Häkeltischdecken, an der Wand gegenüber ein kleiner Röhrenfernseher, auf dem ein türkischer Musiksender lief. Sie waren die einzigen Gäste. Der Wirt sah aus, als hätte er sich die Haare und den Bart mit Öl eingerieben. Felix hätte ihr schon die Hygieneregeln für deutsche Küchen heruntergerattert und mit dem Dönermann ein Gespräch über die Herkunft seines Rindfleisches angefangen. Mit Felix wäre sie gar nicht erst hier gewesen. Das sollte nicht heißen, dass Felix einfacher Küche nichts abgewinnen konnte, er hasste nur Fertigprodukte aller Art. Und Katharina wusste, dass der Laden hier seine Soßen eins zu eins aus dem arabischen Gemischtwarenladen am Bahnhof bezog. Ihr schmeckte es trotzdem.

»Ist das wirklich okay hier für dich?«, wandte sie sich an Jan.

»Klar.« Er strahlte. »Weißt du, wie lange ich schon keinen Döner mehr gegessen habe?«

»Selbstbedienung«, flüsterte sie, als sie beobachtete, wie Jan sich nach einer Bedienung umsah. Und dann bemerkte sie ihren Fehler. Hier wirkten sie noch viel mehr wie ein heimliches Pärchen als irgendwo sonst. Hier waren sie beide so was von deplatziert.

»Was möchtest du?«, erkundigte er sich und stand auf.

»Döner mit allem, viel Knoblauch und Soße und scharfes Gewürz«, erklärte sie und lehnte sich zurück.

Er nickte. »So gefällst du mir!«

Sie lächelte und sah auf seinen Rücken, als er hinter der vergilbten Plastikscheibe vor dem Fleischspieß wartete. Unter seinem hellen Poloshirt spannten sich die Muskeln, seine Oberarme waren durchtrainiert und sein Hintern fest. Alles an ihm saß immer wie angegossen, so perfekt. Schnell wandte sie den Blick ab, schüttelte sich ein wenig und konzentrierte sich auf die osmanische Ausgabe von Lady Gaga, die sich auf dem Bildschirm tonlos im Bikini am Strand rekelte und provozierend ins Mikrofon hauchte.

Zehn Minuten später begannen sie schweigend, ihre Döner zu essen, und spülten fast jeden Bissen mit einem doppelten Raki runter.

»Türkisches Essen statt französischem Film. Super Sache!«, sagte er und schien es ernst zu meinen. Unter dem Tisch stieß sein Oberschenkel leicht an ihren.

»Entschuldigung«, brummelte er.

»Macht nichts«, antwortete sie. Aber die Berührung konnte sie noch sehr genau spüren.

Der Wirt brachte noch einen doppelten Raki. Seine Goldzähne blitzten verschwörerisch. Katharina hoffte, dass er kein Doppelzimmer im Obergeschoss hatte, das er ihnen stundenweise anbieten würde. Zumindest sah er sie so an, als hätten sie ein Geheimnis mit ihm geteilt.

»Erster«, triumphierte sie, wischte sich den Rest Dönersoße mit der kleinen weißen Serviette ab und lachte Jan an, der noch mindestens die Hälfte übrig hatte.

»Wow, du bist ja ein Schnellesser.«

»Ich bin ein Genussmensch. Ich esse gerne und meistens auch zu viel. Meine Mutter sagt, ich mache alles zu viel: Ich liebe zu überschwänglich …« Sie biss sich auf die Zunge. Das hatte sie gar nicht sagen wollen. Verdammter Raki!

»Findest du, man kann zu überschwänglich lieben?« Interessiert sah Jan sie an.

»Ja, sicher.«

»Aber das ist immer noch besser als zu wenig, oder?«

»Vielleicht.«

Es war eine Weile still zwischen ihnen, eine halbe Minute verging, ohne dass sie etwas sprachen. Dann berührte sein Bein wieder ihres, und sie war sich nicht sicher, ob es Zufall war. Er entschuldigte sich nicht und auch sie sagte nichts. Im Fernsehen liefen türkische Nachrichten.

»Erinnerst du dich an die große Flut in Südamerika vor etwa zweieinhalb Jahren?«, wollte er wissen.

»Nein, nicht wirklich. Ich vergesse so etwas immer wieder viel zu schnell.«

»Das war die letzte Auslandsreportage, bevor … Also die letzte große Reportage, die ich außerhalb Europas gemacht habe. Wir waren einige Wochen dort und haben unter anderem neben unserer Recherche auch in den Lagern geholfen, in denen die durch die Flut obdachlos gewordenen Menschen gelebt haben. An meinem letzten Tag dort habe ich eine hochschwangere Frau getroffen, die sich überschwänglich für die Lebensmittelspenden, die wir für ihre Familie gebracht hatten, bedankt hat. Sie hat mich gebeten, deutsche Namen auf einen Zettel zu schreiben. Ich habe ihr ein paar Jungennamen aufgeschrieben und weil ich ihrem ungeborenen Kind nicht zumuten wollte, Elfriede oder Hildegard zu heißen, habe ich ihr Katharina auf den Zettel geschrieben.«

»Das hast du gerade erfunden.« Überrascht riss sie die Augen weit auf.

»Nein, hab ich nicht. Das wollte ich dir die ganze Zeit schon erzählen, dachte aber, es ist irgendwie blöd. Ich kannte bis dahin auch gar keine Katharina.«

Sie lachte und fand selbst, dass es sich künstlich anhörte, aber sie wusste sich nicht anders zu helfen.

»Jetzt läuft irgendwo in …«

»Peru«, vervollständigte er und nickte.

»In Peru ein Kind herum, das Katharina heißt.«

»Es wäre möglich«, sagte er lachend. Er hatte warme Augen, obwohl sie blau waren. Als ob das zwingend ein Widerspruch wäre.

»Warum nicht Sandra?«, hakte sie nach.

»Sandra wollte das nicht. Ihr Name bedeutet sinngemäß *die Männer Abwehrende.* Und das wollte sie wiederum dem armen Würmchen nicht antun.« Er lachte laut.

»Sandra war dabei?«, fragte Katharina.

»Ja, sie ist oft mit mir gereist. Sooft es sich mit ihrem Beruf und Leo und … eben vereinbaren ließ.«

Sein Blick schweifte durch den Raum, als sähe er dort irgendetwas, das ihr verborgen blieb. Fast so, als würde sich hinter dem Kordelvorhang jemand verstecken. Irgendwie hatte Katharina sich Jan bei seinen Reportagen immer alleine vorgestellt, nur mit einer Kamera, einem Schreibblock ausgerüstet, und einem tarnfarbenen Rucksack.

Er tupfte sich den Mund mit der Serviette ab, ohne dass das nötig gewesen wäre.

»Was machen wir jetzt? Gehen wir heim oder hast du Lust, mit mir noch was trinken zu gehen?«, platzte es aus Katharina heraus.

»Warum nicht? Wir könnten runter an den Main in irgendeinen Biergarten oder …«, stimmte Jan ohne Zögern zu.

»Ja, gute Idee.«

Unten am Main war es frischer als oben in der Stadt. Die leichte Brise ließ sie ein wenig frösteln und sie wollte schon vorschlagen, doch nach Hause zu fahren, als in dem Moment die Musik einsetzte. Eine Frau mit einem unaussprechlichen französischen Namen gab sich als Radiomoderatorin des lokalen Senders aus und verkündete die erste Salsanacht der Stadt. Die Bühne am Rande des spärlich besuchten Biergartens war Katharina gar nicht aufgefallen, bis die Scheinwerfer sie direkt anstrahlten.

Felix tanzte nicht, niemals. Sie hatten kurz vor ihrer Hochzeit als Pflichtprogramm einen Standardtanzkurs in der Stadthalle mitgemacht. Es war die blanke Katastrophe gewesen. Felix war so steif wie ein Brett, und Rhythmusgefühl war bei ihm noch weniger vorhanden als Taktgefühl bei ihrer pubertären Tochter. Sie hatten sich während der acht Abende dauerhaft in den Haaren gehabt, weil Felix der Meinung gewesen war, sie müsse die Schritte exakt so imitieren, wie sie vorgemacht wurden. Sie hatte ihn überzeugen wollen, dass es nicht nur reine Technik war, die beim Tanzen Spaß machte, sondern es vor allem darauf ankam, sich zur Musik zu bewegen. »Du kochst doch auch nicht alles streng nach Rezept, du würzt doch auch nach Gefühl«, hatte sie ihm vorgeworfen und er hatte geantwortet: »Du willst diese alberne, unnötige Hopserei doch nicht mit meiner Küche vergleichen.« Sie hatte entgegnet: »Nein, denn kochen kannst du wenigstens.« Daraufhin hatte Felix zwei Tage nur das Nötigste mit ihr gesprochen. Sie hatte einen absolut wunden Punkt an ihm entdeckt: Musik lag ihm nicht im Blut, dort flossen eher Aromen und Gewürze. Das war überhaupt nicht schlimm, eigentlich konnten sie sehr bald darüber lachen. Und immer, wenn Felix ein Glas Wein zu viel hatte, dann forderte er sie zum Tanzen auf und sie lachten, bis ihnen die Tränen über die Wangen liefen. Er konnte sich so herrlich albern an ihren Körper schmiegen, dass sie gleichzeitig kichern musste und ihn verdammt scharf fand. Sie landeten danach meistens im Bett oder auf dem Fußboden, wenn sie es nicht mehr bis ins Bett schafften. Sie hatten schon sehr lange nicht mehr getanzt und noch länger nicht mehr nackt aufeinander auf dem Fußboden gelegen. Jetzt lag er auf Sonja, obwohl er in nostalgischen Anfällen behauptete, sie zu vermissen. Der Gedanke war mit einem Mal so überraschend schmerzhaft, dass sie unwillkürlich das Gesicht zu einer Grimasse verzog und ihr rhythmisches Fußwackeln zu einem elefantengleichen Stampfen wurde.

Jan streckte die Hand nach ihr aus und sagte: »Du siehst aus, als könntest du dazu tanzen. Wenn du weiterhin so mit den Füßen am Boden scharrst, gräbst du uns noch bis nach Hause durch. Los, komm schon, lass es uns versuchen.«

Sie konnte tatsächlich Salsa tanzen. Jahre nach ihrem Tanzdesaster hatte sie mit Sam einen Kurs für lateinamerikanische Tänze belegt. Die Freundinnen hatten sich geschworen, irgendwann einmal wie Gong Li mit Colin Farrell in Miami Vice in einer kubanischen Bar mit kurzen, schwingenden Röcken Salsa zu tanzen. Gut, Sam hätte lieber mit Gong Li getanzt, und Katharina bevorzugte Colin Farrell.

Wenig später musste sie zugeben, dass Jan seine Sache verdammt gut machte. Colin-Farrell-gut, auch wenn ihm dazu die langen Haare fehlten. Und der obligatorische Schnurrbart.

# Kapitel 13 – Nele

1 + 1 war die einfachste Rechnung überhaupt. Eins und eins war zwei. Doch Nele wusste, dass eins und eins manchmal auch eine glatte Null ergab. Für Leo war sie offensichtlich nicht mehr als eine Art soziales Experiment. Es war ihm wichtig, dass sie aß, es war ihm wichtig, dass sie zur Band gehörte, und er tat alles, damit sie sich wohl dabei fühlte. Aber Nele wollte mehr, und das war etwas völlig Neues, so neu, dass ihr ohnehin geringes Selbstbewusstsein durch ihre Gefühle für ihn wieder einmal am Bröckeln war. Dass eins und eins nicht immer zwangsläufig zwei war – oder null –, sah sie in ihrem eigenen Zuhause. Ihre Mutter war mit Jan im Kino und Sandra schnüffelte herum. Keine Minute wollte sie zu lange mit dieser seltsamen Frau unter einem Dach sein, also ging sie wieder nach draußen. Ohne ein bestimmtes Ziel oder einen Plan. Sie stapfte durch den Garten und bemerkte, dass Kennys rostiger alter Benz nicht mehr in der Einfahrt der Breitenbachs stand. Fabs' Fahrrad war auch schon weg. Meistens tranken die Jungs zusammen noch Bier aus der Dose oder aus diesen Plastikflaschen vom Discounter, die Elvis immer mitbrachte. Leo nicht. Und sie natürlich auch nicht. Alkohol hatte eine Unmenge an Kalorien. Nele zögerte und wollte eigentlich schon wieder umdrehen, als sie die Gitarre hörte. Es war nicht wirklich ein Rhythmus, vielmehr klang es

einfach nur laut – und wütend. Die Treppe links vom Haus, die direkt in den Keller führte, war nie abgeschlossen, wenn die Band probte.

Sie hatte den Griff der Tür schon in der Hand, sie musste ihn nur noch nach unten drücken und doch zögerte sie. Was wollte sie denn hier? Elvis fuhr immer mit Kenny nach Hause. Fabs war auch weg. Leo war alleine. Sie wollte doch nicht mit Leo alleine sein, oder? Was, wenn er es ihr dann ansah? Sie ließ den Griff los und überlegte, wie sie sich zu Hause am besten in ihr Zimmer schleichen konnte, ohne Sandra noch einmal in die Augen sehen zu müssen. Dann veränderte sich das Geräusch. Die Gitarre wurde leiser. Dafür konnte sie Leos Stimme hören. Dunkel und ein bisschen heiser, kratzig. Aber er brüllte den Text nicht ins Mikro wie sonst. Das war weder Metallica noch Anthrax, noch sonst irgendetwas Hartes. Das waren die Dire Straits. Genau das Lied, das Mark Knopfler auf einer Les Paul gespielt hat statt auf seiner Schectergitarre. Das wusste sie von Fabs' endlosem Gebrabbel über die Genialität seines Gitarrengottes Knopfler. Nele öffnete leise die Tür und sah sofort, dass die Tür zum Probenraum nur angelehnt war.

Leos Stimme wurde mit jeder Textzeile von »Brothers in Arms« klarer und deutlicher. Behutsam schob sie mit der rechten Hand die Tür ein wenig weiter auf, sodass sie ihn sehen konnte. Leo hatte den Kopf weit über die Gitarre gebeugt, sodass sein langes blondes Haar ihm übers Gesicht fiel. Am Mikro leuchtete ein roter Punkt. Er machte eine Bewegung zur Seite und strich sich ein paar nasse Strähnen hinter die Ohren. Dann schlug er heftiger in die Saiten. Sie kannte auch dieses Lied, sie lernte gerade den Text. Kenny fand, es sei die perfekte Metalballade für eine Sängerin. Hammerfall, »Always Will Be«. Ohne Kennys Schlagzeug hatte es etwas Pures, Verletzliches. Sie zog sich ein wenig zurück, irgendwie fühlte sie sich gerade ebenso schuldig wie Sandra, die fremde Schubladen durchwühlte. Ein letzter Blick auf Leo, dann würde sie gehen. Dann aber sah sie, dass nicht nur seine Haare nass vom Schweiß waren. Leo weinte. Unwillkürlich setzte sie ihren Fuß auf die Türschwelle. Dabei drückte ihr linker Fuß das Türblatt nach innen. Leo blickte hoch und sah Nele direkt ins Gesicht. Nele hatte den für ihn typischen fragenden, wissenden Blick erwartet, aber da war einfach nur Wut in seinen Augen.

»Mach, dass du rauskommst!«, brüllte er und blickte sie voller Hass an.

Erschrocken wich sie zurück, zog die Tür hinter sich zu und rannte die Außentreppe nach oben. Einen kurzen Moment zögerte sie, weil sie nicht hierbleiben konnte und auch nicht nach Hause wollte. Sie stand am Bordstein, sah nach links und rechts und konnte sich nicht entscheiden. Ihr Herz pochte wie wild und ihr wurde plötzlich so übel, dass sie sicher war, sich ganz ohne Hilfe ihres rechten Zeigefingers übergeben zu müssen. Sie hastete am Nachbarsbungalow vorbei und rannte in den Garten. Dort übergab sie sich in das frische Salatbeet, direkt auf den Lollo Rosso, den Mila so gerne aß. Als alles aus ihr heraus war und die befriedigende Erleichterung danach nicht eintreten wollte, sank sie auf dem Boden zusammen, griff wie automatisiert in ihrer Tasche nach einem Kaugummi und kaute, bis sie das Gefühl hatte, dass der schlechte Geschmack von Galle aus ihrem Mund verschwunden war. Sie wollte gerade aufstehen, als sie jemand am Arm packte. Grob und hart gruben sich lange, kräftige Finger in ihren Oberarm und zogen sie hoch. Erschrocken trat und schlug sie um sich und landete einen Volltreffer. Die Hand ließ ihren Arm los, sodass sie stolpernd taumelte. Als sie sich umdrehte, lag Leo neben ihr auf dem Boden und krümmte sich. Seine Hände krampften sich um seinen Schritt. Nele sog scharf die Luft ein und stammelte peinlich berührt: »Leo, bist … du das?«

»Nein, nur der Rest von mir«, keuchte er, woraufhin sie nervös zu kichern begann.

»Du hast mich erschreckt.«

»Ja, und du hast mich entmannt.«

»Ent... Entschuldigung«, stotterte sie und trat unbehaglich von einem Fuß auf den anderen. Was sollte sie jetzt tun? Einen Eisbeutel holen? War Eis in so einem Fall hilfreich oder machte es am Ende noch mehr kaputt?

Er rappelte sich langsam auf.

»Leo, ist alles … okay?«

»Ja, Jeanne d'Arc. Wo hast du das denn gelernt?«

»Was?«

»Den gezielten Eiertritt? Aua!«

Er konnte sich noch nicht ganz gerade aufrichten, sondern ging gekrümmt auf sie zu, aber zu Neles Erleichterung hielt er sich zumindest nicht mehr den Schritt.

»Das war ja keine Absicht, ich wusste ja nicht, dass du das bist. Was machst du denn hier?«

»Mich entschuldigen, du dumme Nuss.«

»Na, danke auch.«

»Sorry, wirklich, Nele, es tut mir leid.«

Hatte er gerade Nele gesagt? Ihr Herz schlug Loopings um den Wäscheständer auf der Terrasse.

»Was?«

»Du … dass ich dich angeschrien habe. Ich habe nicht so gerne Zuschauer, wenn ich alleine singe.«

»Ich wollte dich nicht belauschen«, flüsterte sie kaum hörbar.

Selbst hier im Halbdunkel leuchteten seine Augen so blau, dass man denken konnte, man schaue direkt in den Himmel. Die Wut war jetzt weg, dafür war sein Frageblick wieder da.

Dann ging er einen Schritt auf sie zu. Zwei Schritte und jetzt standen sie so nahe voreinander, dass sie ihn atmen hören konnte. Sie versuchte, so flach wie möglich zu schnaufen, damit er nicht riechen konnte, dass sie erbrochen hatte. Es gab Momente, da fühlte sie sich, als wäre sie gar nicht richtig da. So als ginge sie alles nichts an und sie würde über den Dingen schweben. Das war immer ein wenig gespenstisch, so als würde sie sich von sich selbst entfernen. Im Krankenhaus bei Mila hatte sie oft so empfunden und immer, wenn sie gehungert oder erbrochen hatte. Sie wünschte sich verzweifelt, sich gerade jetzt so zu fühlen. Aber auf einmal war sie vollkommen aus Fleisch und Blut. Viel zu viel Fleisch auf den Hüften, zu viel Blut auf den Wangen und dazwischen kein Deo seit drei Stunden, den Geschmack von Erbrochenem trotz Kaugummi auf der Zunge und das Zittern ihrer Hände völlig unkontrolliert. Leo beugte sich zu ihr herunter, und sie fragte sich ernsthaft, was er vorhatte. Auf einmal war da sein Arm auf ihrer Hüfte und schien sich dort fest einzubrennen. Sie war sicher, dass man das sehen können musste. Sie stellte sich vor, dass seine Handabdrücke für immer auf ihrer Haut sichtbar sein würden. Vorsichtig schaute sie nach oben und bekam eine Ahnung davon, was sein Blick bedeutete. Ganz einfach alles. Alles, was wichtig war auf der Welt.

Er murmelte irgendetwas. Sie verstand es nicht, traute sich auch nicht nachzufragen. Und bevor sie richtig Luft holen konnte, waren seine Lippen auf ihren. Ganz weich und vorsichtig und irgendwie auch mit Druck. Leo küsste sie. Ausgerechnet sie, die gerade noch in den Lollo Rosso gekotzt hatte. Es gab keinen schlechteren Zeitpunkt und keinen besseren.

Langsam öffnete sie die Lippen und spürte kurz darauf seine Zunge in ihrem Mund. Es fühlte sich gut an und komisch. Ungewohnt. Der einzige Junge, den sie bisher geküsst hatte, war Mats im Schullandheim vor einem halben Jahr bei *Wahrheit oder Pflicht*. Der hatte auf einem Fensterbrett gesessen und war nicht besonders scharf darauf gewesen, von Nele geküsst zu werden, als die Flasche bei ihr stoppte. Er war noch nicht einmal vom Fensterbrett heruntergekommen, hatte nur den Kopf gelangweilt ein wenig nach unten gebeugt. Alle hatten gelacht, weil sie sich so sehr nach oben strecken musste, und sie hatte sich furchtbar geschämt.

Jetzt lachte niemand, und sie schämte sich auch auf einmal nicht mehr. Sie küssten sich noch immer, eigentlich küsste er sie. Sie hatte ja keine Ahnung, wie das ging. Sollte sie jetzt ihre Hände an seine Schultern legen? Oder um seinen Hals? Sie traute sich nicht. Was, wenn ihre Arme gar nicht lang genug waren dazu? Leo war riesig, sie dagegen so klein. Wie schrecklich peinlich es wäre, wenn ihre Arme nicht bis da hoch reichten. Das alles schoss ihr durch den Kopf, während sich ein Kribbeln in ihrem Körper ausbreitete. Bevor sie sich entscheiden konnte, was sie jetzt mit ihren Händen machen und ob sie es wagen sollte, war der Kuss zu Ende. Leo lächelte sie an. Sie lächelte zurück. Was sagte man jetzt? Woher wusste man das alles? Wie das ging, wenn man jemanden mochte? So sehr mochte, dass man Angst hatte, der andere könnte merken wie sehr.

»Machen wir das jetzt auch häufiger, Nele?«

»Willst du das denn?«, fragte sie vorsichtig nach.

»Könnte mich dran gewöhnen!« Er lachte.

Ich auch, dachte sie, aber brachte es nicht über die Lippen.

»Warum?«

Er kniff die Augen ein wenig zusammen, genauso, wie er es immer tat, wenn er eine Textzeile vergessen hatte.

»Weißt du eigentlich, wie schön du bist?«

»Wer? Ich?«, fragte sie blöd.

»Nein, die schwarze Mülltonne da drüben, in die habe ich mich unsterblich verliebt!« Er gluckste leise. Sie kratzte sich an der Nase, in der sie immer noch seinen Geruch hatte – eine Mischung aus nassem Haar, Pfefferminzkaugummi und Mann. Und das roch viel besser, als es sich anhörte. Sie wusste nicht, was sie sagen sollte, alles, was ihr in den Sinn kam, erschien falsch und dumm.

Er tippte ihr leicht mit dem Zeigefinger an die Stirn. »Da rein muss das, dann brauchst du auch nicht mehr auf den Salat zu kotzen, wenn du endlich verstehst, wie schön und gut und schlau du bist. Wirst du das endlich mal ernsthaft versuchen?«

Dann küsste er sie auf die Stirn und nahm ihre Hand in seine. Er berührte mit dem Daumen ihre Handfläche, als wäre sie eine Gitarrensaite. So, wie sie es schon hundertmal bei ihm beobachtet hatte. »Nicht hängen bleiben, nicht zu tief vor die Saite hineindrücken, dann gibt es einen Ton«, hatte er ihr vor wenigen Tagen erklärt.

»Ja«, sagte sie, als der Druck seines Fingers nachließ.

»Gut. Hast du morgen schon was vor?«

»Nein … noch nicht.«

Ihr Herz raste. Es sprang ihr fast aus der Brust, und wenn sie nicht aufpasste, würde sie gleich wieder brechen müssen. Vor Aufregung.

»Gut, Anna Karenina, du kleine Verführerin, dann hole ich dich morgen früh ab. Es wäre gut, wenn die anderen noch schlafen. Ist nicht ganz legal.«

Sie nickte und hoffte, dass er noch mal versuchen würde, sie zu küssen. Doch er tat es nicht. Es wäre ihr lieber gewesen, er hätte sie Nele genannt. Aber das Leben war selbst dann kein Rockkonzert, wenn man gerade das erste Mal im Gemüsegarten mit der Zunge geküsst hatte. So viel hatte sie schon verstanden.

Leo löste die Finger um ihre Hand und ließ sie dann stehen, während er lächelnd nach Hause lief. Wie benebelt ging sie ins Haus und war selbst erstaunt, dass sie es geschafft hatte, den Schlüssel ins Schloss zu stecken.

In der Mathematik gab es die Mitternachtsformel. Man brauchte sie, um quadratische Gleichungen zu lösen. Voraussetzung für die Anwendung der Mitternachtsformel war:

a durfte nicht null sein. Nele fühlte sich wie a, und ihr gesamtes Hirn war eine Nullstelle. War das jetzt eine Ausnahme von der Regel oder Zufall oder küssten sie sich jetzt immer, ganz rational?

Vielleicht war eins und eins doch immer zwei. Vielleicht konnte sie sogar eine Eins sein und Leo die andere. Sie lag im Bett und konnte nicht einschlafen. Die Stunden vergingen, und mit jeder Minute fragte sie sich mehr, ob das alles wirklich passiert war. Sie wäre um ein Haar nach unten gelaufen und hätte im Garten nach den Kotzspuren im Lollo Rosso gesucht. Als würde das den Kuss beweisen. Wann holte er sie eigentlich ab? Was war früh? Sieben? Acht? Es wäre besser gewesen, wenn sie endlich geschlafen hätte. Oder gleich ganz wach geblieben wäre. Um fünf Uhr schlief sie dann richtig fest ein. So fest, dass sie träumte. Von Sandra, die sich in ihrem Kleiderschrank versteckte und ihr verbot, sich mit Leo zu treffen. Von ihrer Mutter und Mila, die behaupteten, Sandra habe da schon immer gewohnt, und seltsamerweise auch von ihrem Vater, der Jan auf der Terrasse küsste.

Als sie aufwachte, war sie so verwirrt, dass sie einen Moment lang völlig orientierungslos im Dunklen vor sich hin starrte. Gerade, als sie sich wieder zurück aufs Kissen fallen lassen wollte, wurde ihr klar, warum sie aufgewacht war. Es hatte gehupt. Nicht sehr laut, aber doch so deutlich, dass es sich auch beim zweiten Mal so anhörte, als wäre das Hupen sehr nah, direkt unter ihrem Fenster. Sie sprang aus dem Bett und stieß sich den Zeh schmerzhaft am Bein des Schreibtisches. Vorsichtig zog sie den Rollo nach oben und schaute nach draußen. Unten stand ein Motorrad, und darauf saß Leo und winkte. In der rechten Hand hielt er einen Helm. Sie kippte das Fenster leise, drückte ihr Ohr daran und zog dabei ihr T-Shirt ein wenig nach unten. »Was machst du da?«, fragte sie leise aus dem Fenster.

Er tippte sich an den Helm und schob das Visier nach oben. »Komm runter und zieh eine Jacke an«, brüllte er so laut, dass sie sich automatisch zur Zimmertür umschaute. Wenn ihre Mutter jetzt aufwachte … Schnell schloss sie das Fenster wieder. Was sollte sie jetzt nur anziehen? Sie hatte keine Motorradjacke. Würde eine Fleecejacke reichen? Wie kalt wurde es auf einem Motorrad? Was für Schuhe trug man? Und wo sollte sie sich auf dem Ding festhalten? An *Leo*?

Ratlos stand sie vor dem Schrank und zog wahllos Sachen heraus, dann holte sie eine Jeans aus etwas festerem Stoff, einen Gürtel und eine blaue Kapuzenjacke mit weißem Zipper heraus. Trug man eine Mütze unter einem Helm? Was, wenn da eine Biene reinflog? Und konnte man vom Motorrad fallen, wenn man nicht wusste, was man in den Kurven machen sollte?

Sie seufzte und eigentlich musste sie auf die Toilette. Wenn sie jetzt aber ging, dann hätte sie ihrer Mutter auch gleich gestehen können, was sie vorhatte. Und wenn sie erst einmal im Erdgeschoss war, musste sie schnellstmöglich aus dem Haus und konnte das Risiko nicht eingehen, dass jemand sie im letzten Moment bemerkte. Sie schaute sich im Raum um und dann fiel ihr Blick auf den grünen Blumentopf mit dem vertrockneten Drachenbaum. Das würde gehen. Sie ließ das Rollo vorsichtshalber wieder herunter, nahm die Pflanze aus dem Topf und pinkelte in das Gefäß. Das ging jetzt eben nicht anders. Dann präparierte sie schnell das Bett, damit es so aussah, als läge sie noch darin.

Ihre Hände waren kalt und nass vor Angst und Aufregung, ihr Gesicht glühte knallrot und ihre Knie waren so wackelig, dass sie das Gefühl hatte, sie würden sie keinen einzigen Schritt mehr tragen. Erstaunlicherweise taten sie es doch. Sollte sie Leo jetzt küssen, nur weil sie das gestern gemacht hatten, oder machte er das? Wie verhielt man sich überhaupt am Tag danach?

»Guten Morgen, Pippi Langstrumpf«, begrüßte er sie. Den Helm nahm er nicht ab, aber Nele konnte seine Wangen durch das Visier darunter zusammengequetscht sehen. Sie unterdrückte ein Lachen, sein Gesicht erinnerte sie an Valeries verfetteten Nager.

»Guten Morgen, Hamsterbacke«, sagte sie mutig und grinste.

»Du wirst gleich genauso aussehen, Pippilotta Viktualia.«

»Darfst du das Ding da denn überhaupt fahren?«, fragte sie skeptisch.

»Nein, aber ich kann es«, erwiderte er, und es klang so überzeugend, dass sie nicht daran zweifelte.

Er gab ihr den Helm, und sie stand unsicher da und drehte das ziemlich schwere blaue und zerkratzte Teil ein wenig in den Händen hin und her. Unschlüssig, was sie jetzt machen sollte.

»Pass auf, ich zeige dir, wie das geht.« Er deutete auf den Helm und schwang sich dann von dem Motorrad. »Hier.« Er nahm den Helm, drückte ihn ihr sanft auf den Kopf. »So überprüft man, ob er zu groß ist oder richtig sitzt.« Seine Hände glitten unter dem Helm auf ihre Wangen und streichelten sie kurz. »Gut«, sagte er zufrieden und schaute Nele aus zusammengekniffenen blauen Augen an. Dann klappte er ihr Visier nach unten, und sie sah fast nichts mehr. »Sorry«, entschuldigte er sich, »das ist eine getönte Scheibe, habe auf die Schnelle keinen anderen gekriegt.«

»Macht nichts«, meinte sie schüchtern. Es wäre ihr lieber gewesen, er hätte ihr das Ding abgenommen und sie noch einmal geküsst.

»So, Pippi, dann sag mir mal, wo wir hin müssen?«, rief er und schwang sich wieder auf die Maschine.

»Ich? Dir?«, antwortete sie verblüfft. »Woher soll ich das wissen?«

»Glaubst du, ich weiß, wo dein Hund jetzt wohnt?«

»Friedrich?«, fragte sie verständnislos.

»Wenn das der ist, den ihr abgeben musstet, dann ja. Aber vorher gehen wir frühstücken. Steig auf, Gangsterbraut.«

»Hast du das Teil etwa geklaut?«, fragte sie erschrocken.

»Nein, keine Angst. Ich würde sagen: günstig geliehen. Wenn die Polizei uns anhalten sollte, was ich nicht hoffe, dann überlässt du mir das Reden, okay?«

*Nichts lieber als das.* Ihre Hände waren schon alleine der Tatsache wegen, sich an Leos Körper festzuhalten, schweißnass. Sein »nicht ganz legal« von gestern hatte sie nicht ernst genommen, aber dass sie nun offenbar tatsächlich etwas Verbotenes taten, beruhigte sie nicht gerade. Leo schien es ihr nicht anzumerken, denn er fügte noch fröhlich hinzu: »Mein Führerschein ist auch nicht so ganz … na ja, wie soll ich sagen … echt.«

Toll, das wollte sie gar nicht wissen. Das hätte er mal besser für sich behalten.

Ungelenk stieg sie auf. Dabei kam sie sich vor wie eine Schauspielerin in einem richtig schlechten Slapstickfilm, die auf ein Pferd stieg, um auf der anderen Seite wieder hinunterzufallen. Eine Pferdestärke wäre ihr trotzdem noch lieber gewesen als das hier.

»Halt dich gut an mir fest, und wenn ich mich in der Kurve nach rechts oder links lege, dann drück dich an mich und neig dich immer in die gleiche Richtung. Okay? Niemals in die entgegengesetzte.«

Sie nickte, was sich mit dem Helm auf dem Kopf so anfühlte, als würde sie nach vorne überkippen. Es war seltsam, so ein beschränktes Sichtfeld zu haben und sich dabei noch darauf zu konzentrieren, nicht hinunterzufallen. Dabei fuhren sie noch gar nicht.

»Geschwindigkeit gibt Stabilität«, behauptete Leo mit fester Stimme, so als hätte er gehört, was sie dachte.

Langsam und vorsichtig legte sie die Arme um seine Taille.

»Rutsch noch ein Stückchen vor«, bat er.

Und dann startete er schon den Motor und sie fuhren los. Es fühlte sich wie Fliegen an. Als Nele klein gewesen war, hatte ihr Vater ein Motorrad gehabt und sie manchmal für eine kleine Runde mitgenommen, vorne zwischen seinem Schoß und dem Lenker. Aber das hier mit Leo war etwas ganz anderes. Das war das Erotischste, das sie jemals erlebt hatte. Nicht dass sie viel Erfahrung mit Erotik hatte. Aber sie war noch nie jemandem so nahe gewesen.

Sie fuhren runter in die Stadt. Als er abbog und kurz vor der Schnellstraße sein Tempo verringerte statt beschleunigte, schwante ihr Böses. Dann parkte er tatsächlich neben der Tankstelle und führte sie in das Fastfood-Restaurant direkt daneben.

»Ausgerechnet McDonald's? Muss das sein?«, fragte sie angstvoll und stöhnte auf. Der Gedanke an fettiges Essen am Morgen und die winzige Toilette, in der man nicht kotzen konnte, ohne dass es das halbe Restaurant mitbekam, ließ sie schwindelig werden. Sie hätte kein Problem damit gehabt, gleich jetzt und hier ihren Magen auf links zu drehen, oder rechts. Wie auch immer.

»Ja, muss es. Setz dich, ich hole dir was.«

»Hierhin?«

»Ja, genau hier.« Seufzend setzte sie sich an den kleinen Tisch, der nur zwei Meter von der Toilettentür entfernt war, der miserabelste Platz in dem ganzen Laden. Die erotische Stimmung war wie weggeblasen, sie wollte nur noch weg. Sie war wütend auf Leo, der sie zum Essen zwingen wollte.

Wenig später kam er mit einem Tablett zurück. Es erinnerte sie an die weißen Dinger, auf denen Mila im Krankenhaus ihr Essen bekommen hatte. Und damit automatisch an die Toilette dort, auf der sie sich das erste Mal den Finger in den Hals gesteckt hatte. Direkt nachdem klar geworden war, dass Mila ein Herz bekam, und kurz bevor Mama ihr verkündet hatte, dass sie Friedrich an die netten Hafermanns abgeben mussten, die sich auf eine Anzeige im Internet gemeldet hatten, von der sie nicht einmal etwas gewusst hatte. Die Hafermanns wohnten in der Altstadt von Bad Mergentheim und waren pensionierte Ärzte. Von Berufs wegen vertraute Neles Mutter Ärzten blind. Nele dagegen hatte die Hafermanns vom ersten Augenblick an gehasst. Sie erzählte Leo davon, um ihn davon abzulenken, dass sie auf keinen Fall das schmierige Croissant, neben das er Butter und Nutella gelegt hatte, essen würde.

»Weißt du, wo genau?«

»Ja, nebenan ist so ein China-Imbiss. Das finde ich wieder. Vielleicht nicht sofort, aber wenn wir ein bisschen suchen.«

Er nickte mit vollen Backen und deutete auf das Croissant vor ihr.

»Das kannst du mir nicht antun!«, krächzte sie und presste die Finger vor den Mund.

»Doch. Such's dir aus: Essen und Drinbehalten oder ich erzähle es deiner Mutter.«

Wütend sprang sie auf. Was bildete er sich ein?

»Setz dich«, nuschelte er, weil er bereits den dritten Frühstücksburger im Mund hatte.

Sie ließ sich wieder auf den Plastikstuhl fallen, aber das eklige Teil rührte sie nicht an.

Er schluckte, stand auf und umrundete den Tisch. Ihr Herz fing an, wild zu schlagen. Und sie dachte an alles, aber nicht mehr an das Croissant, als er die Arme von hinten um sie legte. Über ihre Schultern. Aus den Augenwinkeln heraus konnte sie die gähnende Angestellte hinter dem Tresen sehen, die sich neugierig über die Kasse beugte und in ihre Richtung gaffte. Leo ging nun in die Hocke und legte die Hände um den Stuhl herum auf ihren Bauch. Dann glitten seine Hände vorsichtig unter ihr Oberteil und legten sich sanft auf ihre Taille. Sie glaubte zu explodieren.

»Tu's für mich, Nele. Bitte.« Da war ganz viel Wärme in seiner Stimme, seine Worte waren butterweich. Leo zog seine Hände wieder unter ihrem Shirt hervor und stellte sich hinter sie, dann beugte er sich über sie und gab ihr einen kinoreifen Spidermankuss. Nicht so lange wie am vorigen Tag, aber schön. Sehr schön.

»Du bist bezaubernd, Mary Jane Watson. Und jetzt iss.«

Auf einmal hatte sie Hunger. Hunger und Tatendrang. Sie würden zu Friedrich fahren. Leo fand sie bezaubernd und sein Kuss gestern war keine Eintagsfliege gewesen. Eigentlich war doch alles okay, oder? Das Leben konnte fast schon schön sein.

* * *

»Hier müsste es sein«, schrie sie durch das offene Visier nach vorn zu Leo und deutete mit dem Finger auf ein Backsteinhaus auf der anderen Straßenseite. Leo riss das Motorrad herum und sie krallte ihre Finger in seine knochigen Hüften. Ihr Hintern rutschte gefährlich in Richtung Bordstein, aber sie konnte sich gerade so noch halten. In dem Moment, in dem sie am Straßenrand hielten, fand sie ihre Aktion auf einmal mehr als dämlich. Es war sieben Uhr morgens! Sie konnten jetzt schlecht einfach klingeln. Die Rollos waren heruntergelassen, und die *ach so netten Hafermanns*, die ihr damals eine Tüte (bereits drei Monate abgelaufene) Gummibärchen mitgebracht hatten, wollten Friedrich, den sie sofort in Blacky umgetauft hatten, drinnen im Haus halten.

Leo und Nele stiegen vom Motorrad und sie setzte den Helm ab.

»Und was jetzt?«, fragte sie ratlos.

Leo sah nicht viel schlauer aus als sie.

»Wir können warten, bis die Rollos hochgehen und dann klingeln und so tun, als wären wir von den Zeugen Jehovas«, schlug er vor.

Sie setzten sich auf die Stufen vor dem kleinen Hoftor, das zwischen zwei Büschen den Eingang zum Haus versperrte. Der Beton war kalt, aber es tat gut, auf etwas Festem zu sitzen nach der letzten halben Stunde auf dem Motorrad.

»Du trägst einen Motörheadpullover. Glaubst du, jemand nimmt dir ab, dass du von den Zeugen Jehovas bist? Und warum überhaupt?«

»Willst du deinen Hund zurück oder willst du ihn nur besuchen?«

Verwirrt sah sie ihn an. Er grinste von einem Ohr zum anderen, und seine Augen funkelten wie Milas, wenn sie schlimmen Schabernack im Kopf hatte. »Na ja, natürlich will ich ihn zurück … aber …«

»Dann holen wir ihn uns auch. Ich habe dir doch gesagt, das wird nicht ganz legal.«

»Und wie stellst du dir das vor?«

»Das weiß ich auch noch nicht«, gab er etwas leiser zurück. »Aber wir improvisieren einfach.«

Sie mussten gar nicht improvisieren, denn in diesem Moment bellte es laut. Einmal, zweimal, dreimal. Nele sprang auf und rief völlig unüberlegt: »Friedrich!«

Oben am Haus knackste es und ein Fenster wurde geöffnet. Leo und Nele sprangen instinktiv auf, als ob das etwas bringen würde. Sie befanden sich sehr gut sichtbar unter einer Straßenlaterne vor dem Haus.

»Ruhe, du blöder Köter!«, brüllte es von oben. Wie zum Protest bellte es wieder und jetzt merkte Nele auch, dass das Bellen von draußen kommen musste.

»Den holen wir uns!«, erklärte Leo bestimmt und lief geduckt an der Hecke entlang. Das Fenster oben war längst wieder geschlossen worden. Leo sprang über die niedrigste Stelle in der Hecke und stand nun auf der anderen Seite. Nele war sich sicher, nicht darüberzukommen. Zumindest nicht halbwegs elegant. Sie schwang ein Bein nach oben und versuchte das zweite nachzuziehen. In dem Moment griff Leo ihren Arm und zog sie schwungvoll zu sich. Sie stolperte vorwärts und krachte der Nase lang hin. Mit hochrotem Kopf, der zum Dauerzustand zu werden drohte, rappelte sie sich wieder auf und rannte Leo so leise wie möglich hinterher. Ein schmaler Pfad führte am Haus vorbei in den Garten.

Das Bellen war verstummt. Dafür konnte sie ihn sehen. Ihren Friedrich. An einer Kette. Einer sehr kurzen Kette, die an einer kleinen, alten Hütte angebracht war. Er gab plötzlich keinen Mucks mehr von sich. Seine Rute aber wedelte fast wie ein Propeller. Er erkannte sie, da war sie sich sicher. Und das schlaue Tier wusste offenbar, dass es jetzt wichtig war, sie nicht zu verraten. Nele rannte auf ihn zu und vergrub die Nase in seinem weichen schwarzen Fell. Sein kräftiger Schnurrbart kitzelte ihre Wange und sie flüsterte ihm all das zu, was sie ihm die letzten Jahre nicht hatte sagen können.

»Nele, wir sollten langsam ...« Leos Hand an ihrer Schulter ließ sie hochfahren. »Wir nehmen ihn mit, Leo. Geht das? Wir nehmen ihn einfach mit.«

»Natürlich nehmen wir ihn mit«, bestätigte Leo.

Nele öffnete den Haken an der Kette und löste auch das Stahlhalsband. Friedrich trottete ihnen nach, während sie vorsichtig aus dem Garten zurück zum Motorrad schlichen.

Ein wenig ratlos stand Nele dann vor der Maschine. »Wie machen wir das jetzt, Leo?« Leo saß bereits wieder darauf, aber Nele hatte keine Ahnung, wie sie zu zweit mit Friedrich auf dem Motorrad nach Hause kommen sollten.

»In Indien transportieren die ganze Familien, Vogelkäfige und Dachlatten auf Rollern, die kleiner sind als meine XT hier.«

»Wir sind aber nicht in Indien, und ich weiß echt nicht, wie das gehen soll«, gab sie zu.

»Okay.« Leo stieg ab, bedeutete Nele, zuerst aufzusitzen, und hob dann Friedrich hoch, um ihn ihr quer über den Schoß zu legen. Friedrich war ein ausgewachsener Riesenschnauzer und kein Dackelwelpe. Er wog fünfunddreißig Kilo.

»Wir fahren einfach langsam, und wenn es gar nicht mehr geht, halten wir zwischendurch an. Ich kenne ein paar Schleichwege, damit wir nicht an der Autobahnpolizei vorbeimüssen. Sei froh, dass du das Croissant gegessen hast, du brauchst jetzt Kraft. Oder willst du lieber fahren?« Das meinte er offenbar auch noch ernst.

»Spinnst du?« Sie schaute ihn entgeistert an.

Leo zuckte mit den Achseln. Zumindest Friedrich hatte offenbar kein Problem damit, ihr verrücktes Spiel mitzuspielen.

Nele gelang es, über den Hund hinweg, sich noch an einem Zipfel von Leos Jacke festzuhalten.

»Sieh nur zu, dass er immer mittig liegt, nicht dass zu viel Gewicht auf einer Seite ist«, sagte Leo noch und startete dann den Motor. Wenn es weiter nichts war.

»Fuck, bist du schwer, alter Freund«, stellte Nele stöhnend fest. Sie hatten über zwanzig Kilometer vor sich, und sie befürchtete, ihre Beine bereits nach fünfhundert Metern nicht mehr spüren zu können.

Sie mussten dreimal anhalten. Dreimal pinkelte Friedrich vor Aufregung. Dreimal massierte Nele ihre schmerzenden Beine. Und dreimal küssten sie sich. Das waren schon fünfmal insgesamt. Und in der ganzen Zeit hatte sie keine einzige Rechnung im Kopf. Weder wie hoch die Wahrscheinlichkeit war, dass er sie auch noch ein sechstes Mal küsste (hoch), noch um wie viel Prozent sich die Neigung ihrer Kurvenlage durch Friedrichs Gewicht veränderte oder ob Leos und ihr Körper Parallelen bildeten.

* * *

Zu Hause hatte sie Glück. Ihre Mutter war nicht da. Friedrich tapste begeistert ins Haus und schob seinen Riesenkörper behäbig von Raum zu Raum, wobei er unablässig mit dem Schwanz wedelte. Erfreulicherweise hinterließ er dabei keine Duftmarken in Form von Hundepipi.

Mila stand schon auf der Treppe, nachdem Nele mit Friedrich hereingekommen war und sich mit einem sechsten Kuss von Leo verabschiedet hatte. Ihr verrupftes Stofftier in der Hand, schaute sie ihre Schwester verwirrt an. »Wer ist das?«

»Bist du so blöd oder tust du nur so?«, antwortete Nele biestig. Böse, weil Milas winzige Gestalt da an der Treppe sie daran erinnerte, warum sie Friedrich überhaupt erst hatten weggeben müssen.

»Ich bin nicht blöd«, sagte sie mit Tränen in den Augen. »Ich weiß schon, dass das Friedrich ist.«

»Warum fragst du dann so doof?«

»Weil Friedrich nicht mehr uns gehört.«

»Jetzt gehört er uns wieder!«, antwortete sie. »Hilfst du mir, ihn zu verstecken?«

»Klar.« Milas Augen leuchteten abenteuerlustig. »Und du, Nele, ich hab das nicht absichtlich gemacht mit dem Herz. Weißt du. Ich wollte nicht, dass Friedrich wegkommt.«

»Schon gut«, antwortete sie und schluckte schwer. »Mama arbeitet heute, oder?«

Mila nickte eifrig. »Ja. Papa holt uns heute Mittag zum Essen ab. Du kannst eine Freundin mitbringen, hat er gesagt. Ich nehme Sandra mit.«

»Wieso denn ausgerechnet Sandra?«, fragte Nele erstaunt.

»Weil sie meine Freundin ist!«, gab Mila zurück und verschränkte die Arme. Sie trug ihren Blumenschlafanzug und hatte nur noch einen Socken an, der andere lag drei Stufen über ihr auf der Treppe. Sie sah so niedlich aus, und auf einmal tat es Nele sehr leid, dass sie so garstig zu ihr gewesen war. Sie verkniff sich den Satz *Sie ist zu alt, um deine Freundin zu sein* und nickte stattdessen gleichgültig: »Ich nehme Leo mit!«

»Ihr seid verliebt, stimmt's?«, meinte Mila grinsend, während sie sich, wacklig auf einem Bein stehend, den anderen Socken auch noch auszog und ihn achtlos fallen ließ.

Nele hob den Socken vom Boden auf und warf ihn ihr ins Gesicht. »Du hast doch gar keine Ahnung, Stinkesocke!« Sie lachte ertappt.

»Das sehe ich an deinem Mund. Ganz genau sehen kann man das da! Das ist, wie wenn du lügst, da verziehst du ihn auch so komisch, dass er zuckt.«

»Blöde Kuh«, rief Nele. »Lass uns lieber überlegen, wo wir Friedrich verstecken.«

»Er kann in meinem Zimmer schlafen.«

»Nein, das ist keine gute Idee. Wir sollten ein bisschen vorsichtiger sein. Mit deinem Herz …«

»Ach du mit deinem Herz, das nur für Leo schlägt«, trällerte Mila theatralisch, während sie auf ihre Oberschenkel klopfte und Friedrich anlockte, der verzweifelt in seiner alten Schlafecke nach dem Hundenapf suchte. »Friedrich schläft bei mir. Bei dir hat er ja vor lauter Durcheinander gar keinen Platz, der arme Kerl.«

Friedrich trottete gemütlich auf Mila zu und legte seine nasse Schnauze auf ihre nackten Füße. Sie beugte sich nach unten und strich ihm liebevoll und vorsichtig übers Fell. Sie sah glücklich aus, und auf einmal fühlte sich auch Nele wie beseelt.

# Kapitel 14 – Katharina

Katharina roch es bereits, als sie die Tür öffnete. Einen kurzen Augenblick stutzte sie und überlegte, ob sie den Biomüll nicht rausgebracht hatte. Oder ob schon wieder der Wasserhahn im Gäste-WC undicht war. Das letzte Mal, als es so ähnlich gerochen hatte, war das Holz des Badschränkchens komplett aufgequollen und sie mussten ein neues kaufen. Aber das hier war anders. Ihre Nase kannte den Geruch, ihr Kopf wollte ihn noch nicht ganz zuordnen.

Sie legte den Schlüssel ab und warf einen kurzen Blick in den Spiegel über dem Schränkchen. Ihre Augen wirkten klein, die Ringe darunter umso größer. Es war eine anstrengende Schicht gewesen. Am Wochenende kamen nur Notfälle herein. Der Dienst hatte mit ein paar kleineren Notfällen begonnen – Schnittwunden, Knochenbrüche nach Fahrradunfällen oder Haushaltsmissgeschicken. Doch dann kam die Meldung eines Polytraumas, das sie in den Schockraum bekommen sollten. Das bedeutete Lebensgefahr. Es handelte sich um einen Motorradfahrer, der in einen schlimmen Unfall verwickelt gewesen war. Es herrschte unablässige Hektik, bevor die OP begann und alle in konzentrierte Stille verfielen.

Stille umgab sie auch zu Hause. Sie war so ermüdend, die Ruhe im Haus. Denn viel Schlaf hatte sie in der Nacht vor der

Schicht nicht bekommen. Ihr Herz hatte immerzu wild geflattert und unruhig geschlagen, denn sie war sicher, dass Sandra gestern irgendetwas bemerkt hatte. Jan und sie waren wie kleine Kinder, die man bei einer Lüge frisch ertappt hatte. Wie schuldige Kleinkriminelle hatten sie ihr Haus betreten, in dem Sandra vor dem ausgeschalteten Fernseher gesessen hatte. Sie musste es gesehen haben. Das, was zwischen ihnen nicht war und für das sie sich trotzdem irgendwie schämten. Zumindest Katharina hatte Jan für Momente nicht nur wie einen guten Freund gesehen, sondern war sich der Möglichkeit nach mehr durchaus bewusst gewesen. Verrat begann im Kopf, nicht wahr? Sandra war ein guter Mensch, eine ruhige besonnene Person, deren Traurigkeit Katharina doch gern lindern wollte und nicht noch verstärken, indem sie mit ihrem Mann ausging und es viel mehr genoss, als ihr zustand. Das war sie doch gar nicht, das war nicht ihre Art. Und deshalb und wegen der Salsa, wegen Blicken, die Berührungen gleichkamen, hatte ihr Herz die ganze Nacht geflattert.

Seufzend ging sie durch die Diele und zog dabei immer wieder scharf die Luft ein, um auf die Ursache des Geruchs zu kommen, der heute Morgen noch nicht da gewesen war.

Sie öffnete die Tür des Gästebads und stolperte erschrocken zurück. Da war sie, die Ursache: ein Riesenschnauzer, der seinen Kopf ins Klo steckte und gierig Wasser aus der Schüssel schlabberte. Das war nicht irgendein Hund, das war Friedrich. Schwanzwedelnd schlabberte er noch einen Moment lang weiter, bevor er sich umdrehte und auf sie zustürmte. Seine großen Pranken legten sich auf ihre Brust, als er nach oben sprang und sie dabei beinahe umwarf.

»Ist ja gut, Dicker. Ist ja gut. Was machst du denn hier?« Völlig überrumpelt streichelte sie ihrem ehemaligen Hund das Fell und sah sich dann um. Auf dem Boden des Bades eine riesige Pfütze herausgeschlabberten Wassers, das Handtuch vom

Halter gerissen und die Toilettenpapierrolle zerfetzt. Winzige Papierfetzen schwammen in der Pfütze und sahen aus wie die Segel halb versunkener Boote.

»Willkommen zu Hause«, murmelte sie und strich geistesabwesend über Friedrichs Kopf. Sie erinnerte sich daran, wie sie Toilettenpapierrollen stets vor Friedrich hatten fernhalten müssen, wie andere Hundebesitzer ihre Schuhe. Nele hatte immer behauptet, Friedrich würde versuchen, sich den Hintern abzuwischen, aber es gelinge ihm nicht. *Nele!*

»*Nele*!«, schrie sie in den Flur hinaus, lief dann zur Treppe und brüllte erneut: »Mila, Nele, kommt runter.« Friedrich stupste sie von hinten liebevoll mit der Schnauze an.

»Kommt runter, wenn ihr hier seid, sofort! Was macht der Hund hier?«

Sie rannte die Treppe nach oben, Friedrich folgte mit kratzenden Krallen, rutschte auf der ersten Stufe ab und jaulte kurz auf. Die glatte Holztreppe hatte ihm schon immer Probleme bereitet.

In Neles Zimmer sah es aus wie immer. Pures Chaos. Ihr Bett wirkte, als läge sie noch darin, aber es war nur ein Kissen unter dem Bezug, nicht ihr Kopf. In Milas Zimmer dagegen stockte Katharina der Atem. Die Kissen auf ihrem Bett waren durchwühlt und auf ihrer Decke befand sich eine Kuhle, die verdächtig den Körperumrissen eines Riesenschnauzers ähnelte. Offenbar hatten sie Friedrich hier versteckt gehabt. Vergeblich! Der Hund hatte schon als Welpe Türklinken besser öffnen können als so manches Kleinkind.

»Sie sind nicht da!«, sagte sie mehr zu sich selbst als zu Friedrich und wollte sich gerade daranmachen, Milas Bett abzuziehen, als sie hörte, wie die Haustür sich öffnete und fröhliche Stimmen durch den Flur hallten. Mila, Nele, Felix, Leo und … Sandra!

»… mach das noch mal, Sandra!«, rief Mila aufgekratzt. Zu Katharinas Erstaunen sang Sandra daraufhin ein paar Zeilen eines deutschen Liedes, das sie nicht kannte.

»Und das war euer Schlachtruf?«, hörte sie Nele fragen.

»Genau. Also, danke Mädels, danke Felix, es war toll mit euch!«

»Mama?« Vage und vorsichtig hörte sie Mila rufen, und das schlechte Gewissen oder die Furcht oder vielleicht auch beides klang aus diesem einen Wort, das man in unnachahmlich vielen Tönen aussprechen konnte, die alles bedeuten konnten: Vorwurf, Liebe, Aufforderung, Flehen …

»Ich bin hier oben!«, antwortete sie, versuchte, ihre Stimme ruhig zu halten. Sie wollte nicht unbedingt vor Sandra ausrasten. Sie schloss Milas Zimmertür hinter sich, drehte den Schlüssel herum, damit Friedrich im Raum blieb und nicht noch mehr Schaden anrichten konnte, und eilte die Treppe hinunter. Im Flur erwarteten sie eine sehr bedröppelte Mila, eine trotzige Nele mit Leo dicht neben sich und Felix dahinter, der wie selbstverständlich mit einem gänzlich unschuldig wirkenden Gesicht die Tür hinter sich und Sandra schloss und ebenfalls eintrat.

»Was habt ihr gemacht?«, fragte Katharina, die Hände fest in die Hüften gestemmt. So fest, dass es schon wehtat, sie aber davon abhielt zu schreien. Mila sah auf den Boden, Sandra verständnislos zu ihr, Felix runzelte die Stirn und Leo und Nele tauschten verräterische Blicke. Hatte Jans Sohn etwa auch etwas damit zu tun?

Nele setzte gerade zu einer Antwort an, von der Katharina schon wusste, bevor sie ihren Mund verließ, dass sie keinen entschuldigenden, sondern einen rechtfertigenden Ton haben würde, als es klingelte. An der Haustür.

»Soll ich?«, fragte Felix, der am nächsten an der Tür stand.

»Bitte!«, antwortete Katharina.

»Was kann ich für Sie tun?«, hörte sie Felix fragen, und seiner Stimme entnahm sie, dass er den Überraschungsbesuch nicht erkannte. Katharina dagegen erinnerte sich sehr gut.

Ohne zu antworten, trat der Mann mit dem buschigen Oberlippenbart, dem lichten Haar und der langen Hakennase ein. Er schob die überraschte Sandra unsanft zur Seite und baute sich vor Katharina auf. »Wo ist er?«

Sie machte einen entschiedenen Schritt auf ihn zu. »Guten Tag, Herr Hafermann, was verschafft uns denn die Ehre?«, sagte sie freundlich, aber doch so bestimmt, dass der Mann es nicht wagte, an ihr vorbei in die Wohnung zu gehen. Oben war es still. Kein Laut von Friedrich.

»Wo ist er?«, wiederholte Herr Hafermann eisig, ohne den Gruß zu erwidern.

»Was geht hier vor sich?«, mischte sich Felix ein und stellte sich neben Katharina.

Nele und Leo wollten sich an dem alten Mann vorbeischleichen, der aber packte Nele grob am Arm und hielt sie zurück. »Nichts da, hiergeblieben!«, herrschte er sie an.

Dann schritt Felix ein. Er griff nach Neles freier Hand und zog sie zu sich. Hafermann ließ los. »Was fällt Ihnen ein! Sie dringen in unser Haus ein, herrschen uns an, ohne dass wir wissen, was los ist und dann vergreifen Sie sich noch an meiner Tochter. Verschwinden Sie!«

Auch Felix musste inzwischen klar geworden sein, wer der Mann war. Aber er ließ sich nichts anmerken. Kein Wunder, er wusste ja auch nicht, wer oben in Milas Zimmer war und vermutlich bereits wieder im Bett lag.

»Ich will wissen, wo mein Hund ist!«, brüllte der Mann, den Katharina eigentlich als überfreundlichen, beherrschten Frührentner kennengelernt hatte.

»Und woher sollen wir das wissen?«, gab sie zurück und verschränkte die Arme.

»Sie haben ihn gestohlen!«, fauchte er.

»Das ist aber eine gewaltige Unterstellung! Wir haben Ihren Hund nicht! Nicht gestohlen und nicht gesehen. Falls Sie sich erinnern, haben wir Ihnen unseren Friedrich vor zwei Jahren verkauft, weil unsere Tochter krank war.«

»Sieht aber für mein Verständnis sehr gesund aus!«, blaffte Hafermann und machte noch einen Schritt auf Katharina zu.

»Ich werde jetzt gehen, und ich schlage vor, sie begleiten mich nach draußen!«, sagte Sandra ruhig und öffnete die Haustür.

»Was wollen Sie denn?«, wandte er sich unwirsch an Sandra.

»Sie nach draußen begleiten, wie gesagt. Katharina sagte Ihnen bereits, dass sie Ihren Hund nicht hat, also gehen Sie, bevor einer von uns …«

»Bevor was? Ich will meinen Köter wieder, die da hat ihn gestohlen! Mit dem da …«, erwiderte er und zeigte zuerst auf Nele und dann auf Leo. »Ich habe sie beide vor meinem Haus gesehen. Und meine Frau hat schnell eins und eins zusammengezählt. Die Kleine wollte ihn damals doch gar nicht hergeben. Verhätschelt hat sie das Tier, und jetzt hat sie es mir gestohlen!«

»Es reicht. Raus!«, rief Felix, legte die Hände auf Hafermanns Brust und drückte den überraschten Mann einen halben Meter weiter in Richtung Tür. »Entweder Sie gehen jetzt freiwillig oder ich rufe die Polizei und Sie können sich über eine Anzeige wegen Hausfriedensbruch freuen.«

»Das ist ja wohl die Höhe!« Erbost machte er ein paar weitere Schritte rückwärts, bis er im Türrahmen hinter Sandra stand, die noch immer mit ausladender Geste die Tür aufhielt.

»Wenn Sie noch einmal hier auftauchen …«, warnte Felix, aber da war Hafermann schon aus der Tür, die Sandra hastig zuschlug.

»Was?« Felix sah Nele, die ertappt auf den Boden starrte, fragend an. Leo griff schnell nach Neles Hand und sagte: »Der alte Tierquäler hat euren Hund an einer kurzen Kette im Garten gehalten. Da mussten wir einschreiten!«

»Bitte, Mama ...«

»Friedrich ist also wirklich hier?« Perplex schaute Felix von Nele zu Leo und fuhr sich dabei ein wenig verzweifelt durch die Haare.

»Ja«, antwortete Nele kleinlaut. »Mama, bitte. Das war so nicht geplant. Also eigentlich wollte ich, wollten wir ... Können wir ihn bitte behalten?«

»Ja! Ich bin doch gesund«, pflichtete Mila ihr bei.

»Leo, kommst du bitte!« Sandra berührte Leo ganz leicht an der Schulter. »Wir gehen jetzt, das sollen Katharina und ihre Familie unter sich klären.« Diskret winkte sie Katharina und Felix kurz zu und verließ mit Leo das Haus, bevor jemand widersprechen konnte.

»Super, jetzt kann ich mich alleine verteidigen!«, grummelte Nele.

»Du kannst erst einmal erklären, was ihr da getan habt!«, verlangte Katharina fassungslos.

»Wir wollten ihn nur besuchen ...«

»Wann?«, unterbrach ihre Mutter sie.

»Gestern.« Neles Blick war kurz unsicher, kaum wahrnehmbar verzogen sich ihre Mundwinkel und ihre Unterlippe zuckte. Daher wusste Katharina sofort, dass sie log, als sie mit Blick auf ihren Vater erklärte: »Als Mama mit Jan im Kino war!«

*Na, super. Das musste sie jetzt unbedingt noch loswerden!*

»Du warst mit Jan im Kino? Wieso das denn?« Felix kniff die Augen zusammen, wie er es immer tat, wenn er verärgert war.

»Weil Sandra nicht konnte. Außerdem, was tut das jetzt hier zur Sache? Es geht gerade um Friedrich«, versuchte sie abzulenken. Felix' Pseudoeifersucht war das Letzte, was sie jetzt noch zu ihrem ohnehin schlechten Gewissen und den gerade offensichtlichen Problemen gebrauchen konnte. Was wollte er überhaupt, er hatte doch Sonja mit der Wallemähne?

»Und darum, wie Nele ihn besucht hat, während du offenbar Besseres zu tun hattest und unsere Kinder hier alleine gelassen hast!« Felix' Stimme wurde lauter.

»Ich habe sie nicht alleine gelassen, Sandra war ja hier«, protestierte sie und verstand sofort, dass diese Antwort nur weitere Fragen aufwerfen würde. »Können wir das später klären, Felix. Bitte. Jetzt geht's darum, was wir machen.«

»Was denn machen?«, kreischten Mila und Nele ängstlich im Duett.

Felix überlegte einen Moment, sah Katharina dann tief in die Augen, bevor er sich wieder an die Kinder wandte. »Wir müssen ihn zurückbringen! Rein rechtlich gehört er den Hafermanns …«

*Er meint das nicht ernst, oder? War das ein Zwinkern?*

Katharina wusste es nicht und hatte nur einen Moment Zeit für eine Entscheidung. Ein kleiner Moment, der den Unterschied ausmachte zwischen Bauch- und Kopfentscheidung. Friedrich damals wegzugeben war eine reine Kopfentscheidung gewesen. Geprägt von Vernunft und begleitet von einem miesen Bauchgefühl. Doch jetzt, jetzt konnte sie etwas wiedergutmachen. So viel war klar. Manchmal musste man Menschen verletzen, der eigenen Tochter wehtun, um das Richtige zu tun. Es wäre Wahnsinn gewesen, ihn damals zu behalten. Nun aber, zwei Jahre später, war das Infektionsrisiko auf ein beinahe normales Maß reduziert, solange Mila ihre Medikamente nahm. Sie konnte jetzt etwas eigentlich offensichtlich Falsches tun, und es wäre dennoch richtig. Katharina warf Felix einen Blick zu und versuchte ihm ohne Worte zu sagen, was sie vorhatte, aber es klappte nicht. Er wuschelte dem sabbernden Friedrich über den Kopf und sah so aus, als wappne er sich für einen

Krieg zwischen Nele und Katharina. Das überzeugte sie restlos, mehr als es Worte vermocht hätten.

»Scheiß auf rein rechtlich! Wir rufen Milas Arzt an, wenn er keine Bedenken hat, dann behalten wir ihn einfach. Er ist dein Hund, Nele«, erklärte sie offensichtlich gelassen.

Nele starrte sie an, als hätte sie ihr eben erlaubt, eines dieser Teeniekonzerte zu besuchen, zu denen sie bis vor Kurzem immer unbedingt hatte gehen wollen. Sie riss die Augen so weit auf, dass man Angst bekommen musste, sie würden herausfallen. Mila neben ihr quietschte ungläubig.

»Echt jetzt, Mama?«

»Echt jetzt, Katharina?«, wiederholte Felix und sah dabei ebenso dämlich aus wie ihre beiden Töchter. Alle drei starrten Katharina an, als würden sie vom Glauben abfallen. Vom Glauben zu wissen, wie sie reagierte.

»Ja, warum denn nicht?«, antwortete sie, drehte sich um und sagte über ihre Schulter hinweg: »Ich gehe jetzt ins Bett, bin nämlich hundemüde!«

Das kleine, glucksende Kichern hinterher konnte sie sich einfach nicht verkneifen.

# Kapitel 15 – Sandra

»Sie hat ihnen erlaubt, den Hund zu behalten. Ich weiß ja nicht, ob das gut ist, wenn ein Kind transplantiert ist …«, ereiferte sich Sandra und wollte eigentlich noch etwas Dramatisches, was sie darüber im Internet gelesen hatte, hinzufügen. Aber der Blick ihrer Therapeutin ließ sie verstummen.

»Machst du dir jetzt Sorgen?«

»Was? Nein, natürlich nicht.« Sandra konzentrierte sich auf die dicken Gläser von Olivias Brille und versuchte, sich die Lüge nicht anmerken zu lassen. Aber Olivia durchschaute sie auch mit ihren minus elf Dioptrien ganz hervorragend.

»Um Mila oder um Jonahs Herz? Was genau macht dir Sorgen?«

Wenn sie das nur selbst gewusst hätte! Wo all diese Gefühle für dieses Mädchen herkamen.

»Ich sagte doch, ich mache mir keine Sorgen!«

»Du hörst dich aber so an!«, stellte Olivia fest und rührte dabei mit dem Löffel, den sie elegant zwischen Daumen und Zeigefinger hielt, in ihrer Miniaturtasse herum. Ihr exklusives Honorar zahlte ihren sehr exklusiven Geschmack, der in dem Raum an allen Enden und Ecken zu sehen war.

»Was war das mit dem Fahrrad, Sandra? Du hattest erwähnt, dass dein Mann sehr verärgert war?«

»Ich habe Jonahs Fahrrad umlackieren lassen und es dann Mila geschenkt«, erklärte sie und rutschte etwas unangenehm berührt im Sessel herum. Das Leder klebte ihr am Oberschenkel und es fühlte sich so an, als habe sich darunter ein kleiner See aus Schweiß gebildet. Kalt war ihr trotzdem.

»Warum hast du ihr nicht einfach ein neues gekauft?«

Das war eine sehr berechtigte Frage, die Jan ihr auch gestellt hatte. Sandra zuckte mit den Schultern und starrte auf das Bild an der weißen Wand hinter der Therapeutin. Eine farbige Nahaufnahme eines Frauengesichtes.

»Ist das eins von Françoise Nielly?«, fragte sie und deutete wie ein Schulkind, das zum ersten Mal im Museum war, auf das Kunstwerk. Das hatte sie schon immer fragen wollen, und gerade war es eine willkommene Möglichkeit, von der Frage abzulenken. *Kehre eine Antwort in eine Frage und du kommst um die Antwort herum.*

»Ja«, sagte sie, ohne sich umzudrehen.

»Ist das eigentlich echt? Kostet doch sicher ein Vermögen, oder?«

»Etwas mehr als ein Mädchenrad, ja. Also, warum hast du nicht einfach ein neues Rad gekauft?«

»Weil ich wollte, dass sie Jonahs Rad bekommt.« Das war es, ganz einfach und auf den Punkt gebracht. Sie hatte es gewollt, aber erklären konnte sie es nicht. Weil sie nicht wusste, warum sie ihr das Rad hatte geben wollen, wenn sie ansonsten nicht in der Lage war, irgendetwas von Jonah wegzugeben. Es gab keine plausible Erklärung dafür.

Die schien Olivia auch nicht zu verlangen. Sie nickte nur, und in diesem Moment war Sandra sehr dankbar dafür, dass sie nicht zu den Therapeuten gehörte, die während einer Sitzung wichtigtuerisch Notizen in ein ledergebundenes Buch machten.

»Was ist mit Milas Mutter, mit Katharina?«

»Was soll mit ihr sein?«

»Wann wirst du es ihr sagen?«

»Ich habe nicht vor, es ihr zu sagen!«, erwiderte Sandra überrascht.

»Ist das eurer Freundschaft gegenüber fair?«, fragte Olivia und setzte die Espressotasse auf dem Tisch vor sich ab, sodass es leise klirrte.

»Wir sind doch keine richtigen Freunde!«, behauptete sie.

»Dann wird es Zeit! Du sitzt seit über zwei Jahren einmal die Woche hier, Sandra. Es ist Zeit zu gehen.« Sie sah so aus, als bräuchte sie jetzt genau so ein ledergebundenes Buch, das sie nicht hatte, um es zuzuschlagen. Sandra verstand nicht …

»Geh endlich nach draußen und lebe wieder, Sandra! Mach das, was du mir erzählt hast. Geh mit Leo zum Fechten, sag dieser Familie die Wahrheit und sieh, was passiert, oder sag nichts und … ich weiß auch nicht. Du wirst den Schmerz nicht loswerden, und er wird auch nicht kleiner werden, aber du kannst mit ihm leben. Du und Jan, ihr habt mit eurer Entscheidung einer Familie ein Geschenk gemacht, und jetzt hat das Leben euch die Möglichkeit gegeben, an diesem Geschenk teilzuhaben. Du magst das Mädchen und du magst die Vorstellung, dass Jonah in ihr weiterlebt. Und dafür musst du dich nicht schämen. Geh jetzt. Nächste Woche um diese Zeit möchte ich dich hier nicht mehr sehen. Du darfst mich aber in Kathrins Café auf einen Espresso einladen.«

»Was? Du schmeißt mich raus?«

»Ja!«, sagte sie fröhlich und sprang hoch, riss die Tür rechts von ihrer echten Françoise-Nielly-Aufnahme auf. »Da draußen wartet das Leben, und nur weil du es dir selbst verbietest, daran teilzuhaben, kommt Jonah nicht wieder.«

Sandra hatte es satt, so satt. Sie hatten doch alle keine Ahnung, was für ein Loch das war, das sich jeden Tag nach dem Aufwachen in ihr auftat. Es wurde größer statt kleiner, und sie konnte längst nicht mehr einfach Anlauf nehmen und drüberspringen. Vielleicht war es nicht mehr größer geworden, seit sie Mila kannte. Aber unüberwindbar war es immer noch.

»Gut, dann gehe ich jetzt«, murmelte sie endlich, noch immer unentschlossen. Insgeheim hoffte sie, dass Olivia das Ganze als einen Scherz auflöste, dass sie ihr sagte, sie solle sich wieder setzen und ihr von ihrer Trauer und ihrer Wut erzählen. Doch von Olivia kam kein Wort.

Also lief sie die Treppe hinunter und zum Parkplatz, setzte sich ins Auto und wusste nicht, wohin sie fahren sollte. Sie saß eine Weile da und tat nichts, außer sich vorstellen, dass Jonah auf dem Rücksitz quengelte und sie fragte, wie weit es noch war und warum er zum Fechten mitkommen sollte. Sandra lächelte, und dann wusste sie auf einmal, was sie zu tun hatte. Sie startete den Wagen und stieg so entschlossen aufs Gaspedal, dass der Motor gequält aufheulte.

Zu Hause angekommen, ging sie sofort in den Keller. Das einzige Zimmer, das hier unten wirklich genutzt wurde, war Leos Probenraum. Neben dem Heizungsraum befand sich eine Waschküche und dahinter lag ein großes Zimmer, in dem die vorherigen Besitzer einen gigantischen Einbauschrank hinterlassen hatten. Dort standen nun all ihre Dinge, die im Obergeschoss keinen Platz hatten, nicht gebraucht wurden oder hier waren, damit sie sie nicht täglich an etwas erinnerten, an das sie ohnehin immer dachten. Sie musste nicht suchen, dennoch ließ sie sich ein wenig Zeit und stand kurz vor dem blauen Müllsack. Nicht, weil sie zweifelte, sondern weil man manchen Dingen gegenüber einfach ein wenig Ehrfurcht haben musste. In diesem Sack steckten nicht nur leblose Dinge. Nein, dieser Sack war voll mit Erinnerungen, mit Geräuschen, Gerüchen und Berührungen. Mit Leben eben. Dann nahm sie den Sack und die Trainingstasche, in der sich ihre Sachen befanden, und schleppte beides, ohne einen Blick hineinzuwerfen, die Treppe hinauf und packte es in den Kofferraum.

Als sie schließlich vor der Schule stand, holte sie ihr Handy heraus und tippte: *Kannst du bitte rauskommen? Stehe auf dem Parkplatz, ist wichtig. Sandra.* Es dauerte keine zwei Minuten und Leo öffnete hektisch und mit ernstem Gesicht die Beifahrertür. »Was ist los? Ist was mit Papa?«

»Nein«, beruhigte sie ihn und bedauerte, dass sie ihn offenbar erschreckt hatte. Woher sollte er auch wissen, was sie vorhatte. »Ich habe den blauen Sack im Kofferraum … wenn du möchtest.«

Er lächelte vorsichtig und nickte dann. »Ja, ist gut.«

Schweigend stieg er ein und drückte die Knie gegen das Armaturenbrett. Wie groß er geworden war. Es schien ihr, als bestünde er nur aus Armen und Beinen.

»Säbel oder Florett?«, erkundigte er sich.

»Du wählst«, antwortete sie, während sie den Wagen auf den Parkplatz manövrierte.

»Ich nehme das«, sagte er und holte ohne Zögern den blauen Sack aus dem Kofferraum. Er zog die Sachen heraus, die er brauchte, und klemmte sie sich unter den linken Arm, den Säbel nahm er in die rechte Hand. Sandra griff nach dem Waffensack, in dem auch der Rest ihrer Ausrüstung steckte, und folgte ihm quer über das Kopfsteinpflaster hinüber zur Halle.

Schweigend liefen sie nebeneinander den langen Gang zu den Umkleidekabinen entlang, vorbei an den Bildern von Turnieren, auf denen auch Sandra zu sehen war, vorbei an Vitrinen mit Pokalen, die auch sie gewonnen hatte, vorbei an einem ganz großen Teil ihres Lebens, den sie mit dem Größten in ihrem Leben begraben hatte. Sie gab kurz Bescheid, dass sie eine Bahn brauchten, was um diese Zeit kein Problem war. Dann stand sie in der Umkleidekabine und öffnete mit zitternden Händen die Tasche, die seit über zwei Jahren verschlossen war. Sie stieg in ihre Fechtjacke, schnürte die Schnürsenkel ihrer Fechtschuhe zu, stülpte den Handschuh über die Finger, klemmte sich die Maske unter den Arm und machte sich auf den Weg zur Bahn.

Drinnen in der Halle stand Leo an Bahn fünf unter den Werbebannern eines Radiosenders und einer Automarke. Er hatte seine Wasserflasche auf der Bank hinter sich abgestellt und sah Sandra erwartungsvoll an. Sie nickte ihm zu. Dann stellten sie sich gegenüber auf die Bahn. Sandras Herz klopfte so heftig, als hätte sie eine ganze Kanne Kaffee auf einmal getrunken. Kurz hatte sie Angst, dass ihr schwindelig werden würde. Ohne miteinander zu sprechen, absolvierten sie ein kurzes Aufwärmprogramm und einige Dehnübungen. Leo zog die Maske nach unten, sodass sie ihm nicht mehr in die Augen sehen konnte, aber sie spürte, dass es ihm genauso ging wie ihr. Es war in jedem Fall ein Neuanfang. Sie brauchten nicht viele Worte, sie brauchten nur das hier. Diese schmale Bahn und ihren Sport, um etwas zurückzugewinnen, was sie verloren geglaubt hatten. Sie stellten sich in Position und schlugen sich ein. Um die Handgelenke warm zu machen, standen sie in einer engen Mensur. Jetzt einige Ausfallschritte, ein bisschen Beinarbeit in Form von Fechtschritten, sodass auch die Beine warm wurden. Alles Vorgänge, die wie automatisch abliefen. Dann begannen sie zu fechten. Man focht mit dem Säbel nicht auf Zeit, es ging immer um einen Endstand von fünfzehn Treffern. Als Sandra die ersten Hiebe setzte, wurde ihr bewusst, wie sehr ihr das hier gefehlt hatte. Mit jedem Treffer befreite sie sich ein Stück weit. Nicht von Jonah, nicht von der Trauer, aber davon, nichts tun zu dürfen, was ihr guttat. Es war knapp, die ganze Zeit. Jeder von ihnen setzte immer wieder Treffer, ihr Punktestand lag eng beieinander. Als es acht zu sieben für Leo stand, machten sie eine kurze Pause. Sandras ganzer Körper stand unter höchster Anspannung, und sie würde am Tag darauf furchtbaren Muskelkater haben. Sie musste unter der Maske breit grinsen. Auch das konnte Muskelkater ergeben. Sie war es ganz einfach nicht mehr gewohnt. Die Stimmen von zwei Zuschauern, an deren Gesichter sie sich noch vage erinnern konnte, drangen zu ihnen herüber: »Wahnsinnsangriff, hast du den gesehen? Toll, wie er seine Beine unter Kontrolle hat und ein Gefühl für die Spitze.« »Ja, das schon, dafür sitzt die Parade-Riposte nicht immer.« »Aber viel wichtiger ist doch, dass man den Angriff durchbringt und nicht immer zu kurz schlägt.«

Stolz sah sie Leo an und musste daran denken, wie er als kleiner Junge Schwierigkeiten mit seiner Körperspannung gehabt hatte und sich nach so manchem Ausfallschritt nicht richtig auf den Beinen hatte halten können. Jan, als Laien, hatte es wahnsinnig gemacht zu sehen, wie er nach vorn stolperte.

Dann gab Leo das Zeichen, dass sie weitermachen würden und sie begaben sich wieder in Stellung.

Als es vierzehn zu vierzehn stand, packte Sandra der altbekannte Nervenkitzel. Jetzt nichts falsch machen, Taktik klug wählen. Sie setzte einen Treffer und gab statt des Jubelschreis, der in ihrer Kehle steckte und sie selbst erschreckte, einen kurzen, halb erstickten Schrei von sich, der sich eher wie der von einem quiekenden Schwein anhörte. Sie nahmen gleichzeitig ihre Masken ab. Sie lächelte Leo an. Dann ließen sie sich keuchend auf die Bank fallen, tranken nacheinander aus seiner Flasche. Leo grinste breit über das ganze Gesicht. »Ich hab's noch drauf, was?«

»Kann man so sagen«, antwortete sie. »Du hast wirklich nichts verlernt. Du solltest wieder anfangen.« Sein Mund verzog sich zu einer dünnen Linie. Der Mund, der Jonahs so ähnlich war. »Du hast so viel Talent.«

»Ich fange nur wieder an, wenn du wieder anfängst«, sagte er mit Nachdruck.

»Ich alte Kuh!«, widersprach sie und musste lächeln.

»Du alte Kuh hast mich gerade fünfzehn zu vierzehn abgezockt! Und das, obwohl der Säbel doch gar nicht so dein Ding ist.«

»Stimmt auch wieder. Ich hab's wohl auch noch drauf, oder?«

»Mmmh«, brummte er, während er zum Trinken ansetzte.

»Möchtest du was mit mir essen gehen?«, fragte sie einer spontanen Eingebung folgend.

»Ja ... Nein ... Sandra, könntest du mit mir zu Jonahs Grab fahren?«

Das war der letzte Ort, an dem sie sein wollte. Es war ein Ort, an dem sie keinerlei Verbindung zu Jonah aufbauen konnte. Auch weil es etwas war, in denen sie und Jan sich uneinig waren. Jan hatte Jonahs Körper nicht verbrennen lassen wollen. Sie hingegen hatte sich nicht vorstellen können, irgendwo an einem Grab zu stehen, unter dem sein kleiner Körper langsam verfiel. Also hatten sie ihn verbrennen lassen und dann in einem Friedwald bestattet. Einem Ort, an den sie sich vorgenommen hatte, häufig zu gehen, um bei ihm zu sein. Aber dort kam kein Gefühl auf, weil Jonah überall war, nur nicht dort. Dort lauerte nur der Horror seiner Beerdigung.

»Ja, mache ich. Für dich«, antwortete sie und merkte zu spät, dass sich das so anhörte, als wolle sie seinen Dank dafür.

Schweigend saßen sie im Auto nebeneinander. »Darf ich?«, fragte Leo und zeigte auf das stumme Radio.

»Ja, klar«, gab sie zurück. Er machte es an und stellte irgendeinen Rocksender ein, von dem sie noch nie gehört hatte.

Dann waren sie da. Es war gespenstisch ruhig, ruhiger, als es auf einem gewöhnlichen Friedhof sein konnte. Hier klapperte niemand mit Gießkannen, niemand kniete über der Erde und pflanzte Stiefmütterchen, setzte Porzellanengel vor Grabsteine oder zupfte Unkraut. Einzig ein kleines Metallschild an einer dicken Eiche ganz unten am Rand des Waldes, dort wo eine Lichtung den Sonnenstrahlen erlaubte, den dichten Wald zu durchdringen, bezeugte, dass Jonah hier seine letzte Ruhestätte gefunden hatte. Sein Name, sein Geburts- und sein Sterbedatum, mehr nicht. Kein pompöser Stein, keine Figuren, kein Grabschmuck in Form von Blumen, Kränzen oder Weihwasserschälchen.

»Jonah hätte es hier gemocht«, sagte Leo, doch Sandra schüttelte den Kopf. »Er hätte es gehasst, es ist stinklangweilig hier. Keine Action, noch nicht mal ein Weg zum Radfahren. ›Scheiße, ich will heim‹, hätte er gesagt.«

Leo drückte ihren Arm.

Sie standen eine Weile da, und jeder hing seinen Gedanken nach, keiner von ihnen sagte etwas oder betete. Irgendwann lehnte Leo sich an den Baum und schlang die Arme darum, so als könne er Jonah damit umarmen. Sandra stellte sich an die andere Seite und tat es ihm gleich, sodass sich ihre Fingerspitzen berührten. Es tat verdammt gut.

»Werdet ihr euch trennen? Papa und du?«, fragte Leo völlig aus dem Nichts heraus.

»Wie kommst du denn darauf?«

»Na ja, ich habe das schließlich schon mal durchgemacht.« Er seufzte und löste seine Finger von ihren. »Ich kenne die Anzeichen. Wusstest du, dass schon einmal Geschiedene ein viel größeres Risiko haben, sich wieder scheiden zu lassen, als noch nicht geschiedene.«

»Das kann ja sein, aber bei uns wird das nicht passieren. Du musst dir keine Sorgen machen.«

»Ich will aber auch nicht, dass ihr nur wegen mir zusammen seid. Und ich will dich auch nicht verlieren, Sandra.« Er blickte ernst auf die Lichtung, den Rücken an den Baum gelehnt, unter dem sein kleiner Bruder begraben war.

»Du wirst mich nicht verlieren. Ich bin immer für dich da …«, flüsterte sie. Es hörte sich wie eine leere Phrase an, zu

Recht, wie viel war sie schon für ihn da gewesen in den letzten zwei Jahren. Ehrlicher fügte sie hinzu: »Wir haben uns zu wenig um dich gekümmert, nicht wahr, um deine Trauer.«

»Nein«, widersprach Leo entgegen ihren Erwartungen. »Papa hat das toll gemacht, und du … Ich bin dir nicht böse, aber es wäre schön, wenn du jetzt wieder dableibst und nicht wieder ganz in dir drin verschwindest.«

»Ich versuche es, okay?« Sie nickte und ihr Puls raste. Sie überlegte, von hinten nach seinen Schultern zu greifen, doch sie hatte Angst, dass ihm das zu viel sein könnte. Nur wenige Millimeter über seinem dunklen Oberteil schwebten ihre Finger über Schultern, die so männlich geworden waren und trotzdem noch in diesem schlaksigen Stadium feststeckten, das den Unterschied zwischen Mann und Junge machte.

Sie wollte mit ihm über Jonah reden, über all die Dinge, über die man reden musste, damit man ihn nicht vergaß. Aber es ging nicht. Nicht hier.

»Lass uns gehen«, sagte sie und war erleichtert, dass er nickte. Und sie hatte ein schlechtes Gewissen deswegen.

Zu Hause standen sie einander irgendwie unschlüssig gegenüber. Da hatte sich etwas getan heute zwischen ihnen. Aber sie konnte sich nicht an einem Tag zurückholen, was sie zwei Jahre lang kaputtgemacht hatte. So war das nun einmal, die Zeit schaffte Entfernungen. Jeden Tag zwei Zentimeter waren auf Dauer gesehen auch ein paar Meter. Und ein paar Meter konnten genau den Unterschied zwischen Nähe und Ferne ausmachen. Es lag an ihnen, wie viel Fläche sie zurückeroberten und ob sie Brücken schlugen oder sie endgültig einrissen und damit unüberbrückbare Schluchten schafften. Leo drückte kurz ihre Schulter und murmelte dann etwas von »Bandprobe« und »Keller«. Sie nickte, lief ins Wohnzimmer und starrte vor sich hin. Dort an der Wand sah man noch immer ein paar Spuren der Waschbären, die sie trotz intensiven Geschrubbes nicht wegbekommen hatten. Inzwischen hatten sie auf dem Dach Schutzvorrichtungen gegen die unliebsamen Gäste anbringen lassen, und Jan hatte sich auch um die Dämmung des Spitzbodens gekümmert. So wie mit Katharina an diesem Tag hatte sie nie wieder gelacht, auch wenn das Lachen noch leise nachhallte und sie ein wenig von innen aufhellte. Genauso wie der heutige Tag. Die Sonne warf ihr gleißendes Licht durch die Scheiben und ließ die Fliesen an manchen Stellen heller erscheinen. Weiße Flecken auf dunklem Grund.

Sandra machte auf dem Absatz kehrt und verließ das Haus wieder. Entschlossen lief sie rüber zu den Lahners. Bereits vom Bungalow her hörte sie Stimmen. Wenig später sah sie auch, zu wem die Stimmen gehörten. Auf einem der Gartenstühle saß eine Frau mittleren Alters, ihr gegenüber ein Herr in Hemd und Krawatte, mit randloser Brille auf der Nase. Katharina konnte sie nirgends sehen.

»Guten Tag, ich bin Sandra Breitenbach, Katharinas Nachbarin«, stellte sie sich vor.

»Sehr angenehm«, antwortete der Herr postwendend, stützte sich auf seinen Spazierstock und erhob sich mühselig und mit einem lauten Seufzen aus dem Stuhl.

»Wilhelm Theobald von Gutdorf.« Er verbeugte sich ein wenig.

Sie war sich sicher, hätte sie ihm ihren Arm vor die Nase gestreckt, statt ihm die Hand zu reichen, dann hätte er ihr einen Kuss auf den Handrücken gedrückt. Unwillkürlich lächelte sie amüsiert.

»Elvira Seibert, Katharinas Mutter«, stellte sich die Dame daneben vor, die sich nicht die Mühe machte, sich zu erheben. Sie hatte dunkles kurzes Haar, das sie in schwungvollen Wellen toupiert hatte, trug ein enges hellgrünes Kleid mit Volantkragen. Man sah ihrem Gesicht an, dass sie und Katharina verwandt waren. Die Züge waren ähnlich, wenngleich Elvira das Herzliche darin fehlte, das Katharinas grüne Augen und ihr Lächeln so besonders machte.

Elvira fasste Wilhelm Theobald am Arm und zog ihn zurück neben sich auf seinen Stuhl, fast schon ein wenig besitzergreifend. Dann schenkte sie ihm ungefragt Kaffee in seine Tasse mit Goldhenkel und begann ihm imaginäre Staubflusen von der Schulter zu tätscheln.

»Äh, wo finde ich Katharina?«, erkundigte sich Sandra.

»Hier«, rief es von drinnen. Erleichtert lief sie in Richtung der Stimme. Katharina stand im Türrahmen zwischen Terrasse und Wohnzimmer und grinste sie an.

»Bist du gekommen, um mich zu retten?«, flüsterte sie verschwörerisch.

»Wovor?«

Sie deutete nach draußen auf die Sitzecke, in der sich ihre Mutter inzwischen auf den Schoß des alten Herrn gesetzt hatte und ihm zärtlich die Stirn küsste.

»Vor meiner Mutter und ihrem Freund! Die sind schlimmer als Teenager. Angeblich ist er adelig. Sein bester Freund ist Prinz August von soundso.«

»Das ist ja nicht die beste Werbung für ihn. War das nicht der Prügelprinz?«

Katharina kicherte leise.

»Hat dir deine Mutter schon mal einen *Freund* vorgestellt? Es ist schrecklich grotesk, ich freue mich ja für sie. Seit Vater war da niemand … zumindest niemand Reales. Vielleicht hört sie jetzt endlich auf, ständig auf Beerdigungen zu gehen. Aber komisch ist es trotzdem.«

»Meine Eltern sind Althippies mit Hang zur Esoterik, glaub mir, es geht schlimmer«, sagte Sandra. »Hättest du Lust, mit mir in die Stadt zu fahren. Ich brauche ein neues Kleid.«

»Ja, gerne. Ich nutze jede Gelegenheit, um den *lovebirds* hier zu entkommen. Es ist grauenvoll, er leckt sie ab, weißt du. Er knutscht sie nicht nur, nee, er fährt ihr mit der Zunge über die Lippen bis nach oben zur Nase und dann zur Stirn. Und sie gurrt dabei wie eine Taube kurz vor der Notschlachtung.«

Sandra musste lachen.

Katharina streckte die Zunge heraus und verzog angewidert das Gesicht. Ein wenig sah sie dabei aus wie Mila. Nur dass Mila kaum etwas eklig fand. Als sie vor ein paar Tagen wieder Fahrradfahren geübt hatten, hatte sie tatsächlich mit der bloßen Hand die Nacktschnecken von der Straße aufgesammelt und ins Gebüsch gesetzt. Bevor sich Sandra fragen konnte, was sie da unternehmen sollte, weil das sicherlich nicht das Hygienischste für ein Mädchen mit einem transplantierten Herz war, ein Mädchen mit Jonahs Herz, hatte Mila aus ihrer Tasche eine kleine Flasche mit Desinfektionsmittel geholt und sich ausgiebig und sehr beherzt die Hände damit eingerieben. Beherzt. Ein komisches Wort war das. Aber es passte gut. Mila machte Dinge auf eine beherzte Art und Weise.

»Hast du an etwas Bestimmtes gedacht?«, fragte Katharina, und Sandra brauchte eine Weile, bis sie verstand, was sie meinte.

»Nein, eigentlich nicht«, sagte sie schließlich. »Einfach irgendetwas Frisches, Sommerliches. Ich habe mir so lange nichts gekauft. Aber hast du denn überhaupt Zeit?«

»Na, klar. Für dich doch immer.« Katharina strahlte.

So war das mit ihr. Wenn Sandra zu ihr rüberkam, ließ Katharina alles stehen und liegen. Sie machte ihr aufwändige Kaffee- und Cappuccinovariationen mit handgeschäumter Milch und bot ihr Kuchen an. Sie war uneingeschränkt offen und herzlich. Was für eine traurige Ironie, dass es ausgerechnet ein Herz sein würde, dass über kurz oder lang ihre Wege trennte, auch wenn es sie zueinander geführt hatte.

Katharina beugte sich ein wenig nach vorn, hielt sich mit der Hand am Rahmen der Schiebetür fest und rief in den Garten hinaus: »Mama, kann ich euch Turteltäubchen alleine lassen, ein Anruf vom Krankenhaus, ich muss dringend los. Mila ist heute bei Felix.«

»Aber natürlich, meine Liebe. Du erlaubst doch, dass ich Wilhelm Theobald die Fotoalben zeige, oder? Er möchte so gerne sehen, wie ich als junges Mädchen ausgesehen habe. Und sag mal, hast du noch diesen selbst gemachten Likör? Was war das doch gleich, Sauerkirsche?«

»Ja, Mama, kein Problem, bedient euch einfach.« Katharina verdrehte die Augen und zog Sandra dann hinter sich her zur Vordertür hinaus, hinein in ihren klapprigen Opel, bevor Sandra auch nur anbieten konnte, mit ihrem Audi fahren.

»Wetten, dass er in Wahrheit Hans Müller heißt oder Heinz Schmitt oder irgendetwas noch viel Gewöhnlicheres?« Sie lachte und startete den Motor.

In einer Boutique, in die Sandra früher einmal gern gegangen war, aber die sie seit Jahren nicht mehr betreten hatte, begannen sie zu stöbern. So als wären sie ganz normale Freundinnen, an einem ganz normalen Freitagnachmittag. Nicht so, als wäre alles viel komplizierter.

Katharina nahm ein rotes Kleid vom Bügel und rief Sandra zu: »So eins wollte ich schon immer haben!«

»Dann probier's doch an«, gab sie zurück und schob lustlos Kleider auf der Stange von rechts nach links und wieder zurück.

»Gut, mache ich«, erwiderte Katharina überzeugt.

Als sie hinter dem Ledervorhang der Umkleidekabine hervortrat, erkannte Sandra sie beinahe nicht wieder. Rot war genau ihre Farbe. Ihre dunklen Haare und die grünen Augen harmonierten perfekt mit dem Ton des Kleides. Es lag an den richtigen Stellen an und betonte Katharinas weibliche Kurven, ohne die etwas zu runden in den Vordergrund zu rücken. Die

Länge stimmte genau, es endete knapp über den Knien und ließ sie damit größer wirken.

»Das sieht fantastisch aus«, begeisterte sich Sandra.

»Finde ich auch.« Katharina lachte und drehte sich schwungvoll vor dem Spiegel. Dann hielt sie inne, runzelte die Stirn und zog mit der rechten Hand das Schildchen über die Schulter, schielte auf den Preis. »Aber so toll ist es dann auch wieder nicht«, seufzte sie. Sie ging ohne ein weiteres Wort in die Kabine zurück. Wenn Sandra erwartet hatte, dass sie traurig herauskam, dann hatte sie sich maßlos in ihr getäuscht. Sie war ebenso fröhlich, wie sie hineingegangen war, hängte das rote Kleid schnell wieder zurück und begann umgehend, Sandra Vorschläge zu machen, was sie tragen könnte. Sandra kaufte schließlich drei Kleider und hätte dabei eigentlich gerne nur das rote gekauft. Für Katharina.

Stattdessen lud sie Katharina auf einen Kaffee ein und verdrückte dabei genussvoll ein Stück Käsetorte mit Sahnehaube. Mit Katharina gingen einem die Gesprächsthemen nie aus. Sie war eine gute Erzählerin und eine hervorragende Beobachterin, und sie hatte die seltene Gabe, witzig zu sein, ohne dabei aufgesetzt zu wirken oder übertriebene Gesten zu benötigen. Nur eine Geschichte, die erzählte sie Sandra nicht, und so hatten sie etwas gemeinsam, was sie gleichzeitig trennte.

Am nächsten Morgen fuhr Sandra wieder in die Stadt und kaufte das rote Kleid.

# Kapitel 16 – Nele

Vierzehn Tage ohne Leo, das waren 168 Stunden, wenn man die Nächte nicht berücksichtigte. Im Durchschnitt sahen sie sich zwei Stunden pro Tag, das hieß, wenn ihr vierzehn Tage lang jeweils zwei Stunden mit ihm fehlten, dann machte das achtundzwanzig Stunden, also 1680 Minuten, demzufolge 100 800 Sekunden und das waren genau $1{,}008 * 10^{14}$ Nanosekunden zu viel.

»Ab morgen musst du ohne mich auskommen«, sagte Leo.

Er und Nele saßen draußen im Garten, mitten auf der Wiese. Leo wurde gar nicht müde, dem guten Friedrich immer wieder einen Ball zuzuwerfen. Nele glaubte, der Hund werde das nicht mehr lange durchhalten. Das Spiel ging jetzt schon über eine halbe Stunde. Leo warf, Friedrich fing und brachte den Ball zurück, damit Leo wieder werfen konnte. Sie vergrub ihre Füße weiter in dem hohen Gras, was sehr gut funktionierte, weil der Rasenmäher den Geist aufgegeben hatte, und streckte sie ein wenig näher an Leos nackte Zehen.

»Ja!«, seufzte sie und ihr war zum Heulen zumute. Eigentlich hatte sie allen Grund, rundum zufrieden zu sein. Friedrich war wieder da, ihre Mutter tat so, als hätte sie auch Freude daran. Milas Arzt hatte grünes Licht gegeben, und wenn ihr Vater jetzt noch wieder hier gewesen wäre, dann hätten sie sich alle vormachen können, dass es nie anders gewesen sei. Aber nun fuhr Leo nach Berlin, und sie konnte die nächsten Wochen hier ohne ihn versauern und die Erwachsenen dabei beobachten, wie sie sich wie Kinder benahmen.

»Hier ist es doch auch schön!«, redete Leo ihr zu. Er zupfte mit der linken Hand ein wenig an einer ihrer Haarsträhnen, während er mit der rechten Hand einen Rhythmus auf seinen Oberschenkel klopfte. Nele zählte nicht mehr, wie oft sie sich geküsst hatten. Überhaupt waren Zahlen auf einmal nicht mehr ganz so wichtig.

»Und langweilig«, ergänzte sie, griff nach der großen Wasserflasche neben sich und nahm einen Schluck. Sie hielt sie Leo hin, aber er schüttelte den Kopf.

»Vielleicht. Ich bin ja nicht da!«

»Eben!«, bestätigte sie und fügte dann leiser hinzu: »Könntest du nicht doch hierbleiben?«

»Würde ich ja gerne, aber ich habe es meiner Mutter versprochen. Vielleicht kann ich etwas früher zurückkommen«, sagte er, aber überzeugend hörte es sich nicht an. Möglich, dass er es gar nicht wollte.

»Schau nicht so. Ich würde wirklich gerne bei dir bleiben. Aber ich sehe Mom nicht allzu oft, ich kann das nicht absagen. Im September fliegt sie in den Kongo. Also bleiben nur die paar Wochen. Nele …«

»Mmmpf«, machte sie.

»Du schreibst mir einfach immer. Okay. Und du nutzt das Klo nur, um deinen Arsch daraufzusetzen, klar?«

»Klar«, erwiderte sie, und sie wussten beide, dass das eine Lüge war.

Leo seufzte, ließ sich rückwärts auf die Wiese fallen, legte die Arme in den Nacken und summte *Your mind is a beautiful place … You hide … You try … To cover it up, To bury it deep. To sweep the feelings away. But I seek and find, I dig to search, What's hidden deep inside, to show that there is a side deep in your mind that you can never be too blind to see. Realize, baby, your mind is a beautiful place.*

»Was ist das? Das hört sich schön an.« Nele beugte sich leicht über ihn.

»Das ist ein neuer Song, den ich gerade schreibe.« Er grinste und blinzelte gegen die Sonne an. »Für dich.«

»Für mich?«, fragte sie ungläubig. Warum sollte jemand so etwas für sie tun?

»Ja, damit du ein paar Dinge checkst. Und du bekommst ihn geschenkt, wenn er fertig ist. Ich habe mir das so überlegt … Aargh, ihhh …«

Friedrich unterbrach Leo. Sein riesiger Körper war groß genug, um Schatten auf sie beide zu werfen. Seine Pfote auf ihrem Oberkörper abgestellt, schleckte er Leo einmal quer über das Gesicht.

Nele musste lachen. »Du hast eben aufgehört, ihm Bälle zuzuwerfen!«

»Ja, super!« Leo rappelte sich auf, krempelte sein T-Shirt hoch und wischte sich mit dem Konterfei von Johnny Ramone, vielleicht war es auch Joey, die Spuckefäden des Hundes aus dem Gesicht.

»Was hast du dir so überlegt?«, fragte sie, als er fertig war.

»Ach, das sage ich dir, wenn ich fertig bin mit dem Song. Habe ich wenigstens was zu tun in Berlin, wenn Mom wieder zu superwichtigen Einsätzen gerufen wird.«

Er zwinkerte ihr zu. Sie holte ihr Handy aus der Hosentasche und linste auf die Uhrzeit. Es war aber so hell, dass sie auf dem Display kaum etwas erkennen konnte.

»Scheiße, ich muss los!«, rief sie und sprang auf. »Nachmittagsunterricht.«

»Heute? Am letzten Schultag?«

»Ja, ist nicht wirklich Schule, eher so eine Art Abschiedsfeier für die Weihmann. Die hatten wir in Mathe. Sie ist schwanger und kommt nach den Ferien erst mal nicht wieder.«

»Dann sehen wir uns ja gar nicht mehr!«, meinte Leo und setzte sich auf.

»Wieso?«, fragte sie erstaunt.

»Ich fahre heute, Papa bringt mich um fünf nach Würzburg zum Zug.«

»Oh, nein, ich dachte, du fährst von hier aus!«, erwiderte sie und versuchte, ihre Enttäuschung zu verbergen.

»Das ist zu umständlich, da wird's knapp mit dem ICE«, antwortete er. Er strich sich mit beiden Händen die Haare aus dem Gesicht. Was nichts brachte, weil ihm die Schnittlauchlocken geradewegs wieder über die Schläfen fielen.

Sie war enttäuscht, hatte sich vorgestellt, ihn zum Zug zu bringen und ihn dort zu verabschieden. Der romantische Krimskrams in ihrem Kopf, der sich dort sammelte, seit Leo und sie sich das erste Mal geküsst hatten, überdeckte jegliche eigentlich vorhandene Logik. Sie musste wieder mehr Algebra machen.

Jetzt standen sie mit hängenden Armen voreinander, und es fühlte sich an wie ein Abschied für immer, nicht wie für zwei Wochen. Sie war nicht bereit dafür.

»Nelefee, ich werde dich vermissen.«

»Ich dich auch«, platzte sie heraus und versuchte, sich jede Pore seines Gesichts genau einzuprägen, damit sie nichts davon vergaß. Nicht eine einzige Sommersprosse.

»Schöne Ferien.« Er ergriff ihre nutzlos herunterhängende Hand. »Pass mir auf Mila auf und … na ja, du weißt schon.«

Er sagte nichts mehr, sondern legte stattdessen seine Finger von hinten um ihren Nacken. Es kribbelte wie eine ganze Ameisenherde.

Dann küsste er sie, und sie wollte sich selbst dafür verfluchen, dass sie nicht zu den Mädchen gehörte, die an ihm hochspringen und ihre Beine um seine Hüften krallen würden. Seine freie Hand fuhr unter dem Top ihren Rücken nach oben. Sie versuchte, sich auch seine Berührung so genau wie möglich zu merken, damit alles von ihm so lange wie möglich in ihrem Kopf blieb. Weil das guttat. Weil es das Einzige war, das half. Sie verstand ja, was er ihr sagte. Sie kapierte, dass es schlecht war, zu hungern und zu brechen. Aber was half diese Erkenntnis schon, wenn sie nur zwei Möglichkeiten hatte, sich richtig zu spüren, und eine davon Leo hieß.

# Kapitel 17 – Katharina

Vor ein paar Tagen hatte Jan Katharina gefragt, ob er sie spaßeshalber zu diesem Tennisturnier anmelden sollte. »Doppel(t) gemoppelt hält besser«, so der passende Titel für den Wettkampf, an dem man nur im Zweierteam teilnehmen konnte. Sie hatte Ja gesagt und gleichzeitig Nein zu all den verbotenen Gefühlen, von denen sie nicht einmal wusste, ob sie echt waren. Sie fühlte sich wohl mit Jan. Sie fühlte sich als Frau und nicht nur als Mutter, aber sie fühlte sich auch wohl mit Sandra, und das eine ging nicht mit dem anderen. So ein Mensch war sie nicht, so wollte sie nicht sein. Jan hatte keine einzige Andeutung gemacht, dass er mehr in ihr sah als seine Nachbarin, als eine Freundin der Familie, als eine Tennispartnerin, als eine Frau, mit der er sich gerne unterhielt.

Sie hatte eigentlich schon vor zehn Minuten abfahren wollen, um sich mit Jan in München zu treffen, aber Felix stand ihr im Weg.

»Felix, ich bin schon früher alleine Auto gefahren. Es ist nett, dass du noch mal alles durchgeschaut hast. Aber ganz ehrlich, was soll denn passieren? Zur Not kann ich mit Jan heimfahren.«

Bei der Erwähnung des Namens ihres Nachbarn rümpfte Felix entrüstet die Nase. »Kann er dich doch gleich mitnehmen.«

»Er ist schon da, hat einen Termin dort.«

Darauf reagierte er nicht, sondern sagte stattdessen: »Die Karre ist schrottreif, Kate.«

Sie warf ihm einen strafenden Blick für die unerlaubte Verwendung eines nicht mehr angebrachten Kosenamens zu und stopfte die alte rote Reisetasche, die sie zur Tennistasche umfunktioniert hatte, in den Kofferraum. Der Reißverschluss blieb an der Schlägerhülle darunter hängen, und mit einem lauten Ratschen vergrößerte sich der ohnehin schon zwanzig Zentimeter lange Riss an der Vorderseite.

»Scheiße!«, fluchte sie.

»Du hast doch diese Radlagerdinger reparieren lassen und nach dem Öl und der Kühlflüssigkeit geschaut und nach dem Reifendruck. Ganz ehrlich, was soll da passieren?«, fragte sie ihn und versuchte, nicht zu genervt zu klingen. Denn wenn sie ehrlich war, so war sie ziemlich froh, dass er das alles getan hatte. Wenngleich sie nicht verstand, warum. Sie verstand überhaupt nicht, warum er sich so sorgte und warum er gleichzeitig so sauer war, dass sie mit Jan auf ein simples Tennisturnier fuhr. Er passte währenddessen auf die Kinder auf und hatte sich tatsächlich Franks Mäher ausgeliehen, um den Rasen auf ein nachbarschaftsfreundliches Maß zu stutzen.

»Felix, wirklich. Was soll denn noch schiefgehen mit dem Auto?«, wiederholte sie noch einmal, weil er nicht aufhörte, sie besorgt anzusehen.

»Das ist ein Opel, Baujahr 1998 …«, versuchte er es wieder und drückte mit ihr gemeinsam mit roher Gewalt auf den Kofferraumdeckel, bis dieser endlich einrastete.

»1999«, klugscheißerte sie.

»Es ist und bleibt ein alter Opel. Das Ding ist ein Sarg auf Rädern. Ich mache mir Sorgen. Du musst über dreihundert Kilometer am Stück damit fahren.«

»Ich kann doch noch schnell dem ADAC beitreten, wenn etwas passiert«, widersprach sie.

Er rollte mit den Augen und schaute zu Nele hinüber, die heute besonders schlechte Laune zu haben schien. Es lag – so glaubte Katharina – wohl daran, dass Leo weggefahren war und sie hierbleiben musste. Sie ging einen Schritt auf Nele zu und wollte ihr einen Arm um die Schultern legen, aber sie wich der Berührung aus.

»Fährst du jetzt oder hast du es dir doch noch anders überlegt?«, zischte Nele.

»Ja, ich fahre, viel Spaß mit Papa!«

Mit einem gemurmelten »Tschüss« ging Nele zu Mila auf die Terrasse und würdigte ihre Mutter keines Blickes mehr. Felix dagegen machte keine Anstalten, endlich zu gehen. Worauf wartete er? Er trippelte von einem Bein auf das andere.

»Können wir kurz reden?«, fragte er schließlich, als Nele außer Hörweite war.

»Was willst du denn jetzt noch reden?«, erkundigte sich Katharina, während sie in ihrer Handtasche kramte.

»Wegen Nele, ich habe das Gefühl, irgendetwas stimmt nicht mit ihr. Sie waren doch neulich bei mir im Restaurant und wie sie isst … also irgendwie gefällt mir das nicht.«

»Was meinst du damit?«

»Na ja, ich hatte das Gefühl, dass es ihr total unangenehm ist, vor den anderen zu essen. Mir ist auch schon ein paar Mal aufgefallen, dass sie unheimlich viel trinkt und dass sie, wenn sie mit uns gemeinsam isst, hinterher sofort auf die Toilette verschwindet.«

Katharina setzte die Handtasche ab und schaute zu Felix auf. »Hast du irgendeine Vermutung? Denkst du, sie hat ein Problem?«

»Na ja, sie ist in der Pubertät, und es muss nichts bedeuten. Aber ich finde, wir sollten das ein wenig beobachten.«

»Ich habe vor einigen Wochen alte Brötchen bei ihr gefunden, mir aber nicht viel dabei gedacht. Felix, jetzt machst du mir ein ganz mulmiges Gefühl.«

»Das wollte ich nicht. Ich dachte nur, du solltest wissen, dass mir das aufgefallen ist. Beobachte sie einfach. Das sollte in den Ferien einfacher sein als sonst im Alltag. Wir schaffen es ja sowieso nur selten, zusammen zu essen, so als Familie.« Es hörte sich an wie ein Vorwurf. Und es war einer.

»Felix, fang nicht schon wieder an ...«

»Schon gut!« Er hob die Hände. »Morgen bist du ja wieder da, oder?«

»Ich übernachte dort nicht, nein, also bin ich heute Abend wieder da«, erklärte sie etwas genervt.

»Ich frage nur, weil ich morgen ein Bewerbungsgespräch habe und pünktlich im Restaurant sein muss«, erwiderte er langsam und gedehnt.

»Stellst du kurz vor Eröffnung noch einen Kellner ein?«, fragte Katharina beiläufig, während sie einstieg, um dieses unsinnige Rumstehen mit Felix zu beenden und endlich loszufahren. Sie schloss die Tür, das Fenster war noch offen.

»Nein.« Felix streckte seinen Kopf herein und sagte: »Ich brauche einen neuen Sous-Chef.« Dann beugte er sich zu ihr herunter und drückte ihr einen unerwarteten Kuss auf die Stirn. »Sonja hat gekündigt.«

»Was?«, rief sie laut.

»Viel Spaß beim Turnier und sei anständig«, sagte er und drückte dann auf den Knopf, sodass das Fenster surrend nach oben fuhr.

»Felix, wieso hat sie gekündigt?«, rief Katharina, aber er hatte sich bereits weggedreht und ging betont lässig auf den Rasenmäher zu.

»Sonja«, murmelte sie tonlos vor sich hin und wusste nicht, was sie mit dieser Information anfangen sollte und mit diesem unpassenden Kribbeln, das sich in ihrem Bauch breitmachte.

* * *

»Hab ich dich heute irgendwie verärgert?«, wollte Jan wissen.

Verblüfft sah Katharina ihn an. »Nein, wie kommst du denn darauf?«

Er lachte. »Na ja, so wie du unseren Gegnern die Bälle um die Ohren gehauen hast! Wahnsinn! Zweiter Platz, wer hätte das gedacht?«

Jan ließ den Schläger sinken und stellte sich neben sie. Katharina drehte ihm den Rücken zu, suchte in ihrer Tasche nach dem Ersatzoberteil, das sie eingepackt hatte. Sie zog es heraus und schlüpfte schnell aus dem völlig verschwitzten T-Shirt, das ihr geradezu am Körper klebte. Hastig, weil es ihr unangenehm war, vor Jan nur im Sport-BH zu stehen, wollte sie sich das frische Shirt überziehen. Die Träger verdrehten sich ein wenig, sie zupfte und zerrte am Stoff, aber es gelang ihr nicht, das Oberteil in die richtige Position zu bringen.

»Kann ich helfen?«, fragte Jan leicht amüsiert.

»Nein, geht schon.« Sie drehte sich ein wenig und dann endlich schaffte sie es.

»Was ist das?«, fragte Jan plötzlich, noch bevor sie das Vorderteil über ihren Busen hatte ziehen können. Er deutete auf die dunkle Linie, die senkrecht von Katharinas Brustbein mittig zwischen ihren Brüsten nach unten verlief. Eilig zerrte sie den Stoff über ihren BH. Doch Jan hatte bereits gesehen, was er nicht hatte sehen sollen. Er konnte durch das Oberteil nicht weiter nach unten blicken und daher nicht ausmachen, wie weit sich die Linie auf ihrem Körper verteilte, aber er geriet ganz deutlich ins Stocken.

»Entschuldigung.« Jan trat einen Schritt zurück, merkte, wie unangenehm ihr die Situation war.

»Schon in Ordnung«, sagte sie, sah aber mehr als irritiert aus. »Das ist eine Tätowierung«, erklärte sie, hob den Schläger auf und zupfte nervös an den kleinen abstehenden Teilen des Gummigriffes herum.

»Eine Tätowierung? Ich verstehe nicht«, sagte er.

»Ich hätte es dir schon früher sagen müssen. Aber wir haben so viel darüber geredet in den letzten Jahren, dass es einfach gutgetan hat, jemanden kennenzulernen, der nichts davon weiß.«

Das war nur die halbe Wahrheit. Die ganze war, dass sie es sehr genossen hatte, dass jemand an ihr Interesse hatte und nicht nur an Milas Krankheit. Es hatte sich immer alles um Mila gedreht. Und das war so meistens auch in Ordnung gewesen. Ihre eigene Welt drehte sich um Mila, als wäre sie die Sonne, ohne die sie alle im Dunkeln gesessen hätten. Manchmal aber wünschte sie sich heimlich, selbst zu strahlen. Es war egoistisch, es war einer Mutter nicht angemessen, aber es war eben auch die ganze Wahrheit.

Jans Stirn war schweißnass. Jeder einzelne Tropfen darauf war auf einmal so sichtbar, als hätte er ihn höchstselbst mit einem Pinsel auf die Haut getropft.

Katharina versuchte ein Lachen. »Mila war sehr krank. Herzkrank, seit der Geburt hatte sie einen schweren Herzfehler. Von Jahr zu Jahr haben sich ihre Werte verschlechtert. Als sie vier war, wussten wir, dass sie ein Spenderherz brauchen würde, um eine Überlebenschance zu haben. An ihrem fünften Geburtstag hing sie bereits an der Herz-Lungen-Maschine. Bis sie sechs war, stand sie ganz oben auf der Warteliste. Dann kam der Anruf, und alles ging ganz schnell. Sie hat ein Herz bekommen und darf leben, und ich habe mir für sie ihre Narbe tätowieren lassen.«

»Ich verstehe … nicht«, stammelte Jan.

»Wenn Kinder Krebs haben und durch die Chemotherapie ihre Haare verlieren, lassen sich viele Mütter aus Solidarität die Haare abrasieren. Ich habe mir eben Milas Narbe tätowieren lassen.«

Sie sagte es fast ein wenig trotzig, während sie mit dem Schläger über den roten Sand hin und her fuhr, als wolle sie ein Muster darauf malen. Aus der Ferne war das Gemurmel der anderen Turnierteilnehmer zu hören, die sich längst um die mobile Bar mit kalten Erfrischungsgetränken versammelt hatten. Jetzt kamen sicher gleich die Vorwürfe, das verständliche Unverständnis darüber, dass sie ihm und seiner Familie das nicht schon viel früher erzählt hatte.

Aber nichts. Er sagte lange nichts. Dann, mit völlig veränderter Stimme, so als spräche er mit einer Wildfremden, erklärte er: »Wir müssen zur Siegerehrung.«

# Kapitel 18 – Katharina

Nele lag im Schatten unter dem Baum und war angezogen, als wäre es Herbst, und nicht Hochsommer.

Sandra hatte sie alle überredet, mit ihr ins Schwimmbad zu fahren, und sie war so normal wie immer. So normal Sandra eben war, mit alle ihrer Traurigkeit, die glücklicherweise langsam weniger zu werden schien, und ihrer Zurückhaltung. Sie hatte kein Wort über das Tennisturnier verloren, und fast schien es Katharina, als hätte Jan ihr gar nichts davon erzählt.

»Mama …«, sagte Mila neben ihr leise und zog sie am Arm. Erst jetzt bemerkte Katharina, dass sie noch immer ihr Sommerkleid trug.

»Die Badesachen sind seitlich in dem kleinen Fach«, erklärte sie ihr.

»Kannst du mitkommen? In die Kabine«, bat Mila.

»Aber, Milli, du wirst dir alleine eine Badehose anziehen können. Die Kabine ist keine hundert Meter entfernt.«

»Bitte«, drängte Mila, griff nach der Tasche und zog ihre Mutter hinter sich her.

Katharina schüttelte verständnislos den Kopf und folgte ihrer Tochter zu den alten blauen Kästen am Rand der Wiese.

Mit gesenktem Kopf ging Mila hinein und schlurfte dabei mit den Sandalen hörbar über den Boden.

»Da sind sie doch!«, rief Katharina, nachdem sie in das Seitenfach der Tasche gefasst hatte, und hielt ihr nun zwei verschiedene Badehosen vor die Nase.

Mila stampfte unerwartet wütend mit dem Fuß auf. »Das weiß ich auch! Aber die ziehe ich nicht an!«

»Was? Wieso denn nicht? Die sind rosa und lila und auf dem hier sind …«

»Ich ziehe die nicht an«, brüllte sie auf einmal so laut, dass Katharina zusammenzuckte.

»Aber, Mila, warum denn nicht?«, fragte sie, ließ die Tasche zurück auf den Boden gleiten und streckte die Arme nach ihrer Tochter aus.

»Weil, weil …«, stammelte Mila, schluckte und gluckste. Und auf einmal kullerten ihr dicke Tränen über die Wangen.

»Weil das nicht geht! Ich will nicht, dass sie es sieht!«, kreischte sie und trampelte wütend auf dem Boden herum.

Katharina verstand immer noch nicht, was ihr Problem war. Wollte sie einen Badeanzug, wollte sie ihre nicht vorhandenen Brüste verbergen?

»Was nicht sieht, Milli?«, fragte sie sanft und griff nach ihrem Arm.

Mila drückte sich mit dem Rücken gegen die Kabinenwand. Vor lauter Aufgebrachtheit hatte sie bereits angefangen, heftig zu schwitzen.

Katharina holte ein Handtuch aus der Tasche.

»Dass ich ein Monster bin!«, schrie Mila.

Erschrocken ließ Katharina das Handtuch zu Boden fallen.

»Wie kommst du denn auf so etwas, Mila?«, gab sie bestürzt zurück, ging einen Schritt auf sie zu und drehte ihr Gesichtchen zu sich, wischte ihr die Tränen von den Wangen.

»Aileen hat das zu mir gesagt. Beim Sport. In der Schule.« Die Worte kamen abgehackt, weil sie zwischendurch Zeit brauchte, um ihre Schluchzer laut herauszuseufzen und auch noch Luft dabei zu holen. »Weil … ich … wie Frankenstein zugenäht bin und gar nicht echt sein kann.«

»Was?« Fassungslos sah Katharina in ihre verzweifelt weit aufgerissenen Augen. Mila hatte bisher nie Probleme mit ihrer Narbe gehabt. Zumindest hatte ihre Mutter nie den Eindruck gehabt. Aber offenbar wusste sie auch von ihrer jüngeren Tochter weniger als gedacht. »Das hat sie gesagt?«

Mila nickte ernst und wurde dann zusehends gelassener. »Blöd, oder?«, erklärte sie mit schief verzogenem Mund. Wie Katharina diese Schnute an ihr liebte!

»Richtig blöd. Saublöd und hundsgemein«, bestätigte Katharina und drückte sie fest an sich. »Aileen? Ist das nicht die mit der langen Nase, die ein bisschen wie eine Hexe aussieht?«

»Ja«, antwortete Mila und kicherte ein wenig. »Mama, bin ich nicht ganz echt, weil ich kein eigenes Herz mehr habe?«

»Mila, du bist so echt, wie man sein kann, und liebenswert und wunderbar. Nichts an dir ist so, wie ein Monster ist. Das Herz in deiner Brust ist ein Geschenk.«

»Aber Geschenke gibt man freiwillig, und man kann sie ja auch wieder zurückgeben, wenn man will«, sagte Mila und schaute auf den Boden.

Erstaunt sah Katharina ihr kleines Mädchen an und drücke ihr einen Kuss auf die Stirn.

»Auch dein Herz ist ein freiwilliges Geschenk. Irgendjemand hat entschieden, dass es besser ist, dass du das Herz bekommst und das Herz nicht auch sterben muss, sondern mit dir weiterleben darf. In deiner Brust schlägt etwas, was jemand anderem nicht mehr helfen konnte. Wenn du etwas hast, was du nicht mehr brauchst, ist es doch auch gut, erst einmal zu sehen, ob jemand anders es vielleicht unbedingt benötigt, bevor du es wegwirfst, oder?«

Mila überlegte eine ganze Weile, dann nickte sie und sagte: »Du meinst, so wie mein Dreirad, das du dem Jungen mit den orangen Haaren geschenkt hast?«

»Ja, so ähnlich«, bestätigte Katharina.

»Aber, Mama, ich will trotzdem nicht, dass Sandra meine Narbe sieht. Dann mag sie mich vielleicht nicht mehr so gerne, weil sie mich hässlich findet.«

»Schätzchen, wenn dich jemand nicht mag, weil ihm deine Narbe nicht gefällt, dann soll er es lassen und hat dich gar nicht verdient. Aber ich bin mir sehr sicher, dass Sandra dich genauso mag, ob nun mit oder ohne Narbe.«

»Aber es könnte ja auch ein Geheimnis bleiben, oder?«, versuchte Mila es erneut. »Das mit der Narbe. Weil ich sie auch nicht schön finde.«

Mila und Geheimnisse. Sie machte gerne aus den kleinsten Dingen einen großen Staatsakt.

»Harry Potter hat auch eine Narbe«, versuchte Katharina es erneut.

»Und er versteckt sie unter seinen Haaren«, konterte Mila erfolgreich.

»Mmmh, also gut, wenn du absolut nicht möchtest, dann ziehst du eben einen Badeanzug an, okay? Ich habe einen alten eingepackt, warte, lass mich nachsehen.«

Sie beugte sich nach unten und kramte ein rot-weiß gestreiftes Exemplar aus der Tasche. »Wäre das in Ordnung?«

»Ja, das ist gut. Und dann sieht man auch meine Brüste nicht. Ich werde ja jetzt auch älter«, meinte sie ernst.

Um sie nicht zu verletzen, verkniff sich Katharina das Lachen und grinste nur ein wenig in sich hinein. »Pass auf, Kleines, ich ziehe mich auch schnell um und dann springen wir zusammen ins Wasser, okay?«

»Okay.«

* * *

»Nele, wollen wir runter zum Kneippbecken gehen?«, fragte Katharina am späten Nachmittag.

Zweifelnd sah Nele sie an. So als vermutete sie hinter dem Vorschlag irgendeinen Hinterhalt. »Von mir aus!«

»Und ich?«, fragte Mila.

»Wir beiden Hübschen könnten noch ein letztes Mal ins Wasser und schwimmen üben. Was hältst du davon?«, sprang Sandra ein, bevor Katharina sie darum bitten konnte. Offenbar hatte sie verstanden, wie wichtig es war, dass sie Nele einmal alleine für sich hatte. »Ich kann das, glaub mir. Leo habe ich es auch beigebracht.«

»Also komm, lass uns nachsehen, ob es noch so kalt ist wie früher«, sagte Katharina ermunternd.

Nele nickte gleichgültig, rappelte sich auf und lief ihr nach.

Katharina wartete die ersten beiden Runden ab, die sie in dem eiskalten Becken hintereinander hergingen und dachte dabei an früher, als Nele etwa sieben oder acht gewesen war und ständig über Wachstumsschmerzen geklagt hatte. Damals waren sie häufiger kneippen gegangen, was ihren schmerzenden Waden gutgetan hatte. Nele stieg jetzt über die Treppe aus dem Becken und drückte die Füße fest in den morastigen Boden vor dem Becken, zog sie schnell wieder heraus, wartete, bis ihre Abdrücke von alleine wieder verschwanden. Katharina beobachtete das Spiel, und es erinnerte sie an die Schnelllebigkeit, die das Leben bekam, wenn man Kinder hatte. Ihr Fußabdruck war so wenig greifbar wie die Momente, in denen sie reifte und zu einer immer wieder anderen Person wurde, um ihre Persönlichkeit zu entdecken. Zu werden, wer in ihr steckte, und darauf lauernd, das Kind vollständig zu vertreiben.

»Nele, geht's dir gut?«

Sie schaute nicht hoch. »Hat er also doch schon angerufen?«

»Wer?«, fragte Katharina verständnislos und bemerkte ihn dabei sehr gut, den Ärger in Neles Stimme.

»Ach nichts«, antwortete Nele und hob einen daumengroßen, länglichen Stein auf.

»Ich mache mir Sorgen um dich!«, sagte Katharina.

»Warum denn?«, murmelte sie, drehte den Stein in den Händen und ließ ihn dann wieder fallen.

Was sollte sie jetzt sagen? Dass Felix etwas beobachtet hatte? Etwas Unverfänglicheres, etwas Direktes? Welcher Tonfall? Ein autoritärer, ein bemutternder oder doch lieber freundschaftlich? Was hatte Wirkung und was verfehlte sie?

»Weil du mein Kind bist und du damit automatisch eines in dir vereinst: die größte Liebe und die größtmögliche Sorge. Egal, wie alt du bist, egal, wie reif du wirst, egal, wie erwachsen du irgendwann einmal sein wirst«, erklärte sie schließlich.

»Du musst dir keine Sorgen machen. Ist alles gut«, brummelte Nele und lächelte ihre Mutter vorsichtig an.

»Ich werde dich nicht aushorchen, aber Nele, hast du Probleme in der Schule? Ärger mit Leo oder … oder ist irgendetwas … mit deinem Körper? Kannst du nicht damit umgehen, dass …«

»Du wolltest mich doch nicht aushorchen!«, unterbrach Nele sie schnell.

Katharina schluckte schwer, während sie versuchte, die nächste Frage richtig zu formulieren.

»Nele, in der Pubertät kommen Mädchen manchmal auf dumme Ideen, wenn sie ein Gefühlschaos durchmachen. Sie fangen an, sich selbst zu verletzen oder sie hungern unnötig, weil sie denken, sie wären zu dick …«

Nele sah mit ihren großen Augen zu ihr hoch und blieb stehen, dabei musste sie gar nicht mehr weit hochsehen. Sie war vielleicht noch knappe fünf Zentimeter kleiner als ihre Mutter. Katharina erschrak, als ihr das bewusst wurde. Gerade noch hatten sie Striche an das Biene-Maja-Größenposter an ihrer Wand gemalt und Meilensteine wie einen Meter, einen Meter zwanzig, dreißig mit zugehörigem Datum eingetragen. Wo war das Poster hingekommen und wo die Zentimeter zwischen ihnen? Wurde der körperliche Unterschied geringer und dafür die emotionale Entfernung proportional größer? Warum sagte einem vorher keiner, dass auch Eltern mit Wachstumsschmerzen zu kämpfen hatten?

»Denkst du, ich bin zu dick, Mama?«, flüsterte Nele.

»Nein, ich finde eher, du bist ein bisschen mager geworden in letzter Zeit. Und das macht mir Sorgen.«

Nele lachte auf, es klang ein wenig bitter. »Also, Mama, wenn du dir um eins keine Sorgen machen musst, dann darum!« Warum hörte es sich so an, als müsse sie es gerade deswegen umso mehr?

»Nele«, versuchte sie es noch einmal, »das ist zwar ein verdammt abgedroschener Satz, aber er ist und bleibt die Basis meiner Liebe zu dir: Du kannst mit allem zu mir kommen und mit mir über alles reden, in Ordnung?«

Sie nickte und zog ihren linken Fuß wieder aus dem Matsch. Ein Fußabdruck mehr, der langsam verblasste. Katharina sah genau hin, wie die Spur verschwand, und wünschte sich dabei sehr, dass Neles Fußspuren nie zu weit von ihren eigenen entfernt sein würden und dass sie in Sichtweite blieb und sie als ihre Mutter niemals das, was sie bewegte, komplett aus den Augen verlor.

* * *

Bis sie an diesem Tag zu Hause ankamen, war Mila im Auto eingeschlafen. Katharina hievte sie aus dem Autositz, legte sie sich wie einen Mehlsack über die Schulter und trug sie zum Haus. Kurz vor der Haustür wäre sie – Mila hing nicht nur schwer auf ihr, sondern versperrte ihr auch die Sicht – beinahe mit Felix zusammengeprallt. Er lächelte.

»Was willst du denn hier?«, fragte Katharina biestiger als beabsichtigt.

»Zu dir«, antwortete er schlicht.

»Papa …«, murmelte Mila schlaftrunken.

Nele hinter ihr meinte: »Gut, dass du da bist, Papa. Ich hab ein Problem mit meinem Handy. Kannst du mal schauen?«

Katharina lief ohne ein weiteres Wort an Felix vorbei und flüsterte: »Ich bringe jetzt Milli ins Bett.«

Felix und Nele gingen hinter ihr ins Haus.

Während sie an Milas Bett saß und ihr die Stirn streichelte, sie zudeckte und sie noch eine Weile betrachtete, bekam sie mit, dass Nele zu telefonieren begann. Sie nannte Leos Namen, und dann hörte Katharina, wie sie ihre Zimmertür hinter sich abschloss. Leise ging Katharina hinaus auf den Flur und sah, dass im Bad Licht brannte.

»Erklärst du mir jetzt endlich, was du hier machst?« Sie hatte die Tür zum Badezimmer einen Spalt weit geöffnet, weit genug, um Felix' Hintern in kurzen Jeans und seinen nackten Rücken zu sehen. Die festen Waden, die Spannung darin, die irgendwie nie nachzulassen schien.

»Ich putze mir die Zähne.«

»Ja, das sehe ich.«

»Warum fragst du dann?«

Er drehte sich zu ihr um, und irgendwie war das intimer, als ihn nackt zu sehen, wie er da mit seiner Zahnbürste im Mund vor ihr stand und nuschelte. Einen Moment lang wünschte sie sich, sich hinter ihn zu stellen, die Arme um seinen festen Körper zu schlingen und ihn zu bitten, sie nie mehr loszulassen.

»Ich will dich, Kate«, sagte er, nahm die Zahnbürste aus dem Mund und spülte mit Wasser nach.

»Für jetzt, und dann?«, fragte Katharina und schloss leise die Tür hinter sich, lehnte sich von innen dagegen und schaute ihn an. Er hatte sich zu ihr gedreht. In seinen Worten und in seinen Augen lag derselbe Ausdruck, in den sie sich einmal unsterblich verliebt hatte.

»Dann immer noch.«

»Ach, Felix. Wir haben es doch versucht. Wir haben es so lange versucht.«

»Nein, wir haben es nicht richtig versucht.«

»Wie geht denn *richtig*?«

»Weiß ich nicht«, gab er zu.

»Wie sollen wir es denn dann schaffen?«

»Weiß ich auch nicht. Vielleicht so.«

Er trat einen kleinen Schritt auf sie zu, dann zwei, und weil sie nicht weiter zurück konnte, da hinter ihr die Tür war, ließ sie zu, dass er die Arme links und rechts neben ihrem Kopf gegen das Türblatt stemmte und ihr tief in die Augen sah. Dann beugte er sich ein wenig nach unten. Seine Pupillen waren ihr so nah, dass sie sich selbst darin nicht mehr erkennen konnte.

»Felix, bitte …«, hauchte sie noch, da waren seine Lippen bereits auf ihren und mit ihnen eine Flut an Erinnerungen, gegen die sie sich nicht wehren konnte. Ihre ganze Geschichte lag in diesem einen Kuss. Jede Linie ihrer Haut, die sich mit den Jahren und den Sorgen tiefer eingegraben hatte, jede Nuance seines Geruchs, die sie schon über die Hälfte ihres Lebens begleitete, jede Berührung an jeder Stelle ihres Körpers, die schon einmal da war und deshalb unweigerlich auch zu ihr gehörte, zu ihnen gehörte. Aber auch die lauten Worte und die leisen, die nicht gesprochenen und die überhörten. Bilder, die zu den besten ihres Lebens gehörten, und Bilder, die sie nie wieder sehen wollte. All das war unweigerlich mit Felix verbunden. Sein Körper und ihrer hatten gemeinsam das Größte getan, wozu Menschen in der Lage waren. Sie hatten neues Leben geschaffen. In diesem einen Moment, in dem seine Lippen ihre berührten und sie den Kuss erwiderte, in dem sich ihre Zungen umarmten, ihre Lippen eins wurden, vergaß sie, warum sie sich getrennt hatten. Vergaß, dass es gute Gründe gab, ihn nicht zu küssen. Felix presste sich gegen sie und sie drängte sich ihm entgegen. Sie wollte auf einmal nichts mehr, als eins mit ihm sein, sich zurückholen, was ihnen auf dem Weg verloren gegangen war. Es war so vertraut und doch so fremd, weil es so lange zurücklag. Seine Hände suchten sich ihren Weg unter ihr Sommerkleid. Fest drückte er ihren Hintern, und dann hob er sie einfach hoch. Sie ließ es zu, weil sie dabei sah, wie er das früher getan hatte, weil sie spürte, wie gut es war, und weil es sich auch ganz ohne Erinnerung verdammt gut anfühlte. Sie schlang die Beine um seinen Körper und konnte seine Erregung dabei so gut spüren, dass sie augenblicklich auf sie überschwappte. Er trug sie ins Schlafzimmer, das einmal ihr gemeinsames gewesen war, und sah ihr dabei unentwegt in die Augen. Ohne ein einziges Lächeln, nur mit dem gleichen unbändigen Verlangen darin, das auch sie spürte. Statt aufs Bett setzte er sie auf den kleinen Schreibtisch unterm Fenster und zog ihr langsam das Kleid über den Kopf, öffnete den BH und senkte den Kopf an ihre Brust. Er küsste ihren Hals, den Ansatz ihrer Brüste und schließlich ihre Nippel. Einen ganz kurzen Moment lang fühlte es sich seltsam an, so vollständig nackt vor ihm zu sitzen, aber dann übernahm die Erinnerung und ließ falscher Scham gar keinen Platz. Sie seufzte, als er seine Lippen weiter nach unten gleiten ließ, ihr mit den Händen eilig den Slip herunterzog und weiterwanderte zu ihrem Schoß, zwischen ihre Beine. Es dauerte nicht lange und sie gab sich völlig seinen Berührungen hin. Ihr Verstand war ausgeschaltet, alles war nur noch Gefühl. Irgendwann, als sie längst zu Wachs unter seinen Händen und Lippen geworden war, hob er sie wieder hoch und legte sie aufs Bett. Sie setzte sich sofort wieder auf, zu begierig, um einfach nur dazuliegen, und zog ihn hastig aus. Er half ihr mit dem Hosenknopf, und noch immer sprachen sie kein Wort. Nackt und voll von explodierenden Empfindungen drückte sie Felix nach unten und setzte sich auf ihn. Er nickte, so als wolle er ihr ganz sicher zu verstehen geben, dass es auch das war, was er wollte. Und dann liebten sie sich mit einer Eile und einer Dringlichkeit, die nur daher kommen konnte, dass sie beide Angst hatten, es noch währenddessen zu bereuen. Sie dachte, wir lieben uns, und ihr Unterbewusstsein wollte sie korrigieren, wollte ihr sagen, dass es einfach nur Sex war und sie sehr, sehr lange keinen Sex mehr gehabt hatte, aber es stimmte nicht. Weil es mehr war, ein Mehr, das sie ängstigte. Ihn in sich zu spüren, ihn an sich zu spüren war, wie sich einen kurzen Moment lang wieder vollständig zu fühlen.

Als sie beide mit einem unterdrückten Schrei gemeinsam den Höhepunkt erreichten, drückte er ihre Hüften mit den Händen und ließ sie nicht los, ließ sie einfach nicht los, auch als sie sich längst zurückziehen wollte, als sie spürte, dass sie sofort irgendeinen kleinen Abstand zwischen ihnen aufbauen musste.

»Sieh mich an, Kate! Sieh mich an.«

Sie schaute in sein Gesicht und sah dabei auch Mila, die seine Gesichtszüge trug. Sie sah den Mann, der er einmal gewesen war, und den, der er geworden war durch all das, was sie hatten durchmachen müssen. Und erschrocken stellte sie dabei fest, dass Felix eigentlich noch immer der Gleiche war, dass sie diejenige war, die sich verändert hatte. Er hatte nichts von seiner Lebensfreude verloren, oder er hatte sie eben einfach wiedergewonnen. Sie dagegen bestand so sehr aus Sorgen, dass sie manchmal morgens nicht wusste, welche sie zuerst abschütteln sollte, um aufstehen zu können.

Katharina drückte gegen seine Hände, bis er sie losließ und legte sich dann neben ihn.

»Ich liebe dich, Katharina. Ich liebe dich so sehr«, sagte er plötzlich.

Sie schloss die Augen. Es war das, was man hören wollte, oder? Wenn man mit jemandem geschlafen hatte, und dennoch, irgendetwas daran war falsch.

»Das ist der kurze Moment nach dem Sex, das sind irgendwelche Glückshormone, die da aus dir sprechen«, platzte sie heraus.

»Was?« Er stützte sich auf den Ellbogen, drehte sich nach links und starrte sie an. »Ich wollte dir das schon auf Milas Geburtstagsfeier sagen, in der Küche, als ich deinen Nudelsalat probiert habe.«

»So gut war der nun auch wieder nicht.«

Verzweifelt schüttelte er den Kopf, lächelte unsicher. Wie sollte er es auch verstehen. Gerade noch konnte sie ihm nicht nahe genug sein und jetzt hatte sie Angst davor, alles könnte ganz schnell wieder ganz eng werden und dadurch nicht funktionieren.

»Kate, du bist diejenige, mit der ich zusammen sein will. Diejenige, an die keine andere je herangekommen ist.«

»Wie soll das gehen, Felix? Wir haben es beim letzten Mal auch nicht hinbekommen. Wir haben es endlich geschafft, uns einigermaßen zu arrangieren, und jetzt, jetzt wollen wir uns wieder in etwas stürzen, wo wir uns nur wieder verlieren würden, ohne uns überhaupt ganz gefunden zu haben.«

Eigentlich wusste sie selbst nicht, woher diese Worte kamen. Vielleicht weil sie sich gerade sehr lebhaft vorstellen konnte, wie Felix mit Sonja … und dieser Gedanke gefiel ihr so wenig, dass sie ihn noch nicht einmal bis zum Ende ausführte.

»Wir haben uns doch nie verloren, wir haben uns nur losgelassen«, flüsterte er. Sie konnte ihn nicht ansehen, weil sie ihm eigentlich keine Vorwürfe machen wollte. War in ihrem Leben denn jetzt mehr Platz für sie als Paar oder würden sie wieder genau an dem, was sie am meisten brauchten, scheitern?

»Es ist jetzt eben passiert, das hier«, stellte sie fest und machte eine Handbewegung um ihn und sie und den schweren, hitzigen Geruch von Sex, der noch immer in der Luft lag, um das Kribbeln, das ihren Körper noch nachhallen ließ. »Wir sind erwachsen, ist okay. Dabei bleibt es und gut ist.« Wollte sie, dass es dabei blieb? Oder wollte sie eigentlich etwas ganz anderes?

»Ich will aber nicht, dass es dabei bleibt, Kate. Ich will dich und die Kinder, und ich will, dass wir eine Familie sind. Ich will alles, nicht nur eine Nacht.«

Sie seufzte schwer. »Ich hätte auch gerne alles, aber es geht eben nicht. Das haben wir doch hinter uns.«

»Wovor hast du denn Angst?«, fragte er und wollte sie an der Schulter berühren. Doch sie zuckte weg.

»Davor, dass alles genauso wird wie vorher. Ich trage die Verantwortung und du spielst Kind, Felix. Dabei haben wir zwei Kinder. Ich kümmere mich um alles, und du tust, worauf du Lust hast. Hast du überhaupt einen blassen Schimmer, welche Medikamente Mila in welcher Reihenfolge nehmen muss? Sicher nicht, deine Rezepte dagegen kennst du in- und auswendig. Ich kann dich nicht wieder so nahe an mich heranlassen, dass es mich wieder fertigmacht. Du machst ein Restaurant auf, und ich muss sehen, dass ich überhaupt das Haus halten kann. Wir werden uns genauso wieder im Alltag und in Aufgaben verlieren, uns streiten und es nicht schaffen, in einem halben Jahr einmal gemeinsam auszugehen, weil du … Ach, vergiss es.«

Dann fügte sie doch noch hinzu, weil ihr beim Gedanken an Sonja schmerzhaft der Zorn hochkochte: »Wenn du Sehnsucht nach einer Frau hast, bumst du eben deine Sous-Chefin und ich, ich …«

»Du vögelst mit dem Nachbarn!«, sagte er und war auf einmal furchtbar wütend.

»Nein!«, widersprach sie vehement.

»Aber du hast daran gedacht!«

»Was? Nein, was …«

»Du hast daran gedacht!«, wiederholte er. Dann richtete er sich auf, angelte nach seiner Hose und zog sie schweigend an.

»Felix, was …?« Sie bekam den Satz nicht zu Ende, weil sie gar nicht genau wusste, was sie sagen sollte, und weil er ein wenig recht hatte und dennoch nicht das Recht, es ihr vorzuwerfen.

»Ich gehe jetzt«, brummte er.

»Aber …«, stammelte sie verständnislos.

»Du willst mich nicht so, wie ich dich will, und im Restaurant …«

»Wartet Sonja, oder was?«, keifte sie.

»Hättest du mir zugehört, wüsstest du, dass sie gekündigt hat. Wohl kaum, weil wir so glücklich miteinander sind. Aber falls du dich erinnerst, ich eröffne übermorgen.«

»Bleib, schlaf hier im Bett. Ich gehe auf die Couch«, versuchte sie ihn umzustimmen, aber da hatte er sich bereits sein T-Shirt geschnappt und das Schlafzimmer verlassen.

So war das im Leben, oder? Man verletzte immer die Menschen, die einem am wichtigsten waren und tat sich selbst dabei am meisten weh. Einem plötzlichen Impuls folgend, lief sie ihm hinterher, die Treppe hinunter, an einem bedröppelt dreinblickenden Friedrich vorüber, zur Haustür hinaus.

»Warte, Felix …«

Er drehte sich um. Im dämmrigen Licht der untergehenden Sonne stand er ihr gegenüber. Sie ging einen Schritt auf ihn zu, noch einen. Die Hände nicht weit voneinander entfernt, ihre Herzen schlugen füreinander, doch ihr Takt harmonierte nicht. Noch nicht. Oder nie wieder. Sie wusste es nicht.

Dann sagte er auf einmal: »Als Mila krank und es nicht sicher war, ob sie überlebt, habe ich immer gedacht, dass ich das nicht verkraften könnte, wenn sie sterben würde. Ich habe mir überlegt, wie ich ihr nachfolgen konnte.«

Entsetzt sah sie ihn an, wollte etwas sagen, aber er legte ihr den Finger an die Lippen. »Aber dann wusste ich, dass es für immer auch Nele und dich gibt. Zwei Gründe zu leben. Das hat sich auch mit unserer Trennung nicht geändert. Ich liebe dich, Kate. Aber auch ich kann dir nicht garantieren, ob wir es schaffen. Ich weiß nur, dass wir es versuchen sollten.«

Katharina antwortete nicht, der dicke Kloß in ihrem Hals ließ es nicht zu.

»Wenn es allerdings nicht das ist, was du willst, dann sag's mir.«

Sie sagte noch immer nichts. Es ging nicht. Ihre Arme hingen nutzlos an ihr herunter, die Blicke aus ihren Augen brannten sich in seine. Eine Weile gar nichts, Stille, bis auf das leise Knirschen von Katzenpfoten auf dem Kies.

»Gut. Ich fahre jetzt«, erklärte er, trat einen Schritt vor und küsste sie auf die Stirn.

»Fahr vorsichtig«, quetschte sie mühsam heraus. Dabei wollte sie »Bleib!« schreien. Ein heiseres Flüstern wurde daraus, sie sagte es noch einmal lauter, aber diesmal wurde das Wort vom Zuschlagen der Autotür übertönt.

# Kapitel 19 – Sandra

Sandra seufzte. Vielleicht musste nie jemand erfahren, warum sie wirklich hierhergezogen waren. Katharina nicht, Jan nicht, Mila nicht. Es konnte doch sein, dass sie die Freundschaft zu der Familie mit Jonahs Herzen einfach als das ansehen konnte, was sie war: eine Chance.

Gedankenverloren hielt sie das Preisschild in der Hand, unschlüssig, ob sie es abschneiden oder das verdammte rote Kleid einfach wieder zurück in den Laden bringen sollte. Warum hatte sie es überhaupt gekauft?

Katharina saß draußen auf der Terrasse und wartete auf Sandra, die ihr ein Glas Wasser holen wollte, was sie bereits vergessen hatte. In dem Moment, in dem ihr die kleine Tüte auf der Küchenablage ins Auge gestochen war, war ihr völlig entfallen, warum sie überhaupt in die Küche gegangen war. Dann klingelte es an der Tür und Sandra zuckte so heftig zusammen, dass ihr der feine, seidige Stoff aus den Händen rutschte und zu Boden glitt.

Sie schüttelte ihre Gedanken ab und ging zur Tür. Ohne nachzufragen, öffnete sie und vor ihr stand Felix.

»Hi, Sandra, ist Katharina bei dir?«, fragte Felix.

»Ja, sie ist gerade rübergekommen«, antwortete sie immer noch ein wenig benommen von ihrer Grübelei.

»Gut, ich muss nämlich los. Aber dann passt das ja. Tschüss.«

Sandra runzelte die Stirn, dann sah sie, dass Mila hinter Felix trat und verstand endlich, dass er sie abliefern wollte.

»Mach's gut«, rief sie noch, doch da hatte sich Felix bereits umgedreht und ging, just in dem Moment, in dem auch Katharina in den Flur kam.

»Hallo, Milli! Schönen Tag gehabt?«, erkundigte sich Sandra.

»Ja, war schön. Papi war mit mir im Schwimmbad, und ich hab eine ganze Bahn geschafft!«

»Super«, gab sie mit einem Lächeln zurück und strich dem Mädchen übers Haar.

»Jetzt bin ich aber echt fertig. Also, Leute, bis bald«, sagte Mila, winkte cool mit der rechten Hand und ging ihrer Mutter entgegen, wollte sie an der Hand nehmen und hinter sich her aus dem Flur ziehen.

»Katharina, warte kurz, ich … ich hab hier … was für dich«, stammelte Sandra und kam sich dumm vor. Sehr dumm. Aber jetzt war es zu spät. Katharina sah sie erwartungsvoll an. Sandra huschte in die Küche und kam verschämt mit dem roten Kleid zurück. Sie strich es behutsam glatt und hielt es Katharina ungelenk entgegen. Es wirkte mehr, als reiche sie ihr einen Apfel oder ein Sandwich statt ein Kleid aus roter Seide.

Katharina sah sie entgeistert an, und dann lächelte sie übers ganze Gesicht.

Automatisch zogen sich auch Sandras Mundwinkel nach außen.

»Aber das ist doch das Kleid aus … Nein, hast du das, … hast du das für mich gekauft?«

»Nein, für Friedrich«, gab Sandra grinsend zurück, was Leo an ihrer Stelle geantwortet hätte.

Katharina fiel Sandra um den Hals, drückte ihren kräftigen kleinen Körper fest an sich und gluckste dabei glücklich. »Danke, tausendmal danke!«

Sandra verdrängte die Gedanken, die ihre Worte in ihr wachriefen. Die Worte, die denen im Brief so ähnlich waren: *Danke. Tausendmal danke! Für eine Entscheidung, die furchtbar gewesen sein muss für Sie! Die aber unserer Tochter das Leben gerettet hat.* Sie kniff die Augen fest zusammen.

»Das ist aber ein schönes Kleid, Mama!«, kommentierte Mila.

»Ja, nicht wahr?«, stimmte Katharina zu und schlug dann aufgekratzt vor: »Komm, wir machen ein Beweisfoto.« Sie zückte ihr Handy und hielt es vor ihre beiden Gesichter. Sie grinsten, und Sandra kam sich mit einem Schlag zehn Jahre jünger vor und zwei Jahre leichter. Es würde nicht lange anhalten, das wusste sie, aber für den Moment tat es verdammt gut.

»Vielen lieben Dank«, erklärte Katharina erneut.

»Schon gut.«

Sie wollte Katharina sagen, dass sie ihr guttat. Dass sie sie gerne hatte, dass sie ihr kaltes Herz erwärmte, aber sie brachte es nicht über die Lippen. Sie musste hoffen, dass Katharina es auch unausgesprochen wusste.

»Können wir jetzt heim, Mama?«, fragte Mila und gähnte.

»Natürlich, Kleines.«

»Danke, Sandra, bis morgen, oder?«

Sandra nickte, sah ihnen lächelnd nach, wie sie nach draußen gingen.

Als Sandra das Wohnzimmer betrat, erschrak sie, als sie sah, dass Jan dort stand.

»Wo kommst du denn her?«, fragte Jan. Er hatte die Brille in die kleine Tasche seines T-Shirts gesteckt, rollte die Briefkastenwerbung in seiner Hand zusammen und klopfte sich damit auf die linke Handfläche. Dann ging er einen Schritt auf sie zu. Sie lächelte und näherte sich ihm ebenfalls.

»Ich war mit Katharina und dem Hund spazieren, wir wollten eigentlich noch …«

Sie brach ab, weil ihr wieder einfiel, dass sie Jan den ganzen Tag nicht hatte erreichen können und er eigentlich von zu Hause aus hatte arbeiten wollen. Wo war er gewesen?

»Wo warst du?«, fragte sie.

Jan blickte finster vor sich hin.

Eine dunkle Ahnung, die sich noch nicht greifen ließ, schwebte über ihnen, hing zwischen ihnen, ließ sie Abstand voreinander wahren.

»Ich hatte einen Termin«, antwortete er knapp.

Er stand noch immer da und drehte die Papierrolle in den Händen. »Ich hatte einen Termin mit einer Dame von der DSO«, ergänzte er.

»Du hattest was? Was wolltest du von der Organspendestiftung?«

Erst jetzt fiel ihr auf, wie frostig sein Blick war. So kalt, dass sie schauderte. Gänsehaut wie kühle Regentropfen auf ihrer Haut, sein Atem wehte ihr wie eisiger Wind entgegen.

»Sie haben mir nichts gesagt, aber das mussten sie eigentlich auch nicht. Ich wusste es auch so, und eine einfache Frage hat gereicht. Felix hat es mir bestätigt.«

Alles brach zusammen. Wie wenn sie mit Jonah Sandburgen gebaut hatte und sie Tunnel gegraben hatten. Im einen Moment war noch alles stabil, im nächsten Augenblick die schönste Burg nur noch ein Sandhaufen.

»Was gesagt?«, hauchte sie. Sie war wie erstarrt. Wie hatte sie nur glauben können, es geheim halten zu können? Wie konnte sie nur? Dinge dieser Dimension kamen immer ans Tageslicht. Früher oder später.

»Während du Katharina deine Freundschaft vorgaukelst, geht es dir immer noch nur um die eine Sache. Du kannst ihn nicht loslassen, oder? Du lässt ihn gar nicht gehen.«

Jans Stimme wurde lauter, dröhnte in ihrem Kopf, sodass sie nur mit Mühe dem Drang widerstehen konnte, sich die Ohren zuzuhalten. Sie wollte das nicht hören, sie wollte nicht, dass er wusste, warum sie ihn und Leo hierhergelockt hatte. Sie wusste es ja selbst nicht mehr. Alles war auf einmal so klar, als hätte sie ihr Leben die ganze Zeit durch Milchglas betrachtet und nun wäre die Scheibe zum ersten Mal rein und durchsichtig. Ja, sie war wegen Jonah hierhergekommen, weil sie an ihm hatte festhalten wollen. Aber sie war geblieben, um ihn loszulassen. Mithilfe von Katharinas Freundschaft, mithilfe von Mila hatte sie das geschafft, was Jan die ganze Zeit versucht hatte, ihr zu vermitteln. Und nun hatte er herausgefunden, was er nicht sollte, und er interpretierte alles ganz falsch.

»Jan, ich …«

»Du hast dich an sie herangeschlichen. Du bist nur hier, weil Mila Jonahs Herz hat. Das Herz unseres Sohnes schlägt in ihrer Brust, und deswegen bemühst du dich um sie. Dir liegt gar nichts an Mila, du willst einfach nur den letzten Rest von ihm nicht hergeben. Du bist eine Lügnerin, Sandra! Du hast uns alle angelogen! Wir sind nicht hier, um neu anzufangen, wir sind hier, damit du uns endgültig zerstörst.«

Er schrie jetzt. Jan hatte sie noch nie angeschrien. Und die ganze Wahrheit kannte er noch nicht einmal.

»Ich habe keine Ahnung, wie du das gemacht hast, wie du es herausgefunden hast, die DSO gibt die Daten nicht heraus. Das hätte ich nicht von dir gedacht … Du nutzt dieses kleine Mädchen aus, das dich so lieb gewonnen hat …«

Die Terrassentür flog krachend zu, und es schepperte so laut, dass Sandra einen Moment lang fürchtete, das Glas könne bersten. Auseinanderbrechen in tausend Einzelteile, wie ihr ganzes sorgsam errichtetes Gebilde aus Lügen und Halbwahrheiten. Sie sahen beide zur Tür, ein Schatten huschte durch den Garten. Durch den Kamin heulte der Wind. Aus der Ferne konnte Sandra hinter den Bergen ein Wetterleuchten erkennen. Das Gewitter war nicht weit. Sie steckte mittendrin.

»Jan, es ist nicht so, wie du denkst. Wirklich nicht«, flehte sie.

»Willst du mir erzählen, du wusstest nicht, dass Mila eine Herztransplantation hinter sich hat? Willst du mir weismachen, dass es Zufall ist, dass wir hierhergezogen sind?«, brüllte er.

Seine Augen waren vor Wut zusammengekniffen, seine breiten Kieferknochen drückten sichtbar gegen die mit Bartstoppeln übersäte Haut an seinen Wangen. Die Werbeblätter hatte er zur Seite geworfen und stützte nun zornig beide Arme auf dem Esstisch ab, sah sie mit Hass und brutaler Verachtung an.

»Nein, das will ich nicht«, erwiderte sie schwach.

»Warum, Sandra? Warum?«, fragte er nun leiser und deutlich sanfter.

»Ich … Ich weiß es nicht«, stammelte sie wahrheitsgemäß. Es war schwer, das Gefühl wieder hervorzukramen, das sie an jenem Tag empfunden hatte, als sich Milas und ihre Wege so schicksalhaft gekreuzt hatten. Sie fühlte sich wie ein anderer Mensch. Aber sie fand keine Worte, um Jan das begreiflich zu machen. Ihre Intention hierherzukommen war verwerflich gewesen, aber alles in ihr hatte sich mittlerweile auf ein ganz anderes Ziel ausgerichtet. Es ging nicht mehr um Jonahs Herz, es ging nur noch darum, ihn in ihrem bestmöglich zu bewahren und dem Schmerz weniger Raum zu geben. Aber wie sollte Jan das verstehen? Sie verstand es ja selbst nicht.

Mit hängenden Armen ging sie auf die Treppe zu.

»Was machst du?«, rief er ihr hinterher. »Du kannst jetzt nicht einfach gehen.«

»Ich schließe die Fenster, wir kriegen ein Gewitter«, gab sie apathisch zurück.

Sie hörte den Donner grollen und wünschte sich, sie könne sich darin auflösen. In Donner und Blitz, in Licht und Spannung. Wie automatisiert stakste sie steif die Treppe nach oben und konnte Jans fassungslose Blicke in ihrem Rücken spüren. Die Anklage, die so berechtigt war, und die Verzweiflung darüber, dass sie ihn erneut enttäuscht hatte. Sie würde es ihm erklären, alles. Morgen. Morgen, wenn sie vor sich selbst zugeben konnte, was in den letzten Wochen und Monaten mit ihr geschehen war. Morgen, wenn sie kein so großes schlechtes Gewissen mehr hatte, wenn sie sich selbst zugestand, dass sie leben durfte, ohne in jeder Sekunde um Jonah zu trauern. Und dann musste sie es ihm sagen. Dann musste sie ihrem Mann endlich alles sagen. Sie legte sich angezogen aufs Bett und starrte so lange an die Decke, an der die Schatten des Abends spielten, bis sie einschlief.

# Kapitel 20 – Katharina

Katharina kam es vor, als entwische ihr Felix. Immer dann, wenn sie bereit war, ihn festzuhalten. Wenn er sich dagegen an sie klammerte, stieß sie ihn weg. Sie waren wie zwei entgegengesetzte Pole, die sich anzogen und abstießen und weder ohne einander noch miteinander konnten. Der kleine Funke zwischen ihr und Jan war so schnell erloschen, wie er aufgeflackert war. Es war nichts passiert, und es würde auch nichts passieren. Katharina wurde von Tag zu Tag klarer, dass sie Jan nicht liebte. Nicht in ihn verliebt war. Felix dagegen … Es war alles so schrecklich kompliziert.

»Mama!« Mila schrie so panisch, dass Katharina heftig zusammenzuckte.

»Milli, was ist?«

»Ich habe den Schnaufel vergessen!«, erklärte sie entsetzt.

Erleichtert atmete Katharina aus. »Bei Papa?«

»Nein, ich glaube bei Sandra. Kann ich schnell rüber und ihn holen?«

»Ja, klar. Mach nur«, antwortete Katharina und sah ihr lächelnd nach, wie sie aus dem Haus rannte.

Sie setzte sich auf die Couch und blätterte gedankenverloren, ja geistesabwesend durch die zerfledderte Fernsehzeitschrift auf dem Wohnzimmertisch. Es dauerte keine zehn Minuten, da krachte die Haustür laut ins Schloss und Mila kam hereingestürmt. Sie presste das Stofftier auf drei Pfoten, das irgendwann einmal ein Dackel gewesen war, fest an ihren Körper und sah sich um, so als bemerke sie gar nicht, dass ihre Mutter auf der Couch saß.

Katharina schaute hoch und sagte: »Na also, da ist er ja. Aber, Milli, deswegen musst du doch nicht weinen, du hast ihn doch schon wieder.«

»Ich weine nicht«, presste Mila heraus, während ihr dicke Kullertränen über die Wangen liefen.

»Ist alles in Ordnung, Mila?« Katharina rutschte ein wenig zur Seite und machte Platz für ihre Tochter. Doch Mila blieb stehen, starrte auf den Boden, ein paar restliche Tränen tropften auf ihren Schnaufel, den sie immer noch an sich drückte, als ginge es um Leben und Tod.

»Nee …, ja … ne, ich gehe ins Bett.«

»Soll ich dich nicht bringen?« Ein wenig überrascht runzelte Katharina die Stirn. Mila wollte eigentlich nie alleine zu Bett gehen.

»Nein. Kann ich alleine«, gab sie trotzig zurück.

»Was ist denn los? Ich bringe dich gerne ins Bett!«, sagte Katharina sanft.

»Will ich aber nicht.« Mila betonte jedes einzelne Wort, als wäre es ein eigenständiger Satz, und senkte das Kinn schmollend auf die Brust.

»Gut, sicher, wenn du alleine gehen willst, aber falls du es dir noch anders überlegst, ruf mich einfach.«

Mila nickte, zögerte kurz, beugte sich dann aber doch zu ihrer Mutter herunter und gab ihr einen Kuss auf den Mund.

»Schlaf schön, meine Große! Ich schau nachher noch mal hoch, ja?«

»Nacht, Mama«, murmelte Mila und lächelte verzagt. »Darf ich noch bisschen lesen?«

»Ja, natürlich. Ich hab dich lieb, Schätzchen.«

Katharina wäre ihr gerne nachgegangen und hätte sie so lange traktiert, bis sie ihr sagte, was los war. Nur mit Mühe hielt sie sich davon ab. Doch sie wollte bei ihrer Jüngsten nicht den gleichen Fehler machen wie bei Nele. Ihr nicht auf die Pelle rücken, wenn sie Ruhe brauchte und allein sein wollte. Sie zwang sich, entspannt zu bleiben, die Füße auszustrecken, und schaltete einen skandinavischen Krimi ein. Sie nahm sich vor, eine Viertelstunde zu warten und erst dann nach Mila zu sehen. Aber sie schlief noch vorher ein und wurde erst vom lauten Prasseln des Regens, dem Donner und den hellen, in kurzem Abstand folgenden Blitzen geweckt. Die Uhr zeigte 1.48 Uhr. Katharina drehte sich um und beschloss träge und schlaftrunken, den Rest der Nacht auf der Couch zu verbringen.

Es war kurz nach drei Uhr, als sie wieder aufwachte und sofort wusste, dass irgendetwas nicht stimmte. Ihr T-Shirt war schweißnass, und sie fröstelte. All ihre Sinne waren urplötzlich auf Alarmbereitschaft gestellt. Sie warf die Decke beiseite und war mit einem Satz auf den Beinen. Mila. Sie hatte vergessen, nach ihr zu sehen. Die Gedanken in ihrem Kopf zuckten schneller durch ihr Hirn, als die Blitze draußen sich mit dem noch immer grollenden Donner abwechseln konnten. Mila. Das Herz. Schritte. Da waren doch irgendwann Schritte gewesen, oder? Hatte sie das geträumt, war das im Fernsehen gewesen? Sie geriet sicher völlig grundlos in Panik. Mila würde oben in ihrem Bett liegen und ganz ruhig atmen.

Katharina sprang die Treppe nach oben. Dabei versuchte sie, sich selbst zu beruhigen. Es gab keinen Grund, warum Mila nicht in ihrem Zimmer sein sollte, bewacht von Friedrich vor ihrer Tür. Am oberen Treppenabsatz stutzte sie. Da lag kein Friedrich vor dem Zimmer. Milas Tür stand offen. Nun machte sich Katharina nicht mehr die Mühe zu schleichen. Sie wusste augenblicklich, dass etwas nicht stimmte. Ihr Herz begann zu rasen, als sie das Licht anmachte, zu Milas Bett stürmte. Und es leer vorfand. Mila war weg.

Katharina rannte aus dem Raum und hastete zu Neles Zimmer, riss die Tür auf. Die Jalousie war nicht heruntergelassen, sodass der Mond den Raum erhellte und sie Neles Konturen auf dem Bett deutlich erkennen ließ. Keine Mila. Nicht in Neles Bett, nicht auf der kleinen Klappcouch unter der Schräge, nirgends. Langsam wurde Katharina panisch. Kalter Schweiß klebte nun auch auf ihrer Stirn, und die Angst ergriff mit harter Hand ihren Magen und verhinderte, dass sie klar denken konnte. Der nächste vernünftige Gedanke, den sie fassen konnte, war, dass sie Felix anrufen musste. Es war zwar abwegig, aber einen Versuch wert, vielleicht war Mila dort. Nein, sie würde zuerst im Garten nachsehen. Möglicherweise schlafwandelte sie. Bei dem Wetter? Katharina konnte die Ruhe des Hauses am ganzen Körper spüren. Zu ruhig. Es war, als strahlte Milas Abwesenheit aus den Wänden, hallte leer von den Decken und wehte mit kaltem Atem durchs ganze Haus. Friedrich war auch weg. Katharina rief ihn laut und nahm in Kauf, dass Nele aufwachte. Keine Antwort. Nicht das leise Kratzen von Hundepfoten, kein Jaulen, kein freudiges Bellen. Er war nicht im Bad, auch nicht im Wohnzimmer, und er lag nicht in seinem Korb unter der Treppe.

Katharinas Suche wurde immer ruheloser, sinnloser, als sie schließlich hinter der Garderobe nachsah und sich dann erinnerte, dass sie Mila hatte draußen suchen wollen. Der Gedanke daran, dass Mila gemeinsam mit Friedrich verschwunden sein musste, beruhigte sie seltsamerweise einen Augenblick lang, sodass sie in der Lage war, Felix' Nummer richtig in das Telefon einzugeben. Es klingelte. Dreimal, viermal, fünfmal. Keine Antwort. Noch während sie es ein fünfzehntes, ein sechzehntes und ein siebzehntes Mal klingeln ließ, betätigte sie den Schalter für die Außenbeleuchtung. Die beiden Lampen links und rechts am Haus beleuchteten die Terrasse und ließen die Regentropfen schimmern. Der Wind heulte, ansonsten war es still. Wieder viel zu still. Sie rief in die Nacht hinaus nach Mila, schrie nach Friedrich. So lange, bis eine Hand ihren Oberarm berührte und sie erschrocken zusammenzuckte. »Milli!«

»Ich bin's, Mama! Was ist denn los?« Es war Nele, die sie verschlafen anblinzelte.

»Mila ist weg!«, erklärte sie unter Tränen.

»Wie … weg?«, stammelte Nele verständnislos.

»Sie ist nicht in ihrem Zimmer. Und Friedrich ist auch weg.«

Nele tapste in die Küche, machte das Licht an und schrie dann: »Hier, Mama!«

Die Angst machte sich breit, so breit, dass sie Katharina die Luft zum Atmen nahm. Auf einmal war sie überzeugt davon, dass Mila bewusst- und reglos auf dem Küchenboden zu Neles Füßen lag. Sie taumelte vorwärts. Nele kam ihr entgegen. Sie hielt sie an den Schultern fest und sagte mit beherrschter Stimme: »Hier ist ein Zettel von Mila, Mama!«

»Was steht drauf?«, fragte Katharina keuchend und riss ihr das Blatt Papier aus der Hand. Mila musste es aus ihrem Schulblock getrennt haben – am Rand tanzten kleine Elfen und am unteren Blattende kletterte glitzernder Efeu in Richtung der quadratischen Kästchen. In Milas Schrift stand ein einziger Satz auf dem Zettel: »Weil ich ein Monster bin, bin ich jetzt weg.«

»O Gott!«, entfuhr es Katharina.

»Was bedeutet das, Mama?«, fragte Nele besorgt.

»Ich weiß es nicht«, antwortete Katharina. »Nele, ich muss sie suchen.«

Sie griff schon nach dem Autoschlüssel auf der Küchenablage, als Nele sie erinnerte: »Mama, das Auto ist doch schon wieder in der Werkstatt.«

»Dann … ich gehe rüber zu Sandra und Jan. Bleib du hier, versprich mir das. Du musst hierbleiben, falls sie wiederkommt. Und versuch weiter, Papa anzurufen«, schärfte sie Nele ein. »In Ordnung?«

»Ja, ist gut. Mache ich. Mama?«

»Ja?«

»Es ist ihr doch nichts passiert, oder?« Nele wollte eine Bestätigung.

Katharina gab ihr eine, weil es das war, was sie brauchte, und gleichzeitig das, was sie selbst brauchte.

»Nein, natürlich nicht. Wahrscheinlich ist sie …« Weiter kam sie nicht, weil sie nicht wusste, was sie sagen sollte. Wortlos griff sie nach ihrem Handy und stürmte nach draußen. Der Regen hatte noch nicht nachgelassen, aber er war für Katharina ohnehin nur eine Randerscheinung. Die Panik hatte sie so fest im Griff, dass sie kaum spürte, wie der Regen auf sie einprasselte und ihre dünne Kleidung, ihr Haar, ihre Schuhe in Sekunden durchweichte.

Bei Sandra klingelte sie Sturm. Es dauerte allerdings nicht lange, bis sich die Tür öffnete. Jan sah sie entgeistert an. Er wirkte nicht so, als habe er geschlafen, im Gegenteil, er trug eine Jeans und T-Shirt und hatte seine Brille auf.

»Was ist los? Um Himmels willen, Katharina, was ist passiert?«

»Mila ist weg! Sie ist verschwunden.« Jan zuckte kurz zusammen und warf einen Blick auf die Treppe hinter sich.

»Ich habe kein Auto! Wir müssen sie suchen. Kann ich deinen Wagen haben?«

»Nein«, widersprach er. »Ich fahre dich.«

»Katharina?« Sandra kam die Treppe herunter. Auch sie war vollständig angezogen. Da erst kam Katharina wieder in den Sinn, dass ja Mila erst vor wenigen Stunden hier gewesen war, um ihr Stofftier zu holen.

»Sandra, Mila hat doch den Schnaufel bei euch geholt. Hat sie da etwas gesagt?«

»Wer ist Schnaufel?«, fragte Jan.

Sandra kam nun die restlichen Treppenstufen herunter und machte das Licht im ganzen Haus an. Sie lief um den Küchentisch herum und sagte dann: »Nein. Ich habe sie nicht gesehen. Keine Ahnung …«

»Sie war hier?« Jan wandte sich dabei an Sandra, was Katharina kurz irritierte.

»Sie muss ihn geholt haben, als wir … als wir uns hier unterhalten haben.« Jan warf Sandra einen vielsagenden Blick zu, den sie gar nicht zu verstehen schien.

»Ich suche sie mit dir!«, bot Sandra an. »Wir fahren …«

»Nein«, unterbrach Jan jäh und mit ungewohnt hartem Ton. »Ich fahre mit Katharina, frag du in der Nachbarschaft herum, klingele die Leute aus dem Bett. Mach irgendetwas Nützliches.«

Katharina hatte keine Ahnung, was zwischen den beiden vorgefallen war, aber da war so viel Böses in Jans sonst so sanfter Stimme, dass sie ihn kaum wiedererkannte.

»Lass uns fahren«, schlug Jan vor.

Zunächst fuhren sie langsam die Straße hinunter, kreisten mehrfach um den Wohnblock, sahen am nächstgelegenen Spielplatz in der Picknickhütte nach. Nichts. Sie lotste Jan zu verschiedenen Orten, an denen Mila gerne war, aber überall Fehlanzeige. Von unterwegs aus rief sie ihre Mutter, die Familien von Milas Freundinnen an, versuchte es immer wieder bei Felix, dann wieder bei denen, die sie noch nicht erreicht hatte. Aber niemand wusste etwas. Mila blieb verschwunden.

»Wo ist sie nur?«, stieß Katharina verzweifelt hervor. Der angstvolle Knoten in ihrer Brust war hart wie Stein. Die Angst um das eigene Kind war das Primitivste und zugleich Kraftvollste, was ein Mensch empfinden konnte. Sie wäre in der Lage gewesen, sich selbst das Herz herauszureißen, um ihre Tochter zu retten. Ein Gefühl, das sie allzu gut kannte. Die Qual der Sorge um ihr Kind brachte sie beinahe um den Verstand.

»Wo ist sie nur?«, wiederholte sie wieder und wieder.

Jan, der bislang all ihren Anweisungen stumm gefolgt war und ihr nur hier und da ein ermunterndes Wort zugeworfen hatte, sagte plötzlich: »Vielleicht weiß ich es.«

Er beschleunigte das Tempo und bog aus dem Kreisverkehr ab. Sie fuhren raus aus der Stadt, aber nicht auf die Autobahn Richtung Würzburg, sondern auf den kleinen Landstraßen hinaus in die Morgendämmerung.

Katharina kannte sich irgendwann nicht mehr aus. Die Namen der Ortschaften kannte sie natürlich, aber sie wusste nicht, was sie hier sollten, und vor allem, warum Mila hier sein sollte.

Irgendwann piepste die Tankanzeige von Jans Wagen auf, er ignorierte es. Er schien völlig verändert. Sein Blick war starr auf die Straße gerichtet, er schwieg und seine Kieferknochen waren wie zementiert aufeinandergepresst. Er schwitzte, obwohl es relativ kühl war im Wagen, die Klimaanlage auf einundzwanzig Grad gestellt.

»Wo fahren wir hin, Jan?«, wollte Katharina wissen. Zweimal fragte sie. Zweimal keine Antwort. Dann schrie sie verzweifelt: »Wo fahren wir hin?«

Eine halbe Minute später bremste er abrupt und bog an einer Kreuzung in eine kleine Parkbucht am linken Fahrbahnrand ein. Katharina konnte in der Dunkelheit wenig erkennen. Doch war sie sicher, dass Mila nicht hier war. Was sollte sie auch hier? Katharinas Handy klingelte. Sie war so hektisch dabei ranzugehen, ihre Finger waren so angstnass, dass es ihr fast nicht gelang, den Pfeil auf dem Display zum grünen Hörer-Icon zu schieben. Im Augenwinkel sah sie Jan das Auto verlassen und in die Nacht hinauslaufen.

»Felix?«

»Sie ist hier, bei mir, Katharina. Sandra hat sie gebracht.«

»Oh, mein Gott. Zum Glück. Geht's ihr gut?«

»Ja, es geht ihr gut. Sie ist nass bis auf die Knochen, aber es geht ihr gut. Kommst du?«

»Ja, natürlich, wir kommen sofort.«

»Wer ist wir?«, fragte Felix misstrauisch.

»Jan und ich suchen Mila«, erklärte sie.

»Ah, Jan und du! Ist er neuerdings Milas Vater?«

»Felix, er war gerade hier und du nicht ...«

»Und das qualifiziert ...«

Sie legte auf, weil es ihr zu blöd wurde mit seiner Eifersucht.

Erst jetzt bemerkte sie, dass Jan noch nicht wieder zurück im Wagen war. Er stand im Dunkeln einige Meter vor dem Auto. Durch den schwachen Schein des Abblendlichts konnte sie seine Umrisse erkennen. Sie schaltete das Fernlicht ein und sah, dass er neben irgendetwas niederkniete. Sein Körper schüttelte sich, und hätte Katharina nicht gewusst, dass Mila sicher bei Felix war, so wäre jetzt der richtige Zeitpunkt gewesen, in dem sie vor Angst laut geschrien hätte. Allerdings konnte Jan nicht neben ihrer Tochter knien, irgendetwas anderes war hier. Irgendetwas, was ihn dazu gebracht hatte, völlig die Fassung zu verlieren.

Vorsichtig und so leise wie möglich öffnete sie die Wagentür und setzte einen Fuß auf den morastigen, feuchten Boden.

Sie ging langsam auf ihn zu, darauf bedacht, ihn nicht zu erschrecken. Dann jedoch war sie es, die hastig zurückwich. Jan kniete vor einer Art Grabmal, einem breiten Holzkreuz mit der Aufschrift »Jonah« und einem Datum vor gut zweieinhalb Jahren. Sein Neffe hieß Jonah, oder?

Obwohl es bei dieser Fahrt einzig und allein darum gegangen war, Mila zu finden, fühlte Katharina sich auf einmal wie ein Eindringling. Wie jemand, der die Privatsphäre des anderen zutiefst verletzt hatte. Sie schlich sich zurück zum Auto, er schien sie nicht zu bemerken. Dann wählte sie Felix' Nummer und wartete, darauf, dass Jan sich wieder fasste. Warum waren sie hierhergefahren? Was sollte Mila hier? Sie beschloss spontan, dass jetzt wohl sie diejenige war, die besser in der Lage war, zu fahren. Also rutschte sie über die Handbremse hinweg auf die Fahrerseite, stellte Sitz und Spiegel ein und hörte dann auch endlich Felix' Stimme durch ihr Handy. »Ja?«

»Ich bin's noch mal. Felix … Ich bin so froh, dass sie bei dir ist.«

»Ja, ich weiß, ich bin auch froh. Wann bist du da?«

»So schnell es geht. Wir sind, Jan ist … Es ist nicht so einfach zu erklären. Aber, Felix …«

»Ja?«

»Felix, ich bin froh, dass es dich gibt.«

Dann legte sie auf, und in diesem Moment kam auch Jan zum Auto zurück. Er starrte sie durch die Scheibe der Fahrertür an, als hätte er völlig vergessen, dass sie auch noch da war. Sie ließ die Scheibe herunter und sagte: »Ich fahre.«

Er nickte und stieg ohne Widerrede auf der Beifahrerseite ein.

Dann fuhren sie schweigend zurück. Katharina fragte ihn nicht, was eben hier passiert war, was das für ein Ort war. Es ging sie einfach nichts an. Wenn er es ihr erzählen wollte, so würde er es von sich aus tun.

Zwanzig Minuten später standen sie vor Felix' Restaurant. Auf der Treppe kauerte eine Gestalt, und einen Moment lang glaubte Katharina, es sei irgendein Penner, der sich vor dem Regen schützen wollte. Dann aber hob die Person den Kopf und sie sah erschrocken, dass es Sandra war. Da kam auch Leben in Jan, er riss die Türe auf, ging auf Sandra zu und sagte etwas, das Katharina nicht verstehen konnte, weil das Zuknallen ebenjener Tür jeden anderen Laut verschluckte.

Als sie ausstieg, hörte sie nur noch, wie er bestimmt und mit fester Stimme Sandra aufforderte: »Komm mit.« Sandra gehorchte, rappelte sich auf und hielt dann aber inne, als sie Katharina bemerkte. Sie schaute ihr nicht direkt in die Augen. Ihre ganze Haltung war gebückt, gebeugt, niedergeschlagen.

Schnell umrundete Katharina das Auto, ging auf sie zu und packte sie am Arm, bevor sie in den Wagen steigen konnte. »Was ist mit Mila, Sandra?« Der furchtbare Gedanke, dass Mila doch etwas zugestoßen sein konnte und Felix sie am Telefon nur hatte beruhigen wollen, ließ ihre Stimme schrill klingen.

»Sie ist drin bei deinem Mann. Es geht ihr gut, sie war nur ziemlich durchnässt und hat gefroren. Katharina, es tut mir so leid …«

»Was tut dir denn leid? Ich verstehe nicht, Sandra. Du hast sie doch gefunden, wo eigentlich? Wo war sie?«

»Sie war im Baumhaus.«

»In welchem Baumhaus?«

Noch immer hielt Katharina Sandra am Arm fest und merkte, dass sie ziemlich kräftig zudrückte. Sie ließ etwas lockerer, hielt sie nur noch an ihrem Oberteil.

»Ich habe ihr vor ein paar Wochen das Baumhaus gezeigt, in dem ich als Kind immer gespielt habe. Draußen in der Nähe vom Reiterhof, dort hatte sie sich versteckt.«

»Aber warum?« Katharina verstand nicht, warum Mila mitten in der Nacht an einen Ort gehen sollte, den sie als ihre Mutter noch nicht einmal kannte.

»Sandra, steig ein!«, befahl Jan. Sandra riss sich los und kletterte in den Wagen, nicht ohne Katharina noch einen langen Blick zuzuwerfen. Diesmal sah sie ihr direkt in die Augen.

Noch bevor Sandra die Wagentür schloss und der Motor des Mercedes aufheulte, machte Katharina kehrt und ging ins Restaurant. Drinnen brannte gedimmtes Licht, aber sie hörte weder Stimmen, noch sah sie jemanden. Also ließ sie den

Gästeraum und die Küche links liegen und stieg die Stufen zur Wohnung darüber hinauf. Bisher war sie nie dort gewesen, auch wenn die Kinder schon mehrmals hier übernachtet hatten. Ein wenig orientierungslos stand sie vor einer großen Holztür mit trüben Glaseinsätzen. Sie überlegte ganz kurz zu klopfen, aber dann drückte sie doch einfach die Klinke nach unten und trat ein. Es war dunkel. Nur durch die Lampen im Treppenhaus fiel ein wenig fahles Licht in den Raum.

»Felix?«, rief sie leise.

»Hier«, kam es leise aus einer Ecke zurück. Nachdem sich Katharinas Augen an die Dunkelheit gewöhnt hatten, sah sie ihn auf der Kante einer Couch sitzen, vor heruntergelassenen Rollläden, die die Morgendämmerung aussperrten.

»Sie ist gerade eingeschlafen«, sagte Felix.

Sie ging auf ihn zu, beugte sich über die Couch und strich ihrer Tochter zärtlich über den Kopf. Ihr süßes, kleines Gesicht war entspannt, und es zuckte kurz in ihrer Wange, fast so, als würde sie im Schlaf lächeln. Katharina zog die grüne Wolldecke weiter über ihre Schultern und bemerkte erst da, dass am anderen Ende der Couch Friedrich lag, die Pfoten über Milas Füße gestreckt wie ein Heizkissen.

»Komm.« Felix stand vorsichtig auf, nahm sie an der Hand, führte sie in den angrenzenden Raum und machte das Licht an. Es war die Küche. Ein kleiner, schmuckloser Raum, der bis auf eine armselige Küchenzeile – die Felix ohnehin nicht brauchte – und einen Tisch mit zwei Stühlen fast leer war. Mit einer einzigen Handbewegung warf er die aufgestapelten Handtücher von dem einfachen weißen Stuhl auf den Boden und bedeutete Katharina, sich zu setzen. »Nele ist auch hier, sie schläft in meinem Bett.«

Sie nickte. Erleichtert zu wissen, dass beide Mädchen hier waren.

»Was ist denn passiert, Felix? Ich komme mir vor wie in einem schlechten Film! Ich bin aufgewacht und sie war weg und dann …« Sie stockte.

Er sah sie zärtlich an, setzte sich ihr gegenüber und strich ihr über die Wange. »Es ist alles gut. Sie ist abgehauen, ist raus zu diesem Baumhaus gelaufen. Sie hatte sogar einen Koffer dabei und Friedrich, und dann saß sie da und wollte eigentlich schon wieder heim, weil ihr kalt war und sie Angst bekommen hat. Zum Glück haben Sandra und Nele sie gefunden und zu mir gebracht, weil zu Hause ja niemand war. Es geht ihr gut, sie hatte sogar ihre Medikamente dabei …«

»Aber warum ist sie überhaupt weggegangen, Felix. Sie hat so eine komische Nachricht hinterlassen, dass sie ein Monster sei und …« Sie stolperte schon wieder über ihre eigenen Worte.

Felix schob ihr eine Tasse zu, die zur Hälfte mit Kaffee gefüllt war. Auf der ansonsten leeren Küchenablage standen zwei benutzte Teetassen und eine aufgerissene Packung Karamellkekse. Katharina fragte sich, zu wem sie gehörten, zu den Kindern oder zu Felix und Sonja. Am Ende wohnte Sonja doch noch hier. Diese Vorstellung war unerträglich.

»Ich habe keine Ahnung, sie wollte es mir nicht verraten. Sie meinte, es ist ein wichtiges Geheimnis und dass sie es auf keinen Fall jemandem sagen dürfte. Auch zu Sandra und Nele hat sie im Auto keinen Ton gesagt, nur dass es okay ist, wenn sie zu Papa gebracht wird.«

»Was machen wir denn jetzt?«, fragte Katharina.

Er zuckte mit den Schultern. »Sie ist ein Kind, Kinder machen so was. Ich bin dreimal von zu Hause abgehauen, weil meine Eltern mir keine Carrerabahn kaufen wollten.«

»Ich weiß, aber das hier ist etwas anderes. Sie hat neulich im Schwimmbad erwähnt, dass sie sich mit ihrer Narbe wie ein Monster fühlt. Wir sollten das ernst nehmen.«

»Ja«, gab Felix zurück. »Wir werden morgen gemeinsam mit ihr reden, wir kriegen das schon hin.«

Katharina nickte, und dieses Wörtchen »gemeinsam« wärmte sie mehr als die Tasse Kaffee, beruhigte sie mehr, als jede Medizin der Welt es vermocht hätte.

»Es ist alles unsere Schuld«, meinte Felix und fuhr sich mit den Händen über die Nase. »Wir haben es nicht hingekriegt, und jetzt leiden sie. Hättest du dir jemals vorstellen können, dass ausgerechnet wir Trennungskinder haben werden?«

»Nein.« Katharina schüttelte traurig den Kopf. »Weißt du, neulich, als ich nach Hause kam, kurz bevor ich Friedrich gefunden habe, da hatte ich eine furchtbare Nacht. Wir haben ein Polytrauma reinbekommen. Einen Motorradfahrer, der in einen schlimmen Unfall verwickelt gewesen ist. Er hatte Verletzungen an sämtlichen Organen und Knochenbrüche, die wir schon nicht mehr zählen konnten, so zahlreich waren sie. Wir haben versucht, den Patienten über die Nacht stabil zu halten. Er war so jung, Felix, so jung, und er ist in dieser Nacht gestorben. Und weißt du, was das Erste war, das ich gedacht habe, als klar war, dass wir ihn nicht würden retten können?«

»Du hast an Mila gedacht und an ihren Spender?«

»Nein. Ich habe daran gedacht, dass ich jetzt nach Hause kommen und dir alles erzählen möchte. Ich habe mir so sehr gewünscht, dass alles wäre wie früher und du mich in den Arm nimmst, dir meine Geschichte anhörst und über mein Fachgeschwafel hinwegsiehst, weil du das hörst, was mich beschäftigt. Das, was dahintersteckt. Du merkst das immer. Der Kern einer Geschichte ist dir noch nie entgangen. Weißt du, ich habe mir einfach nur gewünscht, dass du zu Hause bist.«

»Und dann war da Friedrich, im Klo!«, sagte er lächelnd.

Sie gluckste kurz. »Ja, und dann war da Friedrich.«

»Ich könnte wieder da sein, Kate. Du bist diejenige, die das nicht will.«

»Das stimmt nicht, Felix. Ich will es, aber ich habe Angst.«

»Wir haben alle Angst. Immerzu, Kate. Angst frisst die Seele auf. Hör auf damit, stell es ab. Lass es uns versuchen.«

Sie seufzte leise. Hier, ihr gegenüber, saß der Mann, den sie liebte, seit sie sechzehn Jahre alt gewesen war. Den sie einmal glaubte, besser zu kennen als sich selbst. Der Funken noch immer mit einem einzigen Blick entzünden konnte. Aber sie brauchten so viel mehr als nur Funken, sie brauchten Beständigkeit, kein Flackern. Sie brauchten Dauerhaftigkeit, Verlässlichkeit und ab und zu ein kleines Feuerwerk nur für sie beide. Sie wusste nicht, ob ihnen das je wieder gelingen würde.

»Kate, wenn mir ein Rezept gut gelingt, bist du die Erste, von der ich mir wünsche, dass sie den Löffel in den Topf steckt und meine Kreation probiert. Wenn ich sonntags joggen gehe, laufe ich an unserem Haus vorbei und wünsche mir, dass ich einfach reingehen und dich mit mir unter die Dusche ziehen könnte. Wenn ich die Mädchen anschaue, dann sehe ich dich und mich, und kann ich nicht glauben, dass wir diese beiden hübschen, schlauen kleinen Wesen hingekriegt haben. Nele und Mila, das sind wir beide in unvergleichlicher Mischung. Etwas Größeres können Menschen nicht machen. Und Kate, jedes Mal, wenn ich neben Sonja aufgewacht bin, habe ich mir gewünscht, du wärst es, die neben mir liegt.«

»Ich habe immer gedacht, wir überdauern das alles. Unsere Liebe übersteht alle Schwierigkeiten. Dann hatten wir die schlimmsten Schwierigkeiten hinter uns und es war vorbei. Ich begreife es bis heute nicht«, gestand sie und versuchte sich nicht anmerken zu lassen, wie tief sie seine Worte berührten. Felix war kein Mensch überschwänglicher Worte, das, was er ihr gerade gesagt hatte, war die größte Liebeserklärung, die sie je von ihm gehört hatte.

»Wir haben so viel um Mila gekämpft, dass wir keine Kraft mehr hatten, um unsere Ehe zu kämpfen. Vielleicht sollten wir damit endlich anfangen. Ich will niemand anderen als dich, Kate!«, erklärte er.

»Ich will auch niemand anderen als dich«, gab sie zu. Unter dem Tisch streckte sie ihre Füße nach ihm aus, auf dem Tisch suchten ihre Hände die seinen, griffen sie fest, drückten sie. Felix beugte sich zu ihr hinüber, wollte sie küssen und stieß dabei die Kaffeetasse um, die klirrend auf dem Boden aufschlug. Wie erstarrt lauschten beide, ob eines der Mädchen aufgewacht war, und mussten lachen. »Wie früher«, sagte sie. »Weißt du noch, wie Nele bei jedem kleinsten Geräusch wieder aus dem Schlaf hochgefahren ist, nachdem wir sie stundenlang durch die Gegend getragen hatten?«

»Bei Mila hätten wir nachts das Haus mit einer Abrissbirne in Schutt und Asche legen können und sie wäre nicht aufgewacht.«

»Stimmt.« Katharina lachte.

»Komm her.« Er klopfte auf seinen Oberschenkel, rutschte ein wenig mit dem Stuhl nach hinten.

Sie stand auf, setzte sich auf seinen Schoß, drückte ihre Wange an seine Stirn. Nichts auf der Welt hatte je so gutgetan.

»Ich habe fünfzig Prozent des Restaurants an einen Investor verkauft«, sagte Felix plötzlich.

»Du hast was?« Sie richtete sich erschrocken auf.

»Es war ein verdammt gutes Angebot. Ich bin weiterhin alleiniger Chef. Mir redet niemand rein, aber ich trage nur noch das halbe Risiko. Und ich habe wieder etwas Geld. Wenn es gut läuft, können wir unser Haus nächstes Jahr endlich kaufen.«

»Aber du wolltest doch nie …«, widersprach sie. Es widerstrebte Felix zutiefst, von jemand anderem abhängig zu sein. Dass er einen Teil seines geliebten Projekts verkauft hatte, war für ihn ein Riesenschritt.

Er zuckte mit den Schultern. »Ich wollte euch nie verlieren.«

Die etwas schief hängende, billige gelbe Plastikuhr an der Wand über der Küchentür zeigte 06.49 Uhr. Katharina saß noch immer auf Felix' Schoß. Sie erzählten sich Geschichten, die sie längst auswendig kannten, erinnerten sich an Dinge, die sie ohnehin nie vergessen würden, und lachten und weinten gemeinsam über eine Vergangenheit, die sie wiederbeleben wollten. Bis zu dem Moment, als sich im Wohnzimmer etwas regte, Mila stöhnte, hustete, keuchte und ein wenig röchelte. Felix und Katharina sahen sich an. Sie sprang auf, er ihr hinterher.

Vor der Couch ging Katharina auf die Knie und fühlte Milas Stirn. Das Mädchen war völlig verschwitzt, ihr Schlafanzug und ein Teil der Decke darüber war pitschnass und ihr Körper glühte wie ein Ofen.

»Sie hat Fieber, hohes Fieber«, flüsterte sie Felix zu.

Mila wand sich, drehte sich hin und her, ohne die Augen zu öffnen. Katharina griff instinktiv nach ihrer Hand, legte die Finger an die Innenseite von Milas Gelenken und maß ihren Puls.

»Viel zu schnell«, sagte sie zu Felix. Sie beugte sich über Milas Mund und merkte, dass ihr flacher Atem übel roch. Die Nasenflügel weiteten sich sichtbar bei jedem einzelnen Atemzug. »Ruf einen Krankenwagen, Felix. Sofort!«, schrie sie.

# Kapitel 21 – Sandra

»Du kannst reingehen, Sandra, ich fahre heim zu Nele.«

»Danke«, sagte Sandra und drückte wie beiläufig Felix' Arm.

Als sie gestern nach Hause gekommen waren, hatte Jan kein Wort mit ihr gesprochen, sich nur stumm auf das leere, unbezogene Bett im Gästezimmer gelegt.

Heute Morgen hatte Nele weinend vor ihrer Tür gestanden, daher wusste Sandra, dass Mila im Krankenhaus war und es ihr schlecht ging. Schlecht genug, dass Katharina nicht von ihrer Seite wich. Nun war sie seit einigen Stunden hier und wartete geduldig darauf, zu ihr zu dürfen.

Katharina blickte auf, als sie Sandra sah, und lächelte schwach. Das Zimmer lag im Halbdunkel der Abenddämmerung. Neben Milas Krankenbett stand ein weiteres mit Plastiküberzug. Katharina hatte es nicht benutzt, seit sie hier war. Sie trug wie Sandra einen Mundschutz. Es war seltsam, ihre restlichen Gesichtszüge nicht erkennen zu können. Aber der Schmerz war auch in ihren Augen gut sichtbar.

»Hallo«, sagte Sandra leise.

»Hallo«, antwortete Katharina. »Setz dich doch.« Sie deutete auf den Besucherstuhl neben sich.

Sandra ließ sich darauf nieder, der graue Bezug war noch warm. »Wie geht es ihr?«, fragte sie.

»Nicht gut. Nicht gut«, flüsterte Katharina mit belegter Stimme. »Sie ist sehr schläfrig, kaum wach. Ihre Werte sind nicht gut …«

»Was kann ich tun?«, fragte Sandra.

»Nichts. Wir können alle nur hoffen. Aber, Sandra, bitte, bitte sag mir doch, was gestern passiert ist. Alles war so seltsam, und je mehr ich darüber nachdenke … ich weiß nicht. Ich möchte gerne verstehen, warum sie abgehauen ist und warum du und Jan euch so seltsam verhaltet. Wir sind doch Freunde, wir können doch über alles reden!«

Sandra wusste, sie konnte nun um den heißen Brei aus Schuld herumreden, sie konnte sich etwas ausdenken. Aber sie war so müde, so wahnsinnig müde. Und sie konnte nicht mehr lügen. Es laugte sie aus, und es verätzte ihr jedes Gefühl. Daher sagte sie etwas, womit Katharina überhaupt nicht rechnen konnte.

»Milas Herz, das Herz in ihrer Brust ist das meines Sohnes.«

Katharina starrte sie an. »Was erzählst du da?« Sie schüttelte den Kopf und sah dann hinüber zu Mila. Es war schlimm, das Mädchen so zu sehen. Dünne, durchsichtige Schläuche liefen über ihre Wangen hin zu den Nasenflügeln und versorgten sie über die Sonde mit zusätzlichem Sauerstoff. Über einen Tropf rann Flüssigkeit in ihre Venen. Mila sah blass aus, und es war so unwirklich, das sonst so lebendige Mädchen so ruhig liegen zu sehen.

»Mila lebt doch mit einem Spenderherz«, fuhr Sandra fort.

»Ja«, antwortete Katharina, kniff die Augen zusammen und musterte Sandra skeptisch.

Sandra wartete darauf, dass sie aufsprang, einen Schritt zurückwich, dass sie sich von ihr zurückzog. Vor ihr, die etwas wusste, das Katharina ihr vorenthalten hatte.

»Aber ich verstehe nicht …«, stammelte Katharina und brach ab.

Sandra starrte auf die piepsenden, surrenden Geräte neben Milas Bett und schluckte heftig an der zentnerschweren Erinnerung, die all dieses Equipment unweigerlich in ihr wachrüttelte. Es war auf einmal, als wäre sie diejenige, die Probleme hatte, Luft zu bekommen.

»Ich habe mein Kind nicht in der Schwangerschaft verloren. Ich habe dich das glauben lassen …«, erklärte Sandra und korrigierte sich dann selbst zur Wahrheit. »Ich habe dich angelogen. Jonah …«

»*Dein* Kind hieß Jonah?«, fiel Katharina ihr ungläubig ins Wort. »Der Junge von dem Straßenkreuz?«, fügte sie leiser hinzu.

Sandra war zwar nicht klar, woher sie von dem Straßenkreuz wusste, aber das war nun auch egal. »Ja. Jonah hatte einen Unfall. Er war hirntot, und wir haben uns dazu entschieden, seine Organe zu spenden.«

Das laut auszusprechen, war fast so, wie ihn noch einmal sterben zu lassen. Es zerrte und zog an ihrem Innersten, es krampfte und riss und überschwemmte sie mit einer Welle an Dunkelheit und Trauer. Verzweifelt krallte sie die Hände um den Besucherstuhl, zwang sich, im Hier und Jetzt zu bleiben, nicht zu sehr in der Vergangenheit zu verschwinden.

Katharina war auf einmal hellwach, saß aufrechter in ihrem Stuhl. Ihre Hand ruhte noch immer auf Milas kleinem Unterarm, aber ihre Aufmerksamkeit galt Sandra. Das Grün ihrer Augen war intensiver, als Sandra es je zuvor wahrgenommen hatte, auch die Wärme darin, die sich immer förmlich auf denjenigen übertrug, den sie mit ihrem Blick beschenkte, war da. Aber es lag auch eine Wachsamkeit darin, die man nur an den Tag legte, wenn es um das Wertvollste im Leben einer Mutter ging: um das eigene Kind.

»Woher weißt du, dass Mila das Herz deines Sohnes hat?«, wollte sie wissen.

»Durch Zufall … von Mila.«

»Von Mila?«, fragte sie verwundert nach. Sie rückte ihren Mundschutz zurecht, zupfte an den Bändern hinter dem Ohr und fuhr dann heftig herum, als Mila zu husten begann. Es dauerte nicht lange an, der kleine Körper entspannte sich schnell wieder, und sogleich wurde auch Katharina wieder ruhiger.

»Wie kannst du das von Mila wissen?«, wiederholte sie. »Wir kennen den Spender doch nicht!« Es fiel ihr sichtlich schwer, das Wort »Spender« auszusprechen. Sie stockte dabei, ganz kurz, aber deutlich.

»Sie hat mir das Datum genannt«, erklärte Sandra. Sie kam sich so dumm dabei vor. Dieses Gespräch hätten sie vor Wochen, vor Monaten führen müssen. Damals, als Mila ihren kleinen Mund an die Glasscheibe des weißen Hauses gedrückt hatte. Damals, als sie noch Fremde gewesen waren und keine Freunde. Als sie Katharina noch kein rotes Kleid und die ihr noch nicht ihr unbedingtes Vertrauen geschenkt hatte.

»Welches Datum?«, hauchte Katharina kaum hörbar.

»Das von ihrem zweiten Geburtstag«, antwortete Sandra. Die Knöchel ihrer Hände waren weiß, so fest presste sie die Hand noch immer um das kalte Metall des Stuhles. Wenn sie jetzt losließ, würde sie die Kontrolle verlieren. Wenn sie jetzt losließ, würde sie zusammenbrechen. Auseinander. Entzwei.

»Du hast das Datum von Nele, meinst du?«, beharrte Katharina immer noch auf diesem doch eigentlich so unwichtigen Detail.

»Nein, von Mila. Der Tag ist der gleiche wie der Todestag meines Sohnes.«

Katharina runzelte die Stirn, wollte ihre freie Hand auf Sandras Arm legen und zog sie dann ruckartig zurück. So als hätte sie sich an Sandras Lügen verbrannt. So als dürfe sie auf keinen Fall mit der einen Hand ihre kostbare Tochter berühren und mit der anderen sie, die Verräterin.

Das tat Sandra weh. Sehr weh. Sie hatte es sich selbst so lange nicht eingestehen wollen, dabei war es ganz einfach: Sie hatte Katharina lieb gewonnen. Und jetzt war sie dabei, sie zu verlieren. So wie sie Jonah verloren hatte und letzte Nacht auch Jan. Die Tränen waren kaum noch zurückzuhalten, auch nicht durch schmerzende weiße Knöchel. Gleich würde Katharina sie aus dem Zimmer werfen. Und dabei kannte sie noch nicht einmal die ganze Wahrheit. Wie Jan, der kannte sie nach über zwei Jahren auch noch nicht. Sandra schlug die Hände vors Gesicht und zuckte heftig zusammen, als Katharinas raue Hände ihre zur Seite schoben.

Katharina fixierte sie mit ernstem Blick und sagte laut und bestimmt – so als würde sie ihr etwas sehr Wichtiges zum zweiten oder bereits dritten Mal einbläuen wollen: »Mila kann sich noch nicht einmal das Datum ihres richtigen Geburtstages merken, nicht einmal den Monat. Sie ist hoffnungslos vergesslich mit Zahlen.«

Sandra begriff nicht, was das zur Sache tat, und schaute Katharina verständnislos an. So lange, bis Katharina sie rüttelte, sie gewaltsam schüttelte: »Sandra, hörst du mich?«

Sandra starrte auf das Bett, in dem Mila so regungslos dalag und sie viel zu sehr an ihren Jungen erinnerte. Bumm, bumm, bumm. Achtzig, neunzig, hundert Schläge die Minute.

Endlich, es konnten Sekunden gewesen sein oder Minuten, in denen Katharina sie besorgt ansah, den Oberkörper nach vorne gebeugt, Sandras Hände umklammernd. »Zwölfter März vor zwei Jahren«, erklärte Sandra tonlos in die Kälte der Stille hinein, die nur durch das monotone Brummen der Geräte und Milas laute, hektische Atemzüge unterbrochen wurde.

Was hatte sie erwartet? Vielleicht, dass Katharina sie wütend aus dem Zimmer schmiss, weil sie endlich begriff, dass sie alle nur benutzt hatte, dass sie sich auf schmutzige und gemeine Art an ihre Familie, an ihr Kind herangemacht hatte. Was sie jedoch nicht erwartet hatte, war dieser Satz, diese Worte, die Katharinas Lippen so langsam entschlüpften, ohne dass sich Katharina bewusst gewesen wäre, welche Lawine sie damit lostrat, welche Eiseskälte durch Sandras Adern schoss und sie in Schockstarre versetzte. »Sandra, Mila hat am zweiten April ihr neues Herz bekommen, nicht am zwölften März.«

»Aber Jonah ist am zwölften …«, Sandra brach den Satz ab, nicht gesagte Worte verhallten im Raum.

»Dann hat Mila nicht das Herz deines Sohnes«, stellte Katharina fest, und dann sagte sie: »Warum hast du mich angelogen?«

Das ganze Zimmer war ein Karussell, das ihren Befehlen nicht gehorchte. Irgendjemand schubste es immer wieder an und ließ es um sie kreisen. Nichts stoppte diese schwindelerregende Gewissheit, die Sandras Hirn mit der immer gleichen, nicht erwarteten Information überschwemmte: *Es ist nicht Jonahs Herz. Es ist nicht Jonahs Herz. Es ist nicht Jonahs Herz.*

Sie waren weg, all die Fakten und Gewissheiten und der damit verbundene Trost ob einer Entscheidung, die nie die ihre gewesen war. Sie hatte die Organe ihres Kindes nicht spenden wollen, hatte aber auch nicht Nein gesagt. Sie hatte ihn sterben lassen. Alleine. Auf einem OP-Tisch. Und nun hatte Mila gar nicht sein Herz.

»Sandra!«, rief Katharina. Wie aus weiter Ferne. So als stünden sie an einem Bahnhof, Sandra auf dem einen, Katharina auf dem anderen Bahnsteig, zwischen ihnen die Gleise und durchrauschende Züge. Sandra nahm sie gar nicht richtig wahr, in ihrem Kopf spielten andere Bilder. Rasende Sequenzen der letzten Monate. Dann sah sie wieder Katharina an, und in diesem Blick lag die Gewissheit: *Nichts ist so, wie ich dachte.*

»Was ist mit dem Brief?«, wollte Sandra schließlich wissen.

»Welcher Brief?«, gab Katharina verständnislos zurück.

»Der Brief über die DSO.«

»Ich habe keinen Brief geschrieben, ich wollte, aber ich habe die richtigen Worte nicht gefunden.«

Das konnte sie ja auch gar nicht. Mila hatte nicht Jonahs Herz. Es war nicht Jonahs Herz.

»Warum hast du mir das alles nicht gesagt?«, fragte Katharina wieder.

Sandra hatte es immer als ihr Recht angesehen, hierherzukommen, zu diesem Mädchen, zu dieser Familie. Ihr Recht als Mutter von Milas Herzen. Auf einmal wusste sie, dass ihr dieses Recht nie zugestanden hatte. Nicht als Mutter des Herzens und auch nicht ohne.

»Ich habe unsere Freundschaft mit einer Lüge begonnen und wusste dabei noch nicht, dass ich dich so mögen würde. Ich habe Mila bereits das erste Mal getroffen, bevor ich mit dir das Haus besichtigt habe. Das war alles kein Zufall. Es war meine volle Absicht. Niemand sonst wusste davon ...«, begann sie und erzählte Katharina dann alles. Sie ließ nichts aus. Nichts, was von Bedeutung war. All die Lügen, die so gar nicht geplant gewesen waren und dennoch so viel Gift gestreut hatten. Sie wartete darauf, dass sie den Punkt erreichten, an dem Katharina sie hasste. Aber es geschah nichts.

Als sie zu Ende erzählt hatte, starrte Katharina sie immer noch aus ihren grünen Augen an und sagte nichts. Kein Wort. Es war schlimmer, als wenn sie geschrien hätte.

Kurz darauf klopfte es und die Tür ging auf. »Frau Dr. Sharma möchte kurz mit dir sprechen, Katharina«, sagte die Krankenschwester, die bereits vorher nach Mila gesehen hatte.

Unschlüssig stand Sandra auf und wusste nicht, ob sie nun gehen sollte. Sie wünschte, Katharina würde sie bitten zu bleiben. Trotz allem, wegen allem. Doch ihr Blick war plötzlich eisig. Sie sah Sandra in die Augen und dann zischte sie: »Verschwinde!«

Sandra nickte kurz, sah noch, wie sie sich abwandte und ihren Blick einzig auf ihre Tochter richtete. Sie wollte etwas sagen, aber sie wusste nicht, was. Es war alles gesagt. Alles vorbei. Die Freundschaft tot und begraben. Wie ihr Sohn. Sie taumelte nach draußen, mit der rechten Hand Halt an der Wand suchend, mit dem Gefühl im Magen, ihren eigenen Körper längst verlassen zu haben.

Draußen auf dem Flur bemerkte sie Sams dunklen Haarschopf und stolperte benommen an ihr vorbei. Sam starrte sie an, als wäre sie schuld daran, dass Mila hier lag, und da wurde Sandra völlig klar, dass sie damit recht hatte. Hatte Katharina nicht nach dem Schnaufel gefragt? Sandra war sicher, das Stofftier gesehen zu haben, als sie nach Hause gekommen war, in der Nacht aber war es weg. Was, wenn Mila den Dackel holen gekommen war, just in dem Augenblick, in dem Jan und sie sich gestritten hatten? In der Sekunde, in der er gesagt hatte, dass ihr nichts an Mila lag? Wenn sie deswegen ausgerissen war, war es tatsächlich ihre Schuld, dass Mila hier lag und um ihr Leben kämpfte.

Sie wollte raus aus dem Krankenhaus, weg, fliehen vor der Schwere in ihrem Kopf. Dann aber hielt sie inne und lauschte, versteckt hinter einem der Betonpfeiler, auf das, was eine andere Schwester Katharinas Freundin und Kollegin erzählte.

»Wie ernst ist es mit Mila?«, fragte Sam. Sandra konnte ihr Gesicht nicht sehen, hatte nur ihren Hinterkopf und ihre hängenden Schultern im Blickfeld.

»Pneumonie mit Erguss. Du hättest das Röntgenbild sehen sollen.« Sandra beobachtete, wie sich die Schwester, die Sam gegenüberstand, besorgt mit der Hand über das Gesicht fuhr. Dann fügte sie hinzu: »Es würde mich nicht wundern, wenn wir noch heute Nacht intubieren müssen.«

»O nein!« Sam schien weiter in sich zusammenzusinken. Die große Frau wirkte auf einmal klein und zerbrechlich. »Und das nach allem, was sie schon durchmachen musste.«

Weiter konnte Sandra dem Gespräch nicht folgen, denn Sam und die Pflegerin hatten sich in Richtung des Schwesternzimmers entfernt.

Sie musste keine weitreichenden medizinischen Kenntnisse haben, um erahnen zu können, dass eine Lungenentzündung für ein Kind, das sein eigenes Immunsystem mit Medikamenten unterdrücken musste, äußerst gefährlich war. Es war möglich, dass Mila es nicht schaffte. Es war möglich, dass Katharina und Felix ihre Tochter verloren. Und Sandra kam sich dabei vor, als hätte sie sich genau das gewünscht. Sie hatte es verdient, dass sich alle von ihr abwandten. Sie hatte Jans Verachtung verdient und Katharinas Enttäuschung.

Langsam, so als wäre jeder Schritt ein Schritt zu viel, verließ sie das Krankenhaus und setzte sich in ihren Wagen. Lange saß sie da, starrte auf die Schranke, sah die Sonne unter- und die künstlichen Lichter angehen. Sah zu, wie Autos auf den Parkplatz fuhren, ihn wieder verließen, wie sie neugierig im Vorbeigehen gemustert wurde. Dabei klang in ihren Ohren immer wieder die Gewissheit, die sie heute erlangt hatte. Wie ein Klagelied, ein kreischender, viel zu heller, lauter Gesang. *Es ist nicht Jonahs Herz. Sie hat nicht Jonahs Herz. Es ist nicht Jonahs Herz.* Wie hatte sie die ganzen Wochen – Monate inzwischen – einfach immer davon ausgehen können, dass sie ihrem Sohn nahe war? Seinem Herzen, korrigierte sie sich selbst. Was war sie für eine Mutter, wenn sie nicht einmal spüren konnte, dass Milas Herz einem Fremden gehört hatte?

Ihre Selbstvorwürfe Milas Zustand gegenüber und ihr Selbsthass ihres eigenen Irrtums wegen wurden irgendwann zu einer blinden Wut. Mit Tränen in den Augen trommelte sie auf das Lenkrad ein, biss sich schließlich fest in den Handrücken, um dem Schmerz einen Ausdruck zu geben, fuhr sich mit den Fingern verzweifelt durchs Haar und hielt sich dann die Ohren zu, um ihre eigene Stimme nicht mehr hören zu müssen. *Es ist nicht Jonahs Herz. Sie hat nicht Jonahs Herz.* Sie wusste nicht, wie viel Zeit vergangen war, bis sie sich in der Lage fühlte, loszufahren. Nachdem sie sich minutenlang so gefühlt hatte, als würde der Schmerz sie von innen heraus verbrennen, wurde sie plötzlich völlig ruhig. Sie startete den Motor und fuhr sicher und einigermaßen gelassen nach Hause. Sie hatte einen Entschluss gefasst. Es war Zeit, die Wahrheit zu sagen. Die ganze Wahrheit.

Zu Hause angekommen, wünschte sie sich, laute Musik aus dem Keller zu hören, das Dröhnen eines Basses, der die dumpfen, schnellen Schläge ihres Herzens übertönte, aber es umgab sie nur Stille, als sie das Haus betrat. Sie legte den Schlüssel auf die Kommode am Eingang, schlüpfte aus ihren Schuhen und ging ins Wohnzimmer.

Jan saß in dem breiten Ledersessel neben der Couch. Die Beine lang ausgestreckt, die Arme verschränkt. Bevor er sie ansah, begann er bereits zu sprechen.

»Felix hat mich gebeten, ein paar Zeilen über seine Restauranteröffnung zu schreiben. Da habe ich ihn gefragt. Katharina dachte, ich hätte kein Verständnis dafür, dass sie sich eine Narbe hat tätowieren lassen, dabei habe ich dafür alles Verständnis der Welt. Sie konnte ja nicht ahnen, dass ich in diesem Moment, in dem ich ihr Tattoo sah, eine Wahrheit erfahren haben, von der ich nichts ahnte. Nein, warte, das ist eine Lüge. Ich habe es geahnt, aber ich wollte es nicht wahrhaben.«

»Du hast es geahnt?«, fragte Sandra überrascht, trat näher, aber hielt ein paar Meter Abstand.

»Es hat all die Wochen irgendwo in einem stillen Kämmerchen meines Kopfes geschlummert, und ich habe die Wahrheit so gerne schlafen gesehen. Dann bin ich aufgewacht, und die Erkenntnis hat sich in mein Bewusstsein gezwängt, in meine Realität und meinen Alltag. Aber immer noch habe ich versucht, es zu verdrängen. Dann hat Felix es mir bestätigt.«

»Dass ich dich hierhergelockt habe.«

Er nickte kaum merklich.

»Du weißt nicht alles, Jan«, flüsterte sie. »Ich bin ein viel böserer Mensch, als du es ahnst. Ich … ich bin schuld am Tod unseres Sohnes.«

Jetzt sah er sie an, endlich sah er sie an. »Das ist nicht wahr, Sandra, und das weißt du. Es war ein Unfall.« Kein Mitleid in seiner Stimme, kein Vorwurf. Der Klang seiner Worte war neutral, kalt. Sie fröstelte.

»Ja, es war ein Unfall. Aber ich bin mit schuld daran«, gab sie zu.

Er runzelte die Stirn. »Wie meinst du das?«

»Ich habe telefoniert. Ich habe im Auto am Handy gesprochen und war abgelenkt. Hätte ich nicht telefoniert, wenn ich nicht unbedingt wegen dieses beschissenen Fechtturniers im Verein hätte anrufen müssen, dann hätte ich ausweichen können.«

Jan blieb stumm, die Gesichtszüge wieder glatt, fast unbeteiligt.

»Ich bin schuld«, wiederholte sie. »Ich habe telefoniert.«

Zum zweiten Mal an diesem Tag wurde sie überrascht. Er schrie nicht, er schlug nicht nach ihr – als ob er das jemals getan hätte –, er weinte nicht. Er sah sie nur so an, als hätte nicht sie ihm etwas Unglaubliches gestanden, sondern als sei es umgekehrt.

»Du kannst dich daran erinnern?«, fragte er, mit unverhohlener Verwunderung in der Stimme. Und leiser fügte er hinzu: »Ich hatte gehofft, du wüsstest es nicht mehr.«

»Woher …?«

»Der Sanitäter. Ich war kurz nachdem sie dich endlich rausgeschnitten hatten dort, an der Unfallstelle. Da warst du bereits bewusstlos. Aber der Sanitäter, er … hat mich gebeten, dir nie zu sagen, dass du telefoniert hast. Es hat keinen Unterschied gemacht, Sandra. Du bist nicht schuld. Wenn du jemandem die Schuld geben willst, dann der Fahrerin des anderen Unfallautos. Dem Wetter, den Umständen. Aber nicht dir.«

»Ich dachte, wenn du es wüsstest …«, stammelte sie.

»Der größte und schlimmste Fehler, den du jemals gemacht hast, Sandra, ist der, dass du mir nicht vertraust. Du misstraust jedem, weil du denkst, dass dich alle irgendwann so enttäuschen werden wie deine Eltern. Und dabei merkst du gar nicht, wie sehr du geliebt wirst.«

Darauf konnte sie nichts erwidern, denn er hatte recht. Und jetzt war es womöglich zu spät.

Er stand auf, und erst da sah sie den gepackten Koffer neben ihm stehen.

»Was hast du vor?«, rief sie geradezu panisch.

»Ich fliege, nach Korea«, antwortete er ruhig.

»Nordkorea?«, kreischte sie.

»Ja. Ich mache die Reportage. Ich habe zugesagt. Soeben.«

»Das kannst du doch nicht machen!« Es kam schriller als beabsichtigt aus ihrer Kehle.

Ohne darauf zu antworten, hob er den Henkel des Koffers an.

»Jan, aber …«

»Ich habe dir bereits vor Wochen davon erzählt, aber, Sandra, du hörst mir ja nicht zu.«

»Du hörst lieber Katharina zu!«, sagte sie vorwurfsvoll. Eigentlich war sie nur verzweifelt auf der Suche nach etwas, womit sie ihn halten konnte.

»Ach, Sandra, das ist doch Unsinn«, sagte er müde, so als wäre er es leid, überhaupt mit ihr zu sprechen. »Ich habe und hatte nie Interesse an Katharina. Sie ist eine tolle Frau, aber meine Frau … bist du.« Er setzte den Koffer wieder ab und verschränkte die Arme.

Sein kurzes Zögern vor dem Verb entging ihr nicht, und sie überlegte, ob es ein gutes Zeichen war, dass er sich für die Gegenwartsform entschieden hatte.

»Ich habe gerne Zeit mit Katharina verbracht, aber das lag auch daran, dass ich wollte, dass du endlich einmal reagierst. Ich dachte, du bist vielleicht eifersüchtig.« Er sah ein wenig beschämt aus. »Ich wollte, dass du endlich mal wieder etwas fühlst – für mich! Und wenn es nur etwas so Banales wie Eifersucht gewesen wäre. Sag jetzt nicht, dass das kindisch ist, denn das weiß ich selbst.«

Sie fand es überhaupt nicht kindisch, es war unglaublich rührend. »Ich *war* eifersüchtig«, gab sie leise zu.

»Ach was, spiel mir doch nichts vor. Ich interessiere dich doch überhaupt nicht.« Verärgert beugte er sich hinunter und griff wieder nach dem Henkel des Koffers.

»Jan, ich …« Jetzt war die Zeit, es ihm zu sagen, ihm endlich mal wieder zu sagen, dass sie ihn liebte. Aber sie hatte nur den Koffer vor Augen und dass er sie verlassen wollte, und bekam keinen Ton mehr heraus. Die Tränen und die Wut und die Verzweiflung erstickten ihre Worte.

»Leo möchte hierbleiben, bei dir. Isa hat ihm angeboten, zu ihr nach Berlin zu kommen, aber er will tatsächlich bei *dir* bleiben«, erklärte Jan. Sein Ton war geschäftsmäßig, so als unterbreite er ihr unwillig ein Angebot, von dem er selbst nicht überzeugt war. Das »dir« hörte sich an, als müsse er es herausspucken. Es hatte etwas so tief Verächtliches, dass Sandra zusammenzuckte. Für Jan schien es vollkommen abwegig zu sein, dass Leo bei ihr bleiben wollte. Und wenn sie ehrlich zu sich selbst war, konnte sie das sogar verstehen.

»Weiß Leo …?«, fragte sie.

»Natürlich. Ich habe ihm alles gesagt. Er hat Verständnis für dich.« Sein Kopfschütteln machte unmissverständlich klar, dass sie das von ihm nicht zu erwarten hatte. »Ich gehe jetzt, Sandra!«, kündigte er an, und sein Blick war starr, geradezu kalt.

Sie wollte ihn berühren, ging auf ihn zu und wollte sich an ihn drücken, auch wenn das überhaupt nicht ihre Art war. Aber an seiner ganzen Haltung sah sie, dass er sie wegstoßen würde. Sie hatte niemals in ihrem Leben um etwas gebettelt, sie hatte so etwas stets armselig gefunden, jetzt aber war sie kurz davor. Warum merkte man erst, wie sehr man jemanden liebte, wenn es vorbei war? Wieso war sie all die Jahre so sicher gewesen, dass Jan bei ihr blieb? Er hätte schon viel früher gehen können. Aber jetzt, jetzt tat es so unglaublich weh.

»Kommst du wieder?«, fragte sie vorsichtig.

»Vielleicht«, antwortete er. »Pass gut auf Leo auf. Ich rufe an. Auf dem Tisch liegt etwas für dich.«

Und dann war er verschwunden. Einfach so.

Sie ließ sich in den Sessel fallen und saß apathisch eine ganze Weile dort, bevor sie sich aufraffte und nachsah, was auf dem Tisch lag. Sie vermutete, er habe ihr Geld dagelassen. Aber dann sah sie, dass es ein Paket war. Braunes Packpapier um einen Gegenstand, der wie ein Buch anmutete. Weil sie das Päckchen nicht aufreißen wollte, holte sie sich eine Schere und schnitt vorsichtig die weißen Schnüre auf. Es war tatsächlich ein Buch. Auf dem Cover war ein Mädchen zu sehen, das in die Seiten eines Buches pustete, aus dem winzig kleine knallbunte Buchstaben flogen. Der Titel lautete »Die Rückwärtsleser« und darunter stand: von Sandra und Jan Breitenbach. Irritiert schlug sie das Buch auf und las den Namen eines renommierten Kinderbuchverlages sowie eine ISBN und die üblichen rechtlichen Angaben. »Für unseren Sohn Jonah« lautete die Widmung.

Langsam begriff sie, dass Jan *Die Rückwärtsleser* aufgeschrieben hatte, ihre Geschichte für ihren Sohn. Er hatte einen Verlag gefunden und das Buch zu einem richtigen Buch gemacht. Und sie war völlig ahnungslos gewesen. Wann hatte sie aufgehört, eine Ahnung zu haben, von ihm und ihr und ihnen? Wann hatte sie aufgehört, etwas anderes zu sein als eine verwaiste Mutter?

# Kapitel 22 – Nele

»Wir fahren nach Hause, Nele. Komm … Du kannst hier nichts machen.«

Ihr Vater versuchte sie langsam aus dem Zimmer zu schieben, aber Nele hatte panische Angst, dass jeder Blick auf Mila der letzte sein könnte. Noch einmal hinsehen, noch einmal und noch einmal. Seit gestern war ihre Schwester nicht mehr wach. Gestern hatte sich ihr Zustand rasant verschlechtert. Mila lag nicht mehr mit der durchsichtigen Nasenbrille, die ihr Sauerstoffunterstützung gab, in einem Krankenzimmer, sondern auf der Intensivstation. Die Türen hier waren immer offen, und es gab noch nicht einmal eine Toilette. Wer hier lag, brauchte das nicht. Mila konnte nicht aufstehen, sie konnte Nele noch nicht einmal mehr Fragen stellen. Und dabei war es genau das, was Nele so sehr hören wollte. Sie wollte, dass Mila ihr Fragen stellte wie: *Wie oft hast du Leo heute schon geküsst? Können Frösche ertrinken, wenn es zu stark regnet? Was schenkst du mir zu Weihnachten? Wenn ich sterbe, kann ich dann lieber Rockstar sein statt Engel?* Und dann würde sie ihr antworten: *Dreihundertachtundachtzigmal. Nein, sie bekommen Schluckauf. Dickes Klebeband für deine Plappergosche. Ja, aber nur, wenn du vorher eine Bewerbung ohne Rechtschreibfehler an das Himmelspostamt schreibst, mit Demotape.* Aber all das ging nicht, weil Mila einen Schlauch im Mund hatte und deswegen betäubt war. Die Schwestern sagten, sie hätten sie »schlafen gelegt«, aber Nele fand nicht, dass das irgendetwas mit Schlafen gemeinsam hatte. Mila sah vielmehr so aus, als würde sie nie mehr aufwachen.

Die Intensivstation war etwas völlig anderes als die normale Kinderstation. Hier standen auf dem Flur keine Wagen mit Mittagessen herum, hier befanden sich angsteinflößende medizinische Geräte.

Ihr Vater legte ihr die Hand auf den Arm. »Du musst ein wenig schlafen, Nele. Ich bringe dich heim.« Ihre Mutter sagte nichts, sie versuchte nur, Nele anzulächeln. Sie nickte und ging dann doch noch einmal an Milas Bett. Beugte sich über sie und flüsterte ihr ins Ohr: »Mach keinen Scheiß, Kleines. Du wolltest doch mal mitspielen, in der Band. Werd bitte schnell gesund.«

»Komm jetzt, Nele, sie ist morgen auch noch da«, erklärte Felix.

»Woher willst du das wissen?«, giftete Nele ihn an. »Das wisst ihr doch alle nicht.«

Sie stürmte an ihrem Vater vorbei, raus ins Treppenhaus, runter, raus aus diesem verdammten Krankenhaus. Er lief ihr hinterher, aber sie war schneller und zerrte draußen auf dem Parkplatz so lange an der Beifahrertür seines Wagens, bis es endlich klickte und leuchtete, weil er das Schloss entriegelt hatte.

»Warum geht es ihr auf einmal so schlecht, Papa?«, wollte sie wissen, als sie sich nach einigen Kilometern Fahrt ein wenig beruhigt hatte.

Ihr Vater antwortete nicht gleich, dann sah sie, dass eine Träne sich seine Wange hinunterschlich und auf seine Hose tropfte. Wie in Zeitlupe.

Endlich antwortete er: »Milli hat nicht so gute Abwehrkräfte wie du, wegen ihrer Medikamente. Und gestern Nacht hat sie

Atemnot bekommen. Da mussten die Ärzte intubieren. Aber sie kriegt Antibiotika und Cortison und … alles wird gut werden.«

Zu Hause setzte sich Nele an ihren Schreibtisch und schlug das Mathebuch auf. Sie musste rechnen, um nicht verrückt zu werden. Unmöglich konnte sie schlafen, bevor sie nicht wusste, dass es Mila besser ging. Jedes Mal, wenn sie die Augen schloss, sah sie Milas Gesicht, wie es langsam blau wurde, hörte, wie sie krächzte und keuchte. Sie musste sich dringend ablenken. Bevor sie aber die erste Lösung der Gleichung auf Seite 189 auf ihre Schreibtischunterlage kritzeln konnte, hörte sie ihr Handy leise piepsen. Irgendwie gedämpft, so als läge ein Kissen darauf. Sie krabbelte aufs Bett, warf die Decke zur Seite und wühlte unter dem Kopfkissen. Aber da war es nicht. Es piepste noch einmal, und es hörte sich so an, als käme das Geräusch von noch weiter unten. Sie beugte sich kopfüber und schaute unter das Bett. Da leuchtete es, ganz hinten an der Wand. Mühsam streckte sie die Hand aus, verzweifelt, es schnellstmöglich zu bekommen. Es piepste ein drittes Mal, und sie war kurz davor, frustriert aufzuschreien. Das musste Leo sein. Sie hatte schon zwei Tage nichts mehr von ihm gehört, und in all der Angst und Aufregung um Mila auch gar nicht viel an ihn gedacht. Endlich hatte sie das Handy und erleichtert drückte sie es an die Brust, zog sich zurück aufs Bett und stopfte sich ein Kissen unter den Kopf.

Im Untergeschoss des Hauses war es still, nur ab und an war das kurze Kratzen von Friedrichs Krallen auf dem Boden hören. Jetzt hier zu Hause, mit der ungewohnten Ruhe, erfasste sie die Sehnsucht nach Leo mit voller Wucht. Wie gut es tun würde, wenn er jetzt hier wäre. Erwartungsvoll aktivierte sie das Handy und drückte auf das Nachrichten-Icon, um augenblicklich enttäuscht zu sein. Die Nachricht war von Janina. Auf dem Bild, das sie ihr schickte, war Janina zu sehen. Mit Leo! Mit ihrem Leo. Janina legte den Arm um ihn, auf dem zweiten Bild posten sie vor einem Stück Mauer und dann war da noch ihr Text:

*Hi Nele, ich hoffe, du hast schöne Ferien! So ein Zufall, bin mit Mama und Martin in Berlin und habe Leo getroffen! Cool, oder? Ist schon drei Tage her, hatte aber kein Scheiß-WLAN bis jetzt und Mama hat mir die mobilen Daten gekappt. Soll dich lieb grüßen. Wollen wir nach dem Urlaub nicht mal wieder was machen? Viele Grüße aus Berlin, Janina.*

Viele Grüße aus Berlin! Soll dich lieb grüßen. Von wem denn? Von Leo oder was? Konnte der nicht selbst schreiben?

In Nele stieg Verzweiflung auf, ein Schmerz, der größer war als sie selbst. Alles wurde auf einmal zu viel. Die Angst, Mila zu verlieren, steigerte sich in die Angst, auch noch Leo zu verlieren, und die Befürchtung, er könnte genug von ihr haben.

Und da konnte sie es wieder riechen. Der vertraute Gestank aus ihrem Inneren war wieder da. Der vertraute Ekel vor sich selbst. Sie schmeckte es in ihrem Mund. Verzweiflung schmeckte nach Hunger. Und ab diesem Augenblick bestand ihr gesamtes Ich nur noch aus einer Frage. *Was kann ich essen?*

Auf Zehenspitzen schlich sie auf den Flur und warf einen Blick die Galerie hinunter. Friedrich lag auf seinem Platz neben der Treppe. Ihr Vater war nicht zu sehen. Langsam und vorsichtig ging sie hinunter, stieg über Friedrich und stellte erleichtert fest, dass ihr Vater auf der Couch lag und schnarchte.

Entschlossen öffnete sie so leise wie möglich den Kühlschrank. Schnell scannte sie den Inhalt. Sie suchte gezielt nach den Dingen, die sie sich ansonsten strikt verbot. Süß. Kalorienreich. Einfach und schnell zu essen. Als Erstes sah sie die Einhornschokolade, die Mila ihrer Mutter im Supermarkt abgeschwatzt hatte. Sie riss die silbrige Folie von den einzelnen Riegeln und schob sich drei auf einmal in den Mund, danach die restlichen zwei Cookies aus der Box oberhalb der Wein- und Saftflaschen. Käse, Wurst und Paprika ließ sie liegen. Dann nahm sie sich einen Löffel aus der Schublade neben dem Kühlschrank und aß das halbe Marmeladenglas leer. Ihr Bauch schmerzte schon furchtbar, aber sie musste weiteressen, sonst war das Kotzen zu anstrengend und tat zu sehr weh. Auf der Arbeitsplatte entdeckte sie das Nutellaglas, schraubte es auf, tauchte den Marmeladenlöffel hinein, fing an, die klebrige Zuckermasse zu verschlingen. Sie beugte sich über den Esstisch, auf dem die Tageszeitung von vorgestern lag, schlug sie auf und las. Sie tat es beiläufig und nahm eigentlich gar nichts wahr, machte es nur, um sich davon abzulenken, dass sie aß. Sie starrte auf das Papier, damit sie sich selbst nicht bei dem zusehen musste, was sie tat. Paradox. Als das Glas leer war, beschloss sie, dass es genug war.

Alles musste jetzt raus. Ganz schnell. So schnell wie möglich. Sie rannte zur Treppe, stellte mit einem schnellen Blick auf ihren Vater fest, dass er noch immer tief schlief, und eilte die Stufen hinauf. Ihre Füße patschten schweißnass auf den kalten Fliesen. Sie beeilte sich und versuchte dabei, leise genug zu sein, um keine Aufmerksamkeit auf sich zu ziehen.

Als sie das Licht im Bad anknipste, schwirrten kleine Stechmücken wie ertappte Diebe in Richtung der Lampe. Sie wollte die Tür abschließen, aber der Schlüssel war weg. Es musste raus. Alles musste schnell raus. Der Hocker. Da vorne stand der Hocker. Sie zog ihn unter dem Waschbecken hervor und positionierte ihn vor der Tür, dann war sie mit einem einzigen großen Schritt vor der Toilette, kniete sich davor und klappte den Deckel samt Brille hoch. Sie konnte nicht auf Kommando erbrechen, sie brauchte drei Finger dazu. Heftig presste sie die Knöchel von Zeigefinger, Mittelfinger und Ringfinger gegen ihren Oberkiefer. Die Hand musste ein gutes Stück weit in den Mund, sonst ging es nicht. Die Spuren dieses immer gleichen Vorgehens waren an ihrer rechten Hand bereits zu sehen. Wenn man genau genug hinschaute, erkannte man den halb runden Zahnabdruck, der sich den Platz mit der Stelle auf ihrem

Ringfinger teilte, die von der Säure des Erbrochenen herrührte. Den Daumen ihrer freien linken Hand presste sie mit Gewalt an eine Stelle knapp über dem Hüftknochen. Dieser Punkt war wie der letzte Schalter, den sie noch umlegen musste. Drei Finger, ein Daumen, ein Knochen. Das war ihre persönliche Formel. Der Druck baute sich immer mehr auf, bis sie ihn endlich loslassen konnte und ihre Schande, ihre Furcht, ihre Verzweiflung sich mit dem Brei aus süßem Allerlei in die Kloschüssel ergoss. Das alles gelang ihr lautlos, während ihr Kopf sehr wohl Geräusche machte. Geräusche, welche die Realität ausblendeten. Es war bereits zu spät, etwas zu unternehmen, als sie merkte, dass es an der Haustür klingelte. Jemand sprach, und die schläfrige Stimme ihres Vaters mischte sich mit dem Klang einer anderen, die sie nicht zuordnen konnte. Ihre Mutter konnte es nicht sein, also war sie sicher hier oben. Niemand würde sie hier suchen, mitten in der Nacht. Doch dann war da auf einmal ein Knirschen hinter ihr, ein Kratzen, leichtes Vibrieren des Bodens, das von Füßen in Schuhen kam.

»Nele, bist du da drin?«

Konnte das sein? War das Leo? Es klang nach Leo. Sie sagte nichts und baute darauf, dass er den Hocker nicht wegschob. Aber dann klapperte es, und Leo rief ihrem Vater zu: »Alles in Ordnung, lassen Sie uns einen Moment alleine, bitte.«

Es ruckelte kurz an der Tür, und Nele wagte nicht, sich umzudrehen. Und auf einmal griffen seine Hände vorsichtig und sacht nach ihren Haaren, zogen sie über die Schulter nach hinten und hielten sie fest.

»Ich bin da«, sagte Leo.

Neles Bauch war noch nicht leer, aber sie hörte auf. Hörte sofort auf. Sie traute sich nicht, sich umzudrehen, aus Angst, sich diese Hände und diese Stimme nur eingebildet zu haben.

Daher blieb sie auf ihren spitzen Knien hocken und ließ zu, dass die Berührung von Leos Händen den Druck nahm, ohne dass sie ihn gewaltsam aus sich herausbrechen musste. Sie hockte lange da und konnte sich spüren. Alles an ihr. Die Augen, die brannten und so trocken waren, als hätte sie Sand hineingestreut. Ihre schmerzhaft stechende Kehle. Das erschöpfte, aufgewühlte Pochen und Pulsieren ihres Herzens. »Wieso bist du da?«, fragte sie nach einer ganzen Weile langsam, umdrehen konnte sie sich immer noch nicht, dafür saß die Scham zu tief. Das war das Letzte, das sie gewollt hatte, dass Leo sie so sah.

»Weil du mich brauchst«, entgegnete er. »Sieh mich an!«

»Ich kann nicht«, flüsterte sie.

»Doch, das kannst du. Ich bin's nur.«

Nur, als wäre irgendetwas an ihm *nur*. Für sie war er alles.

Sie drehte den Kopf Millimeter für Millimeter unendlich langsam zu ihm um, ging aus der Hocke und sah in das liebste Gesicht der Welt. Seine Haare hingen ihm weit in die Stirn, und er hatte noch mehr Sommersprossen bekommen oder sie hatte tatsächlich vergessen, wie viele es waren. Er trug ein Shirt, das sie noch nicht bei ihm gesehen hatte, auf dem »Black Metal« stand, und im krassen Gegensatz darüber ein weißes Einhorn, das unter einem Regenbogen galoppierte. Sie dachte an die Einhornschokolade, und ihr Magen hob sich plötzlich ganz ohne Zutun. Schwer schluckend, verkniff sie es sich. *Es ist noch was drin in deinem Magen, alles muss raus,* sagte die Sucht. *Nicht vor Leo und für Leo nicht,* sagte ihr Herz.

»Nele, ich muss dir was sagen«, erklärte Leo und strich ihr dabei mit der Hand über den nackten Oberschenkel.

»Du bist jetzt mit Janina zusammen?«, rief Nele erschrocken, sicher, dass das die einzige Wahrheit sein konnte.

»Klar«, antwortete er und verdrehte die Augen, »und um dir das zu sagen, bin ich gerade sechs Stunden Zug gefahren!«

Er zwickte sie ein wenig ins Knie, dann wurde sein Gesicht ernst, und Neles Herzschlag beschleunigte sich um das

Zehnfache. Was würde er ihr sagen? Dass er es nicht mehr aushielt mit einer wie ihr?

»Nele«, unterbrach er ihre wirren Gedanken »ich möchte dir sagen, dass … dass ich dich liebe.«

»Oh!«, antwortete sie überrascht.

»Das ist die Stelle, an der du sagen könntest, ich dich auch.« Er grinste verschämt und senkte den Blick.

In dem Moment begriff sie, dass es tatsächlich sein konnte, dass Leo sie genauso mochte wie sie ihn. Auch wenn er ihr gerade die Haare beim Kotzen gehalten hatte und sie, zugegebenermaßen, eine ziemlich vertrackte Person war.

»Ich liebe dich auch, Leo.« Die Worte gingen ihr schwer von der Zunge, obwohl es nichts gab, was mehr stimmte. Die Worte waren so neu, so ungewohnt, so als müsse sie sie erst noch einlaufen wie neue Schuhe, vorsichtig kosten wie ein exotisches Gericht und langsam betasten wie absolutes Neuland unter nackten Füßen.

Er zog sie an sich und sie vergrub das Gesicht an seiner Schulter.

»Nele«, er drückte sie sanft an den Oberarmen ein Stück weit zurück. »Aber …«

Es gab ein Aber. Es gibt doch immer ein Aber.

»Was?«

»Ich kann das nicht alleine. Das hier mit dem Brechen und dem Hungern und dieser ganzen Essensgeschichte. Du musst dir Hilfe suchen, ich schaffe das nicht alleine. Ich kann nicht immer bei dir sein. Es muss auch ohne mich gehen.«

»Du willst also nicht bei mir bleiben, obwohl du …« Sie stockte, um nicht in Tränen auszubrechen.

»Du hast ein ernsthaftes Problem und musst dir helfen lassen. Aber ich will bei dir sein, verstehst du, ich will das wirklich. Ich glaube nur nicht, dass ich genug bin, um dir helfen zu können. Du siehst ja, was passiert, wenn ich nicht da bin.« Er deutete auf die Kloschüssel, und jetzt konnte sie seinen Ekel deutlich sehen. Ihre Wangen brannten vor Scham.

»Ich kann jederzeit aufhören.«

»Nein, kannst du nicht«, widersprach er, stützte sich mit der Hand ab und rappelte sich auf. »Ich helfe dir, in Ordnung. Wir machen das zusammen, wir schaffen das zusammen. Und jetzt komm, ich glaube, du hast etwas verdammt Wichtiges vergessen!«

»Was denn?«, fragte sie.

Sie stand langsam auf, während Leo sie lächelnd musterte, dann lief sie zum Waschbecken und spülte sich den Mund aus, wusch die Hände und gurgelte mit dem Mundwasser. Ein Ritual, das dazugehörte wie das Brechen selbst.

»Heute ist die Nacht auf den 13. August. Und wenn ich mich richtig erinnere, ist das doch die Nacht deiner Perseiden. Also, worauf warten wir?«

»Die habe ich total vergessen!«, erklärte Nele überrascht darüber, dass er daran gedacht hatte und sie nicht. Widerstandslos folgte sie ihm aus dem Badezimmer die Treppe hinunter.

»Wir gehen kurz raus, Papa. Die Perseiden …«

Ihr Vater saß auf der Couch und runzelte die Stirn, aber er nickte. »Bleib nicht so lange. Du musst endlich auch einmal schlafen.«

Nele nickte kurz zustimmend. »Was Neues aus dem Krankenhaus?«, fragte sie ihn mit Blick auf das Handy in seiner Hand.

»Nein. Sie schläft. Sie ist morgen noch da, Nele, ich weiß das. Und übermorgen auch. Wir werden sie nicht verlieren.« Er legte all seine Überzeugungskraft in diesen letzten Satz, und sie wollte ihm so gerne glauben.

Wenn Nele einen Fressanfall hatte, dann verspürte sie stets den dringenden Wunsch, sich zu füllen, weil ihre Gefühle ihr ein

Loch in den Bauch rissen. Sie war das, was man einen Frustesser nannte, in guten Zeiten hungerte sie lieber. Jetzt aber, jetzt, wo Leo da war, war dieses Gefühl so vollständig aus ihr verschwunden, dass ihr die Nele, die eben noch über der Kloschüssel gehangen und sich die Seele aus dem Leib gekotzt hatte, völlig fremd erschien. Das hier, neben Leo her zu laufen und im Dunkeln barfuß über den Kies zu gehen, die Hand in seiner, die Finger miteinander verschränkt, das fühlte sich richtig an.

Sie setzten sich vor dem Haus auf die Straße und sahen hinauf in den Himmel.

»Zwei Geraden sind parallel, wenn sie überall den gleichen Abstand zueinander haben«, sagte Nele leise und deutete auf ihre und Leos Beine. »Jetzt stimmt unser Abstand wieder, der nach Berlin hat sich falsch angefühlt.«

Leo nickte und starrte auf den Horizont, der irgendwo ganz weit weg von hier mit dem Meer verschmolz und eins wurde. »Das fand dein Vater auch. Also das mit dem Abstand.«

»Hä? Was hat Papa damit zu tun?«, fragte sie verdutzt und schaute Leo von der Seite an.

Er drehte sich ein wenig, sodass sie seine Augen als einzige Lichtblitze in der dunklen Nacht sehen konnte.

»Na, er hat mich angerufen und mich gebeten zu kommen. Er hat mir gesagt, dass es Mila schlecht geht und dir deswegen auch«, antwortete Leo.

»Warum hat Papa das gemacht?«, rutschte es ihr heraus.

»Vermutlich aus dem gleichen Grund wie ich … weil er dich liebt«, sagte Leo fröhlich. »Und deine Mutter«, fügte er hinzu.

»Das glaube ich nicht«, widersprach sie. »Oh, schau mal, da … da sind die ersten Tränen!« Sie zeigte zum Horizont, an dem zwei Sternschnuppen gleichzeitig rasch über den Nachthimmel gezogen waren.

»Wieso eigentlich Tränen?«, wollte Leo wissen. Und auf einmal waren seine und ihre Beine gar nicht mehr so parallel, denn Leo legte die Beine über Neles und saß auf einmal über ihr, strich ihr die Haare aus dem Gesicht und senkte seine Lippen auf ihre.

»Das ist eine lange Geschichte.«

»Ich will sie hören, bin weit genug dafür gefahren.«

»Ich erzähle sie dir, später. Aber jetzt musst du leise sein, sonst kannst du dir nichts wünschen. Dafür sind die Perseiden doch da. Für unsere Wünsche.«

Er ließ sich langsam wieder neben ihr auf den Asphalt gleiten. Seine Hand ergriff entschlossen die ihre, hielt sie fest, während am Himmel und in Neles Innerem der Meteorsturm seinen Anfang nahm. Sie betete, sie wünschte, sie flehte die Perseiden an, ihr ihre Schwester nicht zu nehmen.

# Kapitel 23 – Katharina

Stumm sah Katharina aus dem Fenster hinaus in die Nacht, die sich über die Stadt gelegt hatte. Dort hinaus, wo das Leben stattfand, während es hier wieder einmal stillzustehen schien. Sie konnte keinen Schlaf finden. Nicht in dieser so ungewissen Situation. Möglichst lautlos schob sie die Lamellenvorhänge ein wenig zur Seite, um einen besseren Blick in den Himmel zu haben. Eigentlich sinnlos, sich wegen der Geräusche Gedanken zu machen. Die ganze Station war ein einziges Wirrwarr aus Geräuschen, eine Masse aus dem Piepsen der Monitore, dem Zischen und Schlürfen der Beatmungsmaschinen und den ansteigenden Tönen der Geräte. Das leise Rascheln der Lamellen wurde von all diesen Klängen vollständig verschluckt. Der Himmel war klar und wolkenlos. Gerade als sie ihren Blick nach Westen richtete, sah Katharina ein Zucken über dem Horizont. Und dann erinnerte sie sich wieder, dass heute die Perseiden kamen. Jene Nächte mit all diesen funkelnden Sekundenbruchteilen, die Nele so liebte. Sie drehte sich zu dem Bett, in dem Mila schlief.

»Sieh nur, Milli«, flüsterte sie, »die Perseiden. Sternschnuppenströme. Zweihundertsechzehn Kilometer pro Sekunde schnell. Du darfst dir so viel wünschen, wie du willst und kannst.«

Was sie selbst sich wünschte, war kein Geheimnis. Ihr Schmerzgedächtnis fühlte sich um zwei Jahre zurückversetzt. Die Angst um Mila war ein so erdrückendes Gefühl, dass sie spürte, wie ihre Kräfte langsam versagten. Sie verließ das Krankenzimmer nur, wenn es ganz dringend notwendig war. Alle Gedanken in ihrem Kopf hatten denselben Anfang und dasselbe Ende. Sie begannen mit der Sorge um ihr Kind und endeten damit.

Selbst jeder Gedanke an Sandra und die Enttäuschung darüber, dass ihre Freundschaft nicht echt war, niemals echt gewesen war, war so nebensächlich geworden. Alles, was zählte, war, dass Mila wieder gesund wurde.

Sie war hier niemals alleine. Wenn Felix nicht da war, dann kümmerte sich eine der Schwestern rührend um Mila und auch um sie. Sam brachte ihr Kaffee und zwang sie zu essen. Doch auch sie hatte diesen Blick, der Katharina Sorge bereitete. Der verkniffene Zug um ihren Mund, der das Dauerlächeln verdrängte. Das Federn ihres Ganges fehlte, und die Stille, die sie umgab, war so untypisch für sie. Katharina machte sich selbst nichts vor. Sie wusste schließlich nur zu gut, dass eine Lungenentzündung lebensgefährlich war. Gerade für Kinder wie Mila. Ihr Kopf kannte die Horrorszenarien, und doch musste ihr Mutterherz sie verdrängen, damit sie nicht den Verstand verlor.

»He, du bist ja immer noch da!«

Sie drehte sich überrascht um. Sam presste die Lippen fest zusammen und ließ den Blick kurz zu Mila schweifen. Sie konnte sehen, dass Sam ein bedrücktes Seufzen nur mühsam wieder hinunterschluckte. Wie Katharina trug sie einen der gelben Einwegkittel. Und streckte ihr die Hand entgegen. »Komm mit mir raus, wir sehen uns die Perseiden von draußen an.«

»Ich gehe hier nicht weg«, erwiderte sie kopfschüttelnd und legte wie zur Bestätigung beide Hände an die kalte Fensterscheibe.

»Dann bleibe ich eben bei dir.« Sam stellte sich neben sie und winkte dabei kaum merklich mit ihrer rechten Hand. Sie bedeutete der Schwester hinter ihnen, die auf Milas Bett zuging, weiterzumachen.

»Sam! Das ist lieb, aber ich habe das schon gesehen. Es ist okay, ich weiß, dass sie ihr das Sekret absaugen müssen.«

»Trotzdem, du musst es nicht unbedingt sehen!«, antwortete sie und zwang Katharina mit sanftem Druck gegen ihren Hinterkopf, wieder hinaus in den Nachthimmel zu sehen.

»Was, wenn ihre Atmung aussetzt, Sam. Was, wenn die Infektion sich weiter ausbreitet? Wenn sie eine Sepsis bekommt, wenn sie eine Hirnhautentzündung …«

»Psst!« Sam legte Katharina den Finger auf den Mund. »Sie ist ein starkes Kind! Sie wird es schaffen. Und jetzt erzähl mir irgendetwas. Irgendetwas anderes.«

»Du hattest recht. Mit Sandra«, gab Katharina zu, den Blick immer noch nach draußen gerichtet.

»Wie meinst du das?«

Katharina drehte den Kopf ein wenig, sodass sie sehen konnte, wie Sam die Stirn in Falten legte.

»Sie hat mich angelogen. Ihr Sohn ist gestorben, und sie dachte, dass Mila sein Herz bekommen hat. Deswegen ist sie in die Nachbarschaft gezogen. Dann hat Jan es herausgefunden. Mila hat sie belauscht, ist weggerannt, und das Ergebnis siehst du hier. Sie will, dass mein Kind tot ist, weil ihres nicht mehr lebt.«

Sam schwieg eine Zeit lang. Eigentlich erwartete Katharina, dass sie sagte: *Ich wusste, dass etwas nicht mit ihr stimmt.*

»Nein«, erwiderte Sam stattdessen bestimmt. »Nein, so einfach ist das nicht, Katharina.«

Sie wusste selbst, dass es nicht so einfach war.

»Mila hatte schon vorher eine Erkältung, oder?«, wollte sie wissen.

»Ja«, gab Katharina zu. »Leichten Schnupfen.«

»Und du?«, fragte sie weiter. »Hast du ihr von Anfang an gesagt, dass Mila das Spenderherz hat?«

»Nein. Ich habe es ihr verschwiegen.«

»Mmmh«, machte Sam.

»Willst du mir mit deinem ›Mmmh‹ sagen, dass ich damit genauso schuld bin?«, fragte Katharina empört und drückte sich ein Stück vom Fenster weg. Den Geräuschen hinter sich entnahm sie, dass die Schwester mit dem Absaugen fertig war.

Sie lief zu Mila ans Bett und streichelte ihre Wange. Trotz allem, was sie mit ihrem Kind bereits durchgestanden hatte, war dies der beängstigendste Zustand. Sie wartete auf nichts, sie konnte nichts tun. Nur zusehen und hoffen. »Alles gut, mein Schatz, jetzt kannst du weiteratmen. Immer schön atmen. Nicht aufhören, Milli. Wir sind da.«

»Niemand ist schuld, Katharina. Ganz ehrlich, ich weiß, was ich alles über Sandra gesagt habe, von wegen Psycho und so.« Sam drückte sich mit dem Rücken gegen die Wand neben Milas Bett. Sie winkelte die Beine an und sah irgendwie klein aus dabei, verzweifelt, so wie Katharina selbst. »Aber ich glaube, sie liebt Mila wirklich.«

Schnaubend drehte sich Katharina zu ihr. »Milas Herz vielleicht, von dem sie dachte, es wäre das ihres Sohnes. Ist es aber nicht.«

»Ihr solltet miteinander reden«, schlug Sam vor, drückte sich von der Wand ab, ging auf Millis Bett zu und zupfte dabei ein wenig an der Decke, die ihren kleinen, zarten Körper umhüllte.

Wie Katharina es hasste, dass das Kind so ruhig lag. Kein Zappeln, kein Freistrampeln von der Decke, keine komplett verdrehte Schlafposition.

Sam zog die Ecken der gepunkteten Bettwäsche gerade und warf einen Blick auf den Monitor über Mila. Als Katharina ihr nicht antwortete, sagte sie: »Morgen gibt es ein neues Röntgenbild. Dann sieht sicherlich alles besser aus.«

»Und wenn nicht?«, erwiderte sie tonlos.

Als Sam gegangen war, hinterließ sie bei Katharina eine Leere, ein Gefühl von Einsamkeit und purer Verzweiflung, das sie aufzufressen drohte. Die Stille von Milas Körper war unerträglich. Die Maschinen und das immerwährende Licht der Monitore drohten sie noch in den Wahnsinn zu treiben. Ohne Unterlass beobachtete sie die Werte auf dem Bildschirm, analysierte sie, versuchte, irgendeine Prognose daran abzulesen. Sie sah mit immer wieder aufkommender Panik und einem alles umfassenden und verschlingenden Angstgefühl auf Milas Brustkorb, der sich so deutlich hob und senkte und dabei so künstlich wirkte. So, als drücke ihr jemand mit Gewalt die Luft in den Leib und wieder heraus. Milas dunkles Haar lag schneewittchengleich auf dem weißen Kissen. Katharina hasste es, dass sie ihr nicht in die Augen sehen konnte. Tagsüber las sie ihr vor, aber jetzt, jetzt blieb ihr nichts, als sie anzustarren und zu versuchen, mit purer Willenskraft eine Heilung herbeizuführen. Sie konnte sie nicht verlieren, sie durfte sie nicht verlieren.

Auf der kleinen Ablage neben Milas Bett saß der Schnaufel und daneben lag auch ihr Handy. Sie griff danach und rief Felix an. Er nahm sofort nach dem ersten Klingeln ab.

»Ja?«, sagte Felix. Seine Stimme zitterte dabei so stark, dass Katharina seine Angst sogar durch dieses eine Wörtchen hören konnte.

»Felix, ich … ich weiß nicht mehr, wie ich das aushalten soll. Ich kann es nicht ertragen, der Gedanke, dass sie …«

»Soll ich kommen?«, fragte er.

»Nein, nein. Deswegen rufe ich nicht an. Es ist alles unverändert hier. Bleib du bitte bei Nele. Ich wollte dich nur hören, ich wollte hören … ich weiß auch nicht …«

»Sie schafft es, Kate.«

»Felix, egal was auch passiert, kannst du mir versprechen, dass wir uns nie wieder verlieren? Ich will dich nicht verlieren, nie mehr.«

»Man kann sich nicht verlieren, wenn man sich im Blick behält.«

»Richtig.«

Dann schwieg er und auch sie sagte nichts mehr. Eine ganze Weile lang. Weil man mit dem richtigen Menschen manchmal auch einfach schweigen konnte, ohne dass es zu still wurde.

»Kate, Sandra war mehrmals hier. Sie hat nach Mila gefragt, nach dir. Sie will dich sehen …«

»Ich will nicht, dass sie noch einmal in Millis Nähe kommt. Es ist doch alles wegen ihr passiert«, zischte sie jetzt lauter ins Telefon.

»Das stimmt nicht«, erwiderte er. »Du solltest ihr verzeihen«, fügte er hinzu. »Was hättest du gemacht, an ihrer Stelle?«

»Was meinst du?«, fragte sie, während sie Milas dreibeinigen Dackel hin und her drehte. Wegen dieses Dings war Mila überhaupt erst wieder rüber zu Sandra gelaufen. In einem plötzlichen Anfall von Wut schleuderte Katharina das Stofftier in die Ecke. Sofort tat es ihr leid und sie hob es wieder auf, klopfte es ab und warf ihrer schlafenden Tochter einen reuigen Blick zu.

»Was hättest du getan, wenn Mila gestorben wäre und du die Chance gehabt hättest, das Kind kennenzulernen, das mit ihren Organen weiterlebt?«, fragte Felix weiter.

»Keine Ahnung«, gab sie unschlüssig zurück. »Du hättest das andere Kind auch sehen wollen, oder?«, fügte sie leise hinzu.

»Vielleicht«, meinte er. »Vielleicht auch nicht.«

»Aber Mila hat nicht … Jonahs Herz«, stammelte Katharina.

»Und? Macht das einen Unterschied?«

»Für Sandra schon«, entgegnete sie.

»Nein, das glaube ich nicht«, erwiderte er. »Nicht mehr.«

»Das ändert nichts, ich will sie nicht sehen.«

»Aber vielleicht will Milli sie sehen, wenn sie aufwacht«, gab er sanft zu bedenken.

»Wenn Milli aufwacht, kann sie sehen, wen sie will. Und wenn es Donald Trump persönlich ist«, erklärte sie entschlossen.

»Ich schätze, sie hält Donald Trump für einen von den Ducktales.« Es war fast ein kleines Lachen, das in Felix Stimme schwang und das augenblicklich so guttat wie nichts zuvor an diesem Tag.

»Ich rufe dich morgen früh gleich an«, versprach Katharina.

»Ich bin morgen früh gleich bei dir«, sagte Felix.

# Kapitel 24 – Sandra

Sandra wusste, dass heute die dritte Nacht der Perseiden war, der dritte Tag maximaler Sternschnuppenaktivität. Sie hatte es im Radio gehört, und sie hasste Sternschnuppen. Sie brachten nie das, was sie sich wünschte. Nicht einmal verdammte Sternschnuppen konnten das. Trotzdem stand sie auf der Wiese vor der Terrasse und starrte hinauf in den klaren Himmel. Und obwohl sie nicht daran glaubte, wünschte sie sich etwas.

Sie stellte ihre Füße fest in das Gras, vergrub sie geradezu darin und ließ die Wellen des Selbstvorwurfs an ihre Brust schwappen, blickte dabei nach oben in einen nicht enden wollenden Sternschuppenregen und fühlte sich, als würde sie darin ertrinken. Es war überwältigend. Ihr kam es vor, als würden das Universum und sie eins, als gäbe es eine Verbindung zwischen Himmel und Erde, die in diesem Moment greifbar war. Sie wünschte sich bei jedem einzelnen kleinen Meteoriten etwas anderes. Zuerst, dass es Jonah gut ging, dort, wo auch immer er jetzt sein mochte. Dann, dass Jan sie noch immer liebte. Sie wünschte sich, dass Katharina irgendwann verstehen würde, warum sie Milas Nähe gesucht hatte. Sie wünschte sich, dass Leo den Tod seines Bruders verkraften konnte. Dass Mila wieder vollständig gesund wurde und mit Jonahs Herz ein langes Leben führen würde. Der Gedanke ließ sie sofort zusammenzucken, in ihren Ohren begann es zu dröhnen. Noch immer war die Erkenntnis noch nicht ganz zu ihr durchgedrungen, noch immer nagte es so sehr an ihr, dass ihr Inneres ihr wieder und wieder einen Streich spielte und sie die Wahrheit verdrängen ließ. Diese so unerwartete Wahrheit, die Tatsache, dass Mila eben nicht Jonahs Herz hatte! Irgendjemand anderes hatte es. Sie hatte sich völlig sinnlos in eine fremde Familie eingeschlichen, das letzte Quäntchen Hoffnung auf ihr Glück mit Jan deswegen verschenkt. Alles wegen eines einfachen Missverständnisses. Wegen eines falschen Datums. Wann immer sie darüber nachdachte, brannte sich der Schmerz wie ein heißes Eisen in ihre Haut. Reichte es nicht, *ein* Brandzeichen zu tragen, war der Verlust von Jonah nicht genug? Hätte sie nicht wenigstens das Mädchen lieben lernen können, das auch wirklich sein Herz trug? Alles umsonst, alles vergebens, alles sinnlos.

»Sandra …«

Sternschnuppen waren nur Staubspuren, und genauso hinterließen Menschen auf der Erde nichts als Staub. Dennoch wünschte Sandra sich, dass Seelen mehr waren als nur das. Wenn nicht, war das Einzige, was blieb, zumindest zu versuchen, im Leben von anderen Menschen ein wenig positiven Staub aufzuwirbeln. Das war das, was Katharina mit ihr gemacht hatte. Katharina und Mila.

Positiver Staub, der verweht war mit ein paar wenigen Worten. Mit einem einzigen vertauschten Datum. Mit nichts als Leere.

»Sandra …«

Langsam drehte sie sich zu der Stimme hinter ihr um, als ihr klar wurde, dass wirklich jemand nach ihr rief. Im Dunkeln des kleinen Weges, der von ihrer Auffahrt an der Garage vorbei in den Garten führte, stand Nele im schwachen Licht der Solarleuchten, die Sandra erst vor wenigen Wochen gekauft hatte. Neben ihr Leo, der Nele seit Tagen nicht von der Seite wich.

Sandras Blick fiel wieder auf Nele und ihr tränennasses Gesicht.

»Was ist los?«

»Mila …«, schluchzte sie.

»Ist sie …?« Sandra wagte es nicht, das Wort auszusprechen. Unwillkürlich zog sie die Decke auf ihrer Schulter enger um sich. All die Bedenken, all der Gram und die Verzweiflung darüber, dass nicht Mila Jonahs Herz trug, wurde verdrängt, zur Seite geschoben durch die Wucht der Angst, die sie auf einmal eiskalt erfasste.

»Es geht ihr schlechter … sie …« Nele stockte und schnäuzte sich die Nase.

»Kann ich sie sehen? Kann ich mit ihr reden?«, fragte Sandra. Wenn sie gekonnt hätte, wäre sie barfuß zum Krankenhaus gerannt, in Milas Zimmer gestürmt und hätte ihr gesagt, dass sie sie gern hatte. Dass sie ihr niemals hatte wehtun wollen. Mila durfte nicht sterben. Sie musste ihr so vieles sagen, so vieles erklären. Sie hatte sie doch so gern. So unheimlich gern.

Nele schüttelte langsam den Kopf. »Nein, das geht nicht. Nur Familie. Und Mama … will dich nicht sehen.«

»Sie darf nicht sterben!«, schrie Sandra nun so laut, dass sie über die Heftigkeit ihrer Emotionen selbst erschrocken war. Was war Mila für sie? Ja, sie mochte sie, aber die Panik, die sie beim Gedanken an den möglichen Tod des kleinen Mädchens erfasste, war unangebracht. Oder nicht? Sie hatte nicht Jonahs Herz … Sandra schluckte. Und auf einmal war es ihr, als löste sich ein Knoten in ihrem Inneren und gab ihr den Raum, etwas zuzulassen, etwas vor sich selbst zuzugeben, was sie sich bisher verwehrt hatte. Es war nicht mehr so wichtig … dass Mila nicht Jonahs Herz hatte. Es verlor irgendwie an Bedeutung, spielte keine so große Rolle mehr in Anbetracht der Gefahr. Mila durfte nicht sterben, das war es, was zählte.

»Sie darf nicht sterben«, wiederholte sie etwas leiser. Trauriger, aber auch entschlossener. So, als wäre es ausreichend für Milas Rettung, dass sie erkannt hatte, wie falsch sie gelegen hatte.

Nele schluchzte laut. Sandra streckte ihre Arme nach ihr aus und Nele ließ zu, dass Sandra sie in den Arm nahm. Sandra strich ihr übers Haar und drückte sie so fest an sich, wie es ging. »Sie wird nicht sterben«, flüsterte sie dem Mädchen zu. »Heute sind die Perseiden noch ein letztes Mal gut zu sehen. Jede Sternschnuppe für Mila. Lasst sie uns gemeinsam anschauen.«

Sie nahm die Decke von ihren Schultern und breitete sie auf dem Boden aus. Sie setzten sich gemeinsam darauf und hofften und bangten und warteten auf gute Nachrichten. Auf Erlösung. Auf ein Zeichen der Besserung. Gemeinsam, weil das besser war und viel einfacher als allein.

# Kapitel 25 – Nele

Nele fand, der Mond sah aus, als hätte man ihn mit einem Buttermesser fein säuberlich in zwei Hälften geteilt. Eine sichtbar, die andere versteckt. Der Mond musste sich heute fühlen wie sie. Halb. Ihr Vater machte ein größeres Drama, als es eigentlich war. Es war ein Fehler gewesen, es ihm zu sagen. Aber es wollte raus. Es wollte endlich aus ihr raus, und ihre Mutter war im Krankenhaus, deswegen hatte sie es ihm gesagt. Und deswegen fühlte sie sich halb. Halb erleichtert. Halb gut, halb schlecht. Halb wach, allenthalben müde. Ihr Vater hatte wissen wollen, wer all die Sachen aus dem Kühlschrank gegessen hatte, und da hatte sie es ihm gesagt. Dass sie Essen in sich reinstopfte und es wieder erbrach, und dass sie manchmal auch gar nichts aß. Dass das nicht normal war, und sie das wusste. Er hatte nicht geschrien und nicht geschimpft. Er hörte ihr zu, während sie erzählte und auf den Mond starrte. Die Sonne war noch nicht untergegangen, aber der Mond war schon deutlich zu sehen. Sie hielt immer wieder inne, brach Sätze in der Mitte ab, machte sie halb wie sich selbst und den Mond und berechnete im Stillen Achsneigungen, den prozentualen Größenunterschied zwischen Erde und Mond, berechnete allerlei Dinge, teilte sie durch zwei, um sich damit zu beruhigen.

»Wenn ich breche, dann fühlt es sich so an, als hätte ich die Kontrolle einfach noch. Wenn ich hungere, dann weil ich das kann, weil ich wenigstens diese eine Sache gut kann«, erklärte sie ihrem Vater.

»Du kannst sehr viele Sachen sehr gut, Nele. Und wenn du gar nichts könntest, würden wir dich dennoch über alles lieben«, erwiderte ihr Vater schließlich so traurig, dass es Nele unendlich leidtat, es ihm überhaupt gesagt zu haben. Als hätten sie gerade nicht genug Sorgen. Gestern Morgen hatten die Ärzte versucht, Mila zu extubieren. Ihre Werte waren leicht besser geworden, aber dann hatte es nicht geklappt. Sie konnte nicht selbstständig atmen, und deshalb war ihr Leben immer noch in ernster Gefahr.

Aber trotzdem konnte Nele nicht aufhören, ihrem Vater alles zu erzählen. Es musste alles raus, sie musste sich entweder voll oder leer fühlen, nicht halb. Fünfzig Prozent waren immer nur die Hälfte von etwas, etwas, das sich nicht entscheiden konnte, ganz oder nichts zu sein. Sie wollte das nicht mehr.

»Bevor Leo da war, habe ich keine Musik mehr gehört, weil ich nicht wollte, dass die Musik Kontrolle über meine Gefühle hat. Ich wollte die Gefühle ganz für mich allein. Verstehst du das?«

»Nein, das verstehe ich nicht«, sagte Felix und schüttelte langsam den Kopf. »Aber vielleicht kannst du mir helfen, es zu verstehen oder noch besser: Ich kann dir helfen, dass es dir nicht mehr so geht.«

»Es ist doch schon besser geworden«, beschwichtigte sie, »wirklich.«

»Aber du hast doch vor wenigen Tagen erst gebrochen, das hast du mir eben erzählt. Wie kann es besser sein, wenn du Essen in dich stopfst, um es wieder herauszubrechen?«

Weil es nicht nur ums Essen geht, dachte sie. Eigentlich ging es überhaupt nicht ums Essen. Es ging um viel mehr. Essen war ein Mittel zum Zweck. Essen und Nichtessen waren das Resultat, die halbe Miete, aber nicht das volle Ganze.

»Ich habe es nur gemacht, weil Leo nicht da war und ich so verzweifelt war wegen Mila.«

Leo war geblieben. Trotz all dem, was er im Bad zu ihr gesagt hatte, war er geblieben. Letzte Nacht hatte er in ihrem Zimmer geschlafen, mit ihr in einem Bett. Seinen Körper an ihren gedrückt. Sie hatten keinen Sex gehabt, aber es war ihr dennoch sehr bewusst gewesen, dass er ein Mann war und sie eine Frau. Als sie aufgewacht war, hatte sie sich ein wenig erwachsener gefühlt, vielleicht gerade weil sie *es* nicht getan hatten.

»Nele, du brauchst Hilfe. Du brauchst nicht nur Leo. Wir müssen uns nach einer Therapie für dich umsehen.«

»Was? Nein! Du glaubst doch nicht, dass ich mich in irgendeine Klinik stecken lasse, in der sie mich mit Essen vollstopfen?«, rief sie entsetzt. Sie wusste, was da los war, man konnte es überall in den Foren lesen und auf Facebook und den Pro-Ana-Seiten. Sie würde nicht in eine Klinik gehen. Plötzlich bekam sie Panik. Sie hatte es ihm nicht gesagt, um in einem Gefängnis zu landen. So laut hatte sie nicht um Hilfe rufen wollen.

Doch er beruhigte sie schnell: »Ich will dich nicht in eine Klinik stecken, wenn es nicht das ist, was du willst. Aber wir werden zusammen irgendwohin gehen und dir helfen lassen. Mein Gott, Mama und ich waren so blind, Nele. Es tut mir so leid, dass wir nichts gemerkt haben. Ich dachte …«

»Ist nicht eure Schuld. Ich habe ja alles dafür getan, dass ihr es nicht merkt.«

Er wusste ja nicht ansatzweise alles. Er wusste nicht, dass sie ihrer Mutter einmal Geld aus dem Portemonnaie gestohlen hatte, um für einen Fressanfall einzukaufen (vierundfünfzig Euro und dreiundzwanzig Cent für einen Haufen Kalorien, Fett und Kohlenhydrate). Er wusste nicht, wie viele Male sie gebrochen hatte und dass ihre Zähne und das Zahnfleisch darunter zu leiden begannen. Dass sie deswegen den Kieferorthopäden dazu gebracht hatte, ihr die Spange rauszunehmen, und ihm angedroht hatte, sich umzubringen, wenn er es ihren Eltern sagte. Aber ihr Vater musste jetzt ungefähr wissen, wie sie sich fühlte. Und sie glaubte, dass das wichtiger war als all die schmutzigen Details.

»Ich bin da, und ich weiß es jetzt und ich helfe dir, so wie du willst, dass dir geholfen wird, okay?«, sagte er sanft und beugte sich zu ihr vor. Dann nahm er sie fest in den Arm und drückte sie, so als wolle er sie zerquetschen. Dabei passierte etwas Erstaunliches. Mit einem Mal fühlte sie sich überhaupt nicht halb. Und auch nicht leer. Seine Umarmung machte sie wieder ganz.

Sie saßen eine ganze Weile da, so lange, bis das Telefon klingelte und sie beide hektisch aufsprangen. Ihr Vater warf ihr einen ängstlichen Blick zu und stolperte dann ins Haus. Doch Nele fand das Telefon noch vor ihm, drückte auf den Hörer und rief heiser: »Ja?«

»Hier ist Sam, ich soll euch anrufen. Ihr sollt bitte sofort ins Krankenhaus kommen.«

»Sam, was …?«, presste sie mühsam hervor.

»Ich weiß es nicht, Nele. Ich war noch nicht bei Mila. Die Schwester hat mich gebeten, euch anzurufen. Das muss nichts Schlechtes sein, hörst du?« An ihrer Stimme hörte Nele, dass sie log. Dann fügte sie noch hinzu: »Sag deinem Vater, er soll vorsichtig fahren. Es ist bestimmt alles in Ordnung.« Ihr künstlicher Optimismus verfehlte seine Wirkung katastrophal.

Auf einmal war nichts als Angst in Neles Kopf. Keine Rechnung, keine Gleichung, nichts als Angst, dass Mila es nicht schaffen konnte. Wenn sie doch nur irgendetwas hätte tun können, um Mila zu retten. Ein Mädchen aus Neles Klasse, Maryam, hatte ihr einmal erklärt, dass es im Islam eine Art spirituellen Schwur gab, ein sogenanntes Nazr. Man versprach etwas Wertvolles, um etwas noch Wertvolleres zu erhalten. Nele schwor in ihrem Nazr, nie mehr absichtlich zu kotzen und zu hungern, wenn ihre Schwester dafür am Leben blieb. Nele wollte den Tod nicht sehen. Sie wollte nicht, dass er ihr wieder so nahe kam wie bei Karoline. Der Tod sah aus wie ein großer, dünner Mann mit einem weißen Mantel und einer dünnen, krummen Brille auf der Nase. Er lief ganz leise und hinterließ keine Fußabdrücke. Er stand auf einmal da und sah einen aus leeren Augen an, und dann war es zu spät.

»Wir müssen ins Krankenhaus, Papa«, schrie Nele.

# Kapitel 26 – Katharina

Sie stürmten den Gang entlang, Felix voraus, Nele hinter ihm. »Mama, was ist los?«

»Kate, geht es ihr schlechter?«

Sams Anruf musste sie in furchtbare Angst versetzt haben, das war nicht Katharinas Absicht gewesen. Sie hatte nur gewollt, dass die beiden so schnell wie möglich kamen.

»Nein, nein. Ihr müsst euch keine Sorgen machen. Im Gegenteil.«

Mit einem leichten Lächeln sah sie die beiden an. Felix' Haar stand in alle Richtungen ab. Beide wirkten panisch, völlig außer Atem und zutiefst beängstigt.

»Es geht ihr viel besser, sie ist wach.« Katharina wartete, bis sich die schwere Tür hinter ihnen schloss, und dann nahm sie mit ihrer rechten Hand Felix' und mit ihrer linken Neles Hand.

»Das Röntgenbild hat deutliche Verbesserungen gezeigt. Sie braucht weniger Sauerstoff und ihre Blutgase haben sich stabilisiert. Sie haben extubiert und sie ist soweit stabil. Ich wollte nur, dass ihr sie so schnell wie möglich sehen könnt. Und sie euch. Sie hat nach euch gefragt. Und ... nach Sandra«, fügte sie leiser hinzu.

Felix drückte fest ihre Hand, in seinen Augen schimmerten Tränen. Er zog sie vorwärts, drückte auf den Schalter, der die Tür öffnete, und gemeinsam gingen sie nach drinnen.

Bevor sie an Milas Bett traten, hielt Nele ihre Mutter am Arm fest »Wird sie es schaffen, Mama?«, fragte sie ängstlich.

»Ja, ich glaube, sie schafft es«, antwortete Katharina. »Sie atmet selbstständig. Das ist ein sehr guter Anfang. Und sie ist ansprechbar, aber sehr schwach. Wir dürfen sie nicht zu sehr anstrengen.«

Die Bettdecke raschelte, Mila bewegte sich. Sie öffnete leicht die Augen. »Also Leute, endlich«, sagte sie schwach und heiser.

Felix drückte ihr einen Kuss auf die Stirn und strich ihr glücklich über die Wangen. Nele war zaghafter, sie trat langsam näher und fasste zunächst nur sehr sachte Milas Hand. »Hey.«

»Hey.«

»Wir müssen gar nicht viel reden, Milli, du kannst gleich weiterschlafen.«

Sie nickte leicht.

»Wir wollten dir nur sagen, dass wir froh sind, dass du wieder wach bist und …«

»Wie lange habe ich geschlafen?«, fragte sie mit weit aufgerissenen Augen. »Wenn ihr so ein Drama macht …« Die letzten Worte hustete sie mehr, als dass sie sprach.

»Ein paar Tage, damit du dich erholen konntest.«

»Sandra …«, keuchte sie schwach.

Es war das vierte Mal, dass sie nach Sandra fragte, seit sie wach war. Es raubte Katharina den Verstand. Sie wollte nicht, dass sie ausgerechnet nach der Frau fragte, die mitverantwortlich war dafür, dass Mila hier lag. Aber was sollte sie tun, das konnte sie bei Milas jetzigem Zustand nicht sagen.

Mila rümpfte die Nase und versuchte, den durchsichtigen Schlauch der Nasenbrille damit ein wenig zu bewegen. »Das Ding kitzelt.«

Katharina rückte den Schlauch zurecht.

»Sandra …«, wiederholte sie. »Ist sie böse auf mich?«

»Nein, das ist sie nicht«, erklärte Katharina bestimmt und musste die Fingernägel in die Innenseiten ihrer Hände krallen, um ihren widerstrebenden Gefühlen keinen Ausdruck zu verleihen.

»Soll kommen«, keuchte Mila.

»Wer?«, fragte sie irritiert.

»Sandra«, sagte Mila erneut.

»Das geht nicht, Milli, hier dürfen nur wir rein.«

»Donald Trump«, flüsterte Felix mahnend.

Katharina verdrehte die Augen und nickte zustimmend.

»Ich frage nach, in Ordnung, ob sie in ein paar Tagen, wenn du stabiler bist, kommen darf, okay?«

»Okay«, sagte Mila und schloss die Augen.

Katharina fühlte ihre Stirn, schob den Infusionsständer ein wenig zur Seite und setzte sich dann an ihr Bett.

Auf der anderen Seite des Bettes stellte sich Nele neben ihre Schwester, beugte sich hinab und sagte deutlich und mit fester, klarer Stimme: »Sandra hat dich lieb, okay. Egal, ob du das Herz von ihrem Sohn hast oder nicht. Milli, es ist nicht so, dass du jemanden umgebracht hast, jemand ist gestorben und das Herz darf jetzt in dir weiterleben.«

Katharina blinzelte überrascht und schaute zu Felix hinüber, der Nele stolz anlächelte.

Nele drehte sich um und ihr Blick traf auf den ihrer Mutter, hielt ihn gebannt fest. Dann sagte sie ebenso ruhig und bestimmt wie vor wenigen Sekunden zu ihrer Schwester: »Mama, du hast sie genauso angelogen wie sie dich.«

* * *

Sechs Tage später war Mila zwar immer noch auf der Intensivstation, wo sie auch zu ihrer Sicherheit und aus Sorge vor einer Neuansteckung bis zur Entlassung aus dem Krankenhaus bleiben würde, aber ihre Werte waren gut, überraschend gut. Sie brauchte keine Sauerstoffunterstützung mehr. Sie war endgültig über den Berg, und Katharina gingen die Ausreden aus. Also hatte sie zustimmen müssen und Felix beauftragt, Sandra anzurufen. Sandra wartete auf dem Flur, das wusste Katharina von Sam, und am liebsten wäre sie davongelaufen.

»Ich gehe nach draußen«, sagte sie zu Mila, und da stand Sandra bereits im Zimmer. Unsicher, mit flackerndem Blick. Sie wirkte dünn und sah erschöpft aus. Die Ringe um ihre Augen, die graue, fahle Haut erinnerten Katharina an ihren eigenen Anblick. Sie sah bewusst an ihr vorbei, weil sie ihr nicht in die Augen sehen konnte. Das wäre gewesen, wie in einen Spiegel zu blicken. Zunächst war sie wütend, alleine, weil Sandra hier war, aber dann klangen Neles Worte in ihren Ohren: *Du hast sie genauso angelogen.* Sie waren alle nicht ehrlich gewesen. Sie konnte nun abwägen, welche Lüge schwerer wog, aber wem half das schon. Es war besser, wenn sie ihr aus dem Weg ging.

»Katharina, es tut mir leid.« Sandra hielt Katharina am Arm fest.

»Mir auch«, antwortete Katharina kurz und ging dann an ihr vorbei, raus aus dem Zimmer.

# Kapitel 27 – Sandra

In dem Augenblick, in dem Sandra das Krankenzimmer betrat, wurde ihr etwas ganz Einfaches völlig klar. Die Gewissheit dessen hatte die ganze Zeit vor ihrer Nase Tango getanzt, und sie hatte es nicht gesehen. Es war doch völlig egal, dass Mila nicht Jonahs Herz hatte. Was machte das für einen Unterschied, jetzt, da sie Mila in ihres geschlossen hatte?

All die Zeit, in der sie selbst geglaubt hatte, es ginge um Jonahs Herz, war es doch eigentlich nur um ihr eigenes gegangen. Darum, dass es heilen konnte. Dazu hatte es einfach nur ein kleines, fröhliches, ein wenig altkluges Mädchen gebraucht.

Bedauernd sah sie Katharina nach, die sich schnell von ihr abwandte. Wie sehr sie hoffte, sie werde ihr verzeihen.

Sandra schloss die Tür hinter sich. »Hallo, Mila«, sagte sie und versuchte, fröhlich zu klingen. Das Mädchen sah viel besser aus, gesunder, frischer. »Hallo, Nele«, ergänzte Sandra, als sie Nele bemerkte, die im Halbschatten saß und langsam mit dem Kopf zu der Musik wippte, die aus ihren Ohrstöpseln leise auch im Zimmer zu hören war.

»Hallo, Sandra.« Ein Ruck ging durch Milas kleinen Körper und sie setzte sich ein wenig auf. Dann sah sie zu ihrer Schwester. »Wir haben was für dich, Sandra.«

Nele zog sich die Stöpsel aus den Ohren, warf sich den langen Zopf auf den Rücken und lächelte Sandra zaghaft an.

»Wir haben das Buch fertig gemacht«, sagte sie und ging auf Milas Bett zu.

»Du warst das, ich habe nicht viel gemacht«, erklärte Mila.

»Was für ein Buch?«, fragte Sandra verwirrt.

»Das für Milas Spenderin«, antwortete Nele und zog ein Buch aus der Schublade des Schränkchens. Ein Buch, das Sandra schon einmal gesehen hatte. Vor gefühlten hundert Jahren, damals in Milas Kinderzimmer. »Ich weiß jetzt, dass es doch schon auch ein Junge sein könnte. Vielleicht einer mit langen Haaren. Hatte Jonah lange Haare?«

Völlig überrumpelt sah Sandra von einer Schwester zur anderen und dann auf den Boden. Stellte sich einen Moment lang vor, sie könnte die Hand nach ihrem Sohn ausstrecken und ihm durch die blonden Haare wuscheln.

»Nein, sie waren etwa so lang.« Sie deutete mit der Kante der rechten Hand an ihre Wangenknochen.

»Das zählt als lang«, bestätigte Mila mit fester Stimme.

»Aber Mila, Jonah ist nicht ...« Sandra schluckte. »Jonah ist nicht dein Spender.«

»Ich weiß«, gab Mila etwas leiser zurück. »Hat mir Mama erklärt. Aber, Sandra, bist du böse auf mich?«

»Nein, Milli, ich bin nicht böse auf dich. Ich habe nur gedacht, dass du Jonahs Herz hast und deswegen wollte ich dich kennenlernen. Es war doof von mir, dir das nicht gleich gesagt zu haben. Es tut mir leid.«

»Schon okay.« Großzügig winkte sie ab. »Aber, Sandra, jetzt wo ich doch nicht sein Herz habe, ist ja noch ein anderes Kind gestorben ...«

»Ja, das stimmt. Aber weißt du, auch da kannst du nichts dafür. Das Kind wäre so oder so gestorben, und jetzt lebt ein

Teil von ihm in dir weiter.« Es überraschte Sandra selbst, dass sie diese Worte so einfach und schmerzlos aussprechen konnte.

Mila nickte. »Sagt Mama auch immer. Aber magst du mich jetzt nicht mehr, weil ich nicht Jonahs Herz habe?«

»Ich mag dich, weil du ein tolles Mädchen bist und nicht wegen deines Herzens. Keine Sorge, Mila, du solltest dir darüber gar keine Gedanken machen. Ich mag dich so, wie du bist.«

»Das ist gut, dann kannst du jetzt auch das Buch haben«, erklärte sie.

Nele legte Sandra das Buch in die Hand, und diese öffnete es vorsichtig. Die ersten Seiten kannte sie bereits. Ab der Hälfte jedoch stockte sie. Die ausgeschnittenen Gesichter von Jungen und Mädchen klebten dort und darüber stand: »Irgendeines von diesen Kindern hat vielleicht wegen Jonah weitergelebt.«

Auf den nächsten Seiten fanden sich Gedichte, der Songtext eines Liedes mit dem Titel »Your Mind is a Beautiful Place«, Bilder von Milas Geburtstag, die Worte »Danke, Sandra, dass es dich gibt«, in Milas Schrift, kleine Zeichnungen aus Fingerabdrücken und am Ende ein Bild von Katharina und Sandra. Katharina trug das rote Kleid, Sandra stand lächelnd daneben. Wie aus einem anderen Leben, wenngleich das Bild erst wenige Wochen alt war. Überrascht sah sie auf. »Wo hast du das denn her, Nele?«

»Hab ich von Mamas Handy«, gab sie grinsend zurück.

Eine Träne tropfte Sandra auf das Blatt, schnell wischte sie sie weg.

»Danke, Mädels, das ist wirklich wunderschön.« Dann fügte sie hinzu. »Das hätte Jonah sicher gefallen.«

# Kapitel 28 – Katharina

Mila würde nach vier langen Wochen aus dem Krankenhaus entlassen werden. Nele hatte sich bereit erklärt, eine ambulante Therapie zu beginnen. Felix und Katharina hatten sich die Chance auf einen Neuanfang gegeben. Für in sechs Wochen war ein Notartermin zur Überschreibung des Hauses anberaumt, sodass es endlich auch wirklich ihr Haus sein würde. Katharina wusste, sie sollte überglücklich sein, in gewisser Hinsicht war sie es auch. Mehr noch, sie war über alle Maßen dankbar. Aber dennoch war jeder Tag mit einem unangenehmen Gefühl umgeben, einem leichten Unbehagen, das sie nicht losließ. Das Wissen um ihr schlechtes Gewissen lag ihr schwer im Magen. Sie wusste, dass sie alles Recht der Welt hatte, jeden Kontakt zu Sandra abzubrechen und es ihr nicht verzeihen zu können, dass sie sie so lange so bewusst angelogen hatte. Das Problem aber war, sie wollte das gar nicht mehr. Die Wut auf Sandra war verraucht und ihr Ärger war nur noch kalte Asche eines Feuers, das sich vor allem durch die Angst um ihr Kind entzündet hatte. Felix hatte den Satz nie wieder gesagt, es war nicht seine Art, sie mehrfach mit der Nase auf Dinge zu stoßen, die ihr selbst stanken. Aber seine Worte hallten dennoch dauerhaft durch ihren Kopf. *Was hättest du gemacht an ihrer Stelle*? Katharina hatte so oft das Telefon in der Hand und wollte Sandras Nummer wählen. Sie hatte sich einige Male überlegt, zu ihr rüberzugehen, aber sie konnte es nicht. Schließlich hatte sie sie ebenfalls angelogen. Aber die Wochen ohne Sandra hatten Katharina klargemacht, wie gern sie sie hatte, wie gut sie ihr tat. Katharina war kein übermäßig stolzer Mensch, aber irgendetwas hemmte sie, zu Sandra zu gehen und sie in den Arm zu nehmen.

»Da drüben!«, rief Felix aufgeregt und riss Katharina mit seinen Worten aus ihren Gedanken.

Sie standen an einem der wohl letzten schönen Tage des Jahres am Marktplatz ihrer Heimatstadt. Dort, wo vor dem alten Backsteingebäude mit dem Glockenspiel eine Bühne aufgebaut war. Der Platz davor war schon gut gefüllt, obwohl es noch früher Abend war und der Hauptact erst gegen neun Uhr auftreten würde.

»Ich weiß nicht, wer mehr aufgeregt ist. Sie oder ich. Ich schätze, ich.« Katharina kicherte nervös. Felix legte ihr die Hand in den Nacken und streichelte ihren Haaransatz. »Schade, dass Milli nicht dabei sein kann. Sie wäre so stolz.«

»Nein, sie würde darauf bestehen, das Schlagzeug spielen zu dürfen. Sie wäre grün vor Neid«, widersprach ihr Felix lachend.

»Da hast du auch wieder recht. Denk dran, alles zu filmen, ja?«

»Ja, keine Sorge.« Er tippte auf seine Hosentasche, in der sich sein Handy befand.

Es dauerte nicht lange, dann kam Leos Band auf die Bühne. Sie brüllten laut *Wolfham*, woraufhin sich ein schwarzes Banner von oben herabsenkte. Riesige Scheinwerfer tauchten die Bühne in ein grelles Licht. Dann wurde aus dem Licht ein zuckender Regen aus kurz aufflackernden bunten Strahlen, und die ersten Takte setzten mit dem Schlagzeug ein. Den Jungen mit dem schwarzen Haar dahinter konnte man kaum erkennen, aber Katharina wusste, dass es Kenny, Leos bester Freund, war. Den Namen des Neuen konnte sie sich nicht merken, er spielte den

E-Bass. Dann fiel der Lichtstrahl auf Leo. Er strich sich die blonden Haare hinter die Ohren. Wie sein Bruder wohl ausgesehen hatte? Wie es Sandra gehen musste, wenn sie ihren Stiefsohn auf der Bühne sah und sich fragen musste, was aus ihrem leiblichen Sohn geworden wäre? Der Gedanke ließ Katharina schwindelig werden, sodass sie sich schwerfällig gegen Felix lehnen musste.

»Alles in Ordnung?«, fragte er besorgt.

»Ja, alles gut. Entschuldige, mir war kurz ein wenig schwindelig. Hab nicht viel gegessen heute.«

Er nickte. »Soll ich dir drüben eine Bratwurst holen? Mache ich gerne.«

»Nein, danke. Später vielleicht. Du willst doch nicht unsere Tochter verpassen.«

Zunächst aber war Nele gar nicht zu sehen, stattdessen brüllte Leadsänger Elvis ins Mikrofon. Es war Katharina schleierhaft, in welcher Sprache er sang. Deutsch war es nicht, nach Englisch klang es allerdings auch nicht. Felix sah sie von der Seite an und sein Blick verriet, dass er entweder der gleiche Kunstbanause war wie sie oder der Gesang von Elvis wirklich grottenschlecht.

Der Andrang an der Fressbude wurde größer, und nach zwei Songs hoffte Katharina inständig für Leo und seine Band, dass nicht bald mit Ketchup beschmierte Würstchen auf die Bühne flogen. Dann betrat Nele die Bühne. Katharinas Herz begann aufgeregte Saltos zu schlagen, es hüpfte völlig außer Takt in ihrer Brust. Im Blitzlichtgewitter der Scheinwerferlichter fiel es ihr unheimlich schwer, ihr kleines Mädchen mit der jungen Frau dort oben in Einklang zu bringen. Elvis übergab Nele sichtlich widerwillig das Mikrofon. Nele stand unsicher auf der Bühne und wagte es kaum, nach unten zu sehen. Leo nickte ihr zu. Unwillkürlich taten Felix und Katharina es ihm nach. Trau dich, redeten sie ihr still zu. Dann spielte Leo die ersten Gitarrentöne, zaghaft, beinahe verletzlich hörte es sich an, so anders als das, was sie zuvor gespielt hatten. Neles Stimme ertönte unglaublich kraftvoll, gewaltig. Sie sang einen Text, den Katharina nicht kannte.

Your mind is a beautiful place

You hide / You try / To cover it up / To bury it deep / To sweep the feelings away

But I seek and find / I dig to search /What's hidden deep inside

To show that there is a side deep in your mind / That you can never be too blind to see

Realize, baby, your mind is a beautiful place

You are stronger than you think / Bolder than you dare to ever admit / Braver. Better.

Lovely girl: your mind is a beautiful place.

Katharina schielte zu Felix, der sie fest in seinem Arm hielt, Tränen des Stolzes in den Augen. Sie hatte Gänsehaut am ganzen Körper.

Das Lied verklang, und Nele machte eine kleine Verbeugung. Noch im aufbrandenden überraschenden Beifall, der viel lauter ausfiel als bei den Liedern zuvor, huschte sie von der Bühne.

Katharinas Blick richtete sich suchend auf die Bühne, den Platz davor und das wenige, was man vom Seiteneingang erkennen konnte, in der Hoffnung, sie zu sehen. Gerade als sie Felix fragen wollte, ob sie zu ihr gehen sollten, blieb ihr Blick an jemandem hängen. Dort, keine zehn Meter entfernt, stand eine blonde, große Frau und klatschte als eine der Letzten noch immer Beifall. So, als hätte sie gänzlich die Zeit vergessen. Auch ohne ihr Gesicht zu sehen, wusste Katharina, wer sie war. Und ohne darüber noch eine Sekunde grübeln zu müssen, wusste sie auf einmal ganz genau, was sie zu tun hatte. Sie öffnete den Reißverschluss ihrer Tasche, nahm einen Kuli heraus und ein Taschentuch, auf das sie zwei Sätze schrieb.

»Ich bin gleich wieder da«, sagte sie zu Felix, der sie fragend anstarrte. Beherzt ging sie einen Schritt, zwei, drei, vier, fünf, sechs, sieben, acht und tippte dann mit dem Zeigefinger an die Schulter der Frau.

»Sandra.« Sie drehte sich sofort zu ihr um. Wie erwartet, waren auch ihre Augen tränenfeucht. Überrascht lächelte sie Katharina vorsichtig an.

Katharina reichte ihr das Taschentuch, und es dauerte einen Augenblick, bis Sandra begriff. Dann schlang sie die Arme fest um Katharina und zog sie an sich. So standen sie lange. So lange, dass Katharina erst merkte, wie viel Zeit vergangen war, als Elvis' brüllende Stimme am Mikrofon verkündete, dass die Band eine kurze Pause machen würde.

Sandra steckte das Taschentuch ein paar Tage später in einen Rahmen, sodass jeder, der ihr Haus betrat, bereits im Flur diese zwei so wichtigen Sätze darauf lesen konnte:

> *Unsere Freundschaft zerbricht nicht an einem einzigen kalten Winter. Und auch in hundert nicht.*

# Epilog

*»Wenn du in einer Welt lebst, in der du dich nicht willkommen fühlst, dann bleibt dir immer noch das Lesen. Man kann sich aus allem herauslesen, man muss nur wissen wie und man muss irgendwann damit anfangen. Bücher sind Orte der Phantasie. Jeder Buchstabe eröffnet dir eine neue Stadt, jeder Satz ein neues Land, ein Buch eine ganze Welt. Du weißt doch, wie es geht, nicht wahr? Manche Dinge muss man zuerst rückwärts machen, bevor sie vorwärts funktionieren. Manchmal ist ein Schritt zurück das Einzige, was einen nach vorne bringt. Und wenn du einmal über einen Satz stolperst, dann steh auf und versuch es erneut.«*

»Das war der letzte Satz«, sagte Mila und sah Sandra mit ihren großen grünen Augen ernst an. Dann sprang sie auf und legte ihre kleine Hand an den dicken Stamm der Buche. Nur wenige Zentimeter vor dem Messingschild mit Jonahs Namen.

»Ja, das war der letzte Satz, komm, lass uns gehen. Ich lade dich zum Aufwärmen auf eine heiße Schokolade ein.« Sandra rappelte sich auf, hob die Wolldecke vom Boden auf und schüttelte sie über dem Waldboden aus, bevor sie sie zusammenlegte.

»Warte kurz, vielleicht hat er noch eine Frage!« Mila zwinkerte. Sie hielt einen Augenblick inne, dann nickte sie zufrieden, schloss das Buch und sagte: »Nö, er hat alles verstanden, glaube ich.«

Lächelnd erwiderte Sandra: »Ich glaube auch, Jonah kennt die Geschichte ja schon lange. Es war trotzdem eine schöne Idee, sie ihm vorzulesen.«

Seinem Grab, genau genommen. Auch wenn es ihr anfangs sehr schwergefallen war, mit jedem Satz aus Milas kleinem Mund hatte sie sich wohler gefühlt dabei. Es fühlte sich richtig an, dass das Mädchen, das eben nicht sein Herz hatte – aber dennoch wusste, was es bedeutete, eines geschenkt zu bekommen – die Rückwärtsleser vor Jonahs Grabstätte laut vorlas.

Seit ein paar Wochen fuhren sie je nach Wetterlage ein- bis zweimal pro Woche hierher. An diesen Ort, der so lange so viel Schrecken für sie bedeutet hatte und dessen Ruhe sie jetzt gemeinsam mit Mila sogar ein wenig genießen konnte. Katharina war nicht nur einverstanden gewesen, mit diesem etwas seltsamen Projekt, das sich Mila überlegt hatte, sie hatte ihre Tochter sogar darin bestärkt.

»Weißt du, ich glaube, eigentlich geht es in dem Buch darum, dass sich manchmal Menschen treffen, die sich eigentlich gar nicht treffen sollten. Weil sich das Leben dazu was anderes überlegt hat. Und dann kann was Gutes draus werden. Wenn Naim in der Geschichte sich nicht getraut hätte, mit Mimi zu reden, dann hätten sie ihre Abenteuer vielleicht nie erlebt. Dann wäre Mimi immer noch traurig, weil sie keine Schwester und keinen Bruder hat. Und Naim hätte keine Ahnung, dass Mädchen alles mindestens genauso gut können wie Jungs«, erklärte Mila nachdenklich.

»Da hast du recht«, sagte Sandra mit einem Kloß im Hals. Was wäre gewesen, wenn Mila und sie sich nicht über den Weg gelaufen wären, wenn sie sie nicht angesprochen und sie nicht ihre Spur aufgenommen hätte? Das Leben hätte einen anderen

Lauf genommen. Nele hätte Leo nicht kennengelernt und wäre nun nicht in einer Therapie gewesen, mit deren Hilfe sie ihre Essstörungen in den Griff zu bekommen versuchte. Sie selbst hätte keine Freundin wie Katharina, und vielleicht wären auch Katharina und Felix nicht wieder zusammengekommen. Und Jan und sie … sie schätzte, für Jan und sie hätte es keinen Unterschied gemacht. Denn irgendwann wäre er so oder so gegangen.

»Hat das lange gedauert, das ganze Buch aufzuschreiben?«, wollte Mila wissen, während sie sich langsam wegdrehten und ihre Füße auf dem laubbedeckten Boden raschelnde Spuren hinterließen.

Sandra zuckte mit den Schultern. »Ich weiß es nicht. Ich habe die Geschichte zwar erfunden, aber Jan hat sie aufgeschrieben.«

»Stelle ich mir schrecklich vor, so lange zu schreiben. Mit Bleistift oder Füller?«

Sandra lächelte. »Am Computer, Liebes.«

»Können wir ihn fragen, wie lange genau es gedauert hat?«

»Du meinst, jetzt sofort?« Sandra biss sich auf die Lippe.

»Ja, warum denn nicht.«

»Er ist nicht hier, nicht in Deutschland, Mila. Er ist in Korea. Das ist ziemlich weit weg.«

»Gibt es da kein Telefon?«, hakte Mila nach.

»Doch«, antwortete sie zögerlich.

»Na, also, dann ruf ihn an. Du hast doch ein Handy.« Ermunternd sah sie Sandra an, und frech zog sie ihr dann langsam das Handy aus der Tasche ihrer ärmellosen Weste.

Sandra hatte die Uhrzeit von Korea genauso eingespeichert wie ihre Zeit hier zu Hause. In Seoul, im sicheren Süden, in dem sich Jan inzwischen befand, war es jetzt fünf nach neun Uhr abends. Sie wählte seine Nummer, und ein paar Sekunden später klingelte es. Instinktiv suchte sie dabei mit ihrer freien Hand die kleine Hand von Mila an ihrer Seite und drückte sie fest.

»Jan, hier ist Sandra«, sagte sie mit zitteriger Stimme.

Neben ihr flüsterte Mila: »Ist es warm in Korea? Sag ihm mal, dass es hier kalt ist. Aber meine Hände sind warm, wenn du willst, mach ich deine auch warm.«

# Danksagung

Ich danke meiner Schwester Luisa für die vielen fundierten Informationen rund um alle medizinischen Themen in diesem Buch. Ich bin unheimlich stolz auf dich und dankbar, dass du mir so wahnsinnig viel geholfen hast, geduldig meine fachlichen Fehler korrigiert hast und mir alle möglichen und unmöglichen Fragen beantwortet hast.

Da das Thema des Buches sehr viel Recherche erforderlich gemacht hat, danke ich ganz herzlich allen, die mir mit Rat zur Seite gestanden haben. Vielen Dank insbesondere an Manuel Stöht und Julia Dessalles, die nicht nur Kinderärztin, sondern auch eine ganz tolle Autorin ist.

Für die Informationen rund um den Fechtsport danke ich ganz herzlich Björn Hübner und Lisa Freudenberger sowie allen anderen, die ihre Hilfe angeboten haben.

Ich danke meinen Kindern, die mir jeden Tag zeigen, was wirklich wichtig ist im Leben. Ihr vereint die größte Liebe und die größtmögliche Angst meines Lebens in euren kleinen Körpern. Ich liebe euch und euren Papa unendlich.

Ich bedanke mich bei der einzigartigen Heike Salzmann – danke, dass du bist, wie du bist – eine geborene Mutter, treue Freundin und einer der liebevollsten und liebenswertesten Menschen, die ich kenne. Und auch wenn du das Thema dieses

Buches »gruselig« findest, musst du dich damit abfinden, dass es Katharina nur geben kann, weil ich dich kenne.

Vielen Dank an Christiane Blos, die wieder einmal eine der ersten Leserinnen war. Deine Meinung ist mir unheimlich wichtig. Vielen lieben Dank auch an meine Testleserinnen Carina Gehrsitz, Heidi Peter und natürlich meine Schwester Teresa.

Der größte Dank geht an die wunderbare Julie Hübner von meiner Agentur, die mir im Entstehungsprozess dieses Buches so unglaublich viel geholfen hat. Du hast die Gabe, mich mit wenigen Worten in genau die richtige Richtung zu lenken, ohne dich wäre das Buch nicht das geworden, was es ist. Ich kann dir nicht genug danken. Einen ganz herzlichen Dank auch an meinen Agenten Tim Rohrer für deine Unterstützung, dein Vertrauen in meine Geschichten, dein offenes Ohr und deine hilfreichen Tipps.

Tausend Dank natürlich an alle Leser, die meine Bücher lesen und deren Feedback die allerbeste Schreibmotivation überhaupt ist.

FSC
www.fsc.org
MIX
Papier | Fördert gute Waldnutzung
FSC® C083411

Zeitfracht Medien GmbH
Ferdinand-Jühlke-Straße 7
99095 Erfurt, Deutschland
produktsicherheit@kolibri360.de

Druck:
CPI Druckdienstleistungen GmbH
im Auftrag der
Zeitfracht Medien GmbH
Ein Unternehmen der Zeitfracht - Gruppe
Ferdinand-Jühlke-Str. 7
99095 Erfurt